LA TECHNOLOGIE DANS L'ART

Édité avec le concours du Ministère de la culture et de la communication
Centre national des arts plastiques
FIACRE (aide à l'édition)

ISBN : 2-87711-188-1 ISSN : 1243-0463

EDMOND COUCHOT

LA TECHNOLOGIE DANS L'ART

De la photographie à la réalité virtuelle

ÉDITIONS JACQUELINE CHAMBON

INTRODUCTION

SUJET-ON ET SUJET-JE

Au cours de la dernière décennie, les technologies du calcul automatique — ensemble des applications extrêmement diverses de l'informatique regroupées sous le terme de *numérique* — ont encore accru leur contrôle sur le monde des images. Que ce soit au cours de leur production, de leur reproduction, de leur conservation ou de leur diffusion, l'immense majorité des images tombe désormais sous la dépendance de ces technologies. Cette dépendance affecte non seulement les images d'aujourd'hui et de demain, mais encore toutes les images du passé conservées quelque part (archives, musées, iconothèques) sous leur forme d'origine, matérielle ou énergétique, dans la mesure où elles sont peu à peu, mais systématiquement, numérisées. Si l'image cinématographique n'est pas encore entièrement numérique, le montage le devient, la photographie, de la prise de vue au traitement de l'image, glisse insensiblement mais sûrement dans le numérique et la télévision est passée très largement sous son contrôle, ce qui en modifie sensiblement les effets. Depuis déjà quelques années la prise, le traitement et l'enregistrement du son sont numérisés, de même que la composition et l'impression de l'écrit. Images, sons et textes s'associent étroitement et participent à de nouveaux supports d'informations dont les modes de consultation et les usages induisent des habitudes culturelles différentes, comme en attestent le multimédia interactif et les réseaux.

Mais ce sont aussi les actions, les gestes du corps, qui, au cours du dialogue avec l'ordinateur, sont numérisés et intégrés aux automatismes de la machine. Car les machines numériques sont maintenant dotées de capteurs capables d'enregistrer d'autres informations que celles qui leur parviennent du clavier, comme les mouvements du corps ou les commandes vocales. Si la plupart de ces gestes sont strictement codés, d'autres laissent une certaine liberté d'expression. Les machines s'équipent en outre d'effecteurs qui ne s'adressent plus seulement à la vue et à l'oreille mais sollicitent d'autres sens, tels que le toucher, la proprioception et la kinesthésie[1]. Le dialogue homme/machine devient de plus en plus multimodal et redéfinit une nouvelle hiérarchie sensorielle. Bien que ces techniques ne soient pas encore très répandues chez l'usager ordinaire, elles sont déjà utilisées dans certains secteurs de pointe et font l'objet d'études et de perfectionnements qui ne tarderont pas à les faire entrer dans le domaine public et à remplacer les modes de communication qui nous semblent actuellement les plus modernes. Un stade supérieur est atteint quand la machine acquiert la capacité d'interpréter et de traiter certains comportements, habitudes, goûts, à des fins diverses, commerciales ou culturelles. Les programmes que vous utilisez, chez vous ou sur les réseaux, apprennent à vous connaître et à vous reconnaître et tiennent compte de certains aspects de votre personnalité. L'automatisme numérique est en train de s'étendre à un domaine très particulier qui restait encore à l'abri de la contamination machinique : celui de la *subjectivité*.

On ne s'étonnera pas, alors, que les premiers ordinateurs aient, dès la fin des années soixante, fortement attiré les artistes de toutes les disciplines, de la musique aux arts plastiques et visuels. De nos jours, on découvre souvent même dans des propositions artistiques des applications technologiques qui mettent en œuvre ce que le numérique possède de plus spécifique et de plus nouveau et que l'usage courant n'autorise pas encore. Certains effets spéciaux dans le cinéma, certains dispositifs interactifs en temps réel, certaines expériences artistiques sur les réseaux, en font la démonstration. Cependant, loin de faire l'objet d'un consensus au sein du domaine de l'art entre artistes, critiques, marchands, institutions et amateurs, les œuvres, ou les expérimentations artistiques, qui recourent au numérique continuent de susciter un débat violent et passionné. Au moment où la crise de l'art moderne, qui s'est étendue sur la presque totalité du siècle, semble atteindre un point crucial, le développement du numérique et sa pénétration à tous les niveaux des modes de figuration et de communication, ne fait qu'ajouter à la confusion et rendre la situation plus complexe. D'où, les opinions les plus contradictoires sur les œuvres et sur les artistes : les condamnations sans appel, la contestation même de l'existence éventuelle d'un art numérique, d'un côté, la surenchère technologique, les mirages d'une communication parfaitement transparente, les naïvetés

1. La sensation proprioceptive est propre aux muscles, aux ligaments et aux os ; la sensation kinesthésique est la sensation interne du mouvement des parties du corps.

savantes et les illusions, de l'autre. Finalement, une ségrégation qui condamne cet art, et avec lui toutes les formes d'art reposant sur un substrat technologique, à occuper une place à part, isolée du reste de l'art — lequel continue de faire référence et d'imposer son système : rareté des manifestations qui lui sont consacrées, inexistence d'une conservation, inexistence d'un marché relativement libre et indépendant des contraintes de l'industrie, absence d'une réflexion critique, esthétique et historique approfondie, faiblesse de l'enseignement, manque de soutiens institutionnels ou privés, à part quelques exceptions qui n'en sont que plus remarquables, tandis que l'intérêt des créateurs pour ces technologies ne cesse de croître, leur nombre d'augmenter et leurs œuvres de se diversifier.

Les raisons de cette situation sont multiples. On invoquera les habitudes et l'inertie culturelles, le marché, les coûts, la technicité, le manque de moyens, le manque de formation, mais la raison principale est la radicalité du changement dans les systèmes de figuration et dans la méconnaissance quasi totale de la nature de ce changement et de ses effets manifestée par le milieu de l'art. À cela s'ajoute aussi la méconnaissance de beaucoup de jeunes artistes qui, trop fascinés par la technologie, ignorent les voies que d'autres ont ouvertes avant eux et qu'ils ne font que prolonger sans le savoir. Certains ne savent pas, par exemple, que leurs recherches s'inscrivent dans un courant de pensée qui remonte aux années cinquante et qui ont déjà leur histoire. La mode « cyber » des années quatre-vingt-dix oublie qu'elle est issue en droite ligne de la cybernétique, de ses machines et de ses théories, il y a maintenant près d'un demi-siècle, et qui a très fortement marqué aussi bien la science que l'art et la philosophie. Ce livre souhaite donc apporter sa contribution à une meilleure compréhension de l'évolution de l'art et de ses rapports de plus en plus serrés avec la technologie, une technologie qui est de plus en plus profondément liée à la science et envahissante. Mais l'étude ne s'intéressera pas seulement à l'art qualifié de technologique — au sein duquel l'art numérique occupe une place privilégiée —, elle s'intéressera aussi à d'autres courants de l'art qui n'ont entretenu aucun lien explicite avec la technique mais sur lesquels cette dernière a exercé pourtant une influence. Dans cette intention, il m'a paru nécessaire de poser le problème en amont, c'est-à-dire dès l'apparition de la photographie, et d'analyser les effets de la technologie dans l'art, tout au long de son évolution, jusqu'aux formes les plus sophistiquées du calcul automatique comme la réalité virtuelle et les réseaux. Faute de quoi il devient impossible de repérer où se font les ruptures et où se maintiennent les continuités. Aussi cette recherche vise-t-elle à mettre au jour les fondements d'un art propre au numérique plutôt qu'à en proposer une description exhaustive des tendances actuelles.

J'ai, en effet, déjà décrit et analysé le changement d'ordre visuel qui s'est produit entre le régime figuratif de la Représentation et celui de la Simulation et qui a affecté profondément les arts visuels[1], mais il m'est apparu nécessaire de prolonger et d'approfondir ce travail. J'avais insisté, dans ce livre, sur la manière dont les artistes mais aussi les techniciens, depuis le milieu du siècle dernier, s'étaient lancés ensemble à la recherche et à la conquête du *plus petit élément constituant de l'image,* en procédant par analyses, fragmentations et décompositions successives, pour arriver finalement au pixel et à la synthèse de l'image à partir du calcul. Dans ce nouveau livre, où le lecteur retrouvera quelques traces de l'ancien, indispensables à la compréhension, la question principale a changé : c'est celle des rapports qui s'établissent, dans le domaine des arts visuels, entre les automatismes techniques et la subjectivité. Question clé au moment où le numérique semble, aux yeux de certains, déposséder le créateur de toute singularité et de toute expressivité et réduire l'acte de création à de purs automatismes machiniques.

L'image est une activité qui met en jeu des techniques et un *sujet* (ouvrier, artisan, ou artiste, selon les cultures) opérant avec ces techniques mais possesseur d'un savoir-faire qui porte toujours la trace, volontaire ou non, d'une certaine singularité. En tant qu'opérateur, ce sujet contrôle et manipule des techniques mais il est aussi, en retour, façonné, modelé à son insu, par ces techniques à travers lesquelles il vit une expérience intime qui transforme la perception qu'il a du monde : l'*expérience technesthésique*. Les techniques, rappelons-le, ne sont pas seulement des modes de production, elles sont aussi des modes de perception, des formes de représentations élémentaires, fragmentaires et éclatées du monde, qui n'empruntent pas la voie des symboles. *A fortiori* les techniques figuratives qui présentent des images de ce monde. Or, l'expérience technesthésique, en tant qu'elle est essentiellement perceptive, s'éprouve sur un mode d'être particulier : un mode où le JE s'absente. « La perception, note Merleau-Ponty, est toujours dans le mode du "On"[2]. » Quelle que soit la technique

---

1. Voir Edmond Couchot, *Images. De l'optique au numérique,* Hermès, 1988.
2. Maurice Merleau-Ponty, *Phénoménologie de la perception,* Gallimard, 1945, p. 277.

employée, figurative ou non, l'expérience technesthésique, dans la mesure où elle met en jeu des mécanismes perceptifs, se fait toujours sur ce mode indéfini et impersonnel. Cette indéfinitude ne signifie pas cependant que ce ON perde ses qualités de sujet et devienne objet. ON reste toujours sujet, sujet du faire technique, mais sujet dépersonnalisé, fondu dans une sorte d'anonymat.

Aussi bien les techniques nous forcent-elles à être plus souvent ON que JE, sans que nous subissions d'ailleurs cette dépersonnalisation comme une aliénation. Il y a quelques difficultés à être toujours JE et je peux me plaire à ne plus l'être. Un certain nombre d'artistes contemporains ont cherché dans ce but à nier volontairement toute subjectivité afin, pensaient-ils, de mieux pénétrer au centre des processus de création et d'en mieux faire partager l'expérience. C'est là une des fascinations puissantes qu'exerce sur nous la technique. L'expérience sensible n'intéresse pas ce JE que j'énonce et que je saisis par une réflexion de ma pensée, mais un « autre moi qui a déjà pris parti pour le monde, qui s'est déjà ouvert à certains de ses aspects et s'est synchronisé avec eux. Entre ma sensation et moi, il y a toujours l'épaisseur d'un *acquis originaire* qui empêche mon expérience d'être claire pour moi-même. J'éprouve la sensation comme modalité d'une existence générale, déjà vouée à un monde physique et qui fuse à travers moi sans que j'en sois l'auteur[1] ». De même, il y a toujours dans l'usage d'une technique quelque trace d'une existence déjà vécue par les autres (ou par moi-même, mais alors cette expérience n'est pas plus singulière que lorsqu'elle est vécue par les autres). Certes, les perceptions sont modulées par la conscience, par des motivations diverses qui les aiguisent ou les émoussent mais, quels que soient les individus, les psychologies, les idiosyncrasies des uns et des autres, les mémoires ou les idées, l'usage des techniques façonne chacun selon un *modèle perceptif* partagé par tous — un *habitus* commun sur lequel s'élabore une culture et dont l'art se nourrit.

Pierre Francastel a relevé cet aspect remarquable des techniques. « Il existe, constate-t-il, un fonds commun de sensations et d'activités qui servent également de base à toutes les formes spécifiques de l'activité humaine dans un temps donné[2]. » Ce fonds réside en grande partie dans l'expérience technesthésique. Au-delà ou en deçà du vécu perceptif qui m'est propre, la conduite, par exemple, d'une automobile,

---

1. *Ibidem,* p. 250.
2. Pierre Francastel, *Art et technique,* Denoël/Gonthier, 1979, p. 125.

répétée, systématique, modèle ma perception globale de l'espace et du temps, mon ouïe, ma perception de la vitesse, de l'accélération et de la décélération, et je ne peux vivre cette expérience, qui est aussi une représentation partielle et non symbolique du monde, qu'en tant que « modalité d'une existence générale » (dont ni moi ni personne ne sommes les auteurs) et de représentation commune à des millions d'autres automobilistes. Modelage de la perception encore plus évident quand il s'agit de techniques figuratives puisque ces techniques participent à la mise en image du réel.

L'activité artistique mettrait alors en jeu deux composantes du sujet. Un sujet-ON modelé par l'expérience technesthésique et un sujet-JE qui resterait l'expression d'une subjectivité irréductible à tout mécanisme technique et à tout habitus perceptif, singulière et mouvante, propre à l'opérateur, à son histoire individuelle, à son imaginaire. Dans cette hypothèse, la notion de subjectivité s'élargit ; elle ne se limite plus à la manifestation d'un moi, plus ou moins égotiste ou narcissique, ou à l'expression d'une volonté d'être ou de faire, d'une conscience ou d'une affectivité (la subjectivité romantique, par exemple). Elle se définit dans son opposition au sujet-ON et dans sa manière de composer avec lui, de partager le même état de sujet. Car ces deux composantes du sujet ne cessent de s'affronter et de négocier, mais aussi de se déplacer et de changer de figure. Chaque art, de l'art paléolithique à l'art numérique, en passant par l'art grec, médiéval, renaissant ou moderne, mais encore chaque œuvre, correspond à une association distinctive de ces deux composantes du sujet, à une technicité figurative et à une figure de la subjectivité.

Les techniques évoluent parfois très rapidement. À un certain stade de leur développement, il leur arrive de parvenir à une forme d'organisation supérieure : elles acquièrent alors une autonomie qui leur donne la faculté de fonctionner sans l'intervention de l'opérateur, dans les limites de séquences opérationnelles définies, plus ou moins complètes et plus ou moins longues. Elles s'automatisent. J'ai, par conséquent, jugé indispensable de faire remonter cette étude au moment décisif où apparaissent, dans les techniques figuratives, des automatismes particulièrement complexes — ceux de la photographie — qui, tout en s'inscrivant à la suite des automatismes géométriques et optiques de la perspective, allaient ouvrir une ère nouvelle dans l'image. À partir de la photographie, les automatismes ne cessent de gagner en autonomie et d'entraîner des bouleversements dans les rapports délicats d'un sujet-ON qui ne cesse, lui, de se techniciser toujours davantage et d'un sujet-JE qui tente de résister à cette dépendance et de redéfinir sa propre identité, au cours de crises successives qui tent violemment le monde de l'art. Chaque avancée technologic transmission électrique de l'image fixe, le cinéma, la radio, la télévision, mais aussi d'autres techniques qui, sans avoir de rapport direct avec l'image, n'en ont pas moins des effets technesthésiques considérables modifiant la perception du monde, des choses et de la société. Jusqu'au moment où le numérique, contaminant toute la sphère des techniques de figuration, et leur mode de socialisation, met le sujet, dorénavant *appareillé* à cette nouvelle machine — l'ordinateur —, en demeure de se redéfinir une fois encore, et l'art de se repenser.

Pour saisir ces déplacements et ces figures successives de la subjectivité face à l'automatisation croissante, je me suis limité à ne prendre en considération que les événements artistiques qui témoignaient d'une réaction, ou d'un déplacement dans l'ordre préexistant, par rapport aux perturbations provoquées par l'évolution des techniques de figuration dans l'habitus perceptif. Et j'ai retenu, pour analyser ces événements, des œuvres et des commentaires qui me semblaient exprimer de la façon la plus claire ces réactions et ces déplacements. C'est pourquoi ce livre ne saurait se présenter comme une histoire de l'art où chaque courant artistique serait traité de sa naissance à sa disparition, avec toutes ses composantes — œuvres, artistes, théories. Beaucoup d'artistes, aussi bien du XIXe que du XXe siècle, n'y sont pas présents, non parce qu'ils n'ont pas été importants mais parce que leur autorité s'est construite sur un autre registre. La question des rapports de l'automatisme et de la subjectivité ne se pose pas à l'ensemble de l'art avec le même intérêt. Ne sont pas nommés, non plus, nombre d'artistes contemporains intéressés par le numérique et dont les œuvres ont leur importance. Mais dans l'ensemble, les mouvements les plus marquants de l'art depuis le milieu du siècle dernier jusqu'à nos jours, du moins du point de vue qui m'a guidé, sont suffisamment invoqués pour apporter la preuve que le développement des techniques et la complexification croissante de l'automatisation ont constitué l'un des facteurs les plus décisifs dans l'évolution de l'art depuis un siècle et demi.

Si grande que soit sa place dans la société, la technique cependant n'est pas un facteur déterminant dans le champ artistique. La technique prédispose mais ne détermine pas, il faut le dire et le répéter. Une nouvelle technique figurative n'entraîne pas forcément un nouvel art, mais elle fait surgir les conditions de son apparition. Elle modèle la perception, elle agit sur l'imaginaire, elle impose une *logique* figurative, une vision du monde. Mais en fin de compte, c'est au créateur seul qu'il appartient d'exercer sa liberté, en tant que sujet autonome face à l'autonomie de la technique, et de négocier entre ON et JE. Mais cette liberté se gagne. Elle doit s'arracher avec d'autant plus de détermination que, en ce qui concerne le numérique, la pression technologique est d'une force exceptionnelle. Le numérique ne se restreint pas aux activités figuratives, il envahit tous les domaines de la communication et de l'industrie. Jamais aucune technique n'aura eu une telle puissance de contamination, de telles conséquences sur la quasi-totalité des activités humaines, reliant tout à tout et imposant notamment entre les sciences, les techniques et les arts, des liens d'une nature différente. En simulant le réel à partir de définitions langagières logicomathématiques, non seulement sous son aspect perceptible mais dans ses structures et les lois qui le régissent, le numérique introduit une rupture radicale dans les modes de figuration automatiques par rapport aux modes existants comme la photographie, le cinéma et la vidéo-télévision. Capable d'interagir, très souvent immédiatement avec l'observateur, comme l'aurait fait le réel lui-même, cette *réalité virtuelle* tend à se substituer partiellement au réel — et à s'en affranchir —, provoquant ainsi des rapports profondément différents entre l'image, le sujet et l'objet.

Dans le domaine de l'art, le numérique renouvelle totalement l'outillage et les matériaux qui ne sont plus ceux du monde réel mais ceux de la simulation : l'artiste ne travaille plus avec de la matière, ni de l'énergie, mais avec des programmes, directement ou indirectement. Or, chacun de ces programmes ne se conçoit qu'en recourant à des modèles de simulation qui sont tous des produits de la science. La science pénètre donc sans détour au cœur des outils et des matériaux. D'où, une expérience technesthésique d'une complexité sans précédent. C'est non seulement dans un autre espace et dans un autre temps qu'est plongé l'ouvrier, mais c'est aussi une autre conception du monde qu'il épouse, sans le vouloir, imposée par la raison scientifique. La logique figurative sous-jacente au numérique est la simulation. Le sujet s'appareille désormais à des automatismes d'une puissance inouïe.

Cette situation doit interroger fortement l'art, ses praticiens et ses théoriciens. Quelle que soit l'attitude que l'on adopte — explorer les possibilités nouvelles offertes par le numérique, les expérimenter, les pousser à leur extrême, ou les déjouer, se déporter sur un autre terrain, résister, ou encore se partager entre les deux attitudes —, il est impossible d'ignorer le phénomène. Impossible de ne pas placer au centre du débat actuel sur l'art, sur son devenir dans la société, la question du numérique. Sans doute, les techniques évoluent sans cesse et il pourrait sembler que leurs prochaines avancées rendent caduque toute tentative d'en saisir une permanence. Il n'en est rien, car s'il est vrai que l'obsolescence est la règle dans le domaine de la technique, on peut déjà relever les caractéristiques essentielles et la cohérence de ce nouvel ordre visuel propre au numérique qu'est la Simulation. On peut aussi, pour ce qui concerne les œuvres et les courants artistiques, faire émerger, au-delà de l'extraordinaire variété des « objets » en circulation, la spécificité de ce qui constitue l'art numérique. Le substrat technologique de cet art est le calcul automatique et la tendance esthétique, ce que j'ai appelé, dès le début des années quatre-vingt, l'*hybridation,* indissociable elle-même d'une nouvelle figure de la subjectivité. L'art numérique, dont les prémices déjà anciennes augurent d'une grande longévité, n'en est pourtant qu'à ses débuts. Ce livre aurait atteint son but s'il participait à son épanouissement.

PARTIE I

LES PARADOXES DE LA MODERNITÉ

On connaît le jugement impitoyable de Baudelaire sur la photographie dans laquelle il voit une image « triviale » qui ne fait que reproduire la nature, sans intelligence ni art et avec la plus désolante exactitude. Baudelaire craint surtout qu'à force de suppléer l'art dans quelques-unes de ses fonctions, la photographie ne le supplante définitivement ou ne le corrompe complètement, « grâce, dit-il, à l'alliance naturelle qu'elle trouvera dans la sottise de la multitude[1] ». On peut reprocher au poète l'arbitraire de son jugement, mais on doit reconnaître que l'ampleur de sa vision était juste. La photographie devait effectivement déposséder le peintre de son pouvoir traditionnel d'imageur. La technique allait, dans le domaine de l'image et à sa périphérie, se substituer à l'art, la machine optique-chimique de la chambre noire aux organes naturels de la main et de l'œil. Cependant, en même temps que la technique photographique, et l'industrie qui menaçait à travers elle de devenir l'« art absolu », corrompent le goût et la sensibilité de ses contemporains, poussant le créateur à n'être plus qu'un manipulateur, elles ouvrent des horizons inconnus, elles enrichissent l'« univers du visible » dont elles font partie, elles donnent accès à un immense « magasin d'images et de signes » sans commune mesure avec ce qu'offrait la tradition, elles procurent une « pâture » nouvelle à l'imagination. Car technique et industrie font partie de la *modernité,* après quoi court le « peintre de la vie moderne », perpétuellement soucieux d'innover, de se soustraire à la tradition, de substituer l'artifice à la nature. Ainsi le poète ne résistera pas à la tentation de faire exécuter quelques portraits photographiques de sa mère et à poser lui-même devant l'objectif. Je verrais là le premier paradoxe de la modernité. D'une part, la technique dérobe au peintre son pouvoir d'imageur, d'autre part, elle met à sa disposition de nouveaux et de puissants moyens de figuration. Delacroix, qui voulait faire servir le daguerréotype à l'enseignement du dessin « pour redresser les erreurs de l'œil », l'avait compris. Non seulement le daguerréotype, le calotype, mais encore tous les procédés photomécaniques et stéréoscopiques issus de

1. Charles Baudelaire, *Salon de 1859, II,* « Le public moderne et la photographie ».

la photographie, toutes les recherches passionnées qui devaient aboutir, plus tard, au cinématographe.

Mais la technique, à l'époque de Baudelaire, ne s'est pas limitée à fabriquer des images acheiropoïètes, elle a transformé, depuis le début du siècle, tout le paysage industriel en quelques décennies et ne cessera plus de l'altérer. Après la machine à vapeur qui a été la clé de la révolution industrielle, apparaissent les machines-outils (dans le textile, l'armement, la métallurgie) qui s'automatisent progressivement, le marteau-pilon, la machine à raboter, la vulcanisation du caoutchouc, les convertisseurs Bessemer, la turbine hydraulique, la machine à coudre, les vêtements de confection, les colorants à l'aniline, les navires à vapeur et à hélice, l'architecture métallique, l'architecture de verre *(Crystal Palace),* le chemin de fer et la construction de réseaux nationaux et internationaux, le télégraphe électrique et les câbles sous-marins, le pantélégraphe — qui transmet électriquement des images fixes sur de très longues distances —, l'éclairage public au gaz, les ballons dirigeables ; et entre 1860 et 1880, la machine magnéto-électrique de Gramme, le réfrigérateur à ammoniac, le Métropolitain (de Londres), le moteur à quatre temps, l'automobile à vapeur, la locomotive électrique, la lampe à incandescence et l'éclairage électrique, l'ascenseur électrique, la machine à écrire, la bicyclette, la rotative, la dynamite, le béton armé, bref un ensemble sans précédent de techniques qui envahissent tous les secteurs de l'activité humaine, jusqu'aux plus quotidiens.

C'est non seulement un magasin d'images et de signes toujours plus garni que l'industrie offre au regard, mais également un magasin de perceptions, de comportements nouveaux où l'artifice l'emporte chaque jour un peu plus sur le naturel. Le champ technesthésique s'élargit, en effet, extraordinairement au cours du XIXe siècle et avec une rapidité stupéfiante ; aucune époque n'a jusqu'alors connu une telle expansion technologique. Un nouvel habitus perceptif s'impose, doublé d'une nouvelle vision du monde et d'une nouvelle capacité opératoire s'exerçant sur le réel. Baudelaire en révèle le fond quand il invoque la notion d'innovation permanente propre à la modernité, qui se calque directement sur l'évolution technique. « Le public est, relativement au génie, une horloge qui retarde[1]. » Si le créateur veut lutter contre l'industrie qui lui ravit le monopole de l'art, il ne peut qu'adopter sa logique : répondre à la manipulation par l'imagination, mais par une « imagi-

---

1. Charles Baudelaire, *L'œuvre et la vie d'Eugène Delacroix.*

nation créatrice », selon l'expression du poète qui en faisait la plus élevée des fonctions de l'esprit. Répondre à la fabrication par la création, à la trivialité par la singularité, à la nouveauté technologique par la nouveauté esthétique. L'art est désormais sommé, pour survivre, d'être perpétuellement *moderne,* même si cette modernité ne constitue que la « moitié de l'art », l'autre moitié étant pour le poète « l'éternel et l'immuable ». Dès lors, la course est engagée, le cycle fatal amorcé. L'art se voit condamné à un dépassement — ou à une errance — sans fin. Le génie deviendra, dans l'esprit avant-gardiste du siècle suivant, une horloge qui avance.

Par ailleurs, contrairement à une idée très répandue, la vision plastique du monde proposée par l'art moderne ne s'est pas construite sur l'effondrement général d'un ordre figuratif hérité de la Renaissance devenu inefficace et obsolète. Elle n'a pas occupé une place laissée vacante. Bien au contraire, cette vision s'est construite contre cet ordre et contre son expansion de plus en plus hégémonique et soutenue par les techniques de l'optique. Il n'y a pas de rupture essentielle[1] dans la relation du sujet, de l'image et de l'objet (cette fraction du monde ou du réel à représenter) entre le système figuratif théorisé par Alberti et la photographie[2]. Il y a prolongement et renforcement, un renforcement qui profite de toute la puissance des procédés d'automatisation de l'image — de sa production et de sa reproduction — mis au point entre la fin du XVIIIe siècle et la première moitié du XIXe et déjà en germe dans les inventions du *Quattrocento.* C'est le deuxième paradoxe de l'art moderne. En sorte que le peintre, dépossédé de son privilège d'imageur par la photographie d'abord et par toutes les techniques nées de l'automatisation des modes de figuration fondés sur l'optique, comme le cinéma et la télévision, auxquels on doit encore l'immense majorité des images en circulation ou en dépôt, s'est vu contraint d'abandonner un territoire qui a été le sien pendant plus de cinq siècles, pour s'engager dans la quête inlassable de ce qui lui serait *propre* et qui se rétrécit toujours.

---

1. Ce qui évidemment ne veut pas dire qu'il n'y a pas de changements, et même profonds.
2. Le terme de « sujet » désigne ici, non pas ce que montre, ou raconte la peinture — motif, thème, idée —, mais le peintre ou le photographe, l'imageur en général, et par substitution le regardeur.

Chapitre 1

Le sujet appareillé et les techniques de l'optique

Tout en allégeant l'imageur d'une part importante de son travail, la photographie devait le contraindre à dépendre fortement d'une machine, ou du moins à s'y associer étroitement. Un *appareil* — la chambre noire — se greffait sur l'œil et sur la main, prolongeant le corps en direction du monde extérieur, mais aussi ouvrant, livrant ce corps à une machine d'un type particulier et à des automatismes qui ne cesseront de se développer. Cet appareillage ne semblait concerner, au début de la photographie, que le seul photographe. Les peintres qui utilisaient la perspective et ses règles (géométriques et optiques) ne se sentaient pas soumis à une machine et s'estimaient totalement maîtres de leur technique. Mais, très rapidement, le fait que quiconque pût, sans savoir dessiner ni peindre, créer une image à la ressemblance d'un modèle, devait forcer le peintre à développer des qualités que ne possédait pas l'appareil photographique. D'une manière générale, l'art chercha donc à contrebalancer la vision dépersonnalisée imposée par l'automatisation de l'image en insistant sur la singularité et sur l'individualité du créateur, sur son « imagination créatrice ». Il fallait faire en sorte qu'à la machine s'opposât ce qui, chez celui-ci, était le moins machinique : la subjectivité. Cette rivalité fatale devait être à l'origine de toutes les grandes secousses de l'art moderne.

A. L'automatisation de la représentation

Perspective et projection centrale.

Dans le *De Pictura* (1435), texte fondateur de la peinture occidentale, Leon Battista Alberti décrit, en une synthèse audacieuse de toutes les tentatives faites par les peintres pendant une dizaine d'années auparavant, une méthode analytique et constructive originale : la perspective à projection centrale[1]. Cette méthode, théorique et pratique, emprunte à la fois aux mathématiques et à l'optique. L'essentiel tient dans cette définition fameuse : le tableau est une intersection de la pyramide visuelle constituée par l'ensemble des rayons qui relient l'œil à chaque point de la surface des choses perçues par le regard. Alberti propose aux peintres des règles géométriques claires et simples pour construire cette pyramide et notamment pour définir le point de fuite à l'horizon des lignes perpendiculaires au plan du tableau. Il leur propose également un moyen pratique, des plus simples, pour dessiner ce qu'ils voient d'une manière conforme à la théorie géométrique. Le dispositif utilisé, dont il est l'inventeur — l'*intersecteur* —, consiste en un voile de fils très fins, tendu sur un cadre de bois, et divisé en bandes de petits carrés par d'autres fils plus épais. Le peintre dispose l'intersecteur entre son œil et la scène à dessiner (décors, objets, animaux, personnages), de façon à couper la pyramide visuelle. Il peut alors relever, en s'aidant du quadrillage, le contour des objets qu'il aperçoit à travers le voile, mais en prenant garde de ne pas modifier la position de son œil ; précaution sans laquelle l'apparence des objets risque de se déformer. Vinci reprendra cette idée en substituant au voile une vitre de verre plus pratique. La technique de la perspective suscitera une floraison de traités savants jusqu'au XIXe siècle (il en existe encore de nos jours) et l'invention d'une foule d'appareils très ingénieux — les perspectographes — outils de construction automatique mais aussi instruments d'expérimentation permettant de vérifier et de comprendre la théorie, auxquels tous les peintres auront recours.

La perspective apporte deux changements fondamentaux dans la manière de figurer le monde sur une surface bidimensionnelle. Le premier concerne le système de projection. Bien que l'image reste toujours la projection sur un plan d'une réalité qui s'étend dans les trois dimensions, cette projection est dorénavant impérativement soumise à un *centre organisateur* rigoureusement défini et qui se confond avec l'œil. Le second est l'introduction d'un certain *automatisme,* sans commune mesure avec les procédés antérieurs, libérant encore partiellement mais considérablement l'œil et la main du peintre. Pour Alberti, le tableau est le résultat d'une série d'opérations bien hiérarchisées. La plus élémentaire consiste à délimiter les petites surfaces composant les objets. Grâce à l'intersecteur, le peintre saisit — « mesure » — avec

---

1. Alberti, *De la peinture. De pictura,* traduction de Jean-Louis Schefer, Macula Dédale, 1992.

précision les contours de ces objets, il les dessine, ou, comme le dit Alberti, il les *circonscrit*. Dans ce travail de circonscription *(circonscriptio)*, par quoi commence la peinture, la main et l'œil constituent avec l'intersecteur une machine simple mais puissante qui automatise une partie importante du processus pictural. Cependant, les surfaces doivent être assemblées à leur tour entre elles pour former les membres, lesquels formeront ensuite les corps. Alberti appelle ce travail la composition *(compositio)*[1]. Quant à l'assemblage final des corps, il est réglé par ce qu'il nomme l'histoire *(historia),* « dernier degré d'achèvement de l'œuvre du peintre ». L'*historia* est pour Alberti bien plus que ce que le tableau raconte. C'est ce grâce à quoi l'agencement des corps figurés retient et émeut les yeux et l'âme des spectateurs *(oculos et animos spectantium tenebit et movebit)*. « L'histoire, dit-il encore, est la tâche la plus importante du peintre *(amplissimum pictoris opus historia)*. »

La méthode perspectiviste exige donc de la part du peintre un double travail. D'une part, un travail machinique au cours duquel n'interviennent que des processus automatiques : la circonscription, mais aussi une partie de la composition qui vise à établir les tracés régulateurs conformément à l'algorithme géométrique. D'autre part, un travail qui échappe à l'automatisation et qui, seul, donne son sens à la peinture : l'élaboration de l'*historia*. L'*historia* exige du peintre qu'il sache « percevoir, saisir et exprimer la beauté » dans sa diversité harmonieuse, mais aussi choisir ses modèles et les combiner. Qualités qui sollicitent aussi bien l'histoire individuelle du peintre que l'histoire collective des hommes, des princes ou des dieux, et qui exigent encore une bonne connaissance des arts (dont la poésie et la littérature) et des sciences (la géométrie, tout particulièrement). La première opération réduit l'action de celui qui peint à des automatismes complexes mais qui ont l'avantage d'être partagés uniformément par les autres peintres au cours d'une expérience technique, pendant laquelle l'imageur fait corps avec un appareil — optique et géométrique. En tant que sujet de l'opération figurative, il fonctionne sur un mode impersonnel et anonyme, celui du ON. La seconde opération exige du même sujet qu'il se différencie des autres peintres dans sa manière d'être et de voir et qu'il affirme sa singularité. Elle réclame une aptitude rebelle à l'automatisation. Dans le système albertien, le peintre, en tant qu'auteur

1. Il existe aussi un troisième travail qui consiste à distribuer les lumières (et les couleurs) sur les surfaces pour leur donner le modelé nécessaire.

du tableau, est l'association contradictoire et complémentaire de ces deux composantes du sujet. Un sujet appareillé — un sujet-ON — et un sujet singulier, fortement individualisé — un sujet-JE — qui, en tant qu'auteur de l'*historia,* reste le maître de l'ouvrage. C'est cette composante du sujet qui apparaîtra au cours de l'histoire de l'art comme caractéristique de la *subjectivité* et qui fera oublier trop souvent que le sujet se tient aussi du côté du ON.

L'adoption du point de vue unique concourt, certes, très fortement à réduire l'être corporel du sujet. Mais, il ne l'anéantit pas ; il le condense intensément et maintient, de ce fait, une cohésion étroite entre les deux composantes du sujet, le sujet-ON et le sujet-JE qui occupent en même temps le même lieu privilégié. Toute l'efficacité du dispositif perspectiviste, en son double aspect conceptuel et technique, repose dans la relation spatiale qu'il instaure entre le sujet, l'image et l'objet. De part et d'autre de l'image se font face l'objet et le sujet, dans une relation de visée sagittale et d'affrontement qui caractérisera cette forme de représentation propre au système et qui donnera sa signification à chacun de ses trois acteurs. À tout point de la chose vue *(res visa)* correspond *un point et un seul* de l'image. La relation entre chaque point de l'objet et son « transformé » sur le plan de projection est biunivoque. La fameuse homogénéisation de l'espace ne se tient pas uniquement dans la construction de l'échiquier de base, ou du cube, elle se tient aussi dans la réversibilité du trajet allant de la chose vue à l'image et de l'image à la chose vue. Loin de chercher à faire prendre l'image pour la réalité dans une volonté d'illusion, le dispositif distingue clairement, dans leurs positions et leurs rapports respectifs, l'image, l'objet à représenter et le peintre. Par ailleurs, à chaque point de l'image correspond aussi, inversement, un point et un seul de la chose vue. Si le tableau est la projection de l'ensemble des choses vues (de la réalité visible) sur une surface plane, il est aussi le lieu où se projette, à partir du centre organisateur, c'est-à-dire l'œil du peintre, l'image imaginée par celui-ci. Le point de vue est un point mais un point central et rayonnant. Le trajet allant de l'œil à l'image et de l'image à l'œil est lui aussi réversible. Mettre en perspective, c'est aussi bien copier qu'imaginer, aussi bien reproduire, comme disait le géomètre Desargues, « les objets donnés réellement » que rendre visibles les objets « en devis », traduire avec la main ce que l'esprit du peintre a conçu.

Cette efficacité tient également dans la possibilité pour n'importe quel spectateur d'occuper, lui aussi, l'apex de la pyramide visuelle et d'y retrouver la position originaire de l'auteur. La construction géométrique l'y conduit inflexiblement. Le sujet regardeur entre alors en coïncidence rétrospective, ou encore « en résonance », avec le sujet imageur. Le point de vue fonctionne comme un facteur d'*intersubjectivité* grâce auquel le regardeur et le peintre se rejoignent, partageant le même regard, le même rapport au réel et à l'image, le même espace, homogène, continu et infini, et le même temps — un passage organisé entre le passé et le futur à partir de l'axe du présent. Une certaine subjectivité propre au peintre diffuse ainsi vers le regardeur, mais à la faveur des automatismes perceptifs propres au système de représentation. Le ON fait accéder au JE.

La photographie.

La photographie a marqué une étape supplémentaire et décisive dans l'automatisation de la représentation. Avec elle, l'ensemble du travail exécuté par le couple œil-main dans la perspective, à travers l'intersecteur, est totalement pris en charge par l'appareil. « C'est le modèle qui fait son portrait lui-même », disait Ken ou « C'est la lumière qui peint, qui dessine », disait Disdéri. La plaque photographique fonctionne optiquement comme le voile d'Alberti, un voile qui inscrirait automatiquement à sa surface l'image des choses vues, de la réalité visible et cadrée. Mais cette automatisation s'étend également au travail de composition — l'assemblage harmonieux des parties dessinées —, pour reprendre les termes d'Alberti ainsi qu'au travail de distribution des lumières. Le temps réservé à la composition qui donnait au peintre un rôle essentiel se réduit dès lors au temps mécanisé de la pose, raccourci à l'instantané (les poses trop longues laissent échapper les objets en mouvement). Le photographe, en tant que sujet organisateur, se voit ainsi dépossédé d'une grande partie du rôle jusque-là dévolu au peintre : être maître de la composition. Il lui appartient maintenant de le renouveler. La photographie a donné, dès l'origine, l'impression d'être vraie — « La vérité même » (Alophe) —, non pas seulement parce qu'elle est à la ressemblance, toujours relative, de son modèle, mais plus encore parce qu'elle redonne à vivre au regardeur cet instant originaire où se sont trouvés réunis, coprésents en un même lieu, le sujet, l'objet et l'image (latente), d'une manière presque totalement automatique. Elle diffère par là de la peinture où le temps que prend le peintre à saisir les contours de son modèle et à les agencer en une composition harmonieuse reste encore largement indéfini, malgré l'appareillage perspectiviste qui assiste son œil et sa main. Dans les deux cas, l'opération est la même : il s'agit de faire entrer en résonance l'imageur et le peintre. Il s'agit pour l'imageur de faire vivre, et pour le regardeur de revivre, un même *présent* initial et fondateur, plus ou moins étendu selon que l'on regarde un tableau ou une photo, dans lesquels se fonde le sens temporel de l'image. Le mot « re-présentation » doit être pris à la lettre.

À l'automatisation de la représentation, la photographie ajoute encore l'automatisation de la reproduction. Bien que le peintre ait eu à sa disposition des moyens de reproduction autorisant une certaine mécanisation, comme la gravure, ces moyens n'étaient pas comparables à ceux qu'offrait la photographie. L'automatisation de la reproduction devait changer complètement le statut social de l'image, sa diffusion et sa conservation. La possibilité de reproduction potentiellement infinie a jeté l'image photographique dans la dépendance immédiate de l'industrie et en a fait une véritable marchandise. L'invention du procédé *half tone,* en photogravure (1880), permettant l'impression des demi-teintes, étendit cette reproductibilité au papier journal et en multiplia les effets. La photographie automatisait l'accès aux œuvres du passé, à la peinture elle-même qui, reproduite indéfiniment et ramenée à une image sans matière, le plus souvent réduite — ce qui en modifie la perception — tendait à perdre son caractère d'objet singulier pour acquérir celui des objets de série. La photographie et tous les procédés de reproduction optiques, chimiques et mécaniques, qui se développèrent parallèlement, contribuèrent de la sorte à modifier fortement l'habitus perceptif.

Assisté par l'automatisme des procédés de représentation, le regard s'est mis, au cours du XIXe siècle, à fonctionner davantage sur le mode impersonnel du ON propre à l'expérience technesthésique imposée par la photographie. Non que le sujet ait disparu ; bien au contraire, il a vu une large partie de ses fonctions se renforcer tout en se déplaçant. Quiconque pouvant acquérir dorénavant le privilège autrefois dévolu aux artistes de créer une image conforme à son modèle. Rien ne changeait dans l'alignement sagittal du sujet, de l'image et de l'objet structurant le système de figuration né avec la perspective, mais le sujet de la représentation devenait dès lors un sujet beaucoup plus fortement appareillé, beaucoup plus ON que JE. Comme toute expérience technesthésique, la photographie — que l'on fût photographe, photographié ou regardeur — a imposé un modèle commun de comportement perceptif fortement unificateur et uniformément partageable sur lequel s'est érigé un nouvel habitus visuel.

L'œuvre du soleil.

On comprend mieux alors le débat qui opposa au XIXe siècle les partisans et les détracteurs de la photographie. La position de Baudelaire d'abord, très exemplaire d'une réaction extrême, qui a très bien noté tout ce que la photographie, dans sa puissance de reproduction et son asservissement à l'industrie, contenait de « dangereusement » révolutionnaire. L'essentiel des arguments contre la photographie tient dans ces réflexions de Gustave Planche : « L'art ne doit pas transcrire ce qu'il voit, mais choisir ce qui lui convient et répudier ce qui ne lui convient pas [...]. Le soleil procède autrement : il touche à tout ce qu'il éclaire et transcrit tout ce qu'il a touché ; il n'omet rien, ne sacrifie rien, car il agit sans volonté, sans dessein préconçu, et ceux qui voient dans la photographie quelque chose de supérieur à la peinture, confessent à leur insu qu'ils ne comprennent rien à la peinture. [...] L'œuvre du soleil a cela de singulier qu'elle exprime sans pitié les détails que nos yeux n'aperçoivent pas[1]. » Delacroix disait aussi que la photographie n'était qu'une copie du réel fausse à force d'être exacte, ou encore que « devant la nature elle-même, c'est notre imagination qui fait le tableau ». Toute une esthétique du choix, de la volonté expressive, de l'intention, que l'on retrouvera systématisée jusqu'à l'excès dans l'art moderne, s'esquisse déjà ici.

Du côté des photographes, du moins de ceux qui veulent faire de la photographie l'un des Beaux-Arts, la peinture sert toujours de référence et de tradition. On préfère même le calotype au daguerréotype pour son rendu plus moelleux et l'estompage des détails trop appuyés[2]. L'attitude du photographe doit se rapprocher de celle du peintre, de sa démarche et de sa sensibilité. Plus rares sont ceux qui recherchent dans la photographie une spécificité artistique. Eugène Durieu condamne, par exemple, la retouche qui dénature la photographie. Chaque art a sa difficulté technique propre dont l'artiste doit tenir compte, « chaque art, écrit-il, doit trouver sa véritable puissance en soi-même, c'est-à-dire dans l'emploi habile des procédés qui lui sont propres[3] ». Il énumère ceux de la photographie : choisir le point de vue, cadrer, composer, distribuer les lumières, régler la mise au point pour

1. André Rouillé, *La Photographie en France. Textes et controverses : une anthologie 1816-1871,* Macula, 1989, p. 269.
2. *Ibidem*, p. 14-15.
3. *Ibidem*, p. 274-275 et 279-281.

avantager tel ou tel plan — toujours agir sur le réel pour agir sur l'image. Surtout, prévoir le résultat définitif dans la chambre noire.

Mais les critiques ou les défenseurs de la photographie s'accordent tous sur un point commun : la qualité essentielle du créateur est l'*individualité*. Théophile Gautier la définit comme une manière, très française, d'agir d'après son idée particulière. « Idée », au sens très large, qui peut relever de la forme (mettre l'accent sur le dessin ou sur la couleur), de la technique (objectifs, agents chimiques, lavage, papier, verre, durée d'exposition, etc.) et du goût (comprendre et choisir les choses, composer). L'individualité s'exprime aussi pour lui par une « certaine transmission fluidique, que la science n'est pas en état de déterminer aujourd'hui, mais qui n'en n'existe pas moins ». Le poète avance alors l'étrange hypothèse que la plaque photographique pourrait être impressionnée par l'influx humain ! « Nous touchons là, dit-il, à une question délicate : l'âme peut-elle agir sur la matière ? Le magnétisme semble répondre : oui[1]. » Il y aurait ainsi une sorte de matérialisation de l'individualité sous la forme d'un fluide. En réalité, la seule manière de matérialiser cette individualité est pour le photographe d'agir directement sur le réel, à son idée, comme dit Gautier, d'en composer les parties pour composer finalement l'image, de prévoir encore et d'organiser la rencontre de l'objet à photographier et de la plaque sensible. Contrebalançant la vision dépersonnalisée commandée par l'automatisation, le sujet-JE, investi de cette nouvelle responsabilité, s'oppose ouvertement au sujet-ON, anonyme et sans identité, mais non moins sujet, participant pleinement à l'acte de figuration. C'est en cette opération que se réduit à l'avenir l'*historia*. Cette histoire, au sens albertien, qui s'impose en force à travers les automatismes optiques et chimiques du système photographique, est celle-là même du réel s'accomplissant devant l'objectif. Avec cette différence : tandis que dans la perspective le ON restait encore fortement soumis — *assujetti* — au JE, maître de l'*historia,* l'automatisme photographique les opposera dorénavant l'un à l'autre. Une longue crise de l'image naîtra de ce conflit.

Cette singularisation du sujet s'oppose aussi à une survalorisation de l'objet. « Le photographe ne saurait se passer de la présence des objets qu'il veut reproduire », constate Disdéri. Alors que le peintre,

---

1. *Ibidem*, p. 284. Dans le même texte, Théophile Gautier prédit d'ailleurs que la photographie ferait disparaître tout ce qui est métier, justesse de l'œil ou adresse de la main. On pense à la maladresse entretenue de Cézanne.

dans la tradition albertienne, peut, en principe, se dispenser d'avoir constamment son modèle sous les yeux, et projeter directement sur la toile l'objet qu'il imagine, le photographe est toujours soumis à la présence réelle de l'objet, du réel (visible), à la lumière — cet autre objet « fluidique » — qui en émane. Avec la photographie, la présence de l'objet se fait incontournable. L'objet préexiste nécessairement à l'image. Le réel fait pression sur l'image et son exaltation avec le réalisme, ou sa mise à distance avec le symbolisme, ne seront pas la préoccupation des seuls photographes. Il s'ensuivra, dans le monde de l'art, des réactions en cascades. À partir du moment où l'*historia* commence à s'automatiser, c'est-à-dire à être prise en charge en grande partie par l'appareil photographique auquel échoit la tâche de composition, la représentation n'emprunte plus prioritairement les voies symboliques du mythe, du sacré, de l'Histoire, du langage, de la culture et de l'art, qui transitaient et filtraient à travers le sujet-JE, seul maître jusqu'alors de l'*historia*. Malgré cela, ces changements importants dans la manière d'être (et non dans la position) du sujet et de l'objet, loin d'altérer le rapport fondamental qu'ils entretiennent entre eux et, du même coup, à l'image, ne font que le renforcer. L'alignement objet-image-sujet de la représentation se consolide en s'automatisant.

B. Du sentiment à la sensation

Hachures.

Cette singularisation intense du sujet n'a pas attendu, pour se manifester, l'avènement complet de la photographie. Elle apparaît déjà avec le romantisme, première et forte réaction à la Révolution industrielle et à l'expansion machinique. Il est évident que de multiples facteurs historiques, sociaux et culturels, contribuent à la naissance du romantisme, mais cette nouvelle manière d'être et de sentir toute européenne, beaucoup plus encore qu'un mouvement artistique, est d'abord une résistance violente à la mécanisation et à l'automatisation des processus de production imposée par l'industrialisation et aux effets de fragmentation et de division (à commencer par celle du travail) qui en découlent. Le romantisme est étroitement lié à l'expansion de la machine thermique. En évoquant la possibilité d'une transmission fluidique entre le photographe et la plaque sensible, Théophile Gautier exprime, en vérité, l'idée centrale autour de laquelle s'est élaboré le romantisme. L'artiste est une source d'*irradiation,* d'énergie rayonnante et communicative. L'art traduit la manière dont la technique et la science sont utilisées pour domestiquer les *fluides* (chaleur et vapeur) et mécaniser les forces productives. Ce qui explique son inclination pour les mouvements alternatifs, les oppositions et les contrastes violents, la « variation », l'effusion et la fusion — le « tout dans le tout » qui donnera à la musique et à l'opéra en particulier un rôle majeur. Le but de l'artiste romantique est d'exprimer ce que Hegel appelle une « subjectivité absolue ». On voit ainsi se constituer une figure exceptionnellement forte du sujet-JE. Sujet qui se perçoit et s'éprouve lui-même, attentif à sa propre sensibilité, comme une source irradiante de flux affectifs changeants, mouvementés et contradictoires, susceptible de résister à la combustion du monde et à sa conversion en énergie pure : un contre-feu.

La peinture de Delacroix est, de ce point de vue, exemplaire. Elle traduit elle aussi, à la manière de Turner (qu'il admirait), l'énergie rayonnée par l'opposition violente des coloris mais elle révèle très clairement déjà une volonté de décomposition et de fragmentation analytique. Tandis que Turner travaille plutôt sur de larges oppositions de masses chromatiques, Delacroix s'intéresse davantage à la consistance des plans colorés, à l'instar de Constable dont le fameux vert des paysages est composé d'une multitude de verts différents. Pour tuer l'uniformité, il dissocie chaque teinte en plusieurs tons[1] et il n'hésite pas à juxtaposer crûment le vert et le violet, sans les mêler, en les appliquant l'un après l'autre. Pour cela, Delacroix porte une attention particulière à la touche ; il veut qu'on la sente. Il évite d'utiliser la brosse qui adoucit le passage des tons intermédiaires entre eux, ce qui faisait dire aux critiques que sa touche était hachée et incohérente. Les touches ne doivent pas se fondre sur la toile mais *dans* l'œil « naturellement à une distance voulue par la loi sympathique qui les a associées. La couleur obtient ainsi plus d'énergie et de fraîcheur ». Ainsi traitée, la peinture prend « un accent que le fondu des teintes ne peut donner ». Le peintre reproche au « vulgaire » de préférer les tableaux lisses. Cette nouvelle conception de la touche qui annonce l'impressionnisme — une participation perceptive du regardeur à la recomposition rétinienne du coloris — a rendu possible la fusion optique, à distance, de la teinte. Paul Signac, qui cherchait en Delacroix un prédécesseur à la mesure de son ambition, dans une analyse subtile des *Femmes d'Alger dans leur*

---

1. On considère traditionnellement que la teinte est la qualité d'une couleur et le ton, le degré de saturation de la teinte.

appartement, montre bien comment les différentes parties du tableau tressaillent et vibrent, grâce à l'emploi des touches en ton sur ton, au martèlement, au tamponnage, au hachurage de la couleur[1], autant de termes qui insistent sur l'aspect mécanique du travail.

Mais pour Delacroix, comme celui-ci l'écrit dans son *Journal*, « la touche [n'] est [qu'] un moyen comme un autre de contribuer à rendre la pensée dans la peinture ». Techniquement, elle permet d'insister sur le contraste, l'opposition, le heurt des complémentaires, l'accentuation et la variété du ton. Ce qui compte avant tout, c'est l'imagination et la passion servies par la couleur, cette énergie chromatique qui circule entre les plans et les volumes et qui rayonne de l'âme du peintre à l'âme du regardeur en passant par l'âme des personnages peints. Les lois épurées de l'optique et de la géométrie se mêlent aux lois de la production et de la conservation de l'énergie. Il s'agit bien plus de dévoiler la substance des corps et des matières, leur conductibilité, que de reproduire leur aspect visible. Alors que le photographe, ou le peintre réaliste, « positiviste », dit, comme le prétend Baudelaire : « Je veux représenter les choses telles qu'elles sont, ou telles qu'elles seraient, en supposant que je n'existe pas », l'imaginatif dit au contraire : « Je veux illuminer les choses avec mon esprit et en projeter le reflet sur les autres esprits[2] ». La « subjectivité absolue » de Hegel ne saurait être mieux illustrée. L'intersecteur à travers lequel l'artiste regarde le monde est comme irradié par sa subjectivité. Il ne fixe plus son œil derrière un œilleton immobile — tâche qui échoit au photographe —, il le laisse se mouvoir et s'émouvoir, découvrir sa propre intériorité.

Virgules et touches divisées.

Cette plongée en soi-même reste toujours, malgré le recul du romantisme devant le réalisme et l'apparition d'autres tendances esthétiques, la préoccupation principale d'une grande partie des peintres du dernier quart du XIXe siècle, les impressionnistes et les néo-impressionnistes. La différence est que ces derniers s'intéressent moins, comme les romantiques, à leurs propres sentiments, et davantage à leurs *sensations*. Sans négliger le renouvellement des thèmes de la peinture, l'importance du motif, de la vitesse d'exécution, de l'instant, de la sensualité et de la joie visuelles, l'impressionnisme inaugure une

---

1. Paul Signac, *D'Eugène Delacroix au néo-impressionnisme,* Hermann, 1978.
2. Baudelaire rapporte les paroles de Delacroix, in *Salon de 1859, op. cit.*

technique plastique nouvelle, celle de la fragmentation de la touche et du ton, avec l'emploi des teintes pures, qui devait aboutir au « mélange optique ». Or, contrairement au mélange traditionnel qui malaxe plus ou moins intimement les pigments sur la palette, le mélange optique est un phénomène de perception ; il a lieu lui aussi, comme la juxtaposition des tons chez Delacroix, dans l'œil. Par exemple, vue à une certaine distance, une multitude de petites touches juxtaposées de vert et de rouge donne une sensation vibrante de jaune qui n'existe pas en réalité sur la toile. Les peintres impressionnistes, qui furent tous des admirateurs de Delacroix, et souvent de Turner, reprennent ses innovations en les systématisant. Ils réduisent leur touche — qui prend la forme d'une virgule plus ou moins punctiforme plutôt que d'une hachure — et l'éventail des teintes. Leur palette comporte moins de couleurs, mais elles sont franches, les terres sont rares. Ils accentuent au maximum la fragmentation des tons et juxtaposent, sans les mélanger, des teintes pures pour obtenir cette sensation de fusion optique et de vibration ; parfois elles se chevauchent et produisent un effet terreux que leur reprocheront les néo-impressionnistes. Mais le résultat est saisissant. De nouvelles sensations colorées, fraîches, éclatantes, jaillissent de leurs tableaux.

Les néo-impressionnistes ont développé et systématisé jusqu'à l'excès la recherche plastique des impressionnistes. Paul Signac en a formulé la théorie et il en fait remonter les origines à Delacroix. Pour assurer sa filiation, il en appelle même à Ruskin qui avait déjà fortement prôné la dégradation des teintes, la petite touche (le *stippling)*, la réduction du mélange sur la palette, l'emploi de petits points de couleur pure et le refus de la virtuosité manuelle — qui hantera la peinture jusqu'à la fin du XXe siècle. L'art des néo-impressionnistes repose sur une conception très rigoureuse de la touche. Après la touche en hachure de Delacroix, la touche en virgule des impressionnistes, ils inventent la touche « divisée » : une touche de pigments purs, proportionnée à la dimension du tableau qui, seule, autorise le mélange optique idéal et permet de « s'assurer tous les bénéfices de la luminosité, de la coloration et de l'harmonie[1] ». En fait, le désir caché qui anime cette théorie et cette pratique picturales, impressionnisme et néo-impressionnisme confondus, est de révéler comment fonctionne la *machine-œil* dans la vision des couleurs, de faire l'analyse et la synthèse de ce fonctionnement, aussi bien chez le peintre que chez le

1. Paul Signac, *D'Eugène Delacroix...*, *op. cit.*

regardeur. Un défi, finalement, à la photographie et à l'autre peinture : un degré de plus dans l'automatisation de la représentation, celle des processus de la perception visuelle des couleurs.

Et c'est là tout le scandale de l'impressionnisme. Scandale d'autant plus choquant qu'il est difficile pour les contemporains de bien le comprendre. On reproche surtout à ces peintres l'aspect négligé du dessin et de la composition (que corrigent les néo-impressionnistes), l'abandon du contour net, du modelé, des ombres épaisses, la trop grande clarté de leurs toiles, l'excès des coloris, l'absence de sujet (au sens de *thème),* la rapidité d'exécution, bref, l'effet indéfini d'« impression ». Mais on ne comprend pas encore que la vraie raison du scandale, qui entraînera la rupture définitive du grand public et de l'art, tient dans la volonté d'arracher le spectateur à une contemplation facile et de mettre son regard *au travail*. La rétine doit faire la *synthèse optique* des touches éclatées, le corps doit aller et venir pour choisir la bonne distance à partir de laquelle, soudain, le tableau se révèle. Regarder une peinture impressionniste, c'est la recréer mentalement et jouir de cette recréation. L'œil du regardeur est dorénavant sommé de participer à la recomposition des coloris et des lumières. Mais cette recomposition se fait sans réflexion ni sentiments. C'est donc au prix d'une nouvelle altération du sujet-JE au profit du sujet-ON que la peinture divisionniste opère, forçant encore une fois le premier à se déplacer par rapport au second. Cette autre manière de jouer entre le JE et le ON, pourtant, n'est pas si éloignée qu'elle le paraît de la tradition albertienne, car il s'agit toujours d'automatiser la représentation tout en restant maître de l'opération. L'automatisation s'étend maintenant au fonctionnement perceptif de ce point-surface qui loge à l'extrémité de la pyramide visuelle. Tout se passe alors comme si le peintre avait disposé une sorte d'intersecteur supplémentaire entre sa rétine et un point supérieur d'observation, universel et objectif, que le regardeur est invité à occuper à son tour. L'essentiel de ce que l'*historia* du tableau dépeint n'est plus la manière dont le sujet a agencé les figures, les membres et les surfaces — dont on remarque que la circonscription s'estompe — mais la manière dont le regard fonctionne. L'identification du sujet regardeur au sujet imageur emprunte la voie des mécanismes physiologiques.

On a généralement bien vu la part indirecte prise par la photographie dans la naissance de l'impressionnisme. Cette peinture, à l'instar de la photographie, voulut aussi être un art de l'instant, non pas de la pose mécanique, mais de l'impression première, physiologique. Un art du temps, à l'égal de la musique. Le vocabulaire employé par les peintres, et déjà par Delacroix, en témoigne. Mais si l'impressionnisme peut être considéré comme une réaction à la technique photographique, il n'en est pas la traduction fidèle. Certes, il exprime l'importance de l'instant qu'il redonne à vivre différemment (l'instant impressionniste n'est pas l'instantané photographique), mais il ne tire pas de la technique photographique les moyens plastiques qui font son originalité. La touche en virgule et la touche divisée ne traduisent pas le grain d'argent de la plaque sensible. Elles traduisent, en revanche, le nouvel environnement perceptif imposé par les techniques de transmission et de codage qui apparaissent à partir du milieu du XIXe siècle : l'automatisation de l'analyse, ligne à ligne, de l'image et de sa transmission ultra-rapide qui la fragmente en éléments discrets (le pantélégraphe), l'automatisation de l'analyse, lettre à lettre, de l'écriture et de sa transmission quasi instantanée qui fragmente également chaque lettre en sous-éléments discrets (le Morse), réduisant à un flux électrique modulé et codé, purement énergétique, les images comme les mots. La fragmentation des matériaux et des opérations, la quête obstinée du plus petit élément constituant de l'image et du mot capable d'en rendre automatique l'analyse et la synthèse, étaient d'abord la préoccupation de la technologie.

« Au centre mystérieux de la pensée ».

L'impressionnisme provoqua des réactions diverses et violentes, mais toutes s'organisèrent autour de la couleur. L'une des plus significatives fut celle de Paul Gauguin[1]. Bien qu'il portât un jugement critique sur l'emploi de la couleur chez Delacroix qui travaillait, à son avis, surtout pour le dessin, on retrouve, en effet, chez Gauguin une exaltation de la subjectivité, une quête de la vérité « naturelle », un souci de l'ordre symbolique et imaginaire que n'auraient pas reniés les romantiques. Tout en reconnaissant certaines de leurs qualités (une vision harmonieuse), il reprocha aux impressionnistes de chercher « autour de l'œil et non au centre mystérieux de la pensée » et de tomber « dans des raisons scientifiques[2] ». Par là, il exprime bien l'une des préoccupations majeures de l'École de Pont-Aven qui s'était constituée

---

1. Dont Pierre Francastel disait qu'il était, par la sentimentalité et pas par l'expression, « le dernier des romantiques et non pas le premier des modernes » ; Pierre Francastel, *Peinture et société,* Gallimard, 1965, p. 145 sq.
2. Paul Gauguin, *Oviri, écrits d'un sauvage,* Gallimard, 1974, p. 170-176.

autour de lui avec, entre autres, le jeune Émile Bernard et qui devait donner lieu au symbolisme pictural dont les influences sur l'évolution de l'art furent considérables. Le symbolisme s'opposait surtout au néo-impressionnisme et tentait d'échapper à la sujétion réaliste. Il fallait se libérer du motif, des choses qui retenaient le regard, de l'insistance du réel, et travailler de mémoire pour aboutir à une « synthèse » réorganisée et réduite à l'essentiel — à l'« Idée » — par l'imagination. Le système plastique de Gauguin repose sur l'utilisation de larges surfaces cloisonnées et monochromatiques, soigneusement délimitées, travaillées en demi-tons subtils et appliquées d'une touche assez étirée, où les terres ont autant leur place que les teintes pures et éclatantes. Leur agencement produit un puissant effet de volume associé à une impression de tactilité. Mais curieusement, dans une volonté de décoration et d'abstraction affirmée, ces volumes semblent écrasés, s'inscrivant au même niveau de profondeur que les fonds, par exemple, ou les lointains dont la ligne d'horizon est fortement surélevée. Les corps et les visages donnent souvent l'impression d'être sculptés dans un matériau compact. Formes simplifiées et puissantes, mais parfaitement intégrées au support et à sa bidimensionnalité. Si Gauguin respecte encore la perspective géométrique, il ne tient plus aucun compte de la perspective aérienne, encore moins de l'éclairement directionnel. Son divisionnisme n'opère pas sur la couleur mais sur le plan.

On retrouve cette esthétique chez les Nabis, très influencés un moment par Gauguin. Maurice Denis[1], le théoricien du groupe, prônait la double déformation objective (fondée sur des techniques décoratives de coloration et de composition) et subjective (fondée sur la sensation personnelle). La théorie avait le grand mérite de poser clairement la question de la relation entre la subjectivité et la technique, entre le JE et le ON. Les Nabis furent également influencés par Gustave Moreau et les Préraphaélites anglais, par une certaine forme d'imagerie populaire et japonaise (l'estampe), par Puvis de Chavannes et surtout par Odilon Redon. Ce dernier, né en 1840, plus âgé de huit ans que Gauguin et plus âgé de trente ans que Denis, avait déjà exprimé une large part des idées développées par le symbolisme. « J'ai fait un art selon moi, écrivait-il. Je l'ai fait avec les yeux ouverts sur les merveilles du monde visible, et, quoiqu'on en ait pu dire, avec le souci

1. On lui doit la fameuse phrase : « Se rappeler qu'un tableau — avant d'être un cheval de bataille, une femme nue ou une quelconque anecdote — est essentiellement une surface plane recouverte de couleurs en un certain ordre assemblées. »

constant d'obéir aux lois du naturel et de la vie[1]. » Attentif à copier le réel, mais par le menu (un caillou, un brin d'herbe, une main, un profil), il cherche à mettre la logique du visible au service de l'invisible. Cette subjectivité n'est plus la subjectivité absolue des romantiques ; elle est étonnamment humble, candide. L'artiste mettra toujours son nom « comme à regret, ou avec quelque gêne » au bas d'« une œuvre où se révélera sa personnalité unique ».

Van Gogh apporte la même attention à la couleur que Gauguin mais il croit à une autonomie expressive et poétique totale de la couleur pure. Aussi, ne l'emploie-t-il pas — du moins après s'être débarrassé de l'influence impressionniste — en petites touches courtes mais en touches longues et sinueuses, posées à cru et chargées en pâte, soulignant fortement contours et modelés. Il évite la dégradation des tons, cherche le contraste et l'emploi des complémentaires. Son divisionnisme opère sur les objets mais la conservation du point de vue unique garantit encore leur cohésion formelle malgré les déformations qu'ils subissent. Dans une des lettres adressées à son frère, où il commente un tableau peint en 1889, *La chambre de Vincent*, il écrit que « la couleur doit faire ici la chose » et suggérer le repos ou le sommeil. À chaque chose peinte est affectée une teinte globale, mais les choses ne coïncident pas comme chez Gauguin avec des plans. La teinte est aussi nommée, elle a son correspondant dans la langue, poétique. Objets, couleurs et mots s'interpellent : « Les murs sont d'un violet pâle. Le sol est à carreaux rouges. Le bois du lit et les chaises sont jaune beurre frais, le drap et les oreillers citron vert très clair. La couverture rouge écarlate. La fenêtre verte[2] », etc. Vincent utilise intuitivement, du moins sans référence directe ni théorique, l'effet d'adduction et d'abduction des couleurs (leur capacité à s'éloigner du regardeur, comme le bleu, et à se projeter vers lui, comme le rouge). Il en résulte un mouvement interne et un dynamisme sans précédent dans la peinture. L'originalité de Van Gogh est là. Il cherche à peindre, comme le verra bien Albert Gleizes[3], le mouvement avec des images. Mais celui-ci lui reprochera, injustement, de maintenir la forme fixe des figures au lieu de les déformer, de les faire éclater

---

1. Odilon Redon, *À soi-même — Journal,* Librairie José Corti, 1961, p. 9.
2. Voir *La Correspondance complète de Vincent Van Gogh,* Gallimard Grasset, lettre 554 à Théo.
3. Albert Gleizes, *Art et religion, art et science, art et production,* éd. Présence, 1970, p. 77-79.

même, comme le feront les cubistes. En réalité, Van Gogh réussit pleinement à suggérer le mouvement et fut, dans ce domaine, un précurseur audacieux. Mais son divisionnisme opère, lui, sur des objets qui restent plongés dans le système perspectiviste traditionnel auquel ils doivent leur cohésion formelle.

Modulation.

Tout autre est la réaction de Cézanne. « J'ai voulu, dit-il à la fin de sa vie, faire de l'impressionnisme quelque chose de solide et de durable comme l'art des Musées. » Maurice Denis rappelle son admiration pour les « anciens Pissaro et surtout les premiers Monet[1] ». Cézanne garde, en effet, la volonté analytique de l'impressionnisme, mais au lieu de l'appliquer à la couleur, il l'applique au volume des objets et à leurs rapports dans l'espace. C'est pourquoi il en appelle à la géométrie, une géométrie souple, vivante, mais néanmoins rigoureuse. « Tout dans la nature se modèle selon la sphère, le cône et le cylindre. Il faut s'apprendre à peindre sur ces figures simples, on pourra ensuite faire tout ce qu'on voudra. » Il y a là une intention évidente de déconstruction, de dislocation même, qui donne à ses tableaux cet aspect fissuré et comme sur le point d'éclater, jamais vu en peinture. Mais Cézanne est aussi un artisan de la synthèse. Il faut que l'œil et le cerveau du peintre s'entraident et se développent mutuellement, que l'œil apprenne à lire la nature et le cerveau la logique des sensations colorées. Aussi, quand il dit « tout se *modèle* », ajoute-t-il aussitôt : « On ne devrait pas dire modeler, on devrait dire *moduler*[2]. » La modulation est pour Cézanne la manière de lire la nature et de l'analyser au moyen de taches colorées contrastées. C'est du rapport des tons que résulte le modelé et non du rapport du noir et du blanc, de la lumière et de l'ombre. (Il critique ainsi vivement Gauguin pour son manque de modelé.) Le dessin et la couleur ne doivent pas être distincts mais se développer ensemble. « Quand la couleur est à sa richesse, la forme est à sa plénitude. »

S'il est ferme dans ses principes, Cézanne n'est pas dogmatique ; il n'avait pas de doctrine, disait-il, mais des théories. En réalité, on ne voit guère de sphères, de cylindres et de cônes dans ses tableaux (on

---

1. Voir *Conversations avec Cézanne,* critique présentée par P. M. Doran, Macula, 1978, p. 170.
2. *Ibidem*, p. 36-37.

en verra chez les cubistes). On distingue, certes, des éléments qui évoquent ces formes, mais chacun de ces éléments se décompose lui-même en d'autres éléments dont le rôle est beaucoup plus important dans le travail du peintre. Appliquée à coups de pinceau assez larges et parallèles, à la fois calme et coléreuse, obstinée, méthodiquement maladroite (car il ne faut pas « faire beau », il préfère la lenteur et la réflexion à la virtuosité manuelle, le rompu au lisse), chaque touche forme une tache, une petite *parcelle colorée* qui se juxtapose à une autre sans s'y ajuster exactement. Chaque touche est un élément de modulation, chaque touche bâtit la forme, le volume, suggère le contour. Mais cette touche qui construit est aussi une touche qui détruit. Elle s'attaque au plan du tableau, semble vouloir le rayer, y incruster l'image en force, y substituer la matière picturale. On a l'impression que Cézanne veut relever l'empreinte des choses sur la toile, un peu comme les peintres chinois réalisent leurs estampages, en appliquant directement le papier sur la pierre et en le martelant à coup de tamponnoir. Le tableau se confond toujours avec le plan d'intersection albertien — car rien n'est changé dans la construction perspectiviste —, mais l'œil n'a plus la même fonction synoptique. Il cherche à palper les objets, presque en aveugle, pour s'assurer de leur présence. Il n'y a plus, à proprement parler, circonscription.

Car Cézanne a l'étrange impression que « les objets se pénètrent entre eux. [...] Ils se répandent, dit-il, insensiblement autour d'eux par d'intimes reflets, comme nous, par nos regards et nos paroles ». « Je vois les plans se chevauchant et parfois les lignes droites me paraissent tomber[1]. » Il laisse des parties importantes de ses toiles dénudées. Le support (le « subjectile », la toile vierge) devient un nouveau matériau pictural. Ce blanc n'est pas une « réserve » désignant un objet blanc mais une tache de couleur participant à la modulation. La peinture n'est plus une manière de recouvrir un support pour le soustraire au regard mais d'affirmer sa matérialité. Tout se passe comme si le monde et sa matière venaient se projeter sur le plan d'intersection, non plus pour y laisser leur image, à la manière albertienne, mais pour s'y briser et s'y incorporer. Il ne s'agit plus, comme l'avaient fait Delacroix et les peintres romantiques de révéler la substance des choses et leur conductibilité ; il faut aller au plus près des choses : mettre au jour leur structure intime. Et c'est pour préserver la cohérence de la représentation que Cézanne tient encore autant, du moins

1. *Ibidem*, p. 157 et 39.

en principe, à la perspective géométrique. La puissance de Cézanne et le caractère exemplaire de sa peinture, à laquelle la majorité des artistes modernes se référèrent, viennent de ce qu'il a su contenir avec la plus grande sérénité toutes les forces explosives qui travaillaient insidieusement la représentation figurative vers la fin du siècle. En lui s'équilibrent encore l'œil et le cerveau, les « petites sensations » et la logique de la sensation. Le JE et le ON composent et négocient, pour le plaisir et l'intelligence de l'œil.

C. L'éclatement du point de vue unique
De la représentation à la présentation

Mille surprises de feu et d'ombre.

C'est avec le cubisme que se brise définitivement la cohérence de l'espace figuratif. Peu de différences séparent apparemment les dernières toiles de Cézanne et les premiers tableaux cubistes. Mais elles suffisent à changer les codes de la représentation et à faire basculer la peinture dans un autre système qui marquera avec une force et une amplitude exceptionnelles les grandes tendances de l'art moderne, soit qu'elles s'en inspireront, soit qu'elles s'y opposeront. Le cubisme fut précédé toutefois par une sorte d'orage, bref et flamboyant, le fauvisme, qui se concentra entre 1905 et 1907, dominé par Henri Matisse. Les fauves apportèrent beaucoup à la peinture. Une simplification extrême des éléments picturaux — formes et couleurs —, contrebalancée par une émotion intense et la volonté de choquer violemment les sens, des effets de lumière, sans modelé ni clair-obscur, composés de couleurs pures, une intensification de la fonction du plan et de la mise à plat. Ils cherchèrent, eux aussi, à reconstruire l'espace par la couleur, dans la double percée cézannienne et néo-impressionniste. Mais, en travaillant sur ce qui n'était qu'une *qualité* des formes et des volumes — la couleur —, ils ne purent, malgré tous leurs efforts de déformation et l'accentuation éclatante des contrastes, remettre fondamentalement en cause le système de projection optico-géométrique hérité d'Alberti. Leur influence fut néanmoins très forte et s'exerça longuement. Toute une peinture, riche et variée, s'inspira de ses leçons chromatiques, de l'expressionnisme le plus violent à la peinture la plus sereine.

Décrivant comment il était passé à cette nouvelle manière de peindre qu'était le cubisme, Braque disait que ça s'était fait tout seul ;

il s'était simplement mis à peindre d'abord les lointains et à se rapprocher peu à peu. Ce qui lui permit, ensuite, de se porter indifféremment de l'avant à l'arrière[1]. Autrement dit, pour lui, l'échelonnement des intervalles, que Cézanne respectait encore, et la profondeur hiérarchisée par le point de fuite que devait suggérer le tableau ne constituent plus une priorité absolue : à l'effet de relief, qu'il juge illusoire, obtenu par le trompe-l'œil, le cubisme oppose le volume. Plastiquement, cette confusion volontaire était liée à une perception de l'espace figuratif tendant à accorder au toucher une importance qu'il n'avait pas jusque-là. La vue ne semblait plus le sens le plus sûr ni le plus précis pour construire une image du monde. Elle tenait les objets, le réel tout entier, beaucoup trop à distance et restait le propre de l'image photo et cinématographique et de ses automatismes. Pour les peintres, la perspective, avec son système de droites convergentes, ne paraissait plus apte à « éveiller l'idée de profondeur ». « Pour établir l'espace pictural, il faut recourir, déclarent Gleizes et Metzinger, à des sensations tactiles et motrices et à toutes nos facultés[2]. » C'est le corps entier en tant qu'organe perceptif, et non plus exclusivement la vue, qui participe à la peinture. « La perspective, explique de son côté Jacques Rivière, est aussi accidentelle que l'éclairage. Elle est le signe non plus seulement d'un certain moment dans le temps, mais d'une certaine position dans l'espace[3]. » Là où Cézanne s'était arrêté, fortement attaché à conserver le point de vue unique, les cubistes poursuivent. Ils cherchent à dépasser l'accident, l'anecdote, le contingent.

Par ailleurs, la presse, les revues et les ouvrages illustrés grâce à la similigravure avaient habitué l'œil au mélange intime du texte et de l'image, de la photo en particulier : une page de journal illustré est une sorte de tableau cubiste où cohabitent des espaces hétérogènes (caractères, dessins ou schémas, photos sous la forme de clichés tramés, coulés dans la même matière), sans point de vue unique, à la fois éclatés et ordonnés. La composition typographique est d'abord une manipulation d'objets : caractères, espaces, lignes, filets, colonnes et clichés de plomb. L'imprimeur opère sur de la matière et non sur une image — la page imprimée n'étant que l'empreinte de la page de plomb —, et se rapproche par là du photographe. Aussi, est-ce très logiquement que la

1. Jean Paulhan, *Braque le patron,* Gallimard, 1952, p. 44-45.
2. Albert Gleizes et Jean Metzinger, *Du cubisme,* Eugène Figuière, 1912, réédité par les éd. Présence en 1980, p. 50.
3. Guillaume Apollinaire, *Les Peintres cubistes,* Hermann, 1980 (1965), p. 210.

peinture se met à imiter l'imprimerie : lettres et mots au pochoir, titres de journaux, papier imprimé et papier peint. Les peintres introduisent dans leur peinture des matières granuleuses, comme le sable, la poussière ou la sciure, qui enrichissent les textures. Ils collent même des objets réels dans leurs tableaux, du carton, de la toile cirée, des morceaux de miroir, des cartes à jouer, du tissu, et bien d'autres objets bidimensionnels. La volonté, qui avait été déjà celle de beaucoup de peintres, de rompre avec la source d'éclairement unique favorise la déhiérarchisation de l'espace et la perte des repères traditionnels. Braque et Picasso traitent la couleur avec économie : pas de coloris éclatants. En réaction aux débauches colorées du fauvisme, la préférence va aux terres, aux gris, au blanc, au noir, afin de mieux briser l'homogénéité de l'espace. En sorte que la distance entre l'œil du peintre, l'objet à peindre et le tableau semble se réduire, se contracter. La projection optique du contour des objets ne passe plus par un centre organisateur. Le plan de projection, amplement fissuré déjà par Cézanne, se rompt. Le « continu plastique » éclate « en mille surprises de feu et d'ombre[1] ». Le voile d'Alberti se déchire, la vitre de verre de Vinci se brise.

Détaché du centre de projection, l'œil ne surplombe plus le réel, il s'en rapproche, il y adhère. Comme une main, il le palpe, le teste, le découpe, le manipule, le sonde sous différents angles. L'« objet n'a plus de forme absolue. Il en a autant qu'il y a de plans dans la signification[2]. » Le travail du peintre consiste à saisir les lois formelles qui le régissent. Le tableau ne décrit plus l'apparence visuelle des objets, il révèle leur organisation interne et changeante. Objets, matières, formes, couleurs et textures tendent à s'amalgamer, voire à se substituer à l'image. Ce qui est strictement vérifié par les collages qui transfigurent l'objet en image, en le projetant réellement sur la toile. Jean Paulhan, rappelant que Paul Claudel avait dit des peintres cubistes qu'ils étaient des peintres d'enseignes, observe que l'enseigne n'informe pas sur la qualité des produits vendus dans le magasin, mais qu'elle dit simplement et brutalement au passant : « IL Y A[3] ! ». Il y a, effectivement, quelque chose sur le tableau qui, avant toute fonction figurative, occupe un lieu : une réalité plastique autosuffisante. Le tableau cubiste ne renvoie plus, prioritairement, à un modèle dont le peintre

1. Albert Gleizes et Jean Metzinger, *Du cubisme, op. cit.*, p. 60.
2. *Ibidem*, p. 63.
3. Jean Paulhan, *La Peinture cubiste,* Gallimard, 1971, p. 71-72.

interprète avec plus ou moins d'exactitude ou de déformation les apparences. Il renvoie aux mouvements qu'accomplit l'œil du peintre, expulsé de son traditionnel logis, se déplaçant de points perspectifs en points perspectifs. Et il offre au regard l'ensemble de ces points de vue multipliés, non plus selon une hiérarchie spatiale ou narrative, mais simultanément. Le tableau renvoie à l'acte de figuration lui-même, c'est-à-dire au moment originaire, au *présent* où il est conçu et peint et non plus à quelque circonstance propre aux êtres ou aux objets qu'il figure. L'*historia* est ce par quoi la peinture advient. La fonction du peintre n'est plus dès lors de re-présenter le monde en remplaçant ce qui s'en est absenté par son image, mais de *présenter* ce monde, tel qu'il s'est projeté et fracturé sur la toile, livrant dans cette catastrophe organisée ses intimes secrets. Un nouveau monde « qui porte en soi sa raison d'être » — un « organisme[1] ». Le système figuratif passe de la représentation à la *présentation*.

Poussée dans ses derniers retranchements par le développement industriel des techniques automatiques de la production et de la reproduction de l'image — de la photographie et ses dérivées au « cinématographe » inventé par les frères Lumière en 1895, conclusion d'une longue aventure à plusieurs —, la peinture fait ce que ces techniques ne peuvent pas faire : briser le point de vue unique. Elle abandonne, cette fois définitivement, à l'optique et à ses dérivées chimiques et mécaniques, la tâche de représenter le réel par des images automatiques, fixes ou mobiles. « La peinture n'est pas — ou n'est plus — l'art d'imiter un objet par des lignes et des couleurs, mais de donner une conscience plastique à notre instinct », ou encore, « La seule erreur possible en art, c'est l'imitation », déclarent les auteurs de *Du cubisme*. Refus de l'imitation qui n'ira pas toutefois, pour eux, jusqu'à l'abstraction. L'importance décisive du cubisme dans la naissance de l'art du XXe siècle est largement reconnue, tout d'abord par la quasi-totalité des peintres qui en furent les contemporains. La majorité des créateurs marquants de la première moitié du siècle, et beaucoup d'autres qui se contentèrent de décliner ou de répéter indéfiniment les premières innovations de ce mouvement, tentèrent l'expérience cubiste. Le cubisme fut le premier à briser les lois de la perspective à projection centrale, telle qu'elle était pratiquée depuis la Renaissance, ou encore, comme le disait Pierre Francastel, le « cadre de la représenta-

1. Albert Gleizes et Jean Metzinger, *Du cubisme, op. cit.*, p. 43.

tion plastique de l'espace », et à rompre avec les habitudes culturelles et perceptives qui lui étaient liées.

Une inspiration ex machina.

Ce changement de perception exprimé par l'art du début du XXe siècle ne tomba pas du ciel. Depuis 1880, les techniques ne cessent d'agrandir le magasin d'images et de signes et de donner à chacun, aux peintres et aux artistes spécialement attentifs et sensibles aux modifications de la perception, l'occasion d'expériences technesthésiques très nouvelles. L'univers technique a considérablement changé, tout en pénétrant au cœur de la vie quotidienne. La perception de l'espace et du temps se modifie encore. Gabo et Pevsner déclarent même dans leur manifeste, en 1920 : « La concrétisation de notre perception du monde en formes d'espace et de temps, voilà qui apparaît comme le seul but de notre création plastique. » Rendre compte de ce nouvel état de la perception fait donc partie des objectifs prioritaires de l'art. Parmi ces changements, il faut relever d'abord l'invention et l'adoption rapide de la lumière électrique dont le rôle a été important dans l'abandon de la source unique et des ombres portées dépendantes de la lumière solaire, ainsi que de la modulation par la couleur plutôt que par le clair-obscur. Dure, géométrique et fixe, la lumière des lampes à incandescence combat les effets de la lumière naturelle, multiplie les ombres, dénature la couleur et le relief des objets, bref, les montre sous un autre « jour ». L'impression des cubistes, et de beaucoup d'autres peintres, que chaque objet possède une structure interne, indépendante de son apparence, vient, en partie, de là. Mais cette lumière bouleverse également les « modèles d'organisation humaine ». « L'éclairage électrique a liquidé le régime de la nuit et du jour, de l'intérieur et du dehors[1] », écrira McLuhan. « En un mot, le message de la lumière électrique, c'est le changement total. » La lumière électrique provoque, quand elle apparaît, sinon un changement total, du moins des modifications sensibles dans la perception visuelle de l'environnement.

Dans le domaine de la mécanique, les turbines hydrauliques et à vapeur apparaissent. Le moteur électrique se perfectionne, il a l'avantage sur la machine à vapeur d'être propre, d'une grande maniabilité, d'un rendement supérieur et d'un encombrement réduit. La première centrale électrique est créée en 1884. L'utilisation de ses transfor-

---

1. Marshall McLhuan, *Pour comprendre les média,* Mame/Seuil, 1968, p. 71.

mateurs permet le transport de l'énergie électrique sur de longues distances. Alors que jusque-là celui-ci ne pouvait se faire que par transmission mécanique, l'électricité conduit maintenant cette énergie sans perte notable partout où l'on installe une ligne électrique. Les caractéristiques optiques de l'espace s'amoindrissent. L'électricité est capable de le traverser quasi instantanément aussi bien que la lumière et elle y tisse un réseau de forces invisibles mais efficaces. Par ailleurs, l'électricité participe de plus en plus à l'automatisation de l'analyse et de la synthèse d'informations diverses. Elle constitue la base de toutes les techniques de transmission automatique de l'information. Grâce à la cellule photo-électrique, l'ingénieur Belin met au point la téléphotographie, un système capable de transmettre à distance des photographies avec toutes les nuances de gris entre le blanc et le noir. Dès le tout début du siècle, la T.S.F. (la télégraphie sans fil) révèle la possibilité de communiquer instantanément à travers de très longues distances, et l'on pense déjà sérieusement à la télévision.

Dans le domaine des transports, on voit surgir les locomotives électriques, mais surtout l'automobile et l'avion. L'automatisation du transport par l'automobile a d'extraordinaires effets sur la perception de l'espace. Les futuristes la célébreront, beaucoup la peindront. Elle apporte quelque chose de plus à la sensation de vitesse que procure le train et qui avait déjà inspiré si magnifiquement Turner. Contrairement au voyage en train où l'on est enfermé dans un compartiment clos, ne découvrant le paysage que de côté, à travers la vitre (il défile mais on ne le pénètre pas), le déplacement en auto plonge le voyageur tout entier dans l'espace en mouvement. On ressent d'ailleurs bien plus les effets proprioceptifs de l'accélération et de la décélération que de la vitesse pure. À chaque changement, le corps sent son propre poids augmenter très sensiblement. Tout se passe comme si un second corps faisait son apparition, projeté d'une autre dimension à l'intérieur du premier, plus lourd et concentré autour de l'estomac. Le conducteur est libéré des rails, il choisit son itinéraire et décide à chaque seconde de sa vitesse et de sa direction. L'espace perd une partie de ses références géométriques fixes (le loin, le près, la droite, la gauche, le devant, le derrière) pour gagner en *dynamisme*. Une nouvelle forme de jouissance perceptive, dont on avait déjà quelque impression avec le cheval, le train et le bateau, est donnée à vivre ; elle constituera l'un des fondements sensoriels de la culture moderne.

On sait quelle influence remarquable eut sur Marcel Duchamp un voyage en automobile, accompli en 1912 en compagnie d'Apollinaire et de Picabia, entre le Jura et Paris[1]. Jean Clair soutient l'hypothèse très convaincante que le projet initial du *Grand Verre* aurait été d'établir une « sorte de transcription graphique des émotions soulevées par ce voyage en automobile [...] transcription d'une autre dimension que les trois dimensions de l'espace naturaliste et euclidien[2] ». Cette idée alimenta fortement l'intérêt passionné de Duchamp pour la quatrième dimension. De même que Turner avait traduit les principes de la machine thermique dans le *Great Western Railway*, Duchamp traduit les effets de l'accélération sur la perception et le sentiment très érotique qui naît de l'agencement surnaturel du corps du voyageur et de la machine.

L'avion eut surtout une incidence indirecte ; l'expérience du vol, encore moins du pilotage, n'était pas à la portée de n'importe qui. Elle s'exerça soit par ses formes étranges et composites, mi-mécanique mi-oiseau, soit par certaines photos aériennes qui donnèrent à voir le monde, surtout à l'occasion de la Première Guerre mondiale, d'un autre point de vue (quoiqu'il existât déjà quelques photos prises en ballon). Une série de dessins suprématistes dus à Malevitch s'inspirent directement de vues aériennes et mettent en évidence une coïncidence entre la vision intérieure et abstraite du peintre et celle d'un monde révélé d'en haut, perpendiculairement au plan, sans point de fuite, d'une position où l'œil n'avait pas l'habitude de se tenir. Le dirigeable est déjà connu, puisque son invention remonte au milieu du XIXe siècle, mais il se perfectionne — le premier zeppelin vole en 1900. Cette monstrueuse machine volante attire par ses formes titanesques les regards curieux et transporte des passagers sur de longues distances. Toutes ces machines donnent à la technique un corps concret, visible. Elles agrandissent encore le « magasin d'images » offert à la société par l'industrie et le réservoir de perceptions nouvelles aux effets captivants. Les uns, dans un souci encore naturaliste ou réaliste, en donneront des représentations plus ou moins interprétées, les autres en traduiront plastiquement ce qu'elles portent en elles de plus caractéristique : une certaine logique dans la relation de l'homme au monde. Car ces machines sont déjà des interprétations partielles du monde. Elles l'analysent, le fragmentent, le pénètrent, le bouleversent. Elles extraient, elles découpent, elles dissocient, elles réassemblent. Elles projettent, elles déplacent, elles transforment les matières et les énergies. Elles pillent, elles détruisent ; elles fabriquent, elles construisent.

---

1. Voir les notes de la *Boite verte*.
2. Jean Clair, *Marcel Duchamp ou le grand fictif,* 1975, Galilée, p. 95-108.

Il n'est jusqu'au mode d'industrialisation lui-même qui, fondé sur la division entre les tâches d'exécution, généralement manuelles ou mécaniques, et les tâches intellectuelles de conception ou de décision, ne modifie à son tour cette relation de l'homme au monde, et singulièrement son rapport au travail artistique. Dans l'ensemble, les artistes luttent expressément contre cette division, quitte à mythifier la technologie en laquelle ils voient une sorte de modèle organisationnel et méthodologique, un *deus ex machina*. Ils essaient de se rapprocher beaucoup plus de l'ingénieur que de l'artisan, encore moins de l'ouvrier, comme Rodtchenko et les constructivistes — « À bas l'art, vive la technique ! À bas les traditions de l'art, vive le technicien constructif ! », déclare le programme du groupe productiviste. Tout cet univers technologique bouillonnant fascine les uns, effraie les autres. Mais chaque technique, chaque machine, agit insidieusement sur les facultés perceptives des peintres et des artistes, comme d'ailleurs sur celles de tout un chacun. Ce qui entraîne un renouvellement brutal dans la manière d'opérer sur la matière et sur ses formes. L'art traduit avec fidélité la quête incessante de l'élémentaire et du modulable.

Analyser, découper les matériaux en leurs ultimes constituants, comme les lettres des mots et les mots du langage, pour les réassocier dans la langue originale et unique de l'auteur. Dissocier la couleur et la forme, dissocier les volumes et les contours ; décomposer les surfaces en lignes et en points discontinus, pour les projeter ailleurs dans l'espace, analyser le mouvement, la vitesse, le temps. L'abstraction naît de cette volonté de manipuler des éléments premiers, fondamentaux, géométriques pour les uns ou plutôt organiques pour les autres, sans liens de représentation avec la réalité visible, et de les réassembler en une autre réalité, celle-là picturale, aussi réelle que la première. Ne plus s'en tenir aux apparences, chercher des permanences au-delà des changements. Mais cette réalité peut être aussi simplement « idéelle », ou de conception abstraite, voire langagière. Comme en témoignent les expériences de Duchamp sur le langage et ses significations : épuiser le sens des mots, comme celui des objets avec les *ready-mades,* briser d'une autre manière la représentation. La machine devient la source principale de l'inspiration. Elle fournit aux artistes un nouveau souffle, en même temps qu'elle modifie leur sensibilité et qu'elle leur donne des moyens plastiques originaux pour l'exprimer.

La schize, ou quand l'œil écoute.

L'unité de la perspective étant rompue, une certaine dérive s'introduit dans les relations du peintre, de la chose à peindre et du tableau — plus généralement du sujet, de l'objet et de l'image. Elles cessent d'abord d'être biunivoques. Les rayons qui partent de chaque point de l'objet vu ne convergent plus vers un centre de projection unique puisqu'il en existe maintenant plusieurs. Tout se passe comme si le sujet voulait occuper plusieurs lieux, vivre plusieurs temps, simultanément. À cette rupture des relations biunivoques entre sujet, image et objet, correspond une rupture violente au sein même du sujet. Jusqu'aux fauves compris, le sujet-JE, revendiqué comme seul responsable de l'acte créateur individuel et le sujet-ON, formé par les automatismes de la technique perspectiviste et réagissant en automate, pouvaient s'opposer, voire entrer en conflit, mais ils étaient obligés en fin de compte de s'accorder. Ils œuvraient à l'intérieur du même système figuratif de représentation. Composition et circonscription concouraient à construire le même monde visuel. En rompant avec les techniques perspectivistes abandonnées à d'autres, le sujet-JE cubiste se libère des automatismes d'un sujet-ON jugé trop appareillé et trop dépendant des techniques optico-géométriques. Il n'y a plus de convergence possible entre les deux sujets participant à l'élaboration du tableau. Il y a *schize*. Cette schize, qui donne, certes, au sujet une nouvelle indépendance, va cependant le priver d'une grande part de ses ressources figuratives, tout au moins de celles que le sujet-ON tenait des techniques optiques. Un changement profond se manifeste alors chez celui-ci. Ce ne sont plus essentiellement les automatismes acquis à travers les techniques optiques qui sont sollicités mais ceux qu'il vient d'acquérir plus ou moins récemment à travers des expériences perceptives nouvelles, et essentiellement non visuelles, liées aux changements technologiques.

Libéré des contraintes optiques, l'œil écoute. Il écoute d'autres perceptions, comme celles qui s'originent dans le toucher ou le corps. Mais le peintre a toujours pour rôle de les traduire en un langage qui, lui, continue de s'adresser à l'œil. Cette contradiction modèlera fortement la plus grande partie — du moins la plus représentative — de l'art du XXe siècle et en fera un immense système, aux limites floues, où les différences d'expression, la variété des solutions aux problèmes plastiques, les oppositions théoriques prendront une amplitude exceptionnelle. L'éventail des possibilités créatrices n'aura jamais été aussi largement ouvert. Du suprématisme, qui ne donne plus à voir qu'un carré blanc sur fond blanc, à l'expressionnisme qui renvoie à la réalité la plus crue, du *ready-made* qui se contente d'être un simple produit industriel déplacé à la peinture décorative, de la mort de l'art incessamment annoncée à sa surestimation excessive, du geste corporel viscéral à l'intention conceptuelle désincarnée, tout devient possible. Les antagonismes les plus exacerbés, les divergences ou les croisements les plus subtils, ou les répétitions successives les plus amnésiques. Il n'y a plus rien de commun entre la Querelle des anciens et des modernes, le débat poli sur le coloris, les dissensions passionnées entre le romantisme et le classicisme ou le réalisme et le symbolisme, et l'état contradictoire permanent et brutalement déchiré, schizoïde, de l'art moderne.

Le renoncement à l'automatisme perspectiviste qu'il laisse à l'optique est l'occasion pour l'artiste d'affirmer son statut d'être exceptionnel, sa nature divine qui ne doit rien à la mécanique. On est loin de la tranquille humilité de Cézanne ou de Redon ou même de l'ambition un peu suffisante de Gauguin. « Le peintre, dit Guillaume Apollinaire, doit avant tout se donner le spectacle de sa propre divinité et les tableaux qu'il offre à l'admiration des hommes leur conféreront la gloire d'exercer aussi et momentanément leur propre divinité. [...] Chaque divinité crée à son image ; ainsi des peintres. Et les photographes seuls fabriquent la reproduction de la nature[1]. » Les auteurs de *Du cubisme* ajoutent, de leur côté : « [...] l'œuvre qui cesse d'être une fixation de notre personnalité (immensurable, rien ne s'y répétant jamais) faillit à ce que nous en attendons ». « Désormais, la connaissance objective tenue enfin pour chimérique, et prouvé que tout ce que la foule entend par forme naturelle est convention, le peintre n'aura d'autres lois que celles qui régissent les formes colorées. » Mais ces lois qui pourraient, elles, imposer leur vérité, ne sauraient être que la création du peintre. « Il n'est qu'une vérité, la nôtre, lorsque nous l'imposons à tous. » L'ambition de l'artiste n'a jamais été aussi gigantesque. Mais son génie ne lui est plus donné par les dieux au prix de cette « chose terrifiante et sublime » qu'est la mélancolie, ce mal de la hauteur où son art le haussait[2]. Il devient lui-même l'auteur de sa propre divinité.

---

1. Guillaume Apollinaire, *Les Peintres cubistes, op. cit.*, p. 57.
2. Voir, à propos de la divinité de l'artiste et de la notion de génie qui s'expriment dès la Renaissance : Erwin Panofsky, *L'œuvre d'art et ses significations,* Gallimard, 1969, p. 128-130.

Pourtant, cette volonté démiurgique s'exerce, non pas au nom des idées abstraites — dont Braque se méfiait — mais au nom de la raison et de l'intelligence. Le cubisme poursuit le travail objectif d'analyse de la perception entrepris par les impressionnistes sur la couleur et prolongé par Cézanne sur le volume. Il veut l'étendre à l'espace lui-même et aux objets qui le peuplent, ou qui le produisent, à commencer par cet objet particulier qu'est le peintre, en s'interrogeant sur son toucher et sur l'ensemble de ses facultés perceptives. Analytique dans son intention, il est aussi d'emblée synthétique. Il ne déconstruit pas d'abord la réalité plastique pour la reconstruire ensuite. Les deux opérations sont simultanées, comme elles l'étaient chez Cézanne et chez les impressionnistes. Mais l'éclatement du centre de projection, qui maintenait jusqu'à Cézanne l'unité du sujet, au profit d'une multitude de points perspectifs et de significations, donne au sujet-JE une liberté et une puissance sans précédent qu'il sera difficile de tempérer. Cherchant obstinément à désinstrumentaliser le regard en s'affranchissant des techniques de représentation optique, maintenant complètement automatisées, la nouvelle peinture ne peut plus modérer les excès de l'individualité et de la subjectivité d'un sujet-JE, divinisé dans sa fonction créatrice, par l'anonymat d'un sujet-ON, possesseur de la maîtrise technique et refoulé dès lors dans une sorte de clandestinité. La seule technique reconnue sera la technique picturale, c'est-à-dire la peinture pure. À la nécessité d'innovation permanente qui caractérise l'art moderne, s'ajoute la nécessité d'une singularisation et d'une différentiation de plus en plus grandes d'un artiste devenu « immensurable ».

Réalité, réalités.

Bien que le peintre reste, comme le photographe, « soumis à la présence des objets », car les techniques photographiques exercent toujours sur sa propre perception un effet technesthésique puissant, il ressent malgré tout cette présence d'une manière beaucoup moins visuelle. Aussi, le choix des objets imposé par un certain naturalisme, qui faisait dépendre pour une grande partie l'intérêt esthétique du tableau de leur aspect visuel, devient-il incomparablement moins important. L'objet le plus banal, le plus pauvre apparemment, sitôt qu'il est saisi par la multiplicité des points de vue, se déploie en de somptueuses figures et éclate comme un diamant aux innombrables facettes. D'où, la recherche d'objets à peindre extrêmement simples, communs, usuels ; la désaffection des grands « sujets », thèmes et motifs, déjà, il est vrai, manifestée par l'impressionnisme. D'où, également, quelques interrogations fondamentales sur la réalité elle-même qui semble s'échapper au moment où elle crève à la surface du tableau, forte de toute sa présence immanente. « La question que les peintres se posent est bien : où est la réalité[1] ? » Cette réalité, Guillaume Apollinaire la voit non pas comme « une réalité de vision », mais comme « une réalité de conception », une réalité créée par le peintre et non plus imitée. Une *réalité plastique*. Ce qui ne va pas sans contradiction. Pour Rivière, les transformations que le peintre fait subir aux objets ont pour but de les exprimer tels qu'ils sont, dans leur essence et leur permanence, et non tels qu'on les voit. Une sorte d'absolu. Tandis que pour le poète qui assimile réalité et vérité : « On ne découvrira jamais la réalité une fois pour toutes. La vérité sera toujours nouvelle[2]. » Mais, qu'elle soit toujours nouvelle ou qu'elle exprime une permanence, cette réalité plastique n'existe que par la grâce du peintre. C'est lui qui lui donne sa pureté et son unité, qui en fait une vérité. « La pureté, l'unité et la vérité maintiennent sous leurs pieds la nature terrassée », annonce Apollinaire. « Il n'est rien de réel hors de nous… », diront encore Gleizes et Metzinger.

Les différentes tendances de l'art dépendront essentiellement de la façon dont le sujet et l'objet, désormais en perpétuelle dérive, interviennent dans l'acte de création. À la « chose vue », comme disait Alberti, ou plus généralement, à la « réalité de vision », se substitue une « réalité de conception ». Les uns ne rompront jamais totalement avec la réalité de vision. Ils conçoivent leurs œuvres en continuant de s'approprier certains bénéfices apportés par les techniques photographiques ou périphotographiques. Duchamp, par exemple, explique qu'il a eu l'idée (réalité de conception préalable) de son *Nu descendant un escalier,* en voyant les illustrations d'une expérience chrono-photographique de Marey[3]. L'influence du cinématographe qui donnait à voir sur le même ruban, celui de la pellicule déroulée, donc simultanément, des états successifs d'un objet en mouvement s'exerce aussi sur les futuristes qui connaissent le cinéma et sa technique depuis plus de

1. Albert Gleizes, *Puissances du cubisme*, éd. Présence, p. 152.
2. Guillaume Apollinaire, *Les peintres cubistes, op. cit.*, p. 57.
3. Il l'explique à Pierre Cabanne parce que celui-ci lui pose la question. Il n'en a jamais parlé auparavant spontanément. Ce qui prouve que ces influences se font sans prise de conscience ; cf. Pierre Cabanne, *Entretiens avec Marcel Duchamp,* éd. Pierre Belfond, 1967, p. 57.

dix ans. Ces derniers, d'ailleurs, s'inspirent fortement de la nouvelle réalité technologique. Décomposée en plans qui se chevauchent pour suggérer la sensation de vitesse, la chose vue est souvent empruntée au monde des machines. Les expressionnistes sont sans doute ceux qui collent de plus près à la réalité de vision, même s'ils la désarticulent et en exagèrent les traits, préférant la laideur tragique à l'harmonie heureuse, la provocation à la séduction. Ni les fauves, ni les cubistes, ni les dadaïstes, ni les surréalistes, ni Matisse, ni Braque, ni Picasso, ni Léger, ni Dufy, ni tant d'autres considérés par excellence comme des modernes, ne se défont d'une certaine perception optique, voire rétinienne, du réel.

Certains, en revanche, rompent complètement avec la réalité de vision. À peine le cubisme s'ébauche-t-il que Kandisky se détache rapidement de l'objet vu pour y substituer un objet imaginaire, sans aucun lien avec celle-ci. Mondrian suit une voie analogue. À la réalité qu'il appelle « naturelle » il oppose une réalité « abstraite », mais qui ne se donne pas moins pour réalité. L'abstraction deviendra ainsi un des grands courants artistiques du siècle, particulièrement dominant surtout après la Seconde Guerre mondiale. Mais si la réalité de vision permet d'être, à peu de frais, reconnue par tous du fait qu'elle participe d'un monde commun, la réalité abstraite, conçue indépendamment de la réalité naturelle, se divise très vite en deux. La première se construit à partir d'éléments non géométriques, plutôt organiques, renvoyant encore au travail de la main, la seconde, à partir d'éléments géométriques, plus ou moins épurés, plus ou moins minimaux. Entre les deux extrémités de cet immense éventail, d'innombrables solutions intermédiaires prolifèrent.

Pour d'autres, la réalité se confond avec l'art lui-même. La suppression des relations biunivoques qui tiennent à distance l'image et l'objet entraînent une confusion entre la chose vue et sa représentation. Les premiers collages témoignent de cette volonté de faire coïncider l'une et l'autre jusqu'à l'amalgame. Le fragment de toile cirée, le morceau de papier peint ou de miroir deviennent des éléments plastiques ; ils se combinent au corps organique de la peinture. Avec les *ready-mades,* Marcel Duchamp étend le principe du collage aux objets industriels eux-mêmes. Dans les deux cas, le peintre déplace l'objet de l'espace originaire auquel il appartient pour le projeter, le présenter, soit dans l'espace figuratif du tableau, soit dans l'espace de communication de la galerie d'art. L'opération se traduit par un changement du code de signification des objets. Ces deux procédés sont à la source d'un « genre » qui sera décliné sous une incroyable et infatigable multiplicité de formes. Mais la confusion de l'art et de la réalité s'étend encore plus loin. Déjà Duchamp, comme il le confie, aime mieux vivre et respirer que travailler. L'individu est pour lui plus intéressant que ce qu'il fait. Il défend un art qui serait un art de vivre. « Chaque seconde, chaque respiration est une œuvre qui n'est inscrite nulle part, qui n'est ni visuelle, ni cérébrale[1]. » De là, ce grand intérêt, qui pourrait apparaître contradictoire, pour la vie — telle qu'elle est, et non telle qu'on la représente — et pour ses avatars inattendus, pour le hasard organisé dont l'opération créatrice est révélée et capturée par *Les trois stoppages étalons*. Mais aussi pour cette autre vie artificielle que propose la machine et ses accouplements sans fin avec le corps humain. De là encore, l'inéluctable mort de l'art annoncée avec la plus grande constance pendant un siècle.

Cette dissolution de l'art dans d'autres activités, qu'elles soient techniques ou existentielles, loin d'affaiblir l'artiste, le conforte au contraire dans sa fonction créatrice et son « immensurabilité ». S'il y a mort de l'art, c'est lui qui décide de cette mort. Car c'est lui qui choisit *son* hasard, *ses* objets, ce choix fût-il, comme chez Duchamp, un choix d'« indifférence » — l'indifférence voulue est un choix — ou un refus des savoir-faire picturaux. De même, la substitution à la réalité de vision d'une réalité de conception totalement abstraite ou même fortement dévisualisée ne se fait qu'au prix d'une accentuation du rôle de l'artiste en tant que singularité extrême dont l'expérience créatrice ne saurait être qu'unique, non réplicable, non transmissible. En même temps, deux tendances majeures opposent les peintres. La première incline vers une certaine objectivité, c'est-à-dire vers la recherche prioritaire de références prises *hors de soi* (la réalité naturelle, la société, la technique, la science — physique, mathématiques, marxisme, etc. —, la connaissance), la seconde incline vers la subjectivité, à savoir vers des références prises à l'*intérieur de soi* (les sentiments, l'effusion expressive, la « nécessité intérieure », l'indifférence, l'arbitraire).

En réalité, ces deux tendances contradictoires, du moins présentées comme telles par les théories des peintres eux-mêmes, ne se manifestent jamais à l'état pur. Les cubistes prônent l'objectivité, tempêtent contre toutes les formes d'effusion, mais déclarent que la seule réalité du point de vue de l'art est la « réalité intérieure ». Metzinger conclura en 1946, tenant compte de la leçon de Kandinsky : « C'est à la représentation de la réalité intérieure, la seule qui soit du point de vue de

---

1. *Ibidem*, p. 135.

l'art, que s'attache le cubisme. » D'un autre côté, Kandinsky, tout en refusant la réalité de vision au nom de la fameuse « nécessité intérieure », se propose comme objectif de fonder une véritable science de l'art. Klee, pour qui l'art relève du monde de la différence et exige l'épanouissement du moi profond (du « moi divin », écrit-il), n'en témoigne pas moins de remarquables qualités analytiques et méthodologiques ; il cherche les lois objectives des « forces qui ont créé et créent le monde ».

Si l'objet et le sujet sont en crise, l'image enfin ne l'est pas moins. Pour les cubistes, comme pour les peintres qui suivront, la peinture n'est plus exactement une image dans la mesure où elle n'est plus une représentation mimétique. « Les images n'ont aucune réalité plastique », affirme Gleizes. Ce que l'on voit sur le tableau est tout entier, en revanche, cette réalité plastique autonome. Celui-ci ne fonctionne plus comme un plan de projection (optique) mais comme un *plan de présentation*. Le regardeur perd dans l'opération la possibilité d'entrer en coïncidence avec l'œil du peintre, comme le point de vue unique et central de la perspective le lui permettait. Il doit encore une fois travailler : rétablir lui-même l'unité des plans éclatés, retrouver les déplacements de l'œil et de la main du peintre, les opérations successives, leur enchaînement temporel, qui ont fait le tableau. Certains papiers collés de Braque sont en cela exemplaires ; on ne peut les regarder sans les démonter ni chercher à comprendre dans quel ordre chaque élément a été introduit. À l'échelonnement des plans dans l'espace succède un échelonnement des opérations picturales dans le temps. Plus tard, Man Ray appliquera le procédé à la photographie en posant directement sur le papier sensible des objets divers qui y laisseront leur empreinte, façon encore de s'affranchir de l'optique.

Que l'objet se donne pour l'image, que la distance qui les sépare traditionnellement se raccourcisse au point que le réel paraisse s'écraser sur le plan du tableau, qu'il y ait éclatement et multiplication du point de vue, sujet, image et objet conservent le même ordonnancement relatif dans l'espace. Quels que soient les points de vue divers occupés par le sujet dans ses déplacements « autour » de l'objet vu[1], le regard ne peut pas se tenir ailleurs que *devant* l'image. L'image ou le tableau s'interposent toujours *entre* le sujet et l'objet, empêchant leur interpé-

1. En fait, le peintre, quoi qu'on en ait dit, ne fait jamais le tour complet de l'objet. Il ne montre jamais le devant et le derrière, jamais les six faces du cube. Sa vision reste encore frontale.

nétration et garantissant leur identité respective. Représentation et présentation ont cette particularité en commun. Il s'ensuivra une rupture profonde dans les arts plastiques. D'un côté, une peinture, figurative ou non figurative, revendiquant de plus en plus fortement une spécificité qu'elle finira par placer dans la planéité. De l'autre, un art plus hétérogène, qui valorisera l'objet — et le réel — sous toutes ses formes.

Chapitre 2

Le sujet appareillé et les technologies de la communication et du calcul

Le XXe siècle, a-t-on l'habitude de dire, est le siècle de la *communication*. Jamais, en effet, l'on n'aura autant innové dans ce domaine. Mais il serait schématique de considérer ces successions d'innovations comme un développement progressif et homogène. En réalité, sous une appellation commune, on relève des variations sensibles dans la spécificité de ces technologies et dans leurs effets technesthésiques. Des techniques optiques-mécaniques du début du siècle aux technologies de l'informatique de la fin du siècle, en passant par les technologies électroniques, on note d'importantes modifications. Il en est de même pour les réseaux de communication. Les réseaux numériques contrôlés par les ordinateurs ne fonctionnent plus comme les réseaux de télécommunication radiophonique et audiovisuelle et introduisent des changements très importants dans la transmission des informations.

Deux innovations majeures dans le domaine de la transmission de l'image animée et du son — le cinéma et la radio — marquent fortement la première moitié du XXe siècle. Elles sont à l'origine des médias de masse et provoquent, chacune à leur manière, des transformations notables dans les modes de perception. Mais loin d'entraîner une nouvelle mise en cause des acquis artistiques du début du siècle, l'image-son cinématographique bloque, chez les artistes d'avant-garde, tout retour significatif au système de représentation relevant de l'ordre optique. Ce qui explique pour une bonne part le développement et le triomphe de l'abstraction. La radio a, quant à elle, d'autres effets plus insidieux. Ce n'est seulement qu'une dizaine d'années après la fin de la Seconde Guerre mondiale que se manifestent dans le domaine technique des bouleversements assez importants pour modifier de nouveau l'habitus perceptif des sociétés occidentales endolories par le conflit meurtrier. Pourtant ces changements ne sont pas décelables, dans les arts, avant la fin des années cinquante. Ils se caractérisent, d'une part, par le développement de l'électronique et l'automatisation de la transmission de l'image animée et sonore au moyen de la télévision qui donne aux médias de masse une dimension culturelle considérable et, d'autre part, par le traitement automatique de l'*information* (au sens cybernétique) au moyen des ordinateurs qui se répandent de plus en plus. La quantité d'images et de sons véhiculés par les médias devient telle, en quelques années, que plus personne n'est capable d'en absorber entièrement le flux et d'attribuer des significations précises et contrôlées à ces images et à ces sons. Il s'ensuit une dérive du sens systématique. Un nouvel espace social se dessine alors, celui des réseaux de télécommunication audiovisuelle, régi par une logique propre, qui va forcer l'art à se déplacer encore, en commençant par abandonner l'abstraction.

Les technologies du traitement automatique de l'information, beaucoup moins directement perceptibles que celles des télécommnications audiovisuelles, ont sur l'art des effets plus souterrains mais aussi très importants, entre 1950 et 1980. Elles sont à l'origine d'un système d'idées scientifiques, et même d'une véritable conception sociale et philosophique du monde et de l'homme, dont les retentissements sont considérables : la cybernétique. Elles ouvrent l'ère du Numérique et provoquent, à partir des années quatre-vingt, une mutation dans les modes de communication au fur et à mesure qu'ils sont contrôlés par les technologies du calcul automatique.

A. La radiodiffusion et le film

L'effet de masse.

Les innovations technologiques entre la fin de la Première Guerre mondiale et la fin de la Seconde sont nombreuses et participent toutes à l'évolution du champ technesthésique, mais certaines ont des effets beaucoup plus marqués sur les modes de perception de l'espace et du temps. La radiodiffusion fait passer le son (la voix, la musique et les bruits) de l'espace acoustique à l'espace hertzien : tout se passe comme si tout à coup l'oreille était affectée de certaines qualités de l'œil. L'ouïe se met à porter plus loin que la vue et plus directement. L'onde sonore, prolongée par l'onde électromagnétique, acquiert la possibilité de toucher en même temps et immédiatement un nombre d'auditeurs extrêmement grand, indépendamment des lieux où ils se trouvent et jusque dans leur intimité, les unissant fortement tout en respectant leur individualité. McLuhan décrit la radio comme un tam-tam tribal[1]. Il lui attribue comme effet, en Europe, l'implosion de l'espace vital (le *lebensraum* des années trente) et la claustrophobie allemande qui devait amener la guerre. Hitler l'utilise avec habileté pour mobiliser l'Allemagne. La radio aurait transformé « presque instantanément l'individualisme en collectivisme, fasciste ou marxiste ». On ajoutera que Roosevelt l'utilisait aussi, avec ses fameuses « causeries au coin du feu » radiodiffusées depuis la Maison Blanche, pour ressouder et mobiliser l'Amérique.

La radio, selon McLuhan, contracte le monde à l'échelle du village, mais sans pour autant l'homogénéiser, car elle exalte en même temps les particularismes et les archaïsmes, favorise la renaissance des langues anciennes. Le public de la radiodiffusion constitue peu à peu une nouvelle forme de groupe. Un groupe qui a la particularité d'être composé de milliers d'individus qui ne se voient pas, ne s'entendent pas, ne vivent pas dans le même lieu, mais qui reçoivent, de la même source invisible, exactement le même message en même temps, indéfiniment multiplié, dans une relation quasi personnelle mais sans dialogue possible avec l'énonciateur du message. Aucune situation de communication, ni le théâtre, ni le cinéma, ni les grands rassemblements populaires, n'aura jamais eu un tel effet de *synchronisation*. L'« auditeur », autrement dit le sujet appareillé à la machine de télégraphie sans fil (la TSF) est un sujet incapable d'exprimer autrement que par des voies indirectes (notamment à travers la constitution de regroupements, de particularismes divers) une part de sa singularité et de son individualité. L'effet de massification de la radio se fait par l'exclusion du JE au profit d'un ON extrêmement unificateur. L'entrée du JE dans le système n'est pas impossible, mais il est rigoureusement contrôlé et filtré.

D'autres effets de la radio, secondaires d'un point de vue sociologique mais très importants si l'on considère leurs répercussions dans le domaine esthétique, concernent la cohérence et la continuité de l'espace et du temps. Pour l'auditeur moyen qui n'est plus l'amateur attentif de la T.S.F. des premiers temps et qui porte une attention plutôt flottante à son poste de radio, les sons qui s'en échappent tout au long de la journée sont des plus inattendus. Tour à tour, il entend des informations, des reportages, des émissions de fiction avec bruitages, des conversations et des entretiens, de la musique de variété, de la

1. Voir Marshall McLuhan, *Pour comprendre les média, op. cit.*, p. 325-336, à propos de la radio et 311-324, à propos du cinéma.

musique classique, du chant ou du piano, ou l'un et l'autre en même temps, etc., le tout se déversant dans l'espace environnant sans aucun frein ni contrôle (à part le réglage de l'intensité sonore, le changement de station ou l'arrêt). Or, cet espace n'est pas l'espace neutre de la salle de concert ou du cinéma. C'est un espace vivant, habité, avec ses bruits, ses voix, ses sonorités variées. Un mélange inouï se produit alors entre les sons qui proviennent du poste de radio et ceux qui sont émis dans l'espace, proche ou lointain, où il est installé, abolissant toute hiérarchie entre eux (un concert noyé dans un bruit métallique de fourchettes est chose courante), favorisant les rencontres, les surimpressions, les inclusions et les rapprochements imprévisibles, les courts-circuits abrupts entre l'art et la vie.

Toute une esthétique du hasard, de l'accident, de l'hétéroclite, de la non-hiérarchie et de l'équivalence entre musique et bruit est en germe dans la radio, ce nouveau magasin d'images et de signes. John Cage, qui « prépare » ses pianos déjà à partir de 1938 en jetant sur les cordes toutes sortes d'objets, en propose une traduction raffinée avec sa « Théorie de l'inclusion » et ses œuvres musicales qui la mettent en pratique. Elle influencera plus tard le peintre Rauschenberg qui l'adaptera aux arts plastiques avec ses *Combine Paintings*, comme il les appellera, inclusions insolites d'objets banals sur des fonds abstraits. Cet effet-là de la radio, les techniciens le connaissent intuitivement et le redoutent. Une bonne part de l'art radiophonique, l'enchaînement, consiste à le neutraliser pour assurer à l'émission le maximum de continuité sonore et de cohérence narrative. Le but est totalement opposé à celui de Cage qui exploite à fond et à des fins provocatrices le caractère hétéroclite et hasardeux des sons radiophoniques. Il s'agit de présenter aux auditeurs une ligne sonore dictée encore par les procédés narratifs hérités principalement du livre et du théâtre, d'aménager des transitions, de respecter une perspective et une ligne temporelle, de donner du sens aux événements et non d'égarer l'auditeur. C'est toute la différence entre une technique qui emprunte à l'art et un art qui emprunte à la technique. La fameuse émission au cours de laquelle Orson Wells fit croire à des millions d'Américains paniqués l'arrivée de martiens sur le sol des États-Unis exploitait magnifiquement cet effet d'illusion narrative : inscrire, inclure, un événement totalement fictionnel dans la trame temporelle de la réalité présente et confirmée comme telle par les moyens mêmes de la fiction.

Le film, c'est-à-dire à la fois l'art et la technique cinématographiques, ajouta ses effets à ceux de la radio, dans le domaine de l'image, puis de l'image-son. Comme l'analyse McLuhan, le film est lié à la culture du livre « conditionnée à l'extrême par la typographie », du récit écrit (et imprimé) qui dès les premières œuvres cinématographiques en constitueront l'aliment préféré. Ce récit assure, comme dans la radio, la perspective narrative et l'homogénéité de l'espace et du temps. Bien avant, Walter Benjamin disait de son côté que le film, en tant que reproduction mécanisée, comme la photographie, fait des œuvres d'art du passé son objet (du passé littéraire mais aussi du passé pictural et musical), ce qui transforme par là leur action et se répercute sur l'art dans sa forme traditionnelle[1]. Mais pour Benjamin, la technique de reproduction cinématographique détache l'œuvre du domaine de la tradition en proposant à sa place des reproductions mécaniques, désormais sans aucune authenticité puisqu'elles sont dépourvues du caractère unique qui ferait le propre de toute œuvre d'art. Ainsi se liquiderait la valeur traditionnelle de l'héritage culturel. Quoi qu'il en soit de cette vision catastrophiste, Benjamin a su mettre clairement en évidence, dès 1936, le rapport du film et des mouvements de masse qui se dessinaient à l'époque. Il a bien montré comment la reproduction mécanisée de l'œuvre d'art modifiait la façon de réagir de la masse vis-à-vis de l'art : rétrograde, par exemple, devant Picasso, progressiste en face de Chaplin. « On goûte sans critiquer le conventionnel — on critique avec dégoût le véritablement nouveau. »

Le public de cinéma, contrairement à celui de la radio, partage le même lieu de présentation, neutre et coupé du monde ; il jouit à l'unisson de ses propres réactions, amplifiées en même temps que contrôlées par le nombre. Ce qui n'est pas possible avec la peinture dont la contemplation ne peut être très largement collective. Ce changement quantitatif du public face aux œuvres d'art, et à l'image notamment, a produit, toujours selon Benjamin, une nouvelle attitude vis-à-vis de l'œuvre d'art. Devant elle la masse ne se recueille pas, elle ne s'y plonge pas non plus. En revanche, « de par sa distraction même, elle recueille l'œuvre d'art dans son sein, elle lui transmet son rythme de vie, elle l'embrasse de ses flots ». À la manière de l'architecture qui est en cela exemplaire. On jouit de son art distraitement, en y vivant, en s'y incorporant, et non en se recueillant devant ses édifices. L'architecture — et comme elle le cinéma — sollicite la vue et le tou-

1. Walter Benjamin, *Écrits français,* « L'œuvre d'art à l'époque de sa reproduction mécanisée », Gallimard, 1991. Les citations qui suivent sont extraites du même article.

cher et « la réception tactile, dit Benjamin, s'effectue moins par la voie de l'attention que par celle de l'habitude ». La contemplation exige l'arrêt du regard, tout au moins quand il est habitué à un certain rapport à l'image comme celui imposé par la perspective à projection centrale. Au cours d'un film, cette contemplation est sans cesse interrompue par la transformation des images.

D'où le choc traumatisant du cinéma[1] qui, en retour exige une attention soutenue. Le film « représente une forme d'art correspondant au danger de mort accentué dans lequel vivent les hommes d'aujourd'hui ». Il répond aux transformations profondes des modes de perception et de l'évolution du sujet-ON. Sans doute Benjamin fait-il là surtout allusion à la mécanisation des déplacements et à la vitesse. Il remarque que la « simple optique, c'est-à-dire la contemplation », ne suffit plus à satisfaire les tâches imposées à la perception humaine. Ces tâches « ne sont que progressivement surmontées par l'habitude d'une optique approximativement tactile ». Or, cette optique « tactilisée » est le propre du cinéma qui rend mobile non seulement l'image mais aussi le point de vue, ce que ni la peinture ni la photo ne peuvent faire réellement. Le cinéma, ce n'est pas seulement l'image en mouvement, c'est surtout l'œil en mouvement, une certaine figuration de la mobilité et de la vitesse.

Mais cette volonté de donner à voir et à vivre la vitesse et le mouvement sans quitter son fauteuil, de faire en sorte que l'œil se meuve, de mobiliser le point de vue jusqu'à en briser la centralité et le multiplier, de réduire l'optique pour avantager le tactile, pour faire vibrer le corps entier, n'est-elle pas la préoccupation majeure de l'art moderne ? Pourquoi, dans ces conditions, l'art moderne se tient-il dès sa naissance si éloigné du grand public, du public non spécialisé de la radio, du cinéma, des médias ? Pourquoi la *masse* ne trouve-t-elle pas dans cet art la réponse à ses attentes que la peinture proposée par les avant-gardes contient ? Il semble que la cause en revienne avant tout au fait que, malgré les changements non négligeables qu'il apporte dans les modes de perception, le film continue globalement d'imposer une vision contrôlée énergiquement par la logique optique, liée à une conception et à une représentation de l'espace, du temps et du récit, d'une référence

1. Du moins chez un spectateur qui n'est pas encore modelé prioritairement par l'image télévisuelle. Le film pour celui-là inciterait plutôt à une relative distance contemplative.

inévitable au réel[1] — non pas au réalisme systématique mais à la nécessité de mettre en scène une réalité préexistante composée d'acteurs, d'objets, de décors, de paysages, à partir de laquelle le film sera construit, monté — qui ne rompt pas radicalement avec une tradition séculaire, l'« œuvre du soleil » laissant place à l'œuvre des *sunlights*.

« La salle de cinéma, comme le note Paul Virilio, n'est pas une nouvelle agora [...] mais bien un cénotaphe, et la capacité essentielle du cinéma dans ses vastes temples est une mise en forme sociale par une mise en ordre du chaos de la vision[2]. » De même que la radio fait entendre le même son à des milliers d'auditeurs au même instant, le film fait voir la même image aux mêmes spectateurs qui occupent en même temps la même place devant l'écran et derrière la caméra. Il y a là un effet puissant de synchronisation et de massification s'exerçant sur le sujet-ON, de « mise en forme de la perception » que la peinture ne saurait avoir. Devant la concurrence du film, le tableau reste peu efficace dans sa volonté de répondre aux changements de perception imposés par les bouleversements du monde et des techniques. De simples raisons économiques enfin — les coûts très élevés du film obligent les réalisateurs à accepter d'être en relative concordance avec le goût du public — contribuent également à mettre le cinéma en demeure d'être « populaire » sans attendre, et à se tenir assez éloigné de l'agitation de l'avant-garde. S'inscrivant dans la ligne des techniques de figuration optiques (même s'il introduit dans la perception optique une certaine tactilité), le cinéma continue de renforcer puissamment les habitus d'un sujet-ON vieux de plusieurs siècles auquel l'art moderne ne veut plus s'adresser. Éternel errant, celui-ci se sentira obligé d'occuper un territoire que le cinéma, à part quelques très rares exceptions, ne peut, ni ne veut occuper : celui de l'abstraction.

Le « retour à l'ordre ».

Après la Première Guerre mondiale, les audaces se calment. On cherche à reprendre souffle. Il est vrai que l'essentiel de l'art moderne vient d'être défini en quelques années de folle intensité. Les his-

1. Ce qui n'empêche pas un certain cinéma avant-gardiste de tenter l'abstraction, mais ce cinéma s'adresse à un public d'amateurs cultivés et beaucoup moins nombreux.
2. Paul Virilio, *Guerre et cinéma I. Logistique de la perception,* Cahiers du cinéma/éd. de l'Étoile, 1984, p. 51 sq.

toriens parlent assez justement d'un « retour à l'ordre ». Les peintres sont plutôt préoccupés par la nécessité de maintenir les acquis révolutionnaires tout en se rapprochant du public. D'un public de plus en plus attiré et éduqué perceptivement par le film. Ce qui explique en partie l'épanouissement de certains artistes qui n'abandonnent pas la figure humaine, comme Picasso, Matisse, Dufy, Derain, Bonnard, etc. Ou encore la volonté d'épuration de l'art pictural et de son intégration dans la ville manifestée par Fernand Léger. L'entre-deux-guerres est aussi le moment où l'on théorise dans le calme et où l'on transmet par un enseignement méthodique ce qui s'était constitué dans la fièvre de la découverte. Le *Bauhaus* fut en cela une école exemplaire ; son influence qui s'étendait bien au-delà de l'enseignement de l'architecture, contribua à propager les théories et les expériences des découvreurs. Ce retour à l'ordre a pris aussi l'aspect, dans certains pays, d'une sanction très dure contre l'art. En Russie, dès les années vingt, les avant-gardes sont brutalement rejetées en tant qu'expression de l'idéologie petite-bourgeoise et antiprolétarienne au profit du réalisme socialiste. En Italie le rejet est moins sévère et le fascisme mussolinien fait bon ménage avec une certaine modernité. En Allemagne le régime nazi condamne publiquement l'*Entartete Kunst* (l'art dégénéré), en organisant en 1937 deux expositions à Munich et à Berlin. La radio et le cinéma sont exploités très habilement par le régime dans un but d'endoctrinement. Les grands rassemblements sont organisés spécialement pour être filmés et radiodiffusés comme de véritables opéras qui galvanisent la ferveur populaire. On assiste aux débuts de l'esthétisation systématique de la politique.

Face à ce retour à l'ordre généralisé, un mouvement original s'affirme cependant, à partir de 1920 : le surréalisme, dont l'influence sera longue. Issu en partie du groupe Dada, ce mouvement qui regroupe des peintres et des poètes reste d'inspiration plutôt littéraire, mais il organise et met en image les formes plastiques selon une méthode d'association nouvelle qui repose sur l'exploitation de l'automatisme scriptural et graphique. L'objectif est de se plonger dans un état de création non contrôlé par la raison et de laisser s'exprimer les forces de l'inconscient. André Breton en fit la théorie en 1922 dans le premier manifeste du surréalisme. Le surréalisme est, dit-il, l'« automatisme psychique pur par lequel on se propose d'exprimer, soit verbalement, soit par écrit, soit de toute autre manière, le fonctionnement réel de la pensée. Dictée de la pensée, en l'absence de tout contrôle exercé par la raison, en dehors de toute préoccupation esthétique ou morale[1]. » L'art doit s'insurger contre le « rationalisme absolu », le « bon sens », l'« utilité immédiate » ; l'imagination doit reprendre ses droits, tenir compte de l'« épaisseur du rêve ». Programme très contradictoire dans la mesure où il est difficile, sinon impossible, de laisser libre cours à son inconscient tout en lui donnant une forme écrite ou graphique. Salvador Dali apportera une modification à la théorie du non-contrôle en introduisant la méthode paranoïa-critique. Il étendra cette méthode à la mise en scène de sa vie personnelle au moyen d'une utilisation habile des médias qui en fit un artiste peu compris mais populaire, inventant là un comportement autopublicitaire qui sera repris bien plus tard et adapté à l'évolution des médias de masse par Andy Warhol.

S'il est vrai que le surréalisme a été, d'un point de vue théorique, fortement influencé par les découvertes de Freud et la psychanalyse, et s'il en propose une sorte d'adaptation à l'art, il n'en traduit pas moins une nouvelle manière de prendre position, très indirectement, par rapport à la technique. Pourtant le surréalisme ne réagit pas à l'automatisation des techniques matérielles — encore que toutes les formes de machines le fascinent —, il s'intéresse à l'automatisation de la pensée, non pas comme s'y intéresseront plus tard, avec toutes les ressources de la raison, les sciences cognitives et l'intelligence artificielle, mais avec les ressources intuitives et « magiques » (à ses yeux) de l'art. Le surréalisme explore lui aussi une nouvelle réalité, une réalité supérieure : la pensée. Mais la pensée brute, sauvage, celle de l'inconscient (ou du moins ce que l'on suppose être l'inconscient), du rêve, du fantastique, de l'irrationalité. Il montre que paradoxalement l'homme affirme sa plus profonde subjectivité, sa conscience et sa responsabilité d'artiste hautement revendiquée, en laissant libre cours au fonctionnement automatique de la pensée. L'automatisme n'est pas le propre de la raison machinique. Délire et irrationalité peuvent habiter non seulement la machinerie mentale mais aussi bien les machines elles-mêmes. Avec le surréalisme toute machine peut être (délicieusement) suspectée d'irrationalité et révéler ainsi sa filiation humaine. Toute machine peut être, sous certaines conditions, considérée comme « célibataire », autrement dit détachée, divorcée du réseau technologique qui lui confère sa fonction, désinstrumentalisée comme la pensée elle-même quand elle n'est plus contrôlée par la raison. Toute machine relève d'un inconscient machinique. Une autre figure du sujet

1. André Breton, *Les Manifestes du Surréalisme,* Gallimard, 1983.

se dessine où la subjectivité la plus intime se tient à l'écoute attentive, non antagonique, d'un ON inconscient qui produit et perçoit les images automatiques de la pensée brute. Car il y a du ON dans la machinerie du rêve. Mais un ON qui n'est pas celui de l'expérience technique, qui n'est commun à personne d'autre : un ON en quelque sorte *démassifié,* unique, singulier, incommunicable, comme tout rêve.

Consécration de l'abstraction.

À la fin de la Seconde Guerre mondiale, une certaine forme du retour à l'ordre s'exprime à travers l'essor fulgurant de l'art abstrait dont l'hégémonie renvoie aux oubliettes les autres formes d'art. L'abstraction est l'une des ruptures les plus vives avec la représentation traditionnelle qu'aient introduites les peintres au commencement du siècle. Longtemps mal connue, sauf d'un public restreint d'amateurs, elle devient au début des années cinquante le genre pictural le plus coté, aussi bien aux États-Unis qu'en Europe. Tout se passe comme s'il s'agissait, une fois la paix revenue, de conduire à sa pleine maturité une recherche plastique qui n'avait été qu'ébauchée. Mais très vite, deux courants se manifestent au sein de l'abstraction. L'abstraction géométrique, à la suite du mouvement De Stijl, très vite supplantée par l'expressionnisme abstrait[1] et ses variantes : l'abstraction lyrique, le tachisme, l'Informel, l'Action painting, etc. Les deux mouvements ont encore en commun de s'intéresser à des formes visuelles que les techniques optiques de la photographie et du cinéma ne peuvent engendrer, sauf à abandonner toute référence au réel. Le développement du film en couleurs ne fera qu'accélérer cette réaction. Les uns (pour ne citer qu'Albers, Arp, Max Bill, Dewasne, Herbin, Poliakoff ou Vasarely) se référeront à des formes géométriques, froides, épurées, poussant à la contemplation optique, à la non-participation gestuelle et tactile, continuant à occuper un champ perceptif délaissé par le cinéma. Les autres (et ils seront les plus nombreux) introduiront dans la peinture le geste expressif, l'action corporelle, la rapidité d'exécution et un certain automatisme spontané. Ils reprendront les effets de vitesse et de mouvement propres au cinéma, tout en luttant contre la représentation figurative.

---

1. L'Eexpressionnisme abstrait, comme le rappelle Jean Clair (*Considérations sur l'état des Beaux-Arts,* Gallimard, 1983, p. 81 sq.), a été fortement soutenu par la politique culturelle des États-Unis à la fin des années cinquante. Mais ce soutien n'était pas arbitraire.

Parmi ces derniers, Jackson Pollock, aux États-Unis, invente le dripping. Cette technique permet de projeter sur toute la surface de la toile des pigments liquides contenus dans des boîtes percées qui se balancent, suspendues à des fils, et manipulées par le peintre. Les écoulements se font sur la toile posée à plat et au sol. Le haut, le bas, la droite et la gauche, ne sont plus des repères spatiaux privilégiés. Le peintre ne se tient plus tout à fait face à l'image, mais autour ; il y entre en biais. Cette technique n'est d'ailleurs pas sans continuité avec le surréalisme, la référence à l'inconscient en moins. Pollock construit, en effet, une sorte de machine célibataire picturale où l'automatisme, et le hasard en partie contrôlé jouent un rôle déterminant. Le « tableau » enregistre le processus machinique et ses phases temporelles : la trajectoire des boîtes ou de l'action gestuelle du peintre (qui ne touche pas la toile). En France, dans la lignée de Pollock, Georges Mathieu, ardent promoteur de l'abstraction lyrique et inventeur du tachisme, exploite à fond la rapidité d'exécution au service du geste calligraphique. Habile théoricien, il expose les principes de son art dans un livre qui a marqué le début des années soixante, *Au-delà du Tachisme*[1] : primauté de la vitesse d'exécution, aucune préexistence de forme, aucune préméditation du geste, état extatique. Le signe précède la signification. Il arrive à Mathieu, lorsqu'il expose à l'étranger, d'emporter avec lui des tubes de couleurs et de la toile vierge, et de peindre tous ses tableaux, pendant la nuit qui précède le vernissage. Souvent, il s'expose lui-même, pendant qu'il travaille, sous l'œil des caméras de télévision. On retrouve dans cette technique de la non-préméditation et de l'automatisme du geste, la recherche d'un état psychologique libérateur : caractères, là encore, propres au surréalisme mais contrebalancés par le refus de renvoyer à des formes visuelles préexistantes. On y retrouve également la présence d'un sujet-ON, lui aussi paradoxalement unique et singulier, lié aux techniques gestuelles et à leurs automatismes, qui devient finalement le meilleur appui du sujet-JE dans sa quête de subjectivité. À défaut de vouloir composer avec un ON nourri par les techniques de représentation automatiques auxquelles elle s'oppose, la peinture, en exploitant les automatismes du geste ou le hasard mécanique, traduit encore à sa manière mais à son insu le monde technologique.

Expressionnistes ou géométriques, les abstraits partagent tous la même prédilection pour les « configurations planes » qui « détruisent

1. Georges Mathieu, *Au-delà du Tachisme,* Julliard, 1963.

l'illusion et révèlent la vérité », comme le déclarent Barnett Newman, Gottlieb et Rothko, dans le manifeste qu'ils adressent au *New York Times*, le 7 juin 1943. Clement Greenberg, critique influent aux États-Unis, professe de son côté que « l'irréductibilité de l'art pictural ne consiste qu'en deux normes ou deux conventions qui lui sont propres : la planéité et la délimitation de la planéité[1] ». Mais à la planéité s'ajoute la notion de délimitation qui exclut toutes les tentatives où la peinture se mêle à d'autres techniques, quitte la surface sacro-sainte de la toile tendue. Greenberg cherche désespérément la spécificité picturale absolue, la peinture à l'état pur, comme il recherche le « bon art » qui ne doit rien au métier, à l'habileté, et tout à la conception et à l'inspiration. On retrouve là les vieux réflexes des peintres du milieu du XIXe siècle devant la photographie. Leo Steinberg critique cette position qui ne serait qu'une application du modèle technologique à l'art : « L'artiste promu ingénieur et technicien de la recherche, ne devient important que dans la mesure où il se présente avec des solutions au bon problème[2]. »

Il défend, en revanche, la notion de *flatbed,* empruntée aux techniques de l'imprimerie, et qui désigne le plateau des presses à imprimer horizontales. Il l'oppose à la planéité. Mais Steinberg s'intéresse à une autre peinture, qui apparaît au tournant des années soixante, celle de Rauschenberg ou de Dubuffet pour lesquels le plan du tableau n'est plus un plan où l'artiste projette des pigments mais un plan de travail. « Le plan "flatbed" du tableau, écrit-il, fait symboliquement allusion à des surfaces solides — dessus de table, sols d'atelier, diagrammes, tableaux d'affichage — toutes surfaces réceptrices sur lesquelles on peut répandre des objets, faire entrer des données, recevoir, imprimer, reporter des informations, dans la cohérence ou la confusion. Les œuvres picturales de ces quinze ou vingt dernières années mettent l'accent sur une orientation radicalement nouvelle, où la surface peinte ne présente plus d'analogie avec une expérience visuelle naturelle, mais s'apparente à des processus opérationnels[3]. » Il s'agit toujours pour le peintre, qu'il cherche la planéité ou qu'il remplace la

---

1. *Art News,* février 1959, p. 39.
2. Clement Greenberg, « Other criteria », *Regard sur l'art américain des années soixante,* éd. Territoires, 1979. La remarque de Steinberg n'était au fond pas fausse. Cet art traduisait effectivement un aspect du modèle technologique par sa fermeture et son autosuffisance, mais ce critique ne voyait pas que ce même art traduisait aussi une réaction à l'évolution technologique : l'expansion et l'automatisation des nouveaux moyens de communication visuels.
3. *Ibidem*, p. 46-47.

spécificité picturale par des objets empruntés au réel, de présenter — et non de représenter — formes, gestes, actions, travail ou encore opérations, de leur donner une présence. Le plan bidimensionnel ou le *flatbed* redisent, autrement mais avec la même insistance, ce que les premiers papiers collés disaient déjà : « Il y a ! »

B. La télévision

L'écran électronique.

La télévision se développe très rapidement à partir de la fin de la Seconde Guerre mondiale, d'abord aux États-Unis où elle devient un média de masse qui concurrence de plus en plus le cinéma. Ses effets sur la perception et leurs retentissements sur l'art ne deviennent décelables qu'à partir du milieu des années cinquante où ils déclenchent une nouvelle effervescence. Pour une dernière fois, la télévision va porter la logique figurative de la photo et du cinéma à son point culminant. L'image engendrée sur le fond d'une caméra électronique n'est, en effet, pas différente, d'un point de vue morphogénétique, de celle qui se projette sur une pellicule photographique ou sur un film. Elle reste l'émanation lumineuse d'une réalité préexistante saisie et organisée par l'objectif de la chambre noire. En revanche, le mode d'enregistrement de cette image change complètement. Contrairement à la photographie et au cinéma où le plan entier de l'image projetée sur la pellicule est enregistré en une seule fois et d'une façon permanente (après sa fixation), la télévision opère d'abord par une analyse linéaire. L'image initiale obtenue par projection optique est décomposée, par balayage, en une double trame entrelacée de fines lignes parallèles dont l'intensité lumineuse en chaque point se traduit par une modulation électronique — le signal vidéo. Pour restituer l'image, il faut en faire la synthèse, c'est-à-dire traduire à son tour la modulation électronique en intensité lumineuse, grâce à un second balayage, propre au dispositif de réception, rigoureusement synchronisé avec le balayage d'émission. Or, cette synthèse a lieu, dans le cas d'une émission en « direct », au moment même où l'image est prise. Plus aucun délai ne sépare le moment de la prise de vue, propre à l'image cinématographique, et le moment de sa représentation[1]. Il y a désormais concomi-

1. Sauf, évidemment, s'il s'agit d'un enregistrement, où nous retrouvons (presque) le cas du cinéma.

tance entre le temps de l'enregistrement et celui de la représentation. En ce sens, la télévision fait « plus » que représenter, elle rend présent. Elle met le regardeur, instantanément et indépendamment de la distance, en contact visuel avec la réalité. Ce mode de présentation rappelle celui de la peinture moderne, telle que le cubisme l'a inaugurée, mais il est maintenant le propre d'une image immédiate et en mouvement du réel. Pour le distinguer de ce dernier qui reste circonscrit au champ de l'art et protégé de toute technologie, je parlerai à son propos de *surprésentation*.

La surprésentation télévisuelle fait coïncider le temps de la réalité saisie dans son écoulement, celui de son image et celui du regardeur. Cette coïncidence rabat le spectateur sur un perpétuel présent, au détriment du temps passé et du temps futur. Elle tend ainsi à provoquer une forte adhérence du spectateur au présent, à son *événement*. Événement, qui tire l'essentiel de sa force de persuasion — son effet de réalité — dans le fait qu'il se déroule à l'instant même où il est transmis et reçu sur l'écran. L'événement fait du spectateur une sorte de myope temporel. Pour lui, ce qui est écoulé ou ce qui est à venir ne constitue plus, ou pas encore, un événement. La surprésentation télévisuelle favorise ainsi la perte de mémoire et paralyse l'anticipation réfléchie. Elle développe, en revanche, une capacité aiguë à saisir une multiplicité d'événements parallèles et chaotiques. L'image télévisuelle n'est donc plus une coupe mobile dans la durée, comme le cinéma[1], rapportée ensuite par le transfert de la re-présentation, ni un prélèvement détaché du temps. Elle effectue une *incrustation* de durées. Elle joint bord à bord et fait communiquer entre elles, grâce à la synchronisation du balayage, deux temporalités distinctes : celle qui a cours pendant l'émission où l'image est analysée et transmise et celle qui a cours pendant la réception où l'image est perçue par le spectateur. La surprésentation dote le regardeur d'une véritable ubiquité perceptive, en même temps qu'elle l'écartèle entre deux temporalités et deux espaces, le temps et le lieu où il se tient, le temps et le lieu où l'image est saisie. Tandis que le spectateur cinématographique tend à s'évader de lui-même par un effet de projection et d'identification, le spectateur télévisuel tend à se laisser saisir par un effet d'invasion, un mouvement difficilement répressible du dehors vers le dedans, vers lui-même. D'où, la fascination du direct où l'on assiste de loin aux évé-

1. Voir à ce propos, Gilles Deleuze, *Cinéma 1. L'Image-mouvement,* Les éditions de minuit, 1983, p. 7-22.

nements les plus spectaculaires et à leur irréversibilité fatale, en qualité de témoin impuissant jouissant de son impuissance[1].

L'incrustation est aussi une aptitude morphogénétique de l'image électronique elle-même. La saisie analytique de ses éléments formels en trames linéaires a permis de contrôler cette image beaucoup plus intimement. Alors que l'image photographique et cinématographique ne peut être travaillée que par plans entiers ou fragments de plans (collage, découpage, masquage, coloriage, traitement chimique, ou encore en intervenant sur le faisceau de lumière lui-même au moment du tirage ou à la prise de vue), l'image électronique se travaille au moyen de la ligne (de balayage)[2]. Ce contrôle de l'image par la ligne qui en devient l'élément constituant fondamental (le triplet de luminophores rouge, vert, bleu, n'étant pas encore isolément accessible), permettra un travail très raffiné que les jeunes vidéastes des années soixante pousseront à ses extrêmes.

Le regard réticulé.

Le balayage électronique rend enfin possible l'incrustation spatiale. L'écran lui-même s'impose, dans le lieu où il est en fonctionnement, comme une incrustation violente sur un « fond » qui, à l'inverse de la salle de projection cinématographique, est le plus souvent loin d'être totalement obscur et silencieux. La télévision se rapproche par là de la radio et elle produit des effets comparables dans le domaine de l'image (non-hiérarchie, hasard, accident, hétérogénéité, etc.). De là, la vocation de l'image électronique à être combinée à des environnements variés, confrontée à d'autres objets, à d'autres images, à se confondre avec l'objet, à être plongée dans des situations inhabituelles pour une image. L'écran électronique fonctionne comme un plan de travail, un *flatbed*. Le monde entier y est convié, traité, opéré, transmuté en image, injecté visuellement dans chaque foyer. La caméra saisit les événements les plus étrangers, inattendus, les plus proches ou les plus lointains, pour les projeter sur le plan redressé de l'écran, tels qu'en eux-mêmes le présent les change, pourrait-on dire, les actualise, sans montage, sans retouche. Toujours optique, cette image, cependant se tactilise aussi.

---

1. Les réalisateurs tentent maintenant de compenser cette impuissance avec les émissions interactives qui font appel à la participation du public au moyen du téléphone.
2. Elle peut aussi se travailler au niveau du plan, dans la mesure où elle est encore, le plus souvent, engendrée par un objectif photographique.

Elle hérite, d'une part, de l'effet dû à la mobilité du point de vue qui affecte le cinéma. La structuration de l'écran en points élémentaires lui donne, d'autre part, comme McLuhan l'a montré, un caractère mosaïcal, exigeant de l'œil un travail de recomposition synthétique et une mise au point différente de celle imposée par la lecture ou la vision en haute définition du cinéma. Elle perd ainsi certains de ses caractères optiques au profit d'autres caractères moins visuels. Le poste de télévision apparaît comme un objet parmi d'autres et l'image que l'on y voit hérite de cette particularité. Il présente l'image au milieu d'autres objets, il l'y incruste violemment, sans aucun isolement, en concurrence directe avec l'environnement, de la même manière que la radio le fait avec le son. L'évolution de l'encadrement de l'écran de plus en plus neutralisé témoigne de cette volonté de faire de l'image électronique un objet comme un autre, mêlé aux autres. Les « installations vidéo » révéleront plus tard cette aptitude à traiter l'image comme un objet mobilier, à mêler les choses les plus hétérogènes, le dedans et le dehors, à provoquer des rencontres insolites, à capter l'événement et à le provoquer.

L'essentiel de la spécificité technique de la télévision se tient dans ce court-circuit entre deux lieux — celui de l'émission et celui de la réception —, mais aussi entre deux temporalités — celle de l'analyse et celle de la synthèse (non numérique) de l'image. Allumer son poste de télévision, c'est d'abord se connecter sur le lieu de l'émission de l'image (l'antenne) au moment où elle se constitue, c'est être présent à la naissance même de l'image. Ce que ni la photo ni le cinéma ne permettent. Toute *télécommunication* — communication à distance et immédiate comme le téléphone et la radio — commence par l'établissement d'une jonction, degré zéro de la communication. Au téléphone (ou au radiotéléphone), on s'assure de la présence de son interlocuteur par de brefs messages sans contenu (« allô ! », en français). Mais avec la radiodiffusion et la télévision, l'auditeur et le spectateur ne peuvent pas avertir la source, par le même canal, d'un éventuel dysfonctionnement de la liaison. Il s'ensuit une certaine soumission du récepteur qui accroît l'effet d'invasion. L'image télévisée ne produit donc son plein impact que dans la mesure où elle est liée au type de réseau à travers lequel elle est diffusée. Réseau centré en étoile sans retour direct[1]. C'est le

---

Dans le réseau téléphonique, en revanche, chacun peut communiquer avec chacun. Les possibilités de communication à plusieurs sont récentes. Le cinéma, quant à lui, ne constitue pas un réseau de communication. Il existe bien un réseau de distribution cinématographique, certes, mais il n'existe pas de centre émetteur d'où l'image est mise en circulation.

réseau qui donne à l'écran électronique son pouvoir médiatique et à la communication télévisuelle son caractère de masse. Il élargit considérablement l'espace de présentation de l'image.

Comme le cinéma, la télévision opère une mise en forme sociale de la perception. Mais cette mise en forme n'est pas une mise en ordre du chaos de la vision. Bien que la télévision cherche à assurer une certaine cohérence et une certaine continuité dans ses émissions, sans quoi elle perdrait l'essentiel de son impact, ce qu'elle donne à voir, et à cause de la manière dont elle le donne à voir, relève plutôt du chaos que de l'ordre. Si elle provoque un effet de socialisation, cet effet se traduit, tout au contraire, par une désagrégation, une fragmentation de la perception de l'espace, une irruption du lointain dans le proche, une confusion dans les distances, entre le monde extérieur et l'intimité de la cellule familiale, le macro et le micro, l'image et l'objet, sans aucune possibilité de contrôle, de réaction directe. Éclatement de la perception amplifiée par la surprésence de l'événement qui fait adhérer sans recul le téléspectateur à l'actualité. Et de même que la radio luttait contre un effet analogue mais moins important, la télévision, son art — non pas en tant qu'image mais en tant que média — est celui de la programmation, des horaires, des enchaînements, du ciblage des publics, depuis quelques années de l'audimat, etc.

Parmi les effets technesthésiques de l'écran-réseau, le plus perturbateur après l'effet de surprésentation est l'équivalence qui s'installe entre l'image et l'objet. Incrustation d'abord d'une image attachée à un objet (mobilier) disposé parmi d'autres objets. Mais aussi transmutation de n'importe quelle fraction de réalité, dans n'importe quel lieu du monde, en une image susceptible d'atteindre instantanément n'importe quel autre lieu du monde. N'importe quel objet acquiert un devenir-image immédiat et, associé à ce devenir, une puissance de multiplication visuelle quasi infinie. Tout se passe comme si l'écran-réseau projetait des fractions de réalité (objets ou personnes, scènes, événements) en les multipliant automatiquement et instantanément aux yeux de chacun. Dans le prolongement de la photographie, de la radio (pour le son) et du cinéma, la télévision accentue la poussée du réel, sa présence brute et violente, au détriment de sa médiation symbolique. Un nouvel appareil s'interpose entre le regard et le monde : le réseau télévisuel. Il confère au sujet-ON des aptitudes perceptives que ni la photo, ni le cinéma, encore moins l'image peinte, ne pouvaient lui donner. Le regard, désormais réticulé, peut se projeter en tout lieu et s'affranchir de toute distance. L'automatisation de la transmission multiplie non seulement les points de vue mais les scènes animées de la réalité, en les dispersant le long de la ligne du temps. L'*histoire* s'éternise en une cascade incessante d'événements constamment obsolètes.

« La passionnante aventure du réel perçu en soi ».

La télévision se présentait donc, à son tour, après la photographie et le cinéma, comme un défi lancé aux artistes par la technologie, en même temps qu'elle transformait leur perception et leur fournissait des moyens figuratifs nouveaux. Défi à la mesure de l'expansion fulgurante et universelle de l'écran-réseau qui « dépassait » la peinture la plus avant-gardiste dans la fonction de présentation renouvelée par l'abstraction et la remettait en cause. Alors que cette peinture renvoyait à l'essence transfigurée d'une réalité abstraite, intérieure, et profondément subjective, ou au seul acte de peindre — comme dans l'*Action painting* qui rendait visible le présent suspendu de cet acte et l'exposait —, la télévision faisait surgir instantanément aux yeux du regardeur la réalité elle-même, avec toute sa présence compacte et son actualité permanente, des quatre coins du monde. La surprésentation télévisuelle rendait caduque la présentation picturale et éloignait encore davantage l'art moderne du public de masse. Mais les réactions, complexes et diverses, prises nécessairement dans le contexte historique, se déterminèrent principalement par rapport à l'art dominant — l'abstraction —, c'est-à-dire contre lui. Les unes se placèrent sur le terrain de l'objet, les autres sur celui de l'image.

Robert Rauschenberg, après le « passage au blanc » de la *White Painting* (1951), est le premier à pratiquer dans ses peintures l'*inclusion* d'objets souvent volumineux et inattendus. Un pneu d'automobile et une chèvre empaillée, une échelle, une chaise, une brosse à dents dans un verre, une horloge, et cent autres choses hétéroclites, qu'il colle sur des fonds traités à la manière de l'expressionnisme abstrait. Avec *The Bed* (1955), c'est un lit entier, repeint à larges couches de couleurs dégoulinantes, qui est suspendu au mur comme une toile. Les *Combine Paintings* ne sont pas à proprement parler des *ready-mades,* même si l'on peut y retrouver l'esprit dada et duchampien, ni exactement des collages. Elles présentent le réel (sous l'aspect d'objets divers) et la peinture (ce qui était considéré à l'époque comme l'essence de la peinture) sur le même plan — de travail — avec une volonté de confusion et d'équivalence, de chaos organisé. Rauschenberg met au point un système esthétique capable de tout combiner, de tout assimiler, de tout transmuter en image, sans avoir à trier, hiérarchiser, mettre en perspective. Il s'agit de faire adhérer violemment le regardeur à la peinture, de la rendre non pas surréelle mais surprésente. De forcer l'objet, l'image et le regardeur à partager le même présent répété indéfiniment, comme le fait l'écran électronique : l'inclusion d'une véritable horloge dans la *Third Time Painting* en apporte la preuve manifeste. De la même manière que l'écran de la télévision déverse brutalement, incruste, le flot imagé du monde au milieu des meubles et des objets de la maison, les *Combine Paintings* déversent au milieu de figures abstraites peintes à la main des objets entiers arrachés à la plus banale des réalités. Inclusion et incrustation participent de la même logique figurative.

Certes, l'envahissement de l'espace quotidien par les innombrables objets de consommation produits par l'industrie n'est pas sans relation avec cet intérêt démesuré pour l'objet. Et les *Combine Paintings* traduisent aussi cet aspect de la « société de consommation » en pleine expansion. Mais l'idée fondamentalement plastique d'inclure dans de la peinture d'art des objets — n'importe quels objets et non pas préférentiellement des objets de consommation — trouve son origine dans la manière incongrue, violente et surréelle, dont l'écran électronique jette, dans le bric-à-brac standardisé et individualisé d'objets mobiliers composant chaque foyer, un bric-à-brac incontrôlable d'images hétéroclites. On avait assisté, d'ailleurs, dans le domaine de la musique à une entreprise comparable, celle de John Cage, qui traitait les objets sonores de la même manière (j'y ai fait déjà allusion) et qui avait été, quant à elle, inspirée par la radiophonie. Le pop art en Angleterre et aux États-Unis, et le Nouveau Réalisme en Europe, déclineront de cent façons cette mise en scène des objets, avec ironie, critique et poésie.

Pierre Restany a bien défini l'entreprise esthétique de ce vaste courant. Il parle, à propos du Nouveau Réalisme, de « la passionnante aventure du réel perçu en soi et non à travers le prisme de la transcription d'un concept ou de la traduction d'une émotion[1] ». N'est-ce pas là ce que permet, à sa manière, l'écran-réseau ? L'art doit donner « à voir le réel dans les aspects de sa totalité expressive. Et par le truchement de ces images objectives, c'est la réalité entière, le bien commun de l'activité des hommes, *la nature du XXe siècle*, technologique, industrielle, publicitaire, *urbaine,* qui est assignée à comparaître. » Il s'agit pour l'art de « s'approprier le réel ». Sinon la totalité du réel, du moins

1. Pierre Restany, *Le Nouveau Réalisme,* Union générale d'éditions, 1978, p. 286 sq.

ce qui semble constituer le réel le plus significatif de l'époque. Tel est le projet des Nouveaux Réalistes. César s'approprie les déchets industriels avec ses *Compressions,* ou les nouvelles matières chimiques avec ses *Expansions*. Hains s'approprie les affiches collées sur les murs et les palissades, Arman, des objets manufacturés qu'il accumule (il commence avec des poubelles). Raysse, les matériaux et les figures de la publicité (néons, plastiques). Tinguely, des pièces mécaniques usagées réassemblées avec humour et dérision. Klein, la couleur en-soi, le bleu d'abord, avec ses *Monochromes,* et même le vide, avec l'exposition d'une galerie de peinture aux murs nus. Claes Oldenburg fabrique lui-même très soigneusement ses objets avec du carton ou du plastique. Il reconstitue des vitrines de magasins, avec leurs étagères pleines (ice-creams, tubes de pâte dentifrice, assiettes de charcuterie, de viande, de pâtisseries, etc.).

Cependant, les images aussi (celles de la télévision d'abord, et celles des médias, de la publicité, de la bande dessinée populaire) font partie de cette réalité proliférante. Lichenstein déclare que le « pop art est un engagement contre ce qu'il y a de plus menaçant et de plus détestable dans notre culture, mais qui est en même temps puissant et envahissant ». Il se contente de dresser un constat ironique d'existence — ou de présence — de cette réalité-là. Il fait l'inventaire du kitsch américain et des objets de série, vulgaires et laids, mais qui attisent toutes les tentations, en reprenant les techniques tramées de la bande dessinée. Il s'attaque même aux reproductions commerciales de certaines œuvres artistiques, comme *La femme au chapeau,* peinte par Picasso en 1940, dont il propose une version revue à sa manière. L'œuvre d'art est ainsi ravalée au niveau culturel de l'objet industriel dans une équivalence destructrice. Rauschenberg avait quelques années auparavant commis un « sacrilège » comparable en gommant de sa main un dessin de De Kooning. L'appropriation ne connaît pas de limites. Warhol lui aussi joue sur les procédés employés dans la publicité et la presse. Il part d'une image déjà connue du public, et il la dégrade, la simplifie, la transforme, la multiplie, au moyen de traitements photographiques et mécaniques divers. Ses tableaux sont conçus, disait Steinberg, comme l'image d'une image. Paradoxalement, c'est aux procédés industriels que Warhol emprunte pour redonner à voir autrement l'image démultipliée par les médias et dont l'œil, rassasié, ne perçoit plus qu'un flux confus. Il voulait « être une machine », disait-il.

Mais cette machine que veut être Warhol, c'est aussi la machine réseau, celle qui socialise l'art, qui le donne à voir, qui organise l'achat et la vente des œuvres, qui met en relation l'artiste, son public et son acheteur. Or, le modèle sur lequel cette machine fonctionne est maintenant celui des réseaux de télécommunication, plus particulièrement du réseau télévisuel. De même que celui-ci surprésente l'image en la désignant comme la trace (la preuve) d'un événement se déroulant ailleurs et à l'instant même, de même, le réseau artistique surprésente chaque œuvre en l'associant à un événement entièrement condensé dans la monstration. D'où, la nécessité de faire toujours événement, mais à condition de rester à l'intérieur du réseau. Car, en dehors du réseau rien n'est présentable, rien ne prend sens. D'où, la nécessité aussi de renouveler constamment l'événement. L'art se fait, se voit, se consomme au présent, dans l'oubli du passé et de l'avenir. La formule de McLuhan — *medium is message* — s'applique pleinement à cet art.

Comme l'analyse Anne Cauquelin : « C'est le réseau qui affiche son propre message : voici le monde de l'art contemporain. [...] La réalité de l'art contemporain se construit en dehors des qualités propres à l'œuvre, dans l'image qu'elle suscite dans les circuits de communication[1]. » Ce qu'on demande à l'œuvre, c'est de faire partie du réseau sans ambiguïté. Le réseau incruste chaque œuvre dans la réalité sociale et culturelle. L'effet de bord du réseau garantit la validité artistique de l'œuvre. N'importe quoi peut acquérir cette qualité-là, à condition toujours d'être, d'avoir lieu, dans le réseau. Ce qui avait été, avec les *ready-mades* de Duchamp un geste provocateur et inaugural, qui déjà mettait clairement à plat le mécanisme de la médiation artistique, devient un système qui s'étend à l'art tout entier. L'appartenance au réseau artistique fait de la galerie un véritable *ready-made*. Quel que soit ce qu'on y voit, c'est *automatiquement* de l'art puisque la galerie est dans le réseau. La volonté d'être une machine — entendons : une machine réseau — n'est pas propre à Warhol, chaque artiste veut faire partie du réseau machine, en devenir un rouage, s'y intégrer, s'y fondre. Ou à l'inverse, dans une attitude opposée mais symétrique, s'en distancer, en critiquer le fonctionnement, en ne réussissant qu'à le renforcer car toute déconstruction du réseau crée son propre réseau. L'aventure du réel perçu en soi devient celle du réseau perçu en soi.

La course à l'appropriation illimitée du réel est ouverte. Elle durera encore à la fin du siècle. À l'exemple du réseau télévisuel, de son ubiquité et de sa surprésence, l'art tente de saisir tout le réel, d'en faire

---

1. Anne Cauquelin, *L'Art contemporain,* PUF, 1992, et plus particulièrement les pages 47-62 sur les effets de la communication dans le registre du marché de l'art.

un *ready-made* sans limite. Chacun y taille son territoire. Pour Fluxus, « tout est art ». Les frontières entre l'art et la vie, comme la distance entre l'image électronique et la réalité, disparaissent. Le Land art fait de la terre une œuvre. Il suffit d'une signature, d'un artefact ajouté à la nature plus ou moins discrètement pour transformer telle ou telle portion d'espace terrestre ou maritime — voire la planète entière (Piero Manzoni : *Le socle de la Terre*)[1], ou encore l'espace interplanétaire (Jean-Marc Philippe : *La Roue céleste*)[2] — pour effectuer cette métamorphose. Julio Le Parc imagine des lunettes spéciales qui font voir la vie, non pas en rose, mais « en art ». Le Body art fait du corps humain un objet d'art. Gina Pane fabrique avec son propre sang du boudin que le public absorbe sous forme de rondelles. Il n'y a plus de matériau spécifique. N'importe quelle matière (« pauvre » comme l'air ou hypersophistiquée), n'importe quels produits élaborés ou déchets industriels, sont utilisables. N'importe quel geste (scier en deux une rivière), n'importe quelle intention, la plus saugrenue, deviennent des œuvres, à condition toutefois d'être médiatisés et de transiter par le réseau artistique. Il est alors dans la logique des choses qu'à partir du moment où tout est art, l'art devient inutile. Ce que prêchera inlassablement Ben Vautier, tout en faisant de cette négation de l'art une autre forme d'art. Il s'ensuit une « ouverture » incontrôlée du domaine de l'art. La surenchère à la nouveauté s'accélère et s'affole.

C. Le traitement automatique de l'information

Le tube à vide et la cybernétique.

Si la diffusion de l'image télévisée se fait dans l'évidence visuelle, le développement des techniques du traitement automatique de l'information a lieu, au contraire, à l'abri des regards. Il n'est pas directement perceptible. Mais les effets technesthésiques de ces techniques, plus longs à se manifester certes, n'en sont pas moins décisifs dans la formation de la sensibilité artistique de la deuxième moitié du XXe du siècle. Il faut remarquer d'abord que l'ordinateur et la télévision sont

---

1. Manzoni pose sur le sol d'une galerie, mais à l'envers, un socle sur lequel est écrit « socle de la Terre », opération symbolique qui fait ainsi de la planète une sorte de sculpture.
2. Le projet consiste en une couronne de satellites orbitant autour de la terre qui visualiseraient la vitesse de la lumière.

redevables à une technique commune de leur perfectionnement et de leur développement, celle du tube à vide. Elle est à l'origine de l'électronique, technologie qui marque un changement capital par rapport aux techniques mécaniques et électriques et à la maîtrise des énergies. L'électronique n'est plus une technique, c'est une technologie. Une technologie n'est plus une technique dans la mesure où elle n'est plus empirique mais solidaire de la science, de ses théories, de ses formalisations mathématiques. On n'a pas eu besoin de la thermodynamique pour inventer les moteurs thermiques, ni de connaître l'existence de l'électron pour inventer le moteur électrique, mais on a eu besoin des connaissances et des théories scientifiques pour inventer ces nouvelles technologies qui allaient donner naissance à l'électronique. En observant le fonctionnement des lampes électriques, Edison s'était aperçu en 1883 que, dans certaines conditions, un courant électrique (et non un rayonnement)[1] qui se manifestait par une lueur bleuâtre s'établissait, dans le vide, entre les deux électrodes — l'anode et la cathode.

Cette observation resta sans explication et ce ne fut que onze ans plus tard qu'on démontra que ce courant était dû à un flux d'électrons tandis qu'on établissait, par ailleurs, la théorie de l'émission thermoionique. Ces recherches permirent quelque temps après à John Fleming d'inventer la diode, qui fut le premier tube à vide où l'on utilisa en toute connaissance de cause un flux d'électrons. La diode trouva l'une de ses premières applications dans l'amélioration de la réception des ondes radio. En 1906, on eut l'idée d'introduire entre l'anode et la cathode une troisième électrode, la grille, qui permit de contrôler avec précision le flux d'électrons. Diodes et triodes ouvrirent l'ère de l'électronique. Elles furent suivies d'une grande famille de tubes à vide utilisés, entre autres, en radio. L'invention du tube à vide, combinée à la découverte de l'effet photo-électrique (émission d'électrons consécutive au choc des photons sur certains matériaux sensibles), déboucha également sur l'invention de l'oscillographe à rayons cathodiques sur le fond duquel pouvaient être visualisées les variations d'un courant électrique. Zworykin perfectionna ce tube et l'adapta à la télévision naissante. L'iconoscope, inventé en 1928, fut le premier tube de caméra de télévision. C'est sur le principe électronique de ce tube à vide que fonctionnent encore les écrans de télévision actuels.

Le tube à vide et la triode en particulier, utilisés depuis le début du siècle, avaient fait la démonstration que l'on pouvait contrôler des

1. Le rayonnement cathodique avait déjà fait l'objet d'observations et d'expérimentations nombreuses.

énergies considérables à partir d'énergies beaucoup plus faibles. Une faible variation de la tension de la grille d'une triode, par exemple, provoque un très fort courant entre la cathode et l'anode, ou encore bloque le passage de tout courant. D'une manière générale, on disposait d'un système capable, à partir d'un « ordre » — ou d'une « information » — nécessitant une énergie très réduite à l'entrée, d'obtenir, à sa sortie, un effet ou plutôt une « action » développant une énergie beaucoup plus forte. Un peu à la manière d'un muscle qui réagit à la commande d'un nerf. Ainsi s'imposait le modèle physique élémentaire de toute « communication ». L'utilisation des tubes à vide dans la défense antiaérienne, au cours de la Seconde Guerre mondiale, apporta de nouveaux éléments de réflexion théorique sur le contrôle automatique des machines. Le radar permettait de détecter les avions mais pas de les abattre. On imagina dans ce but de coupler la commande de tir des canons antiaériens au système de détection radar. Un calculateur automatique, encore très primitif, permettait d'évaluer la vitesse de l'avion et de prévoir sa position. Des fonctions de prévision autrefois réservées à l'homme se voyaient désormais déléguées à la machine. La particularité de ce système — le *predictor* — était d'introduire dans les mécanismes techniques une *rétroaction,* une action en retour (*feedback* en anglais), contrôlée mathématiquement entre l'entrée et la sortie du système qui asservissait la commande de tir à la trajectoire et à la vitesse des avions ennemis.

Norbert Wiener qui participa à la réalisation du *predictor* devait écrire à son propos, quelques années plus tard : « Ainsi le problème de la commande du tir antiaérien nous habitue-t-il à la notion d'une communication orientée vers une machine plutôt que vers une personne[1]. » L'idée d'une communication interne à la machine associée à une rétroaction était acquise. Tous les éléments d'une nouvelle vision du monde, autant technoscientifique que philosophique, se trouvaient rassemblés en puissance dans le *predictor* : la cybernétique. Norbert Wiener la définira en 1948 comme la science du contrôle et de la communication chez l'animal et dans la machine. « Le but de la cybernétique, dira-t-il, est de développer un langage et des techniques qui nous permettent effectivement de nous attaquer au problème de la régulation des communications en général, et aussi de trouver le répertoire convenable

---

1. Norbert Wiener, *Cybernétique et société,* 10/18, 1962, p. 185. L'auteur développe en particulier, de la page 183 à la page 186, une réflexion sur le tube à vide et les techniques de communication.

d'idées et de techniques pour classer leurs manifestations particulières selon certains concepts. » Au cœur de ce répertoire réside la notion d'*information*. Elle désigne « le contenu de ce qui est échangé avec le monde extérieur à mesure que nous nous y adaptons et que nous lui appliquons les résultats de notre adaptation[1]. » L'information est aussi ordre, complexité, organisation, et s'oppose au désordre, à l'entropie, qui menacent autant le monde physique que les sociétés[2]. Or, de même que l'entropie est contrôlée chez les êtres vivants par des rétroactions biologiques régulatrices, de même, elle peut l'être aussi dans les machines au moyen de dispositifs équivalents, la régulation tendant à rendre l'action de la machine efficace dans le but de réaliser son objectif. Ce contrôle s'exerce par le biais de *messages*.

La notion de communication désigne, elle, la façon dont sont réglés au sein de la société les messages échangés entre les divers organismes composant cette société, les hommes mais aussi les machines : « L'idée maîtresse de la communication est la transmission des messages[3]. » Mais ces messages ne se limitent pas à ceux qu'échangent les hommes entre eux, ou avec les machines et le monde extérieur, ils concernent également le vivant (animal ou végétal), toutes les entités, les structures ou systèmes, dont l'univers micro ou macrophysique est constitué, des particules subatomiques aux galaxies. Tout le cosmos est interprétable en terme de communication, de relations rétroactives, d'échange de messages. On constate donc que l'idée que se fait Wiener de la communication ne coïncide pas exactement avec celle que véhicule les réseaux de télécommunication radiophoniques ou télévisuels de l'époque. Ces réseaux-là ne sont pas autorégulés, il n'existe aucun *feedback,* du moins immédiat, entre l'émission et la réception. Le régime de communication qui caractérise les médias de masse n'est qu'un aspect particulier du modèle communicationnel général.

Il en découle, dans le domaine social, que la cohésion des communautés est totalement assurée par la manière dont s'organisent les communications pour faire reculer l'entropie et par leur qualité de transparence. Les machines participent, elles aussi, à cette action dans la mesure où elles représentent des « poches d'entropie décroissante ». Hommes et machines, vivant et artificiel, ne sont plus à opposer au nom d'une hétérogénéité radicale. Les frontières entre le natu-

---

1. *Ibidem*, p. 18.
2. On fera plus tard une distinction entre information et complexité.
3. *Ibidem*, p. 128.

rel et l'artificiel s'estompent. Aussi, en vient-on très rapidement à chercher à construire des machines capables de simuler l'intelligence de l'homme. Wiener écrit : « Théoriquement, si nous pouvions construire une structure mécanique remplissant exactement toutes les fonctions de la physiologie humaine, nous obtiendrions une machine dont les capacités intellectuelles seraient identiques à celles des êtres humains[1]. » La notion de machine cybernétique déborde largement celle de machine mécanique ou électrique. En même temps qu'elle élargit la notion d'intelligence qui n'est plus seulement l'exclusivité de l'homme. « À la limite de la concrétude, écrira Léon Delpech, il n'y a plus ni nature ni artifice, mais une synthèse originale et mouvante que l'on peut appeler une nature artificielle ou un artifice naturel[2]. » Au fur et à mesure que l'entreprise cybernétique se développe, ses méthodes s'affinent, la théorie se précise. Abraham Moles la redéfinit comme « une science des organismes, indépendamment de la nature physique des organes qui les constituent[3] ». Son objet est la *théorie des systèmes généraux*. Sa méthode est l'analogie ; elle raisonne sur des *modèles*. Le modèle n'explique pas, il se contente de montrer qu'il existe au moins une solution rationnelle à un phénomène. Ce qui implique que d'un point de vue épistémologique « le critère de vérité de la science traditionnelle est désormais remplacé par le critère de similitude ou d'adéquation du modèle au réel ».

La théorie de l'information.

Les tubes à vide furent aussi utilisés pour perfectionner les machines à calculer qui avaient fait de considérables progrès depuis le début des années quarante. Mais il fallut attendre pour cela 1945, l'année où fut assemblé le premier calculateur électronique, l'ENIAC (Electronic Numerator, Integrator, Analyzer and Computer). En effet, les calculateurs construits auparavant utilisaient des éléments électromécaniques, principalement des relais téléphoniques. Les tubes

---

1. *Ibidem*, p. 72.
2. Léon Delpech, « Un créateur : Norbert Wiener », *Le Dossier de la cybernétique,* Marabout université, 1968, p. 43.
3. Abraham Moles, « Objet, méthode et axiomatique de la cybernétique », *Le Dossier de la cybernétique, op. cit.*, p. 48 sq. La concrétude est l'état mental caractérisé par l'impossibilité d'élaborer des idées sans recourir à des données concrètes.

électroniques avaient l'avantage sur ces derniers d'être beaucoup plus rapides, propriété déterminante dans le domaine du calcul automatique, moins volumineux et plus fiables. Sans eux, les machines à calculer n'auraient jamais connu les perfectionnements et l'expansion dont elles profitèrent, sitôt après l'adoption des tubes électroniques. Néanmoins, malgré des améliorations notables, la programmation de l'ENIAC se faisait manuellement, à l'aide de câbles, comme dans les anciens standards téléphoniques, travail long et fastidieux. Le mathématicien Von Neumann eut alors l'idée d'enregistrer dans la mémoire du calculateur le programme lui-même, comme les autres données à traiter, sous la forme d'instructions codées. Chiffres et lettres se substituaient aux connexions et aux câbles, des symboles abstraits constituant une sorte de langage — le programme *(software)* —, à des matériaux physiques, à de la « quincaillerie » *(hardware)*. Ainsi naquit l'ordinateur moderne et avec lui l'informatique qu'on peut considérer globalement comme la science des langages de programmation. Après une phase expérimentale très effervescente, l'usage des ordinateurs se répandit rapidement. D'abord dans le domaine militaire (aux États-Unis) où les premiers réseaux de calculateurs reliés par lignes téléphoniques furent mis en place. Puis dans le domaine civil (principalement administratif et commercial) où ils devinrent de très puissants moyens de gestion, et dans l'industrie où ils déclenchèrent la révolution de l'*automation*. Réservés jusqu'alors à l'exécution de certains types de calculs très spécialisés, ils acquirent, en même temps que la programmation était enregistrée dans leur mémoire, la capacité de résoudre des opérations logiques et arithmétiques de toute nature. Ce qui en fit, plus que des calculateurs, des machines *universelles*.

Cette évolution fut le résultat d'une réflexion logique et mathématique dont les origines remontent fort loin. L'information demandait une définition mathématique. Ce fut Claude Shannon qui la donna (en 1949). L'unité d'information est le *bit* (contraction de BInary digiT). Le bit mesure, sous une forme logarithmique, l'information contenue par un message minimal communiqué à travers un canal, entre un émetteur et un récepteur, soit un choix entre deux réponses possibles : un « oui » ou un « non », un 0 ou un 1, par exemple. D'un point de vue cybernétique, l'expression en binaire des messages (messages circulant aussi bien entre les divers organes de l'ordinateur qu'entre celui-ci et le programmeur) facilitait considérablement leur traitement mathématique et logique, car la quantité d'information mesurée par 1 bit (0 ou 1) correspond exactement aux deux états que prend un relais téléphonique (ou un tube électronique) utilisé dans les calculateurs (laisser passer ou non un courant). D'un point de vue général, la quantification et la mesure de l'information rendaient possible la transformation de n'importe quel message, écrit, sonore ou visuel, en une suite de symboles élémentaires traitables par l'ordinateur, et vice versa. Une même information (textuelle, visuelle, sonore) pouvait être véhiculée à travers des canaux ou des supports de nature différente.

Ce qu'avaient déjà fait la radio et la télévision en traduisant le son et l'image en ondes électromagnétiques, l'ordinateur le faisait dorénavant en traduisant les messages en symboles mathématiques. L'ordinateur était devenu une machine *à traiter automatiquement l'information.* Dès lors, il ne paraissait plus impossible de traiter la pensée elle-même, voire de créer une intelligence artificielle. L'adoption des tubes à vide, avec quelques autres améliorations techniques comme le transistor qui remplaça ces derniers, entraîna, à partir des années cinquante, une phase d'expansion accélérée de l'informatique. Machines et langages firent des progrès stupéfiants. Tandis qu'avec l'automation, les techniques de production devenaient totalement tributaires des techniques informatiques qui se répandaient comme un immense réseau nerveux et touchaient peu à peu presque tous les secteurs de l'industrie.

En autorisant la quantification de l'information, la théorie de l'information a donné à la cybernétique une méthode scientifique qui l'a considérablement confortée dans ses objectifs. Et les deux courants de recherche ont entretenu des échanges fructueux pendant les premières années qui suivirent leur naissance. Mais au fur et à mesure que se développèrent les ordinateurs numériques, un fossé se creusa entre les cybernéticiens et ces nouveaux ingénieurs qu'étaient les informaticiens[1]. Les premiers s'intéressèrent davantage à la communication, à la pensée analogique, aux phénomènes de régulation des sociétés et de la nature, aux problèmes de l'automation, des êtres artificiels, voire à des questions d'ordre politique (sociétés sans états, contribution des machines à la gestion des sociétés, aux prises de décisions, etc.), tandis que les seconds s'intéressaient essentiellement au traitement de l'information, au développement des langages informatiques, aux diverses applications de l'ordinateur. Mais même à l'heure actuelle, il

1. Voir Philippe Breton, *Une histoire de l'informatique,* éd. La Découverte, 1987, p. 154-155 en particulier, et *L'Utopie de la communication,* même éditeur, 1992, pour une critique plus générale.

est difficile d'établir une séparation distincte entre les objectifs de la cybernétique, ses méthodes, et ceux de la stricte informatique. Il est incontestable, en tout cas, que la cybernétique, associée à la théorie et au traitement de l'information, a produit un ensemble d'idées extrêmement nouvelles en correspondance étroite avec des technologies extrêmement nouvelles également dont l'influence a été considérable. Dans le domaine technique et scientifique, mais aussi culturel, comme les arts et la philosophie.

L'informatique a d'abord considérablement accéléré le processus de rapprochement entre la science et la technique. Rapprochement qui a favorisé la constitution de la technoscience en mettant à la disposition de la recherche scientifique des outils spécialisés dans le traitement de l'information, la logique et le calcul, la simulation numérique, tandis que l'informatique s'enrichissait de tout ce que la science pouvait lui fournir comme « modèles », essentiels dans l'élaboration des algorithmes et des programmes. Dans le domaine de la philosophie, la cybernétique a largement contribué à affermir l'« attitude structuraliste et atomistique vis-à-vis du monde », comme le dit Moles. Pressentie d'abord par des linguistes comme Saussure et les psychologues de la forme, cette attitude méthodologique s'est attachée à mettre en évidence et à formaliser des systèmes de transformations, ou « structures », constituant des totalités composées d'éléments indépendants, régies par des lois internes et capables de s'autoréguler. La formalisation des structures peut prendre un aspect logico-mathématique, comme dans les systèmes de parenté de Lévi-Strauss. Ce dernier, à qui le structuralisme doit beaucoup dans le domaine anthropologique, décrit et formalise la vie sociale comme un échange de messages au sein de structures symboliques. Considérant les symboles comme « plus réels que ce qu'ils symbolisent », il en déduit que « le signifiant précède et détermine le signifié ». Proposition qui marquera fortement les arts de toutes tendances. La méthode structuraliste a été très employée dans les sciences (mathématiques et logique, physique et biologie, psychologie, linguistique, ethnologie, sociologie) et la philosophie[1]. La cybernétique et la théorie de l'information sont aussi à la base d'une réflexion approfondie et originale sur l'esthétique (Abraham Moles et Umberto Eco, notamment).

Voir, sur cette question, Jean Piaget, *Le Structuralisme,* Presses universitaires de France, 1968.

Chapitre 3

Participation et déconstruction

À partir du début des années cinquante, on voit se constituer dans le monde de l'art, deux grandes tendances qui traduisent de très près les bouleversements apparus dans les technologies liées au développement de l'informatique et aux théories qui la sous-tendent. D'une part, s'intéressant à une nouvelle forme de communication en rupture avec le modèle mass-médiatique, une tendance qui cherche à faire *participer* le spectateur à l'élaboration même des œuvres, sur le mode du *feedback* cybernétique, modifiant ainsi autant le statut de l'œuvre que celui de l'auteur[1]. D'autre part, une tendance insistant plus sur la production que sur le produit et tentant de déconstruire les processus de création afin d'en rendre manifeste l'intime et changeante structure, la grammaire. Entre ces deux pôles extrêmes, s'étagent d'innombrables « méridiens » intermédiaires. Tandis qu'un certain nombre d'artistes irréductibles persévèrent dans les voies déjà ouvertes. Comme on le verra en se reportant aux œuvres de ces années-là, l'influence technologique qui s'origine dans le développement de l'informatique s'exerce sur l'ensemble de l'art et non pas exclusivement sur les artistes qui utilisent l'ordinateur. Il est évident que chez ces derniers cette influence est plus exemplaire. Le travail qu'ils accomplissent est aussi très anticipateur ; il préfigure souvent des changements qui caractériseront surtout l'art des années postérieures à 1980.

Mais la réflexion théorique, associée au fonctionnement même des technologies de la communication et du calcul qui s'infiltrent au cœur de la société, a des conséquences considérables sur les créateurs. Elle découpe explicitement et rend perceptibles les trois moments de la communication, qu'elle soit du type mass-médiatique (sans rétroac-

1. Sur la question de la participation, le lecteur consultera l'ouvrage indispensable de Frank Popper, *Art, action et participation. L'artiste et la créativité aujourd'hui,* Klincksieck, 1980.

tion) ou cybernétique (avec rétroaction) : l'émission du message, sa transmission et sa réception. Aussi, les artistes vont-ils s'intéresser fortement à ce découpage et à chacun de ces moments, en toute conscience ou intuitivement. Les uns travailleront principalement sur l'émission, c'est-à-dire sur la manière dont l'œuvre advient, dont elle se fait, se pense. Ils mettront en lumière les phénomènes de la création, en les démythifiant et en niant le plus souvent toute expression subjective. Les autres s'intéresseront plutôt à la transmission, à la façon dont les œuvres sont données à voir, socialisées (mémorisées, diffusées, détruites, oubliées, etc.). Ils chercheront à maîtriser les processus de transmission ; ils essaieront ainsi de s'inscrire hors des réseaux artistiques traditionnels ou d'en inventer de nouveaux, d'imaginer d'autres relations avec le public. Enfin, les derniers insisteront sur la réception, la manière dont les œuvres, produits tangibles ou intentions pures, opèrent sur le regardeur, sur sa sensibilité, sur les mécanismes de perception. Là encore, les choix ne sont jamais exclusifs. Tel artiste peut s'intéresser aux trois moments, tel autre à un seul, etc.

Nous disposons, de cette façon, d'une sorte de grille analytique à plusieurs entrées. Deux grandes entrées concernent la participation et la déconstruction ; trois autres introduisent les notions d'émission, de transmission et de réception. Les combinaisons sont théoriquement assez nombreuses mais, en réalité, elles recouvrent des aspects bien définis et repérables de l'art tel qu'il existe. Les distinctions qu'elles permettent d'établir sont intéressantes dans la mesure où elles ne sont plus soumises aux seuls aspects formels ou sensibles de l'art, à des techniques (la peinture, l'électronique, l'informatique...), ou à des contenus, des thèmes et des théories. Ces distinctions ne peuvent évidemment pas tout saisir.

A. Associer le spectateur à la création

Une confrontation dramatique avec l'œuvre.

Une des solutions pour rendre l'œuvre plus proche du spectateur, sans l'associer toutefois pleinement à sa création, est de l'installer au centre de l'œuvre. Dans ce but, de très nombreuses propositions — les installations — invitent le spectateur à adopter une attitude différente face à l'œuvre. Comme le dit très pertinemment Frank Popper : « L'essentiel n'est plus l'objet lui-même, mais la confrontation dramatique du spectateur à une situation perceptive[1]. » Dans un certain sens, *The Bed* de Rauschenberg est déjà une installation, comme beaucoup de *Combine Paintings*. Mais les éléments qui composent l'ensemble sont assemblés à l'intérieur d'un cadre spatial encore pictural. *The Bed* est accroché au mur comme un tableau, sur un même plan figural totalement solidaire de l'ensemble des éléments. En revanche, *Bedroom Ensemble* de Claes Oldenburg qui restitue une parodie de chambre à coucher américaine n'est ni une peinture ni une sculpture, mais quelque chose d'autre : une installation. Installations aussi les œuvres que le sculpteur Robert Morris expose dans les galeries dont l'espace est réoccupé et re-présenté par la disposition des éléments simplifiés à l'extrême et d'une couleur neutre. Installations encore, les *systèmes sériels* de Sol LeWitt disposés à même le sol et qui forcent le regardeur à se déplacer autour pour saisir les relations des différentes parties.

L'installation devient un mode de présentation très répandu, adopté aussi bien par le Pop art que par l'art conceptuel, ou d'autres tendances. Les artistes de la vidéo installent, quant à eux, des écrans de télévision en jouant de différentes façons sur les rapports entre chaque élément et l'ensemble. L'installation vidéo correspond aux potentialités d'incrustation de l'écran électronique dans un espace d'une nature différente. Une volonté de dépasser sur son propre terrain la « télé » quotidienne. À la limite, l'image est superflue. Lors de l'exposition *Electra,* en 1983 au musée d'Art moderne de la ville de Paris, Wolf Vostell présente une installation de postes de télévision coulés dans des blocs de béton parmi lesquels circulent des dindons apeurés (il faut interdire l'accès de la salle sur les plaintes de la Société protectrice des animaux, ce qui exclut la participation réelle des spectateurs). L'installation associe toujours indéfectiblement le lieu d'exposition — la galerie d'art, le musée — à son propre espace figural. Elle opère une intrication intime entre ces deux espaces. L'œil du regardeur navigue au milieu et prend conscience des relations qui lient les éléments de cette « supergestalt » que constitue l'installation au fur et à mesure qu'il y pénètre.

Avec les environnements, c'est le corps du spectateur et non plus seulement son regard qui s'inscrit dans l'œuvre, tandis que celle-ci gagne encore en étendue. Le Land Art (ou les Earth Works) s'approprient d'immenses espaces naturels. Robert Smithson remodèle un cours

---

1. *Ibidem*, p. 13.

d'eau, Walter de Maria inscrit de longues lignes blanches parallèles dans le désert du Névada. Au Nouveau Mexique, il quadrille le sol désertique de 800 poteaux métalliques qui se dressent dans le ciel, souvent orageux. Quand les conditions s'y prêtent, on peut assister, d'une petite cabane, à un spectacle prodigieux, pris entre une peur primaire et un sentiment de sublime très romantique (« Levez-vous vite, orages désirés… »), mais les orages sont canalisés techniquement vers un pur effet esthétique. Christo emballe, sous un immense voile enserré dans un réseau de cordes, les falaises de Little Bay, en Australie, le musée d'Art contemporain de Chicago, le Pont-Neuf à Paris. Otto Piene part à la conquête de l'air avec ses structures gonflables. Il les fait flotter au-dessus des champs, des cheminées d'usines. C'est pour lui une façon d'étendre considérablement les dimensions de ses œuvres qui, exposées dans le ciel, peuvent être contemplées par un public plus nombreux. L'Event-Structure Research Group installe des réseaux tubulaires pneumatiques dans des lieux publics, sur un lac. Iannis Xenakis submerge le spectateur sous un réseau de faisceaux laser, de flashes électroniques et de musique (les *Polytopes*, le *Diatope*).

Certains artistes cherchent à associer encore davantage le spectateur à l'œuvre grâce à des possibilités de rétroaction. Les œuvres sont sensibles à différentes sollicitations, manipulations, opérations, déclenchées par le regardeur. On peut alors parler de participation réelle et non plus mentale. L'art cinétique offre de nombreux exemples d'œuvres rétroactives, incitant fortement les spectateurs à la participation. Yaacov Agam joue sur différents modes de participation. Le simple déplacement du spectateur, avec ses tableaux polyphoniques et contrapunctiques, en léger relief, qui changent d'apparence selon la position du spectateur ; la manipulation directe d'éléments mobiles, avec ses *Peintures tactiles* que l'on peut modifier des doigts ; ou encore les modulations de la voix, avec *Que la lumière soit,* qui agissent par l'intermédiaire d'un circuit électronique sur une ampoule électrique. Avec des moyens très élémentaires, Jesus Rafael Soto construit des espaces, parfois très vastes, matérialisés par des éléments filaires (tiges de plastiques, cordelettes, etc.) fixés par une extrémité et pendant librement. Le spectateur est invité à y pénétrer — d'où leur nom de *Pénétrables* — et à se déplacer en agissant sur ces éléments. Il a alors l'impression très forte de plonger dans un espace tridimensionnel dynamique inhabituel qu'il perçoit non seulement par les yeux mais par le corps et la peau. Des versions murales se présentant sous forme de tableaux reprennent cette manière de traiter l'espace mais en revenant à des moyens moins tactiles.

D'autres ont recours à des solutions technologiques plus complexes. Le *Grand manipulateur* de Piotr Kowalski donne la possibilité au spectateur de déplacer de ses propres mains, protégées par des gants isolants, des boules de verre contenant des gaz rares au-dessus d'un champ électromagnétique. Selon leur position par rapport à ce champ, les boules deviennent lumineuses. Le spectateur a l'impression de faire jaillir de la lumière au creux de ses mains tandis qu'il rend visibles les forces cachées des courants inducteurs. *Champ d'interaction* est un dispositif beaucoup plus grand, une sorte de vaste chambre tapissée d'éléments lumineux disposés en matrice, qui réagit au déplacement des spectateurs. Wen-Ying Tsaï construit des dispositifs cybernétiques tels que *Desert Spring* qui réagissent en temps réel à leur environnement. Dès que celui-ci est troublé par la présence de spectateurs, les éléments mobiles de la sculpture sont pris d'une sorte de vie artificielle. Nicolas Schöffer élabore plusieurs projets, des sculptures monumentales comme la *Tour cybernétique et lumineuse* pour le Rond-Point de la Défense à Paris, sensibles non pas directement à la présence des spectateurs mais à divers paramètres exprimant l'activité de la cité. Il construit aussi des sortes de robots — les *Cysp* — capables de se déplacer d'une manière autonome. Maurice Béjart les utilise dans un ballet en les mêlant à ses danseurs. Jean Dupuy « invente », non sans humour, une sorte de stéthoscope électronique *(Heart Beats Dust)* qui amplifie le son des battements du cœur et les rend visibles en les matérialisant sous la forme de nuages de poussière. Au fur et à mesure que l'informatique se développe et qu'elle devient plus accessible, ces différentes interactions entre les informations émises par le spectateur ou l'environnement et saisies par des capteurs analogiques-numériques sont contrôlées par ordinateurs et enrichies. Cette forme de participation hautement technologique annonce ce que sera plus tard l'interactivité numérique, les environnements et les installations englobantes préfigurent les dispositifs virtuels d'immersion dans l'image.

Mais la participation du spectateur est aussi recherchée par un certain nombre d'artistes conceptuels. Le groupe britannique Art and Language, qui s'intéresse plus aux processus cognitifs et aux mécanismes linguistiques qu'à l'objet matériel, conçoit des protocoles de sélection par le spectateur très participatifs, comme dans *Suggestions for a Map*. Dan Graham organise des performances qui sont exécutées par deux personnes : l'une filme avec une caméra vidéo la seconde qui reste assise. Celle-ci a devant les yeux un écran de télévision qui lui renvoie sa propre image. Les deux personnes échangent des commentaires qui modifient la façon de filmer, la façon de se regarder et la façon de commenter. La participation cherche à produire une connaissance par l'expérimentation des processus artistiques.

Une autre forme de participation est le *happening,* sorte de célébration collective dédiée à l'imaginaire et animée par un artiste qui en conçoit le sens général mais dont le déroulement peut être complètement inattendu. Là encore, on a affaire à une forme d'expression obéissant à des règles propres mais adoptée par des artistes dont les projets sont très différents. L'intention du *happening,* telle qu'elle était du moins au départ exprimée par son inventeur Allan Kaprow, est de dépasser les environnements et les installations jugés trop passifs pour atteindre l'événement en soi. Un événement qui n'existe que dans la mesure où l'artiste et le public s'unissent dans une communion esthétique profonde. Aux États-Unis, les *happenings* sont de véritables fêtes joyeuses et critiques ; en Autriche, ils deviennent des rituels mortifères encombrés de cadavres sanglants d'animaux. Mais le *happening* est aussi caractéristique de l'évolution de la musique et de son écoute ; certains concerts — ceux de John Cage en particulier — sont conçus comme des *happenings.* Des pièces de théâtre également, comme celles du Living Theater. On se trouve là devant une forme artistique capable d'associer le spectateur à la création de l'œuvre dans une relation rétroactive intense mais qui joue aussi sur l'événement, sur son effet de présence totale, autrement dit sur le mode de la surprésentation télévisuelle et mass-médiatique.

La perception comme re-création.

Une des conditions pour que s'installe une rétroaction participative entre l'œuvre et le spectateur est la disponibilité perceptive de ce dernier. « C'est le regardeur qui fait l'œuvre », disait déjà Duchamp. Participer, c'est d'abord voir autrement, voir pour faire œuvre, ce qui n'est pas contradictoire, comme on l'a trop souvent dit, avec une certaine contemplation. Les artistes vont donc insister sur ce moment de la communication situé tout en aval — la réception du message —, c'est-à-dire, en terme psycho-physiologique, sur la perception (et pas seulement la perception rétinienne). Cette préoccupation est loin d'être nouvelle — on l'a montré — et caractérise diverses expériences artistiques, comme la *Rotative Demi-sphère,* les *Disques visuels* ou *Rotoreliefs* de Marcel Duchamp, sans oublier la peinture impressionniste et post-impressionniste qui a été la première à exiger de l'œil une participation active à la synthèse chromatique. Mais le travail sur les mécanismes perceptifs est à la fois approfondi et élargi ; il s'appuie souvent sur des acquis de la *Gestalttheorie* ou des études physiologiques comme les illusions d'optique ou la persistance rétinienne qui révèlent certains processus visuels et il s'intéresse aux autres mécanismes perceptifs (le tact en particulier, la proprioception, l'ouïe, etc.)[1]. L'Op art et l'art cinétique en font leur thème de recherche et d'expérimentation principal. Vasarely joue sur les effets de vibration et de mouvement virtuel provoqués par des formes géométriques simples aux couleurs plus ou moins contrastées. Soto sur les vibrations moirées. Cruz-Diez sur le rayonnement coloré. Morellet sur les effets de trames. Si beaucoup de propositions misent sur une franche agression rétinienne, d'autres, comme les tableaux tridimensionnels construits par Pol Bury, hérissés de tiges ou garnis de plans mobiles, et animés de mouvements extrêmement lents, explorent en revanche la limite des seuils inférieurs de la perception.

Le GRAV (Groupe de Recherche d'Art Visuel) s'intéresse à l'instabilité des mécanismes perceptifs, il cherche à « sortir le spectateur des inhibitions, le décontracter ». Il construit des labyrinthes où les organes perceptifs sont diversement sollicités. On s'y sent plus proche des attractions des fêtes foraines que du musée ou des galeries d'art, mais ces propositions sont toujours réalisées avec rigueur. Reprenant encore une fois des préoccupations déjà exprimées dans les arts plastiques dès le début du siècle — ne plus faire de la vision le pôle de référence —, beaucoup explorent les possibilités esthétiques de la multisensorialité. Takis, et d'autres, créent des sculptures sonores où la perception du son est associée à celle du mouvement. L'auteur du présent ouvrage a présenté, lors de l'exposition organisée par Frank Popper à Grenoble, *Cinétisme, Spectacle et Environnement*, en mai et juin 1968, le projet d'un mur entourant une piscine dont les variations lumineuses et mobiles de la surface étaient provoquées, en temps réel, par les mouvements des baigneurs dans le bassin et les bruits ambiants. Une préfiguration, entre autres, des futurs dispositifs virtuels d'« immersion » des années quatre-vingt-dix. Les spectateurs pouvaient en remuant l'eau d'un petit bassin gonflable se faire une idée de la réalisation à l'échelle réelle. La traduction des mouvements sous leurs formes visuelles était toujours soumise à un traitement électro-

---

1. Voir à ce propos : Frank Popper, *Naissance de l'art cinétique*, Gauthier-Villars, 1967, p. 98-100. Cet ouvrage offrira, par ailleurs, au lecteur une étude exhaustive sur les artistes cinétiques et leurs précurseurs.

nique aléatoire contrôlé pour éviter toute redondance, sans qu'elle apparaisse toutefois comme totalement indépendante des événements qui en étaient la cause.

Toutes ces tentatives essaient de plonger le spectateur dans des situations physiologiques diverses où les phénomènes de perception sont mis en œuvre pour provoquer en lui une attitude de re-création perceptive du monde. Une idée commune les anime : agir directement sur l'appareil perceptif et non sur la base psychologique et culturelle du spectateur. Il semble qu'en sollicitant des perceptions élémentaires, tout en amont de la pensée, on établisse un contact plus riche avec l'œuvre. L'instabilité de la perception est provoquée et exploitée en toute conscience. Elle doit permettre, à l'étage de la réception, l'ouverture de l'œuvre sur de multiples effets de sens, d'interprétations. « Le cinétisme, écrit Jean Clay, n'est pas "ce qui bouge", c'est la prise de conscience de l'instabilité du réel[1]. » Un art du réel, d'une réalité en métamorphose. Un art conjugué au présent, *hic et nunc*. « C'est sous nos yeux, directement, que se déroule le phénomène esthétique, que l'œuvre naît, s'agite, vibre, consomme de l'énergie, meurt et renaît. » « L'œuvre se change en événement. » Attenter contre le nerf optique, provoquer la perception, en solliciter les limites, rabat effectivement la conscience sur le présent de la perception. Mais dans cette agression, on note également une volonté d'éduquer la vue, atrophiée par l'abstraction de plus en plus grande de la science et plus généralement de la connaissance. L'art veut aussi être pédagogique. La transe sensorielle n'est donc pas recherchée pour elle-même. L'artiste compte sur la participation du spectateur pour qu'elle soit rompue quand il le souhaite. Les œuvres les plus marquantes, comme celles de Soto, sauront doser exactement cette part de présent, l'équilibre entre le jeu et l'angoisse, le mouvement et la contemplation, l'instabilité de la forme, ses accidents temporels, et la permanence du « projet » figuratif.

« En fait, comme le dit justement Catherine Millet, ce que les artistes recherchent dans ces contacts purement sensoriels, c'est une communication qui passerait outre tous les langages et tous les codes élaborés considérés comme définitivement pervertis par l'"idéologie dominante"[2]. » On rêve bien d'une communication à l'état pur, sans objet

---

1. Jean Clay, « La peinture est finie », *Robho* n° 1, juin 1967. Les citations qui suivent sont extraites du même article.
2. Catherine Millet, *L'art contemporain en France,* Flammarion, 1987, p. 42-43.

finalement, à l'écart de toute corruption, de tout bruit. Et si quelque bruit éventuellement se manifeste, il est lui-même intégré à l'acte de création. Réponse homéopathique à l'immersion quotidienne du (télé) spectateur dans ce flux d'images et d'informations qu'il ne contrôle plus. Abraham Moles déclare : « le propre de l'œuvre d'art est de transcender par sa richesse la capacité de perception de l'individu[1]. » Le sens surgit du dépassement des sens. Toute une utopie de l'ordre par le bruit naît à cette époque, enfantée par la théorie de l'information. En insistant prioritairement sur les mécanismes perceptifs, l'art cinétique, en somme, met en relation rétroactive deux types de machines : une machine figurative — l'œuvre — et une machine vivante — le spectateur —, toutes les deux programmées et codées, différemment certes, mais capables d'échanger des informations et de produire de l'ordre, du sens. De leur interaction résulte une situation déconcertante et imprévisible qui expose et rend directement accessible leur fonctionnement propre, semble-t-il, sans le lent détour culturel et le passage par le symbolique. Ce basculement dans l'événement sensoriel et dans la surprésentation systématique a des effets contradictoires. Vasarely va jusqu'à vouloir oublier complètement les anciennes valeurs, l'art passé et les traditions qui dégénèrent, mais à la manière de Mondrian qui déjà retournait face au mur les tableaux anciens dans son atelier, ou des futuristes et des constructivistes qui faisaient du passé table rase. La continuité historique est niée : attitude caractéristique de l'avant-garde, de la quête du nouveau pour le nouveau.

À la recherche d'une transmission directe.

Ce désir de communication à l'état pur, sans intermédiaire culturel, établie sans détour, de l'artiste au spectateur, va se manifester aussi d'une autre façon, plus fortement encore. Pour fonder cette communication immaculée, en effet, les artistes entreprennent de maîtriser eux-mêmes les mécanismes de la transmission et de la socialisation des œuvres plutôt que de les abandonner à d'autres. Aussi, les voit-on — et ils sont la majorité — sortir des circuits de diffusion traditionnels (galeries, musées, expositions particulières ou collectives, etc.) et chercher le contact le plus direct et le plus étroit possible avec le public. L'art descend de son piédestal, il veut conquérir la rue, il veut s'offrir

1. Voir *Théorie de l'information et perception esthétique,* Flammarion, 1958, p. 166.

à tous. La journée du 19 avril 1966, à Paris, est marquée par une série de manifestions du GRAV qui installe dans différents quartiers des dispositifs variés dont se saisissent les passants interloqués, curieux ou goguenards. Les événements de mai 68 qui transforment la rue en forum et en lieu d'expression (et de répression) privilégié accélèrent le mouvement et les tentatives d'art dans la rue deviennent de plus en plus fréquentes. Elles ne sont pas propres à la capitale parisienne ; elles se produisent ailleurs en France et dans d'autres pays, systématiquement. Elles ne sont pas non plus propres au courant cinétique. Les artistes du Land art ou de l'Arte Povera, entre autres, essaient eux aussi de se placer hors des circuits traditionnels. Et si l'on s'installe à la campagne (Oppenheim fauche un champ d'avoine en suivant un tracé inhabituel), à la montagne ou à la mer, c'est non seulement pour s'approprier la nature mais aussi pour établir avec le public une autre relation, échapper au réseau.

En 1969, le Salon de la jeune peinture organise la *Salle rouge pour le Viêt-nam*. Les tableaux n'y sont pas exposés pour leur qualité plastique mais pour le message politique qu'ils sont censés délivrer. La lisibilité, l'idée juste, prime sur la forme. L'œuvre, secondaire d'un point de vue artistique dans le processus de communication, est réduite à un message politique, le rôle de ce message étant de guider l'action des « masses populaires » pour les arracher à l'idéologie dominante. L'information pilote l'action : schéma cybernétique par excellence. Ernest Pignon-Ernest, en 1970, à l'occasion du centième anniversaire de la Commune de Paris, colle dans les rues deux mille sérigraphies en noir et blanc, de grand format, qui interpellent le passant. Le peintre multipliera ce genre d'actions et fera de cette quête incessante du contact direct avec le spectateur, où la volonté de participation s'associe à la critique du système marchand de l'art, le nerf de toute son œuvre. Une œuvre qui, contrairement à beaucoup d'autres, respectait les valeurs formelles de l'art tout en restant attentive aux innovations techniques. Le système marchand devient la cible d'une contestation violente mais très souvent dogmatique.

Le « multiple » représente, un moment, aux yeux de quelques-uns, la solution économique idéale pour mettre l'art à la portée de tous, désamorcer la spéculation et vider les collections privées de la bourgeoisie. En outre, cette forme de reproduction qui fait de chaque pièce un original correspond bien à la volonté de rencontre entre l'art et l'industrie et à la nouvelle esthétique de la combinatoire et du permutationnel, du modulaire et du sériel. C'est, cependant, compter sans les galeries qui consentent bien à éditer des multiples mais... en séries limitées. Une autre solution est de donner à l'art un caractère ludique. « Par le jeu, dit Joël Stein, une communication directe se produit entre le spectateur et la chose proposée. [...] Par le jeu, nous arrivons à un engagement total du spectateur adulte ou enfant, ignare ou cultivé, qu'importe, il y a une mise en situation, une relance de l'attention qui ne s'appuie pas sur une préconnaissance mais sur la surprise, le geste, la provocation[1]. » Beaucoup d'œuvres cherchent alors à capter l'attention du spectateur et à la fixer temporairement en l'invitant à jouer. Mais pour Stein, le jeu n'est pas un divertissement, c'est « un premier pas vers l'angoisse ». En cela, il serait aussi un premier pas vers l'art.

Échapper aux circuits de diffusion ne suffit pas, il faut aussi se libérer de la critique. Il revient désormais aux artistes de parler d'eux-mêmes, de théoriser, de s'expliquer directement. Joseph Kosuth veut affranchir le spectateur des commentaires de la critique qui limitent la multiplicité des interprétations. Dans son esprit, le rôle de l'art n'est pas seulement de produire des œuvres, mais de réfléchir sur l'ensemble du système artistique, en particulier sur la critique. Un des buts de l'ouverture polysémique des œuvres conceptuelles est de déjouer toute interprétation figée. Hervé Fischer souhaite, quant à lui, libérer l'art de l'histoire de l'art, de l'« illusion historicienne » et du « mythe prométhéen du progrès en art » pour promouvoir une anthropologie de l'art capable d'éclairer l'image du monde. Fischer propose notamment un programme pédagogique — *L'hygiène de l'art* — visant à rééduquer le public et les artistes eux-mêmes. Ses quatre *Essuie-mains* font la démonstration, après l'urinoir de Duchamp mais autrement, que le véritable support de la peinture, sa « quatrième dimension », « c'est son lieu, son cadre social, qui la met en scène comme œuvre d'art, la sépare du monde profane, et lui donne son statut d'objet sacré[2] ». Il lance en 1971 un appel aux artistes, les invitant à détruire leurs œuvres en les déchirant. Près de 300 œuvres sont rassemblées et présentées dans des sachets de plastique. Certes, cette crise d'autodestruction n'est que passagère, « mais du moins, écrit Fischer, leur propre doute sur leur démarche est-il apparu massivement à travers cette action[3] ». Certains, toutefois et en assez grand nombre, cessèrent de peindre pendant quelques années ou définitivement.

---

1. Voir son article plein d'humour : « Homo ludens », *Robho,* nov.-déc. 1967.
2. Hervé Fischer, *L'histoire de l'art est terminée,* Balland, 1981, p. 64, sq.
3. *Ibidem*, p. 70.

Toujours dans un but d'action directe sur le spectateur, un groupe d'artistes, dont les plus marquants sont Fred Forest et Hervé Fischer, fondent, en 1972, l'art sociologique, un art qui recourt à la théorie et aux méthodes des sciences sociales (animation, enquêtes, etc.). Dans le but d'échapper à la « fausse communication » — on retrouve toujours l'hypothèse d'une « vraie » communication —, l'art sociologique s'attaque aux médias eux-mêmes accusés d'avoir confisqué la communication sociale. Cette même année, Fred Forest loue dans *Le Monde* une page entière qui reste blanche. Il laisse le soin aux lecteurs de la remplir, s'ils le souhaitent, de dessins ou de commentaires et de la lui renvoyer. Il faut considérer cet acte symbolique (qui ne passa pas inaperçu) comme une sorte de purge par le vide des canaux médiatiques. Forest répète l'opération — « soixante secondes de blanc » — en convainquant une chaîne de télévision française de laisser l'écran sans image pendant la présentation d'un journal. À l'occasion de la Biennale de São Paulo, en 1973, il fait circuler dans la ville des hommes portant de simples pancartes blanches. L'événement, peu violent au fond mais qui ameute des milliers de personnes, provoque l'intervention de la police. L'instigateur est arrêté plusieurs heures. Fred Forest continuera de jouer des médias, et de s'en jouer, sans relâche, avec une invention toujours renouvelée, entre la provocation, l'analyse critique sociologique, l'acte politique et l'ironie cinglante. En 1984, après la dislocation du Collectif d'art sociologique, Fred Forest s'intéresse à des médias plus technologiques permettant une rétroaction effective et crée avec Mario Costa le Groupe International de l'Esthétique de la Communication. En fait, cette esthétique qui renvoie encore partiellement à la communication de masse commence à fonctionner selon un autre mode caractéristique, celui-là, des nouveaux réseaux numériques. Une évolution se dessine. Parmi les artistes qui s'intéressent à la communication et aux mécanismes de transmission, on doit mentionner enfin Roy Ascott qui se montre très attentif, dès le début des années soixante, à la théorie cybernétique et aux possibilités d'interaction offertes par les télécommunications. Mais il lui faudra attendre les années quatre-vingt pour pouvoir disposer d'un matériel suffisamment accessible. Il développera alors une théorie et une pratique artistique des réseaux dont la participation du spectateur occupera le centre des préoccupations.

B. Exhiber les processus

Le modèle linguistique.

Un très fort courant artistique, enfin, porte toute son attention aux processus qui caractérisent, au cours de la communication, le moment de l'émission, et tente de saisir et d'analyser les mécanismes — et les automatismes — de la création. Il se désintéresse des processus formels et matériels de l'art pour privilégier le système logique mis en action dans la production de l'œuvre[1]. Ce qui compte, ce n'est plus le tableau, l'image finale, la forme et la matérialité des choses, mais leur *élaboration conceptuelle, l'idée* qui préside à leur création, les *procédures* suivant lesquelles les œuvres sont organisées. Mel Bochner déclare : « L'idée (sérielle) est poussée jusqu'à sa conclusion logique, qui, sans ajustements fondés sur le goût ou le hasard, *est* l'œuvre[2]. » Carl Andre, pour réaliser ses sculptures, n'utilise pas le marbre, le métal ni le bois, mais des objets modulaires industriels, aux formes géométriques, (briques, parpaings, poutres de bois, aimants, plaques de polystyrène, etc.) avec lesquels il construit des « séries » systématiques révélant la manière dont l'œuvre est conçue et produite. « La sérialité, écrit Bochner, pose en principe que la succession des termes (les divisions) à l'intérieur d'une œuvre est fondée sur une dérivation prédéterminée, numérique[3] ou autre (progression, permutation, rotation, inversion), d'un ou plusieurs des termes précédents dans cette pièce. » Dan Flavin, dans sa sculpture lumineuse *Nominal Three — To Wm. of Ockham* (1964), dispose des tubes de néon dans une galerie d'art en appliquant la formule sérielle 1 + (1 + 1) + (1 + 1 + 1). L'art se veut systématique. Les œuvres d'art prétendent « se reposer sur l'application de logiques qui les gouvernent rigoureusement, plutôt que sur des décisions personnelles ». La méthode prime sur l'expression. On recherche les plus petits éléments manipulables d'organisation pour mettre en évidence l'organisation. L'on dira, en termes cybernétiques : l'information. L'aspect matériel que revêt le support de l'information importe peu. On évite toute sentimentalité. On fuit tout ce qui peut donner l'illusion d'une réalité concrète ou abstraite.

---

1. On ne parlait plus, sous l'influence des analyses économiques marxistes, de « création », terme romantique supposant un pouvoir quasi divin à l'artiste, mais de « production ».
2. Voir Mel Bochner, « Art sériel, systèmes, solipsisme », *Regard sur l'art américain, op. cit.*, p. 93 sq.
3. Le terme ne faisait pas allusion à l'ordinateur.

Certains recherchent d'autres moyens de systématisation et s'intéressent plus particulièrement au modèle linguistique. Le langage, en effet, est une manière d'organiser systématiquement des éléments sonores, discrets et en nombre fini, selon une grammaire préétablie, acceptée par tous, pour engendrer du sens. Le langage devient donc pour ces artistes un matériau privilégié. Dès 1961, Henry Flynt définit un nouvel art — l'art conceptuel *(concept art)* — dont les concepts, et par extension le langage, constituent le matériau. Mais le *concept art* n'est pas un simple sous-ensemble du langage, il veut inclure le langage. Il n'y a plus de distance entre l'œuvre, l'art en général, et le regard critique que l'artiste entend porter sur lui. L'art devient ainsi un commentaire linguistique ou sémiotique sur l'art ; le langage, une méthode analytique pour disséquer les œuvres et mettre en évidence les processus d'énonciation (et éventuellement de transmission). Il s'agit toujours, en fin de compte, de construire des machines informationnelles, non pas matérielles comme le fait l'art cinétique, mais symboliques, langagières. Le sens final résulte de la confrontation de la machine mentale du regardeur et de la machine mentale artistique. Il vient de l'usage que le spectateur fait de l'œuvre, et non d'une signification *a priori* qu'elle porterait en elle, exprimée par un auteur. On reconnaît là l'influence d'une certaine philosophie, celle de Wittgenstein notamment, pour qui la signification des mots se confond avec l'usage que le locuteur en fait — « the meaning is the use ». Bernar Venet, un artiste français vivant aux États-Unis, pousse le principe conceptuel à ses limites. Il présente, en guise d'œuvres, des diagrammes mathématiques soigneusement agrandis, dont la lecture fait appel à un code monosémique rabattant l'interprétation du regardeur sur une seule signification qui se veut inexpressive et impersonnelle. Le code fonctionne alors parfaitement mais à vide, expulsant l'auteur lui-même du processus. Le dispositif fonctionne tout seul, dans un automatisme achevé. La production du sens est abandonnée au profit de la surprésence du système analytique-critique qui anéantit (ou veut anéantir) toute subjectivité.

L'art conceptuel est souvent apparu comme une tentative de dématérialisation de l'art au profit du langage, d'un langage universel indifférent à la forme de son support (sonore, scriptural, objectal, etc.). En fait, cet effet de dématérialisation est secondaire par rapport à ses intentions. Il n'est pas tant question, pour celui-ci, de faire disparaître l'objet que de révéler et d'exhiber des processus. L'objet n'est plus qu'un élément, réduit à sa plus simple expression, interchangeable, dont les agencements seuls sont susceptibles de prendre sens.

L'objectif conceptuel est de maîtriser cette combinatoire, de disséquer les mécanismes de la création et non de fabriquer des tableaux, des choses à voir ou à toucher. De supprimer le pro-duit au profit du programme. Le faire est plus important que le fait. Mais s'il est vrai que l'art conceptuel s'est inspiré du modèle linguistique (grammaires génératives, linguistique structurale, etc.) ou philosophique (philosophie analytique, structuralisme), il a aussi adopté, à son insu, un autre modèle, technologique celui-là : le traitement automatique de l'information. Car les artistes conceptuels se comportent comme des analystes-programmeurs d'un type particulier. Ils imaginent des sortes d'algorithmes qui, à l'instar de ceux qui sont utilisés dans les programmes informatiques, n'ont de sens que par l'usage que l'utilisateur en fait. (La liste d'instructions symboliques constituant le programme qui permet, par exemple, de tracer une simple droite, n'a aucun sens en elle-même. Son « sens » tient tout entier dans sa capacité à visualiser cette droite sur l'écran de l'ordinateur.) Cet usage reste avant tout déconstructif, analytique et critique.

Contrairement aux artistes des années cinquante qui ont été confrontés sensoriellement aux techniques de la communication télévisuelle, les artistes de la décennie suivante, comme les conceptuels, à part un très petit nombre qui s'intéressent de près aux ordinateurs et les manipulent dès 1960, n'ont aucune pratique des technologies informationnelles. On ne saurait donc, à cette époque, parler d'un quelconque effet technesthésique spécifique induit par ces technologies. L'intérêt porté par les conceptuels et les minimalistes aux formes simples et modulables, à la logique sérielle, à la réduction analytique des matériaux en constituants élémentaires, est en relation immédiate avec le milieu technique traditionnel qui les conditionne. Ce qui rend compte, en partie, du lien qu'ils entretiennent encore avec une certaine peinture abstraite-géométrique. Ce sont les modèles théoriques — philosophiques et linguistiques essentiellement — qui servent d'intermédiaires entre les technologies informationnelles et l'esthétique conceptuelle, car ces modèles sont eux-mêmes proches de la théorie de l'information et de la cybernétique. Il faudra attendre les années soixante-dix pour relever des effets technesthésiques propres à l'informatique sur les artistes.

La prédominance du processus sur le produit, de l'idée sur la forme, qu'il a su défendre et illustrer avec conviction et parfois jusqu'à l'absurde, est restée la caractéristique d'une très large partie de l'art contemporain entre le début des années soixante et la fin des années quatre-vingt. L'art conceptuel ne l'a pas inventée *ex nihilo*. Paul Klee avait déjà élaboré une esthétique assez proche, privilégiant la « formation » *(Gestaltung)* sur la forme *(Gestalt)*, Duchamp s'était intéressé aux jeux de langage, Gauguin avait tempêté contre les peintres acéphales, mais l'art conceptuel l'a systématisée et poussée à ses conséquences les plus extrêmes, et parfois les plus insensées. Ce qui explique sa très grande influence et la pluralité de ses manifestations. Cependant, en privilégiant à ce point le processus et le concept, en se référant prioritairement aux mécanismes langagiers, l'art conceptuel a oublié qu'il existait aussi une pensée figurative, opérant sans concepts, qui n'en constitue pas moins une activité mentale participant à l'élaboration du monde symbolique, d'une richesse et d'une complexité considérables.

La déconstruction plastique.

D'autres artistes, se concentrant eux aussi sur les processus d'émission, ont apporté dans l'analyse des mécanismes de la création artistique des solutions qui tenaient compte partiellement d'une certaine sensorialité, et se sont maintenus dans une ligne de recherche picturale et plastique. Roman Opalka a su, par exemple, trouver un équilibre rare entre les ressources sensibles de la peinture et l'immatérialité du processus. Depuis 1965, ce peintre polonais trace sur ses tableaux, à la peinture blanche sur un fond complètement noir (au départ), la suite des nombres entiers, ligne après ligne. Il a commencé à peindre, sur son premier tableau, en haut à gauche, le chiffre 1, suivi du chiffre 2, suivi du chiffre 3, ainsi de suite, jusqu'au bas du tableau, à droite. Le second tableau devait répéter la même opération arithmétique, à partir du dernier nombre figurant sur le tableau initial. Mais à chaque nouveau tableau, Opalka éclaircit le fond en ajoutant au noir 1 % de blanc. En sorte que, au fur et à mesure qu'il peint de nouvelles toiles, le contraste entre le fond et les nombres diminue et le tableau tend vers un blanc de plus en plus pur. De l'art conceptuel, Opalka a retenu le processus, d'une simplicité inexorable puisqu'il s'agit de reconstituer la suite des nombres entiers. On ne peut concevoir d'œuvre plus algorithmique et plus mécanique et l'opération peut apparaître absurde par son caractère répétitif et immuable puisque aucune modification fondamentale n'est apportée au processus (le peintre se contentera d'ajouter, quelques années plus tard, une autre opération : il prononce à haute voix chacun des nombres en enregistrant sa voix sur un magnétophone et il se photographie après qu'il a terminé son tableau). L'œuvre constitue une totalité plastique, une sorte de « métaforme », dont chaque pièce n'est qu'un « détail » — c'est d'ailleurs le nom qu'il donne à ses tableaux — renvoyant au processus, à son déroulement continu et permanent, à son présent ininterrompu. Mais l'utilisation de la peinture et l'introduction d'un autre algorithme, celui de l'éclaircissement automatique du fond, tableau après tableau, modifient fortement le processus d'inscription et la qualité visuelle de l'image. Il en programme le vieillissement, il lui impose un terme, un destin ; l'algorithme contient sa propre fin. Mais ce terme ne dépend que de la volonté du peintre de poursuivre sa tâche. Il arrivera un moment où les nombres inscrits, en blanc sur blanc, ne seront plus visibles, à moins que l'artiste ne meure avant, comme il est probable.

Le groupe d'artistes français, Support-Surface, tente à sa manière de résoudre l'antagonisme entre la tendance formaliste et la tendance conceptuelle. Il met l'accent sur la déconstruction analytique des matériaux de la peinture et notamment de ses supports : châssis, cadre, toile, etc. Claude Viallat, loin de renoncer à la matérialité picturale, s'applique à en démonter le procès de production. Il répète, systématiquement, en utilisant un pochoir, la même forme simple (une sorte de rectangle gondolé), sur de grandes surfaces de toiles sans châssis. La peinture tiendrait en ce seul geste : la répétition d'un acte minimal consistant à couvrir une surface de pigments. L'usage du pochoir (ou du tamponnoir) élimine, en l'automatisant, le tracé, le dessin. La main du peintre ne fait que remplir, couvrir, une surface qui, pour éviter de se confondre avec celle d'un tableau, d'un plan intersecteur, n'a pas été tendue. L'ensemble des « figures » de base ne compose rien, n'évoque rien, sinon l'idée de répétition, de série. Le peintre n'exprime rien de personnel : pas de sentiment, pas d'*histoire*, pas d'ego. Le moteur du processus est, dans ce cas encore, un algorithme qui se répète indéfiniment avec quelques variations secondaires dans la préparation des surfaces. Mais Viallat reste attentif aux propriétés matérielles de la couleur, de la surface, des diluants et des pigments. Les accidents imprévus de la matière picturale, son infinie complexité qu'il expérimente avec une intense curiosité, masquent ou contrebalancent — mais pas toujours — la sécheresse et l'automatisme du procédé.

Daniel Dezeuze, du même groupe, s'intéresse surtout aux structures rigides qui font de la toile une surface plane et limitée. Réaction aux critères de planéité et de délimitation en lesquels Clement Greenberg voyait la spécificité de la peinture. Il expose donc des châssis de bois, sans la toile. La déconstruction s'en prend implicitement à la méthode d'Alberti — à l'intersecteur — qui a guidé des générations de peintres.

Mais elle est plus radicale que celle des cubistes, puisque ces derniers, s'ils brisaient l'unité du point de vue central en le multipliant, n'allaient pas jusqu'à supprimer le plan de projection. Le châssis se voit doté ainsi d'une nouvelle fonction. Il s'exhibe au lieu de se cacher, il devient une forme plastique auto-référente, il perd sa rigidité, ses quatre bords. Dezeuze fabrique de longues structures de bois souple — qu'il appelle des *Échelles* — et qu'il présente, à demi enroulées sur elles-mêmes, à même le sol. Un autre peintre, François Rouan, analyse la surface différemment. Il découpe dans des toiles préalablement préparées au pinceau de minces lanières qu'il tresse pour reconstituer une surface plane. Surface composite, en fait, formée de plusieurs surfaces qui se chevauchent, se doublent, se cachent l'une l'autre au regard. C'est le jeu entrecroisé, tissé, des ces surfaces qui crée le tableau. Ici aussi, le plan de projection albertien est totalement déconstruit, découpé, linéarisé, mais il n'est pas supprimé, il est même dédoublé, il possède un envers secret. De l'entrelacement des deux plans lacérés naît une « figure » globale unifiée dont aucune partie n'est privilégiée.

Un groupe de quatre artistes adopte, en 1967, une attitude encore plus extrémiste. Buren divise ses toiles en bandes égales et verticales de 8,7 cm, Mosset place un cercle noir de 15 cm de diamètre au centre de ses toiles blanches, Parmentier peint des bandes horizontales alternées grises et blanches de 38 cm de haut et Toroni dépose des empreintes de pinceau plat à intervalles réguliers. Toutes leurs toiles sont identiques, le procédé est adopté définitivement, sans possibilité de modification ou d'évolution. L'intention du groupe est de vider la peinture de tout contenu expressif et illusionniste, d'affirmer sa seule visualité. BMPT refuse toute notion de perfection formelle mais aussi toute sensibilité, toute illusion, toute distraction, tout témoignage, bref tout ce qui a constitué, à leurs yeux, les critères de l'art. « Ni réconfort ni malaise ne sont à quêter dans leur peinture, écrit à leur propos Michel Claura. Il n'y a pas de communication. Le spectateur est laissé seul avec lui-même. Le contact avec l'« œuvre d'art » a perdu sa « qualité » principale : sa propriété émolliente. [...] La peinture de Buren, Mosset, Parmentier, Toroni ne fait qu'exister[1]. » La remise en cause du système artistique va donc jusqu'à la suppression de toute communication. Sa déconstruction le met en panne, le bloque irrévocablement. Il n'y a plus d'après, plus d'avenir, pour la peinture, et pour

---

1. Voir *Cinquième Biennale de Paris,* Catalogue de la 5e Biennale de Paris, éd. musée d'Art moderne de la ville de Paris, 1967.

l'art en général ; il n'y a pas d'avantage de passé dont on puisse s'inspirer. Les œuvres ne renvoient plus à un processus en train de s'accomplir, comme par exemple chez Opalka, ou qui, s'étant accompli, peut de nouveau se représenter ou se présenter. Elles ne renvoient à rien, sinon à la seule présence visuelle d'une peinture quasi parménidienne, figée dans un éternel présent. La logique de la surprésentation est portée à son comble.

Mais cette attitude critique rejetant toute communication est encore une attitude réactive ; elle se définit par la négation. C'est toujours le modèle communicationnel mass-médiatique qui reste au centre de la contestation. Plus la critique du modèle est forte, mieux le modèle fonctionne. Aucun artiste ne fut plus violent dans sa volonté de déconstruction et de démythification de l'art que Daniel Buren, mais aucun ne fut plus facilement institutionnalisé. Aucun ne se voulut plus impersonnel mais aucun ne fut plus personnalisé, « starisé » par le système qu'il désirait abattre. Près de quarante ans après, Buren applique toujours le même procédé, avec la même obstination. Mais il a su, en réalité, jouer plus ou moins adroitement, un certain temps du moins au cours des premières années avant son institutionnalisation fatale, avec l'espace (muséal ou urbain) dans lequel s'inséraient ses pièces, non sans impertinence. Tout en restant fidèle à ses bandes verticales, il les a appliquées dans des situations et sur des supports très variés. Il a, lui aussi, mis en évidence le rôle du site, montré l'importance du travail *in situ,* déplaçant ainsi son interrogation, des mécanismes propres à la production de la peinture vers les mécanismes propres à sa transmission et à sa socialisation.

Chapitre 4

Sens et non-sens

Que l'art, après le milieu du siècle, cherche à se rapprocher de plus en plus du réel, comme l'y incitent les techniques de l'image télévisée, jusqu'à s'y confondre, ou encore, sous l'influence des modèles cybernétiques et des techniques informationnelles, qu'il veuille démonter et exhiber les processus de cette autre réalité qu'est la création artistique, ou qu'il se propose de faire participer le spectateur à cette création, les deux composantes du sujet, le ON et le JE, sans cesse obligées de se redéfinir, ont de plus en plus de difficulté à composer entre elles. Le sujet-JE, face à un sujet-ON dont les automatismes ne cessent de s'étendre, n'a trop souvent d'autres recours que d'affirmer sa seule présence, voire son vide. Il n'a plus le souci d'énoncer une *histoire* — constitutive de sa subjectivité et qui fonde son *autorité* —, il laisse en quelque sorte « parler » la technique à sa place, il lui abandonne l'initiative de cette *histoire*. L'art aurait ainsi perdu le souci primordial de produire du sens. C'est la critique de fond qu'adresse Jacques Ellul[1], après Walter Benjamin mais dans le prolongement de sa pensée, à l'ensemble de l'art moderne, qui, ayant renoncé à interpréter et à symboliser, ayant renoncé à la « parole », se serait totalement soumis à la technique. En utilisant les techniques modernes, en s'inspirant malgré eux du système logique et idéologique qui sous-tend inévitablement leur expansion, l'art ne pourrait que refléter ce système technicien et ses contradictions, son non-sens.

Pour George Steiner[2], qui rejoint Ellul sur de nombreux points, nous sommes rendus à l'ère de l'Épilogue. C'est plutôt le discours sur l'art qui, à force de déconstruire, d'analyser, de psychanalyser, de recouvrir les œuvres du bourdonnement perpétuel des commentaires esthétiques, de la critique, de la métacritique et de la diacritique, viderait l'art de toute transcendance, de tout lien au sacré et finalement de

1. Jacques Ellul, *L'empire du non-sens,* Presses universitaires de France, 1980.
2. George Steiner, *Réelles présences. Les arts du sens,* Gallimard, 1989.

toute signification fondamentale. Enfin, il est sûr aussi que la jubilation sensorielle, le plaisir du voir, comme le prouvent tant de projets préférant l'idée, l'intention, à la chose sensible, ne fassent plus partie des préoccupations légitimes de l'art. Ce qu'Adorno appelait l' « attrait sensoriel » est délaissé par la plupart des artistes au profit d'une excitation, d'une stimulation physiologique ou purement mentale. Tandis que pour Harold Rosenberg[1], l'appauvrissement de l'art, sa nature de plus en plus incertaine, indéfinie, ne fait que renforcer l'importance de plus en plus démesurée de l'artiste. L'artiste est devenu « trop grand pour l'art ». Il pousse la « dé-définition » de l'art — jusqu'au point où il n'en subsisterait plus rien, sinon la fiction de l'artiste. Dépourvu de sens, d'aura et de joie, indéfinissable, s'effaçant devant la personne de l'artiste, telle est, pour beaucoup, l'image de l'art moderne.

A. Les références à la science

Des théories de la couleur aux théories de l'évolution.

Une part importante d'artistes, pourtant, n'a cessé constamment de tempérer l'expansion de ce sujet-JE de plus en plus enflé et de plus en plus vacant et de rechercher des références, des valeurs d'ordre esthétique et éthique, échappant à la seule subjectivité, extérieures à l'art et à leur personne. Au centre de ces références, la science a joué un rôle appréciable, non seulement sur l'art moderne, mais encore sur une partie de l'art du XIXe siècle. Mais la science est abstraite, elle donne à comprendre mais non à sentir, elle enregistre, mesure, mais ne perçoit pas. Elle agit par les voies détournées du langage, des idées et des concepts, de la formalisation logico-mathématique, elle ne modifie pas directement la perception, comme la technique, tout en amont de l'imaginaire. Elle ne produit pas d'effets technesthésiques. Aussi, les artistes y trouveront-ils la confirmation de certains de leurs pressentiments, ou de leurs propres théories, plutôt que la source de leurs découvertes ou de leurs innovations picturales.

Pendant la Renaissance, les arts commencent à s'autonomiser par rapport au reste du savoir et de la connaissance, rompant ainsi avec la

1. Harold Rosenberg, *The De-definition of art,* University of Chicago Press. Cet ouvrage est traduit en langue française sous le titre *La Dé-définition de l'art,* éd. Jacqueline Chambon, 1992.

tradition médiévale du *Trivium* et du *Quadrivium*. La peinture veut qu'on la considère comme un art libéral et non plus mécanique — n'intéressant que le corps —, à l'instar de la médecine, du droit ou de la musique. Vasari jette les fondements d'une histoire de l'art qui, en même temps qu'elle impose des normes strictes, spécifie le phénomène artistique et redéfinit l'art. La science, de son côté, se détache peu à peu de la technique, se formalise, enchaîne hypothèse et expérimentation. Mais cette différenciation n'est pas un divorce. Les artistes sont souvent des ingénieurs. Ils connaissent les mathématiques — la perspective requiert une bonne connaissance de la géométrie —, l'anatomie, l'équivalent de la perspective dans la représentation du corps humain, science descriptive mais rigoureuse, certains aspects de l'optique, de la botanique. Ces sciences sont plutôt des sciences appliquées à des fins artistiques précises et limitées, y compris la géométrie. Et c'est cette application qui, grâce aux techniques correspondant à des savoirs, entretient une forte unité de pensée dans la représentation du monde. Cette unité persistera jusqu'à la fin du XVIIIe siècle où la volonté d'une liaison des sciences, des lettres et des arts devient une préoccupation importante (comme témoigne le projet de Qatremère de Quincy pour le muséum national de 1793). Le dessin, mais aussi les techniques artistiques du moulage, de la céroplastie, du travail du bois, du papier, associées à l'art de la dissection, apportent un soutien précieux à l'anatomie. Les cires anatomiques réalisent une symbiose raffinée entre l'art et la science.

Au fur et à mesure que la science se détache de la technique, et que la technique concurrence de plus en plus les arts de la figuration, les rapports de l'art et de la science changent. Le romantisme entretient avec la science des relations assez contradictoires. Il cherche ses sources d'inspiration ailleurs, dans la littérature et en particulier dans le roman, dans les civilisations passées — il s'intéresse au « primitivisme », au gothique —, dans la mythologie, dans la contemplation mélancolique de la nature, cette nature que bouleverse tant la révolution industrielle. Mais Gœthe se passionne pour la botanique, la météorologie, l'ostéologie, la morphologie, la zoologie, le magnétisme. Il imagine une théorie antinewtonienne de la couleur[1] très originale et mal comprise par les scientifiques. Mais elle impressionne déjà les peintres, comme Turner qui peint, en 1843, un tableau intitulé *Lumière et couleur (théorie de Goethe)*. Vingt ans auparavant,

---

1. Gœthe, *Zur Farbenlehere. Didaktischer Teil,* publié en 1810.

Delacroix, à son retour du Maroc, prend connaissance des travaux de Bourgeois et de Chevreul sur la couleur et, comme l'écrit Signac : « constate que les préceptes de la tradition orientale sont en parfait accord avec la science moderne[1] ». Tous les peintres, par ailleurs, continuent d'apprendre obligatoirement la géométrie et l'anatomie qui font partie des bases du métier.

La photographie rend ces savoirs peu à peu obsolètes et c'est contre eux, symboles même de l'académisme, que s'insurgent les peintres de la fin du XIXe siècle. L'impressionnisme et le néo-impressionnisme, après Delacroix, s'intéressent toujours à la théorie des couleurs. Mais les travaux de Chevreul, de Blanc, de Rood, de Helmoltz, de Charles Henry (très connu pour son *Cercle chromatique* et son *Introduction à l'esthétique scientifique*, 1885) leur servent essentiellement à clarifier ce qu'ils ont déjà intuitivement découvert — le mélange optique — et à les confirmer dans cette découverte. Il y a beaucoup plus convergence entre ces théories et l'impressionnisme qu'influence directe. Rood, lui-même, déclare que la connaissance des lois de la couleur ne fera jamais de n'importe qui un artiste, mais qu'elle pourra empêcher critiques et commentateurs de parler vaguement de la couleur et indiquer aux peintres débutants les difficultés inhérentes à l'organisation de celle-ci sur le tableau. Car rien n'eût été possible sans l'invention préalable de la touche en virgule et de la touche divisée (héritière elle-même de la touche en hachure), induite non pas par la science mais par la modification de la perception liée à l'évolution de l'environnement technologique : l'automatisation et la discrétisation des processus industriels, la recherche du plus petit élément constituant de l'image et son codage.

Tandis que les impressionnistes regardent du côté des sciences de la couleur, d'autres peintres s'intéressent à la biologie et aux nouvelles thèses sur l'évolution. Darwin publie l'*Origine des espèces* en 1859 et, en 1871, *La Descendance de l'homme*. L'ensemble de l'œuvre, profondément révolutionnaire, a des conséquences considérables[2]. La conception romantique de la nature, celle de l'homme même qui subit les lois de son devenir et se libère d'un destin imposé par Dieu, s'effondre. Hippolyte Taine, professeur d'esthétique aux Beaux-Arts de Paris, pro-

1. Paul Signac, *D'Eugène Delacroix…, op. cit.*

2. Barbara Larson, « La génération symboliste et la révolution darwinienne », Catalogue de l'exposition *L'âme au corps. Arts et sciences, 1793-1993,* éd. de la Réunion des musées nationaux-Éditions Gallimard, 1993.

page la théorie darwiniste auprès des jeunes peintres pour lesquels le romantisme a perdu beaucoup d'intérêt. Il fait aussi référence aux théories de la perception et à la psychologie. Redon, qui est l'un de ses élèves, est parmi les premiers à réagir à cet enseignement. Attentif aux multiples formes des « lois du naturel et de la vie » qui redonnent de l'ampleur à sa vision fantasmatique du monde, il réalisera, une vingtaine d'années plus tard, une espèce d'ode à la vie sous forme de lithographies, Les *Origines,* publiées en 1883. On y voit d'étranges créatures hybrides : sirènes vêtues de dards, polypes difformes au front de cyclope, êtres mi-poisson mi-homme rampant au fond de l'océan. Redon influencera, à son tour, Gauguin et toute la génération symboliste. Au début du siècle, la publication de l'ouvrage du zoologiste allemand Ernst Haeckel, *Kunstformen der Natur,* relancera les idées de Darwin et les modèles évolutionnistes et séduira fortement les peintres de l'Art nouveau[1].

Toutes ces références à la science, souvent curieusement mêlées aux idées les moins rationnelles en vogue à l'époque, alimentent surtout les thèmes développés par les artistes. Certes, on ne peut nier que ces thèmes influencent aussi les formes plastiques, mais une grande partie des moyens picturaux, la conception de la touche, très divisée — mais non pas à la manière impressionniste — et du coloris, traité à la fois en contraste et en harmonie, chez Redon, et plus tard, la perte de la profondeur tridimensionnelle perspectiviste au profit de l'aplat « décoratif » chez Gauguin, Van Gogh, et tant d'autres, répondent à des modifications profondes de la perception, du voir et du toucher, qui ne doivent rien à l'univers des idées et des sentiments.

De la quatrième dimension à la Relativité.

À partir de la révolution cubiste, c'est du côté des mathématiques que les peintres vont de nouveau se tourner. Il s'agit pour eux de trouver des arguments confortant la vision nouvelle qu'ils ont de l'espace, de substituer à la géométrie euclidienne une autre géométrie qui puisse s'accorder avec d'autres sens que la seule vision, comme le sens du toucher. Gleizes voit dans les théories de Riemann et de Lobatchevsky, la preuve que nos sensations euclidiennes nous induisent en erreur. Il rêve d'une géométrie dans le temps et dans le mouvement, d'un art où

1. Voir, sur la question, Erika Krause, « L'influence de Ernst Haeckel sur l'Art nouveau », Catalogue de l'exposition *L'Âme au corps…, op. cit.*

la forme dépendrait du temps. Il considère, par ailleurs, que le « fond » des sciences est l'observation extérieure et que cette observation doit être exacte. D'où l'équivalence de la position du savant et de l'artiste. « Tous les deux sont campés devant la "nature" et tous les deux veulent lui arracher son secret[1] », écrit-il. Gleizes lit aussi, et avec lui, Duchamp et Metzinger, *La Science et l'hypothèse* d'Henri Poincaré. Beaucoup d'artistes se passionnent pour la quatrième dimension qui devient un mythe, à mi-chemin entre la science et l'occultisme. Les cubistes d'abord. Duchamp aussi. Mais cette passion ne naît pas du contact direct avec les ouvrages scientifiques dont la lecture est difficile pour les profanes, sinon impossible. C'est un journaliste de talent, Gaston de Pawlowski, qui vulgarise les théories mathématiques dans un roman à succès : *Voyage au pays de la quatrième dimension*.

Ce livre ne paraît cependant qu'à la fin de l'année 1912. On ne peut dire qu'il préside à la naissance du cubisme dont les bases sont déjà constituées. En revanche il donne aux peintres des arguments qui leur permettent *a posteriori* de justifier l'abandon de la perspective. Apollinaire le lit, Duchamp également, et déclare lui-même que cet ouvrage lui a donné l'idée du *Grand Verre*. Mais Duchamp, la même année, fait avec Apollinaire et Picabia ce fameux voyage en automobile où il découvre le vertige de la vitesse, qui devait lui apporter sensoriellement l'équivalent de ce que le roman de science-fiction de Pawlowski lui inspirait conceptuellement. Et, à l'inverse des cubistes qui invoquaient la quatrième dimension pour disqualifier la perspective, il construit le *Grand Verre* pour réhabiliter scientifiquement la même perspective… tout en affirmant, plus tard, n'avoir jamais été un scientifique. Il semble bien en l'occurence que Duchamp a été particulièrement sensible aux effets de la machine — l'automobile — sur la perception proprioceptive plutôt qu'à des idées mathématiques abstraites. Comme dit justement Jean Clair à ce propos, pour Duchamp : « La machine n'est pas simplement un outil prolongeant le corps humain, elle devient une greffe destinée à donner naissance à des organes jamais vus[2]. » Elle crée des formes nouvelles, composites. Severini, le futuriste italien, invoque, lui, l'hyperespace, l'espace « vrai », complet, qui ne peut être décrit au moyen de la perspective. Larionov, à Moscou, fonde le *rayonnisme,* nouvelle peinture qui devait, elle encore, faire

1. Albert Gleizes, *Art et religion…, op. cit.*, p. 58. Le texte auquel il est fait référence est écrit en 1931.
2. Jean Clair, *Marcel Duchamp…, op. cit.*, p. 97.

accéder à la quatrième dimension. Le constructivisme également veut recréer le monde selon des principes scientifiques et mathématiques excluant tout sentiment. « Avec un fil à plomb dans les mains, avec des yeux aussi précis qu'une règle, l'esprit tendu comme un compas nous construirons notre œuvre comme l'univers construit la sienne, l'ingénieur un pont, le mathématicien ses calculs d'orbite[1]. »

L'attitude contradictoire de Duchamp est exemplaire de la manière ambiguë dont l'avant-garde voyait la science en général et les mathématiques en particulier : une nouvelle source d'inspiration riche d'une mystérieuse symbolique que prisaient aussi bien les esprits rationalistes que les mystiques, les peintres et les sculpteurs que les musiciens et les chorégraphes. Oskar Schlemmer, par exemple, cherche à géométriser les mouvements des danseurs et à les réduire à l'essentiel. Son *Ballet triadique* est constitué de trois parties et met en scène trois danseurs. Le chorégraphe cherche à unifier la danse, le costume et la musique. Mais cette volonté de rationaliser l'organique cache une mystique. Comme le remarque Elodie Vitale : « La mathématique est religion et le nombre, symbolique[2]. » Pour beaucoup, le symbolisme mathématique se confond avec le symbolisme poétique ; le nombre est source de mystère, il fait rêver. Dans les années vingt, un groupe d'artistes et d'intellectuels, sous la responsabilité éditoriale d'Ozenfant et de Le Corbusier, publie une revue, *L'Esprit Nouveau* — revue rationaliste française de l'art constructif international — qui se propose de réfléchir sur les rapports de l'art et de la science[3]. Ils rêvent de trouver le style ou la forme du siècle, et de fonder une esthétique mécanique et expérimentale définie scientifiquement. Ils s'intéressent à la géométrie (comme celle du nombre d'or, très prisée par les peintres), à la psychanalyse et à la théorie de la relativité. Mais Ozenfant confond relativisme (l'homme n'est plus la mesure du tout, ce qui le conforte dans son esthétique) et relativité. La physique einsteinienne finalement lui semble trop abstraite, une pure logique, sans images et sans mots. La déception est grande. « Mais on attendait autre chose de la science ; tout », écrit-il. Fin des certitudes. Le monde n'est plus représentable. (En réalité, ce fut Einstein qui reprocha à la physique quantique, dont

---

1. Le *Manifeste réaliste*.
2. Élodie Vitale, *Le Bauhaus de Weimar*. 1919-1925, Bruxelles, éd. Pierre Mardaga, 1989, p. 130-131.
3. Marie-Odile Briot, « L'Esprit Nouveau : son regard sur les sciences », catalogue de l'exposition *Léger et l'esprit moderne,* musée d'Art moderne de la ville de Paris, 1982.

il avait été un des initiateurs, de ne plus pouvoir offrir de représentation sensible du monde.) Il se tourne alors vers Freud qui lui paraît seul capable de satisfaire ce besoin de certitude.

C'est aussi dans la même direction que se tourne le surréalisme, où l'on retrouve une manière d'invoquer des lois scientifiques (du moins qui se veulent telles) pour explorer ce qui échappe précisément à la rationalité. De même que la théorie de l'évolution avait auparavant alimenté tout un courant d'idées résolument non-rationalistes, de même la psychanalyse nourrit, et pendant longtemps, diverses formes d'art très peu préoccupées, au fond, par l'objectivité scientifique. D'une manière générale, toute l'avant-garde fait référence, de près ou de loin, à la science. Elle y trouve des raisons qui la confortent dans sa rupture avec le classicisme et son système de représentation et une méthode, ou plutôt une certaine rigueur de pensée, même dans le délire et le fantasme, qui lui donne de la crédibilité.

Des sciences du langage à la cybernétique.

Au cours de la seconde moitié du XXe siècle, l'éventail des références à la science s'élargit encore. Le champ traditionnellement consacré aux mathématiques et à l'optique s'agrandit et se renouvelle. L'art géométrique, les minimalistes, entre autres mais pas seulement, ont recours aux processus sériels et combinatoires ; l'op art, les cinétiques, aux lois de l'optique. La nouveauté réside dans l'intérêt porté aux sciences humaines, qui, pour répondre aux questions cruciales posées par les problèmes de langage et de société, se développent considérablement. L'art ne pouvait pas ne pas y chercher une nouvelle caution, une nouvelle objectivité. La linguistique structurale alimente plus ou moins directement une bonne partie de l'art conceptuel. La sociologie sert de fondement à l'art sociologique. Le marxisme, considéré comme une science exacte, prolongé par la pensée mao-tsétoung, inspire un large courant de l'art. Tandis que d'autres s'intéressent non pas à telle ou telle science particulière mais à la science en général.

Telle est l'attitude de Piotr Kowalski qui veut appliquer à l'art la démarche scientifique. Laquelle n'est pas autre chose, selon lui, qu'une certaine corrélation entre le fonctionnement du cerveau et le réel. L'imaginaire ne saurait exister sans la connaissance du réel qui ne saurait elle-même limiter l'imagination[1]. L'originalité de Kowalski

---

1. Catalogue de l'exposition *Kowalski,* musée d'Art moderne de la ville de Paris, 1969.

réside en ce qu'il n'utilise pas la science comme source d'inspiration ni comme moyen de vulgarisation : il la rejoint. Il montre ce qu'elle démontre. Ses dispositifs — ses œuvres — rendent visibles, évidentes, voire vivantes, les lois de la nature. D'où sa réserve par rapport à la technique qui ne lui semble qu'un moyen de faire toujours dépassé. La science est ouverte à l'avenir, tandis que la technologie s'enferme dans le présent. Mais il est bien difficile de séparer désormais aussi distinctement science et technique. C'est bien la technique, qu'il connaît parfaitement grâce à sa formation d'ingénieur, qui lui fournit ce qu'il appelle de simples moyens et fait que ses intentions, sa démarche, prennent formes, glissent dans le champ du visible et du sensible. C'est toujours la technique qui permet d'établir des ponts systématiques entre l'art et la science, l'art et l'industrie, comme ont tenté de le faire l'organisation E.A.T. (Experiments in Art and Technology) aux États-Unis, et d'autres ailleurs.

Avec l'apparition des techniques de communication électroniques (principalement la télévision) et du traitement automatique de l'information, les regards des artistes vont se tourner vers la cybernétique et la théorie de l'information. Ils y trouvent une nouvelle vision philosophique et cognitive du monde qui, de même que le darwinisme avait montré que l'homme n'était qu'une forme de vie parmi d'autres, soumises aux mêmes lois de l'évolution, montre qu'entre la vie — intelligente ou non — et les machines créées par l'homme il n'y a qu'une différence quantitative dans la capacité à traiter l'information. La pensée est indépendante de son support biologique et ses lois n'appartiennent pas à l'homme seul. Les sociétés elles-mêmes sont soumises à ces lois. Cette relativisation de l'importance de la personne humaine, du sujet, n'était pas pour déplaire à un art qui se réclamait d'une certaine objectivité et d'un refus de sentimentalisme tout en s'intéressant prioritairement au processus. Certains considèrent maintenant qu'une telle conception de l'homme aurait caché une volonté de « désanthropologiser » l'humanité et l'intelligence. Car l'homme projeté à l'extérieur de lui-même perdrait sa qualité de personne. La cybernétique aurait visé, curieusement, à la fois à une « dévalorisation de la personne » et à une « revalorisation de la pensée[1] ». La dévalorisation se faisant par la délégation de la pensée à d'autres supports que la personne ; la revalorisation par la simulation artificielle du raisonnement

---

1. Voir les chapitres signés par Philippe Breton dans l'ouvrage collectif *La Techno-science en question*, Champ Vallon, 1990, p. 153 sq et 180 sq.

humain. En vérité, je ne crois pas que la cybernétique ait voulu dévaloriser l'homme au seul profit d'une pensée étendue à la machine. Le projet de Wiener était trop généreux, trop soucieux d'éviter un nouveau totalitarisme, même s'il manifestait un certain doute dans l'homme. Mais elle imposait un décentrement radical de l'homme et la fin d'une opposition entre nature et artifice qui prend encore à rebours un certain humanisme. La cybernétique proposait, elle aussi, une dé-définition de l'homme assez brutale pour faire scandale. De la même manière que l'artiste devient trop grand pour l'art, la pensée devient trop grande pour l'homme seul.

Comme au darwinisme en son temps, beaucoup d'artistes se sont intéressés à la cybernétique et à la théorie de l'information au début des années soixante. Ils s'y sont souvent explicitement référés, dans des attitudes diverses, parfois opposées. L'œuvre de Nicolas Schöffer est, très systématiquement, dédiée toute entière à la cybernétique et animée par sa méthode, au point de ne paraître parfois qu'une application artistique de théories scientifiques débordant largement du domaine de l'art pour imposer un système de société très compartimenté et très rigide assez peu en accord avec la philosophie de Wiener. Roy Ascott, qui a lu Norbert Wiener mais aussi Ross Ashby[1] — ce qui est rare chez les artistes —, et qui a déjà jeté les bases d'une approche cybernétique de l'art dès 1961, explore, le premier et dans un tout autre esprit, les possibilités d'interactivité des réseaux de télécommunication. Tandis que Nam June Paik découvre, plus tard, le *feedback* par hasard, en 1969, et s'enthousiasme pour les possibilités sans fin qu'il offre en vidéo. La boucle rétro-active constituée par l'écran électronique et la caméra tournée vers l'écran l'inspire *(TV Bouddha)*. Il voit dans la cybernétique les promesses d'un nouvel art et d'une nouvelle culture. Et, comme le darwinisme avait eu ses médiateurs auprès des artistes, la cybernétique et la théorie de l'information ont les leurs. Abraham Moles y trouve les bases de son esthétique. Son livre, *Théorie de l'information et perception esthétique* devient un ouvrage de référence.

L'idée centrale pose que toute œuvre d'art — mais Moles fonde son analyse expérimentale surtout sur la musique — est composée de deux

---

1. Neurologue, psychiatre et cybernéticien, Ashby étudie les analogies entre le cerveau et les machines et notamment les mécanismes de *feedback*. C'est l'inventeur de l'« homéostat », appareil conçu pour étudier les processus d'autorégulation. Il publie, entre autres, *Design for a Brain* en 1952 et *Introduction to Cybernetics* en 1958.

sortes d'informations : l'*information sémantique,* porteuse d'une symbolisation universelle, culturellement transmissible, codée et donc traduisible, et l'*information esthétique,* porteuse d'une symbolisation singulière et intraduisible. Ces deux types d'information sont également quantifiables. Les messages artistiques contiennent une information esthétique importante, toujours supérieure à l'information sémantique. Ce n'est pas la longueur d'un message artistique mais sa nouveauté, ou son « originalité » — c'est-à-dire son imprévisibilité —, qui fait sa valeur. L'originalité s'oppose à la banalité, à la redondance de l'information sémantique. Ainsi, « le propre de l'œuvre d'art est de transcender par sa richesse la capacité de perception de l'individu[1]. » La « re-présentation » permet à l'auditeur, ou au regardeur, de maîtriser peu à peu, sans l'épuiser totalement, cette infinie richesse de perception. Cette théorie, qui rajeunit la réflexion esthétique dans la mesure où elle tente de s'accorder avec les dernières avancées de la science, pose toutefois de nombreux problèmes. Le plus important est la quantification de l'information esthétique qui ne semble pas possible puisque, par définition, elle est singulière et imprévisible ; une telle quantification introduirait forcément l'usage d'un code universel inapplicable au message esthétique et les tentatives expérimentales de Moles pour faire apparaître cette information sont sujettes à caution.

Louis Couffignal prendra soin, pour éviter cette contradiction, tout en distinguant lui aussi deux types d'information, de définir l'une comme *univoque* (son support ne convoie qu'une seule sémantique, comme une formule exprimant une loi physique) et l'autre comme *multivoque* (son support peut convoyer plusieurs sémantiques distinctes, comme les sémantiques convoyées par un texte ou une mélodie que chacun interprète à sa manière). Ce que Moles appelle information esthétique est pour Couffignal une information porteuse de plusieurs sémantiques distinctes[2]. Les analyses de Moles aboutissent, par ailleurs, à des appréciations contestables : ainsi, l'information esthétique serait faible chez Bosch et Dali, grande chez Klee et Mathieu. Avec de tels critères, la musique répétitive de La Monte Young ou les monochromes d'Yves Klein n'auraient aucune valeur, tandis qu'un bruit blanc ou un morceau de macadam seraient d'une richesse per-

1. *Ibidem*, p. 166.
2. Louis Couffignal, *Les Notions de base,* Collection Information et cybernétique, Gauthier-Villars, 1958.

ceptive inépuisable. Il faut donc plutôt considérer cette théorie comme un plaidoyer pour un certain type d'art, jouant sur l'indétermination et le hasard, l'excès de stimulations perceptives, l'originalité pour l'originalité. Moles la complétera avec un autre ouvrage qui fera date, lui aussi, *Art et ordinateur*[1], moins dogmatique, où il posera le problème de la machine à créer et définira les bases d'une esthétique informationnelle.

Théorie de l'information et perception esthétique est suivie, quatre ans plus tard, par un autre ouvrage d'une importance au moins égale, *L'Œuvre ouverte* de Umberto Eco, qui reprend la théorie de Moles en la développant et en l'appliquant à l'analyse des œuvres d'art[2]. Eco part lui aussi de la théorie de l'information mais évite de rapporter la valeur esthétique d'une œuvre art à sa seule imprévisibilité. Une œuvre qui tend vers un maximum d'imprévisibilité (ou de désordre) tend aussi vers un minimum de signification. La solution est dans une dialectique organisée par le créateur, entre ordre et désordre, prévisibilité et imprévisibilité, « entre forme et "ouverture" ; entre libre *multipolarité* et permanence de l'*œuvre* jusque dans la variété des lectures possibles[3] ». (Une façon indirecte de rejoindre les deux types d'information définies par Moles.) Ce jeu entre forme et ouverture serait le propre de toute œuvre d'art, non seulement moderne mais passée. L'œuvre est un objet dont chacun peut retrouver la forme originaire conçue par l'auteur mais auquel chacun apporte une ouverture à travers la relecture personnelle qu'il en fait, sa sensibilité, sa culture. Certaines tendances de l'art contemporain, que Umberto Eco regroupe sous le terme d'« informel », — Wols, Bryen, les tachistes, l'action painting, l'art brut, l'art autre, etc. —, insisteraient davantage sur l'ouverture et placeraient « le plaisir esthétique moins dans la reconstitution finale d'une forme que dans la saisie du processus continuellement "ouvert" qui permet de découvrir en une forme toujours de nouveaux profils et de nouvelles possibilités[4] ». La forme n'est pas morte, mais il faut désormais la concevoir comme un champ de possibilités. L'art contemporain « en prenant pour modèle et pour schème le caractère périssable de tout modèle et de tout schème » remplirait une fonction

1. Abraham Moles, *Art et ordinateur,* Casterman, 1971.
2. Umberto Eco, *Opera aperta,* Milan, Biompani, 1962. *L'Œuvre ouverte,* éd. du Seuil, 1965, pour la traduction française.
3. *Ibidem*, p. 91.
4. *Ibidem*, p. 99.

pédagogique et libératrice précise, « il représenterait pour l'homme moderne une possibilité de salut, la voie vers une reconquête de l'autonomie, au double niveau de la perception et de l'intelligence », ou encore « une invitation à concevoir, à sentir, et finalement à *voir*, le monde suivant la catégorie de la *possibilité*[1] ».

Ces deux ouvrages, issus d'une réflexion s'alimentant complètement sur la cybernétique et sur la Théorie de l'information, ont été à la fois des constats synthétisant des tendances importantes de l'art au milieu du siècle et des manifestes argumentés en faveur d'une conception de l'art qui traduisait au plus près les changements dans la perception du monde imposés par le développement des technologies de la communication et du traitement automatique de l'information. Leurs théories donneront à la très grande majorité des œuvres d'art postérieures aux années cinquante, au-delà de leur apparente contradiction et de leur hétérogénéité, une référence esthétique commune. Cependant, ces théories n'explorent le champ artistique que sous son aspect informationnel, qualitatif ou quantitatif, elles ne rendent pas encore compte des interactions entre l'œuvre et le spectateur. C'est toujours la technique, à savoir dorénavant l'électronisation et l'informatisation de la société, qui, en engendrant des formes nouvelles et en modifiant les perceptions, continue d'apporter aux artistes des moyens leur permettant de rendre sensible le travail souterrain de la science.

B. Une quête équivoque du sacré

Entre polysémie et cacosémie.

Voir le monde suivant la catégorie de la possibilité sera le souci prioritaire de l'art pendant la seconde moitié du siècle et le reste encore. Il semble, en effet, qu'une telle vision constitue un moyen efficace pour répondre à deux questions capitales. Comment redonner du sens à l'art alors qu'il est de plus en plus remis en cause par la fantastique inflation de l'univers des images et des sons que provoque l'explosion des technologies de la communication ? Comment opérer, au sein du domaine réservé et protégé de l'art, la réunification symbolique de cette *cacosémie* qui plonge la société dans un océan furieux de signes ? La solution apparaît du côté de l'ouverture qui propose une logique

1. *Ibidem*, p. 108 et 140.

figurative fondée sur la polysémie. Polysémie associée à une participation perceptive du spectateur — interdite dans la communication sans *feedback* des médias de masse — qui peut se limiter à une relecture attentive de l'œuvre et à une priorité du processus sur le produit. L'art moderne pourrait remplir, à ces conditions, sa fonction pédagogique et libératrice. Rééduqué par l'art, l'homme moderne, pourrait faire front au déluge cacosémique et échapper à l'engloutissement. L'art, secondé par la science, reprendrait une initiative cruciale que la technologie et ses automatismes ne peuvent assurer.

Mais la marge de manœuvre est étroite. Le jeu entre ordre et désordre, prévisibilité et imprévisibilité, forme et ouverture, est d'une extrême difficulté. L'équilibre est instable, perpétuellement à reconquérir. La plus légère fluctuation entraîne des conséquences non maîtrisables. L'inertie culturelle dont l'art pouvait bénéficier au profit de la tradition et de la continuité, et qui contrebalançait toute introduction de nouveauté, est trop faible. L'art sécrète à la fois le remède et le poison. En ouvrant l'œuvre indéfiniment, en multipliant les significations, sans qu'aucun repère, aucune limite ne soient invoqués hors de l'art lui-même qui devient sa propre référence, bref, en posant le signe avant le sens, la frontière entre sens et non-sens se fragilise de plus en plus, la polysémie se transforme en cacosémie. En sorte que l'on ne peut pas dire que l'art perde tout sens ; il y aurait au contraire un *trop-plein de sens*. À cela s'ajoute une autre particularité de l'art moderne : sa dé-spécificité technique. Alors que l'art traditionnel reposait sur un système de représentation dûment institutionnalisé, celui des Beaux-Arts, et étroitement solidaire d'un système technique parfaitement spécifique (peinture, dessin, gravure, etc., et ses multiples sous-catégories), l'art, dès le début du siècle, en substituant le réel à son image (collages et *ready-mades)* et en s'ouvrant à toutes les techniques, à tous les matériaux possibles, sans aucune interdiction de principe, refuse de s'enfermer dans une quelconque spécificité. Ce refus se justifiant, partiellement, par le besoin d'introduire dans l'art des savoir-faire qui sollicitent d'autres perceptions que la vue, sans s'interdire les techniques visuelles. L'association des médias les plus divers, sonores, visuels, textuels, devient une pratique courante facilitée par l'électronique. Cette dé-spécificité contribue, elle aussi, fortement à l'ouverture tous azimuts. Les frontières entre l'art et la technique s'estompent à leur tour.

Ce qui donne partiellement raison à Jacques Ellul quand il affirme que l'art ne fait plus que refléter le système technicien et témoigner de son incohérence sans le connaître ni le reconnaître. Lorsque tout est possible, plus encore, lorsque tout *doit être* possible, puisque c'est la règle adoptée aussi bien dans le champ des techniques artistiques que des formes et des intentions esthétiques, n'est-ce point parce que rien n'a désormais de valeur ? Inaccessibles le plus souvent à cause de cette multipolarité convulsive dans laquelle se dissout la permanence souhaitée par Eco, les œuvres exigent d'être expliquées, commentées, interprétées constamment par ceux qui passent pour savoir. D'où, d'un côté, la fuite vers l'absurde, la dérision, le non-sens revendiqué comme tel et déjouant toute tentative de compréhension, ou la fuite vers l'horreur paroxystique — antipode du beau qui n'a plus cours —, sur laquelle chacun s'accorde affectivement, mais qui, voulant justement dénoncer l'abomination du monde, ne fait que la redoubler. D'un autre côté, la surabondance, comme le constate Ellul, de la critique, du discours, l'« intarissable bavardage des artistes sur leurs intentions, leurs idées, leurs proclamations[1] ».

D'où, une rupture de plus en plus nette entre l'avant-garde et le public. À l'agitation anxieuse de l'élite artistique s'oppose l'indifférence ennuyée de la masse qui a retenu sans le savoir la leçon fatale de Duchamp : se défendre contre le *look,* le bon ou le mauvais goût, ne manifester ni intention ni volonté d'œuvre, faire des œuvres qui ne soient pas d'« art », supprimer l'intervention humaine. Mais ce qui était paradoxe et provocation inaugurale chez celui-ci, fiction mouvante, toujours contredit par lui-même à un moment ou à un autre, est devenu au fil du temps pur académisme, psittacisme. Le public n'est même plus choqué. Le spectacle cru de la réalité, l'écran électronique, les médias lui offrent d'autres sensations. La multipolarité du sens recherchée pour elle-même conduit à l'insensibilité et à l'apathie. L'avant-garde privée d'arrière-garde cesse d'être en avance, piétine.

Cette rupture entre l'avant-garde et le public entraîne la création de tout un corps institutionnalisé, mass-médiatique, commercial et administratif, d'intermédiaires entre les artistes et la masse[2]. L'entretien d'une élite artistique très raréfiée, qui reçoit, comme en France, les grandes commandes de l'État, ou qui produit sous contrat avec les marchands d'art internationaux, et la floraison artificielle d'un surnombre d'artistes locaux et régionaux, élus par les petits barons de l'administration, qui représentent un réservoir éventuel de futurs artistes.

---

1. Jacques Ellul, *L'Empire..., op. cit.*
2. Voir à ce propos, Yves Michaux, *L'Artiste et les commissaires,* éd. Jacqueline Chambon, 1989.

Des formes symboliques de substitution.

Cette perte de sens par trop plein est incompréhensible si l'on ne repose pas les rapports du sens et du sacré. Dès son origine, l'image ne prend sens que dans la relation qu'elle entretient avec le sacré. Bien qu'il ne soit pas en lui-même porteur de sens, le sacré est, en revanche, la condition initiale de son émergence : il détermine et fixe, dans l'espace et dans le temps, des repères que les sociétés considèrent comme absolus et à partir desquels se développent les infinies arborescences du sens. Au fur et à mesure que les rituels funéraires et religieux, les mythes, se substituent à la lointaine victime émissaire dans le sacrifice de laquelle se source le sacré, l'art et ses symboles, ses figures mouvantes, se substituent à leur tour, peu à peu, à ces manifestations et s'en autonomisent[1]. La Renaissance a su ainsi substituer à une conception figurative du monde marquée par la religion, une vision différente mais fortement unifiée et riche de sens qui plaçait au centre de ce monde l'œil du peintre. Ce nouveau repère absolu, le centre de projection de la perspective, n'obéissait plus dans sa construction optique et géométrique aux impératifs de la religion mais n'en instaurait pas moins un nouveau point fixe. Or, en abandonnant ces techniques de représentation, l'artiste moderne s'est privé volontairement d'un repère qui restait fondamental bien qu'il n'appartint plus à l'ordre du sacré. Tandis que l'homme ordinaire, dont la perception était toujours éduquée principalement par les techniques de l'optique, continuait de demeurer sous l'emprise de cette même conception. La multiplication des points de vue, qui devait tout logiquement se prolonger par la multiplication des « points de sens », coupait les amarres qui reliaient l'artiste à son port d'attache — le point fixe de la perspective — et le privait du moyen de se repérer pour l'entraîner dans une mobilité et une dérive perpétuelles.

---

1. Voir à ce propos, Mircea Eliade, *Le sacré et le profane,* Gallimard, 1965, p. 21 sq. et p. 57. « C'est la rupture opérée dans l'espace qui permet la constitution du monde, écrit-il, car c'est elle qui découvre le "point fixe", l'axe central de toute orientation future. » Voir également, au sujet de la victime émissaire, René Girard, *La violence et le sacré,* Grasset, 1972, où il développe complètement cette thèse, ainsi que *Des choses cachées depuis la fondation du monde,* Grasset, 1979, et plus particulièrement le chapitre III sur le processus d'hominisation. Pour Girard, l'impératif rituel ne fait qu'un avec la manipulation des signes, avec leur multiplication, provoquant constamment de nouvelles possibilités de différenciation et d'enrichissement culturel.

George Steiner, qui analyse cette perte de sens dans la culture moderne, voit dans la rupture avec le postulat du sacré « la rupture avec tout sens du sens stable, potentiellement vérifiable[1] ». En bref, il ne saurait y avoir de sens sans transcendance : l'origine même de l' « axiome du sens » serait commune à celle du concept de Dieu ou encore d'une « présence » qui peut, dans la culture occidentale logocentrique être celle de Dieu, mais aussi celle des idées ou de l'essence, de la conscience de soi, de la logique transcendantale ou de l'« Être », pivots sur lesquels tournent les rayons du sens et qui en assurent la plénitude. Mais la « déconstruction », c'est-à-dire la négation de tout sens stable, de tout accès possible à une plénitude du sens, à tout acte de langage fondateur, la négation d'une congruence entre signifiant et signifié vident toute parole, tout texte, toute œuvre d'art de son sens. Les œuvres ne trouvent leur raison d'être que dans des relectures diacritiques où les signes n'acquièrent de signification que par la seule vertu de leurs différences. La critique de Steiner s'adresse essentiellement au discours sur l'art — car il s'agit pour lui de sauver l'art de la déconstruction — mais on peut sans la dénaturer l'appliquer à l'art moderne lui-même. On y reconnaît ses caractéristiques principales. L'art et le discours sur l'art entretiennent une congruence certaine.

Toutefois, la conception que cet auteur se fait de l'art reste paradoxalement conforme à l'esthétique moderne. En esthétique, dit-il, la confirmation ou l'infirmation sont impossibles ; l'art et le poétique ne connaissent pas d'expérimentations qui les vérifient ; il est illusoire de supposer l'existence d'une universalité de la perception et du choix. « Je définirais, écrit-il, la littérature (la musique, les arts plastiques) comme *la maximalisation de l'infini sémantique quant aux moyens formels de l'expression*[2]. » Chaque œuvre produit « une réponse infinie ». « La multiplicité des sens possibles [...] est le produit exponentiel de tous les mondes possibles du sens et du non-sens, tels qu'ils sont construits, imaginés, mis à l'épreuve, habités dans l'interaction de deux libertés : celle du texte [entendons de l'œuvre en général], en mouvement dans le temps, et celle du récepteur. » (Raison pour laquelle il n'y a pas de science du sens et de théorie de la signification.) Ainsi, la manière dont une musique, un tableau, un poème, nous saisissent, ne peut recevoir de réponse démontrable. La création esthétique est une sorte de reduplication, à son échelle, de la création de l'univers, une « contre-création »,

---

1. George Steiner, *Présences réelles...*, *op. cit.*, p. 156-165 en particulier.
2. *Ibidem*, p. 110 sq.

une *imitatio,* et ce sont les vestiges du moment originel de cette création, de ce premier *fiat lux*, à jamais inaccessible, la trace de la présence divine, opaque et lumineuse, que nous donne à contempler l'œuvre d'art. De ce fait, Steiner le reconnaît aussi, l'indifférence à la perte de Dieu prive l'art moderne d'une dimension certaine.

On peut critiquer la thèse de Steiner sur bien des points, mais elle montre clairement comment sens et sacré s'articulent. L'absence de référence à une transcendance — qui peut n'être pas forcément divine, ni religieuse —, à une altérité radicale, à la fois libère l'art de la violence du sacré et de ses impératifs irrationnels et le coupe des racines profondes qui ancrent le sens. Telle est la manière dont la culture et l'art se développent et s'enrichissent, en substituant à la violence du sacré des relais symboliques qui la neutralisent. Il n'y a pas de culture, ni d'art qui ne contiennent en germe, cette volonté secrète ou ce mécanisme de désacralisation, toujours d'ailleurs contrariés et retardés. Toute l'histoire de l'art en Occident, notamment à partir de la Renaissance, raconte et montre les reculs successifs du sacré au profit d'une autonomie vécue comme une libération de plus en plus grande des contraintes religieuses et morales. Mais avec l'art moderne, le moment originaire auquel l'œuvre renvoie n'est définitivement plus celui de la création (ni celui de l'acte sacrificiel qui fonde l'unité symbolique de la communauté) ; il est celui de l'acte de figuration lui-même. Acte qui renvoie, effectivement, à une « présence réelle », mais qui n'a plus rien de divin, de mythique, de mythologique, d'historique, plus rien de transcendant, puisqu'elle n'est que celle de l'artiste, démesurément, immensurablement expansée, parfaitement souveraine, mais immanente et close sur elle-même.

L'erreur de l'art moderne (mais pouvait-il en aller autrement ?), son destin plutôt, a été de vouloir pérenniser cette situation de défi et de s'installer dans une attitude qui ne pouvait être qu'inaugurale, non itérable. Mais la logique de l'originalité et de la différence le condamnait à la perpétuer indéfiniment jusqu'à l'usure et l'indifférence. À compter de l'instant où l'acte artistique se substitue à l'acte sacrificiel et l'artiste à la victime originaire, l'art refuse de jouer sa fonction de relais et de ferment culturel. Il lui devient alors impossible de répéter, en le déclinant sous des formes symboliques variées et infinies qui font toute sa richesse, ce moment originaire où se fonde la culture. Chaque acte artistique prétend désormais être lui-même cette origine, annihilant — telle est la volonté de l'avant-garde — tout ce qui a précédé mais aussi tout ce qui sera. On conçoit dans ces conditions que la situation ait été bien difficile à assumer.

À mesure que la personne de l'artiste se confond avec l'œuvre d'art, celle-ci acquiert des dimensions sacrées. L'artiste s'investit lui-même de missions quasi religieuses. Le très sceptique Duchamp déclare en 1960 que le rôle de l'artiste est de « maintenir vivantes les grandes traditions spirituelles avec lesquelles la religion elle-même semble avoir perdu le contact ». « l'Artiste *(sic)*, dit-il, a cette mission para-religieuse à remplir : maintenir allumée la flamme d'une vision intérieure dont l'œuvre d'art semble être la traduction la plus fidèle pour le profane[1]. » L'on s'épuiserait vite à citer toutes les déclarations qui expriment ces idées. Certains artistes organisent des simulacres de rituels. Gina Pane fait manger son sang sous forme de boudin, Joseph Beuys se pose en chaman et réinvente un culte étrange, prétendant changer la société à partir de formules magiques. Il utilise parfois des cadavres d'animaux, souvent de la graisse animale et des poils — matériaux magiques —, pour conjurer ou célébrer les forces primitives de la nature, ce qui ne laisse pas de rappeler « sur un mode dérisoire mais non moins sinistre, écrit Jean Clair, l'idéologie des *Wandervogel,* du *Blut und Boden,* l'exaltation de l'*Ur* et du *Führerprinzip*[2] ». Beaucoup d'artistes du Body art font de leur corp l'objet de mutilations, de scarifications, de dégradations diverses, propres aux pratiques magiques. Stelarc se suspend à une grue, très haut dans le ciel, accroché à des hameçons qui s'enfoncent dans sa peau, bras et jambes étendus à l'horizontale : nouvelle figure d'un Christ sans Père se crucifiant lui-même. L'artiste est à la fois sacrifié et sacrificateur. Mais il rejoue sur un mode uniquement individuel un rite qui, à l'origine, était le fruit d'une volonté collective. C'est lui qui se désigne comme victime et qui organise les rituels du culte. Culte qui ne servira que son image. Cette recherche de rituels explique — en partie, car le désir de faire participer le spectateur s'y mêle — le goût pour les « performances » qui se présentent souvent comme des messes profanes.

Je verrais, dans ces rituels et plus généralement dans cette quête équivoque du sacré — d'un simulacre de sacré — la réponse à la perte de certaines qualités, dont le caractère d'unicité, entraînée par l'automatisation des processus de figuration. Tant il reste vrai que l'œuvre d'art, qui n'a pas attendu la reproduction mécanisée, comme le veut Walter Benjamin, pour s'émanciper « de son existence parasi-

---

1. Marcel Duchamp, *Duchamp du signe,* Flammarion, 1975, p. 238.
2. Jean Clair, *Considérations…, op. cit.*, p. 93.

taire dans le rituel[1] », garde toujours la nostalgie de cette situation originaire où l'œuvre trouvait son authentification. À la désacralisation des rituels provoquée par les médias de masse, à leur technologisation qui supprime le caractère unique des œuvres, l'avant-garde répond par un artifice. Réinventer le sacré ou lui substituer quelque chose qui en donne l'illusion, tout en le niant. Aussi l'art moderne qui a cherché à se désacraliser avec acharnement pour se rendre toujours plus autonome, plus indépendant des références prises autrefois hors de son univers, est-il hanté par le sacré. Mais ce sacré n'est plus évoqué explicitement comme tel, il prend des *formes symboliques de substitution*.

L'une de ces formes est la présence de l'artiste, de sa personne, qui tend à se confondre avec l'œuvre et cherche à lui conférer son unicité d'individu fortement affirmée, de sujet-JE. Mais cette seule présence, très forte — il est vrai — dans certaines œuvres, ne peut se substituer totalement à la présence, même voilée, d'un authentique sacré. On invoque alors des « valeurs » absolues, faisant office de mythes : la nécessité intérieure, le moi, l'expression, la vie, la nature, le hasard, la machine ou la technique, et bien sûr la science qui tient dans ces formes symboliques de substitution une place privilégiée. Mais cette science est le plus souvent recherchée pour ce qu'elle n'est pas, pour son mystère et sa magie. Quand elle n'est pas invoquée clairement, voire quand elle est apparemment rejetée, elle sert cependant de modèle à la démarche artistique qui se veut aussi logique, cohérente. L'art alors devient une science, mais une science invérifiable, une connaissance révélée, un évangile. Une autre forme de substitution est le mythe de la mort de l'art, avec sa variante, le non-art. Affirmée cent fois au cours du siècle, elle ne cesse, en fait, de donner naissance à de nouveaux rituels et de faire renaître l'art de ses cendres. Chaque système artistique, chaque manifeste, chaque artiste posent en préalable l'une de ces références, parfois plusieurs, qui tentent de fonctionner comme des catalyseurs de sens. Toutes ces valeurs sont interchangeables et se neutralisent. Leurs effets s'éparpillent en un trop plein de sens.

---

1. Walter Benjamin, *Écrits français, op. cit.*, p. 146. Inséparable, à l'origine, des rituels et sous la dépendance du sacré, l'art n'a cessé de conquérir son autonomie et de se déplacer dans le domaine du profane. Cette émancipation, si elle a été, certes, accélérée par la mécanisation, a commencé de se faire bien avant, sans pouvoir cependant devenir totale.

Entre anesthésie et surexcitation.

Bouleversements dans les rapports du sens et du sacré, bouleversements aussi dans la perception esthétique de toute œuvre d'art. Le goût — entendons : la capacité à éprouver un certain plaisir à la vue ou au contact des choses de l'art — n'a plus cours dans l'art moderne. Encore une fois Duchamp énonce une règle qui va régner sur le siècle : « l'indifférence visuelle, assortie [...] à une absence totale de bon ou de mauvais goût... en fait une anesthésie complète[1]. » Le goût (bon ou mauvais) n'était pour ce dernier qu'une habitude acquise, et donc néfaste à l'art qui, dans la logique de la modernité, devait ne jamais se répéter sous peine de se disqualifier. Le choix des objets industriels qui allaient devenir des *ready-mades* était fondé sur cette indifférence, mais Duchamp accompagnait l'objet d'une petite phrase, entre titre et commentaire, dont le but était de compenser cette indifférence en déportant « l'esprit du spectateur vers d'autres régions plus verbales ». Régions, cependant, bien loin du verbe poétique et de sa substance sonore et beaucoup plus près du concept. Les cubistes de leur côté se défiaient des « sensations euclidiennes » qui n'étaient que source d'erreurs. Ces protestations contre la vue, contre les arts rétiniens qui s'inscrivaient dans une tradition déjà ancienne, étaient aussi une manière de rejeter la jouissance esthétique provoquée par la forme.

La règle de l'indifférence visuelle ne resta pas attachée aux seuls *ready-mades,* elle s'étendit à toutes sortes d'œuvres. Elle fut adoptée et renforcée très largement non seulement par les successeurs de Duchamp mais par d'autres artistes qui n'avaient abandonné ni la peinture, ni les techniques visuelles. L'indifférence peut aussi prendre des formes plus subtiles et même manifestement visuelles. Soit par excès, provocations rétiniennes qui jouent non plus sur la jouissance, mais sur l'agression sensorielle et qui ne relèvent plus du domaine du goût, bon ou mauvais ; il ne s'agit plus alors pour l'art de conduire le spectateur à un état perceptif jubilatoire mais de provoquer en lui des réactions purement physiologiques (une partie de l'art cinétique, de l'op art, de l'art psychédélique joue sur la surexcitation au détriment de la sensation). Soit à l'inverse, par l'affaiblissement sensoriel : les œuvres se confondent avec leur environnement, elles se mettent à ressembler à ces insectes mimétiques qu'on ne distingue pas du milieu où

---

1. Marcel Duchamp, *Duchamp du signe, op. cit.*, p. 181-192.

ils vivent, où encore tendent au monochrome, brouillent les formes dans un chaos répétitif, pour en détourner le regard. En sorte que l'art moderne, surtout après le milieu du siècle où ces tendances se renforcent, apparaît très souvent comme un art sans sensualité, sans joie, qui confine à l'ennui. Et il est vrai que beaucoup d'artistes ont confondu ennui et profondeur. Susciter le plaisir ne fait plus partie des intentions prioritaires de l'art.

Cette morale a ses raisons. Elles tiennent d'abord dans le refus de se rapprocher de ce que les médias de masse proposent au public. La narration, la ressemblance de l'image à son modèle, le divertissement, l'accès à l'œuvre sans intermédiaires attitrés : les médias ne se commentent pas, ne se critiquent pas, comme les œuvres artistiques[1]. Toutes ces facilités, le spectateur les trouvera dans le cinéma (mais pas dans le « cinéma d'art », ni dans le « cinéma expérimental »), à la télévision (mais pas dans l'art vidéo), dans les spectacles de variété, dans les formes populaires et triviales de l'art. Et quand l'hyperréalisme s'inspire de la photographie, ou plus tard la figuration libre, des médias, de la bande dessinée et des *tags* qui s'étalent sur les murs des banlieues, c'est en en proposant une interprétation anoblie, garantie par le circuit et la cote de l'art, entièrement reconstruite, qui schématise et mécanise à l'extrême les formes inspiratrices, ou qui remet en scène le spectacle quotidien de la laideur, de la violence, de l'horreur et de la dérision[2]. L'art critique, éduque, déconstruit, provoque, choque, fascine, excite et surtout anesthésie (comme le souhaitait Duchamp), mais ne plaît pas. La joie, plus encore que la beauté en est expurgée. Dans un monde livré lui-même à tous les excès et à tous les dérèglements, dans un monde soumis à une surexcitation sensorielle permanente, l'art se sent aussi coupable de donner du plaisir. Chaque artiste se considère comme responsable des malheurs de la société et veut en assumer la rédemption.

---

1. Certes, il existe une critique cinématographique, voire télévisuelle, mais elle est sans effets réels sur la production qui obéit surtout aux lois de l'industrie et du commerce. La critique artistique est, elle, beaucoup plus liée aux institutions et au marché de l'art et, de ce fait, plus efficace.

2. En dépit des déclarations de principe : « La beauté est ce sentiment de jouissance que l'on ressent lorsque, physiquement, on saisit une vérité avant même que l'esprit n'ait pu la décoder. » Voir Hervé Perdriolle, *Figuration Libre, Une initiation à la culture des Mass-Médias,* Éditions Axe-Sud, sans date d'impression, p. 6.

Mais, au fond, la raison majeure tient en ce que l'indifférence visuelle sert parfaitement les objectifs de l'art. Ceux de l'art conceptuel et minimaliste qui cherche à minimiser la sensation, voire à la neutraliser, non pas pour magnifier la forme par l'épurement — dans une volonté esthétique qui rappellerait l'art cistercien — mais pour révéler les processus qui l'engendrent et la meuvent. La jouissance visuelle distrait et gène l'accès à ces mécanismes abstraits. Un art fondé sur l'exhibition des processus ne s'attarde pas aux produits sensibles. L'indifférence visuelle sert aussi les objectifs de ceux qui jouent prioritairement sur les réactions physiologiques de l'œil, ou de l'oreille car tout cela est vrai de la musique, et ne s'intéressent qu'à l'aspect automatique de la perception. En préférant le signe à la forme, l'art se prive de ses effets jubilatoires. Les signes de l'art sont incapables de plonger le spectateur dans cet état de *transe* perceptive profonde, caractéristique de l'objet esthétique. Ils ne transportent pas, ils ne ravissent pas ; ils anesthésient ou ils surexcitent. L'art a perdu la maîtrise de la transe.

Les va-et-vient, les oscillations du sens au sacré, du sacré à la transe, de la transe au sens, qui conféraient leur puissance et leur attrait aux œuvres, deviennent hésitantes, s'affolent, comme une boussole par temps d'orage. Le noyau dur qui constituait le domaine privilégié de l'art, au cœur de cette région contenue entre le sens, le sacré et la transe, s'évapore en un nuage aux bords flous, flottant au gré du hasard et des événements. La carte est brouillée. Il ne s'agit pas de faire ici le procès de l'art, mais il faut reconnaître que la plupart des œuvres, dans l'immense surproduction de la modernité, resteront sans écho demain. Peu d'entre elles subsisteront. Peut-être (et c'est une hypothèse qu'il faudrait développer) l'art de notre temps n'a-t-il eu d'autres solutions, face à une situation de crise exceptionnelle, que de répondre par une floraison généreuse mais incontrôlée d'essais et d'erreurs, que de cultiver le champ infini des possibles, quitte à s'y perdre, de dilapider ses ressources sans compter pour survivre, à la manière de la vie qui croît et se renouvelle en gaspillant sa semence.

PARTIE II

L'ART NUMÉRIQUE

Le dernier quart du XXe siècle voit s'accélérer considérablement l'évolution des technologies liées à l'informatique et à l'ordinateur. Mais leurs effets sur la société, tout en continuant à s'inscrire dans une ligne déjà définie, sont maintenant différents : ils s'exercent directement sur l'habitus perceptif. Grâce à la micro-informatique, l'ordinateur n'est plus cette machine mystérieuse, inaccessible au commun des mortels ; il devient un outil facile à utiliser et que beaucoup peuvent acquérir. Il investit les domaines de la production et de la distribution des images, mais aussi des sons et des textes, jusque-là réservés aux techniques traditionnelles. Le « magasin d'images et de signes », pour reprendre encore une fois l'expression de Baudelaire, explose sous la pression de la marchandise mise à la disposition du consommateur. En réalité, d'un point de vue technique, il ne s'agit plus exactement d'images mais d'information, non plus de signes mais de signaux codés — les *bits* — traitables par l'ordinateur, en lesquels images, sons et textes peuvent être convertis ou qui peuvent se convertir en images, en sons et en textes. Cette sorte de plus petit commun diviseur va permettre une association inédite entre les modes visuels, sonores et textuels, de la communication. Si le poète des *Fleurs du mal* avait vécu de nos jours, il n'aurait pas manqué de réitérer la critique qu'il avait faite à propos de la photographie, avec sans doute encore plus d'exaspération, car non seulement le numérique continue d'accélérer l'industrialisation des images mais il dépossède — partiellement — l'imageur de capacités qui jusque-là semblaient inaliénables, parmi lesquelles on peut compter une certaine forme d'imagination, la faculté créatrice par excellence de Baudelaire. À cela s'ajoute le fait que le numérique facilite fortement l'association la plus intime des images, des sons et des textes et que de nouveaux moyens de communication — les multimédias — apparaissent et concurrencent le cinéma, la télévision, et la presse illustrée. Ce n'est plus seulement la catégorie des imageurs mais celle des auteurs en général qui est dépossédée de privilèges dont la machine ne jouissait pas autrefois. La synthèse et la numérisation de l'image ne constituent qu'un domaine particulier, encore que très décisif, du traitement de l'information. L'ambition des cybernéticiens et des informaticiens avait été, en effet, dès les premiers calculateurs, de simuler artificiellement la pensée elle-même, l'intelligence. Le paradoxe qui commençait à frapper la modernité au milieu du XIXe siècle se maintient donc et s'accroît.

Mais le second paradoxe, lui, se résout peu à peu. Bien que le public continue d'être éduqué perceptivement par des images (simples images ou images-textes et images-sons de la photo, du cinéma et de la télévision) et par des médias de masse encore soumis à un ordre contre lequel se sont violemment insurgées des générations d'artistes — situation qui a entretenu le divorce du grand public et de l'art —, l'extension du numérique, surtout à partir de la fin des années quatre-vingt, introduit des changements qualitatifs de plus en plus importants dans les relations de ce public à l'information visuelle, sonore et textuelle. Car, l'une des caractéristiques révolutionnaires du numérique est d'associer l'utilisateur au fonctionnement de la machine en établissant entre eux une boucle rétroactive courte et rapide. L'ordinateur permet à ce dernier d'interagir avec les données visuelles, sonores et textuelles, qui lui sont communiquées. Or, en devenant interactifs, les médias changent de nature. Une image interactive, même si elle est engendrée à l'origine par un appareil optique (photo, cinéma, télévision), n'a plus le même effet de sens qu'une image traditionnelle avec laquelle aucune interaction n'est possible. Il en découle que le public, nécessairement associé à la production et même à la distribution de l'information dans le mode interactif, fait la même expérience technesthésique que celui qui est à l'origine de ce qu'on appelle le « message », dans le cas de la communication, ou de l'œuvre, dans le cas de l'art. L'auteur et le public partagent la même logique communicationnelle, la même volonté de croisement, de responsabilité revendiquée dans l'élaboration et la circulation de l'information, le même espace sensible (celui des interfaces) et la même temporalité. On ne peut plus dire que le génie est une horloge qui avance sur l'heure collective. Que le public est en retard. L'artiste et le public sont sommés de partager la même heure.

Dans le domaine propre à l'image, le numérique introduit un autre changement. Il rompt les rapports qui lient l'image, l'objet et le sujet. L'image numérique n'est plus une projection optique de l'objet s'interposant entre celui-ci et le sujet, et les maintenant à distance l'un de l'autre tout en fondant leur statut. L'image n'entretient plus aucun lien physique ni énergétique avec le réel, elle est l'expression d'un langage spécifique — le langage des programmes informatiques nourris d'algorithmes et de calculs. Tandis que l'interactivité la rend dépendante des réactions du regardeur. Les techniques de synthèse ne proposent plus du réel une représentation plus ou moins ressemblante mais une simulation. Alors que la représentation optique se limite à l'aspect visible du réel réduit à la dimension bidimensionnelle du plan de projection ou d'inscription, la simulation numérique reconstruit le réel à partir de descriptions langagières logico-mathématiques, éventuellement dans son aspect visible (bi et tridimensionnel) mais surtout dans le devenir virtuel qu'il connaîtra au cours de ses interactions avec le regardeur. Simulation et interactivité sont liées. On simule pour interagir. Le numérique introduit un nouvel ordre visuel, et plus généralement perceptuel, qui substitue la simulation du réel à sa représentation (et à ses divers modes : présentation et sur-présentation). Cependant qu'il procure à l'artiste des matériaux et des outils qui altèrent profondément sa relation au réel. Les matériaux et les outils de la simulation ne sont plus ceux du monde réel. L'artiste ne travaille plus avec de la matière, ni de l'énergie, mais avec des symboles.

Il s'en suit que la technique et la science prennent une importance de plus en plus décisive sur l'art, car ces programmes qui alimentent les ordinateurs sont élaborés à partir de *modèles* provenant quasiment tous de ce nouveau lieu d'interpénétration de la science et de la technique, largement favorisé par le développement de l'informatique, qu'est la *technoscience*[1]. Avec la technoscience, l'influence de la science se renforce et se complexifie. Tandis que l'art est entraîné dans une boucle supplémentaire d'automatisation qui s'étend peu à peu à la pensée même, à l'imaginaire. Il s'en suit aussi que l'appareillage du sujet subit une autre métamorphose. Le numérique ne rompt pas les relations de contiguïté entre la technique et le langage, ni entre la technique et l'art, mais il les repose différemment. Le sujet n'est plus appareillé à une mécanique matérielle, mais à des langages programmatiques, fruits d'une interprétation très élaborée du réel. Les deux composantes du sujet, le JE et le ON, sont appelées encore une fois à se déplacer. Les qualités qui les définissent ne sont plus les mêmes pour qui perçoit et pour qui pense avec l'aide d'une machine fonctionnant avec du langage, pour qui échange du sens avec d'autres par son intermédiaire. Le numérique met le sujet en demeure de se redéfinir.

1. Je n'emploie ce terme que dans son sens littéral, sans sous-entendu idéologique.

Chapitre 1

La technologie numérique

Au début des années soixante, l'industrie informatique évolue sensiblement. On invente les *circuits intégrés* qui rassemblent dans un seul objet de très petites dimensions des milliers d'éléments électroniques occupant auparavant un volume beaucoup plus grand. Ils permettent de réduire considérablement le coût, la maintenance et l'encombrement des ordinateurs. Puis en 1971, la société Intel réalise le *microprocesseur,* circuit intégré très amélioré et programmable qui réunit l'ensemble des éléments d'un ordinateur, sauf les organes d'entrée et de sortie (clavier, écrans, imprimantes) qui ne sont pas, eux, miniaturisables. Le microprocesseur donne naissance à la *micro-informatique,* une informatique très différente que nul n'avait prévue, décentralisée et souple, peu coûteuse, que tout un chacun ou presque peut utiliser. Le microprocesseur diminue encore non seulement le prix de revient des ordinateurs, mais fait profiter certaines technologies des avantages du numérique sans s'encombrer d'ordinateurs. Le numérique pénètre ainsi irrésistiblement l'industrie, tant dans le domaine de la production (robotique, etc.) que des produits (électroménager, transports, jeux, etc.). Les *puces* se répandent à l'intérieur des objets les plus banals. Il n'est guère de secteur de l'industrie, mais aussi du commerce ou de la finance, qui ne soit touché par le traitement automatique de l'information. Un domaine crucial, celui des télécommunications, a ainsi recours peu à peu à l'utilisation des microprocesseurs et l'on voit naître et se développer différents types de réseaux qui transforment les habitudes de la communication.

Par ailleurs, une nouvelle technique apparaît aux environs des années soixante-dix, *l'informatique graphique interactive (interactive computer graphics)* qui, en combinant l'écran vidéo à l'ordinateur, permet de visualiser les processus internes des calculateurs et d'engager avec eux une sorte de dialogue. Ce qui a deux effets considérables : la maîtrise de l'image à partir de son plus petit élément constituant et la modification du rapport homme/machine.

A. La Simulation

L'image-matrice.

L'image numérique se présente sous une très grande variété d'aspects. Si différentes qu'elles soient, cependant, toutes ces images ont des caractéristiques communes, totalement nouvelles, tant dans leur *morphogénèse* (la manière dont leurs formes sont produites) que dans leur *distribution* (la manière dont elles sont données à voir, socialisées). Comme ces caractéristiques sont plus ou moins accentuées selon la catégorie d'images que l'on examine, il convient, pour les saisir dans toute leur singularité, de retenir les plus significatives du point de vue de l'innovation technique. On constate alors que ces images ont deux caractéristiques essentielles. Elles sont *calculées par ordinateur* et capables d'*interagir* (ou de « dialoguer ») avec celui qui les crée ou celui qui les regarde.

Physiquement, sur l'écran de l'ordinateur, l'image numérique se présente comme une matrice à deux dimensions de points élémentaires : les *pixels*. À la différence de la télévision, la position des pixels ainsi que leurs caractéristiques chromatiques et lumineuses est définie automatiquement par calcul ; la mosaïque télévisuelle est maintenant rigoureusement ordonnée. Car cette matrice physique coïncide point à point avec une matrice numérique, la mémoire d'image, où est contenu, dans les circuits de l'ordinateur, l'ensemble des différentes valeurs attribuées aux pixels. Au cours du balayage de l'écran, le faisceau électronique contrôlé par l'ordinateur traduit chacune de ces valeurs numériques en points de lumière colorée, en sorte que chaque point de l'écran correspond à un point et un seul de la mémoire d'image. Le processus est à peu près le même dans le cas d'une impression sur papier. Le pixel fait ainsi office d'*échangeur* — minuscule — entre l'image et le nombre. Il autorise le passage du nombre à l'image. Pour créer une image, il faut d'abord créer la matrice mathématique correspondante, c'est-à-dire effectuer des opérations mathématiques qui rempliront la mémoire d'image ; tâche pour laquelle l'ordinateur est conçu. Sitôt qu'une image se présente sous cette forme numérique, il suffit alors pour la mettre en mémoire, la dupliquer, la transmettre ou la transformer, de mettre en mémoire, de dupliquer, de transmettre ou de transformer des nombres. À l'inverse, il devient aussi possible de passer d'une image issue de procédés analogiques à une image numérique en la décomposant en nombres, à l'aide de caméras spéciales. L'image est devenue une *image-matrice*. Ce qui lui confère une qualité particulière. Son contrôle morphogénétique ne se fait plus au niveau du plan — comme en peinture ou en photographie —, ni au niveau de la ligne — comme dans la télévision où le plan de l'image est découpé en ligne —, mais au niveau du point. La structure matricielle de l'image permet d'accéder directement à chacun de ses éléments et d'agir sur eux. Ses processus de fabrication rompent par conséquent avec tous ceux qui caractérisent les images traditionnelles ; ils ne sont plus physiques mais *computationnels*.

Il existe deux manières de fabriquer une image numérique. La première consiste à partir du réel : soit d'un dessin, d'une peinture, d'une photographie, d'un photogramme ou d'un vidéogramme, soit des choses elles-mêmes ou d'êtres vivants (objets divers, corps, visages, etc.). Dans le premier cas, l'ordinateur décompose l'image originaire en pixels — on dit qu'il la numérise — transformant ainsi certaines de ses caractéristiques physiques en valeurs numériques que les programmes sont capables de traiter (dans les caméras numériques cette opération a lieu au moment même où l'image optique est projetée par l'objectif sur le fond de la chambre noire). Dans le second cas, l'ordinateur saisit directement l'objet à numériser. On utilise dans ce but des dispositifs de saisie tridimensionnelle à balayage laser qui relèvent automatiquement les coordonnées spatiales et chromatiques de l'objet ; à partir de ces données, l'ordinateur calcule une réplique numérique de l'objet que l'on fait apparaître ensuite sous des points de vue, des échelles et des éclairages différents. Cette technique est très intéressante car elle automatise complètement la saisie des données caractérisant l'objet et évite de longues et fastidieuses opérations. Mais elle est limitée, pour l'instant, à des objets relativement petits ou à des objets très grands : on synthétise de très larges portions de territoires à partir de caméras embarquées à bord de satellites.

La seconde manière consiste à *modéliser* l'objet, c'est-à-dire à le décrire mathématiquement à l'ordinateur qui le visualise ensuite sur l'écran. La source de l'image n'est plus alors ni une image ni un objet réels, mais un processus computationnel. Dans ce cas-là, la description mathématique préexiste à toute autre information. On parle alors de synthèse. Si l'on s'en tient à leur procédé de fabrication, il n'existe que deux variétés principales d'images numériques. Les unes sont obtenues par synthèse ; elles sont engendrées à partir d'algorithmes, autrement dit d'ensembles de règles opératoires propres à certains types de calculs ou de raisonnements logiques. Les autres sont obtenues à partir d'images préexistantes qui auront été numérisées, ou encore à partir d'objets préexistants qui auront été saisis eux aussi par des dispositifs spéciaux. Entre ces deux catégories existent également des images composites mêlant les deux procédés.

La description mathématique de l'objet s'est dans un premier temps limitée à simuler cet objet dans son apparence (formes, couleurs, textures) afin de le manipuler comme un véritable objet sous ses trois dimensions et d'en donner d'innombrables représentations, ce que l'on ne saurait faire avec l'image-trace (qu'elle soit bidimensionnelle ou même tridimensionnelle comme l'hologramme). Mais la description de l'objet peut être plus complète et fournir à l'ordinateur d'autres informations intéressantes, en particulier sur son devenir (transformations, mouvements et déplacements, relations avec d'autres objets, etc.). Pour figurer, par exemple, un oiseau en train de voler, il faut modéliser d'abord l'oiseau, c'est-à-dire en décrire à l'ordinateur une sorte de maquette plus ou moins complète et proche de la réalité, que celui-ci visualisera ensuite sous un angle, un éclairage ou une échelle définis. On a ensuite, pour animer l'oiseau, le choix entre deux techniques. La plus simple consiste à décrire les mouvements de ses ailes et de son corps, instant par instant, à la manière d'un film d'animation. La seconde consiste à automatiser le vol lui-même. On modélise alors le *comportement* de l'oiseau en vol. C'est cette fois la fonction vol qui est décrite à l'ordinateur et non plus les formes successives de son corps. L'oiseau vole, pour ainsi dire, de ses propres ailes, d'une manière relativement autonome. Le réalisateur pourra s'inspirer d'observations scientifiques s'il souhaite que ce vol soit « naturel », ou au contraire définir un comportement imaginaire. On peut encore aller plus loin dans l'automatisation et faire voler des oiseaux en groupe, en laissant le soin à l'ordinateur de calculer chaque trajectoire et de faire en sorte que les oiseaux s'évitent tout en se dirigeant vers un but commun.

Que l'ordinateur procède à partir d'objets réels numérisés ou d'objets décrits mathématiquement, l'image qui apparaît sur l'écran n'a plus *techniquement* aucun rapport direct avec quelque réalité préexistante que ce soit. Même quand il s'agit d'une image ou d'un objet numérisés puisque la numérisation rompt la liaison — cette sorte de cordon ombilical — entre l'image et le réel. Ce sont des nombres et seulement des nombres exprimés sous forme binaire dans la mémoire et les circuits du calculateur qui préexistent à cette image et l'engendrent. Entre le réel et sa simulation s'est interposée une opération computationnelle et algorithmique. L'image numérique n'est plus l'enregistrement d'une trace laissée par un objet préexistant appartenant au monde réel (trace optique dans la photo, le cinéma et la vidéo ou trace physique résultant de la rencontre du pinceau et de la toile dans la peinture), elle est le résultat d'un processus où le calcul se substitue à la lumière, le traitement de l'information à celui de la matière et de l'énergie. Tandis que les images fondées sur la représentation témoignent d'une forte adhérence au réel, indétachables d'une réalité préexistant dans l'espace et le temps, tout autant que d'une volonté obsessionnelle d'échapper à son attraction, le rapport de l'image numérique au réel obéit à une autre logique. À la logique figurative de la représentation optique succède celle de la simulation. Dans la simulation, l'espace n'est ni l'espace physique où baignent nos corps et circule notre regard, ni l'espace mental produit par notre cerveau. C'est un espace sans lieu déterminé, sans substrat matériel — hors le brouillard électronique, bien réel lui, des milliards de micro-impulsions qui courent dans les circuits électroniques de la machine —, un espace sans *topos,* où toutes les dimensions, toutes les lois d'associations, de déplacements, de translations, de projections, toutes les topologies, sont théoriquement possibles : c'est un espace *utopique*. En ce sens, l'image de synthèse n'a plus aucune adhérence au réel : elle s'en libère. Elle n'est plus comme la photo, le cinéma, la télévision, ni même la peinture, *projetée* sur un écran ou un tableau ; elle est *éjectée* du réel, avec assez de force pour s'arracher à son attraction et au champ de la représentation. Avec elle s'instaure un nouvel ordre visuel en rupture avec les techniques traditionnelles de l'image, mais dans la continuité de la logique de l'écriture alphabétique qui libérait la pensée de la matérialité sonore de la langue.

Mode dialogique, temps uchronique.

La deuxième caractéristique de l'image numérique est, elle aussi, totalement nouvelle. On parle habituellement de *mode conversationnel* ou *interactif,* ou plus simplement d'*interactivité,* pour la désigner. Nous parlerons également de *mode dialogique,* dans une acception plus théorique[1]. Cette capacité n'est pas une sorte de perfectionnement récent mais existe déjà à l'origine de l'image calculée. Elle est liée au développement même des ordinateurs. Les premiers calculateurs électro-mécaniques et électroniques ne donnaient pas d'images

1. Voir sur le sujet : Jean-Louis Weissberg, *Simulation et interactivité. Le contrat d'alliance,* thèse de doctorat, Université Paris-VIII, 1985, l'une des toutes premières réflexions de fond sur la question.

à voir. Par ailleurs, il fallait attendre souvent plusieurs jours pour voir tomber le résultat des calculs qui se présentaient toujours sous une forme très abstraite. L'entrée des données se faisait par cartes perforées et l'utilisateur n'avait aucune information sur le déroulement des programmes. Un net progrès fut réalisé à partir des années cinquante où l'on eut l'idée de brancher en sortie d'ordinateur un tube cathodique. L'image électronique qui visualisait les résultats, quoique très schématique, permettait déjà d'amorcer un dialogue entre l'utilisateur et le calculateur. Une certaine interactivité devenait possible. Divers calculateurs interactifs virent alors le jour. Et au début des années soixante, Ivan F. Sutherland montra toutes les possibilités de ce qu'il appela l'*interactive computer graphics*. Mais il fallut attendre les années soixante-dix pour voir apparaître un nouveau type d'images dont la qualité allait s'améliorer de jour en jour grâce aux écrans vidéo en couleur et à balayage récurrent. Ce que l'écran donnait à voir sur les « consoles graphiques conversationnelles » n'était plus simplement des schémas et des symboles mais de véritables images (en trois dimensions — ou 3D — et parfois en mouvement) s'ouvrant sur un monde, réaliste ou abstrait, simulé mathématiquement, avec lesquelles l'utilisateur pouvait dialoguer. Situation sans précédent dans l'histoire des images. Parallèlement au développement des grands calculateurs, la micro-informatique, à partir des années soixante-quinze, allait permettre à des non-spécialistes de plus en plus nombreux de faire l'expérience de l'image interactive sous des formes variées, à commencer par le fameux traitement de texte. N'oublions pas que, entre le simulateur de vol le plus perfectionné et un simple traitement de texte, il n'y a aucune différence de principe. Ils donnent accès tous les deux, avec des degrés de complexité et de rapidité qui restent seuls différents, à des mondes simulés avec lesquels l'utilisateur interagit ou dialogue.

Si l'interactivité a été le propre de l'image numérique dès sa naissance, il faut noter pourtant d'importants changements dans son évolution. Ces changements concernent d'abord les modes d'interactivité *exogène* conditionnant le dialogue homme/machine. Ils sont la conséquence d'une grande diversification des dispositifs d'entrée/sortie couplés aux ordinateurs. Au clavier qui était, et reste toujours le principal moyen d'accès à l'ordinateur (jusqu'à ce que la commande vocale le remplace peut-être), s'est substituée une grande variété de dispositifs (souris, crayons, manches à balai, boules roulantes, gants et vêtements de données, capteurs de plus en plus diversifiés saisissant des volumes, des mouvements, des dynamiques, des pressions, etc.).

L'intérêt et la nouveauté de ces capteurs est d'enrichir la nature des données prises en compte par l'ordinateur : aux données purement symboliques transitant par le clavier (chiffres et lettres) s'ajoutent des données d'une autre nature qui sont des émanations directes et concrètes du monde réel. Les sorties aussi se sont diversifiées. Si l'écran reste toujours le dispositif le plus courant pour afficher l'image, il s'est transformé (téléprojection, casque individuel ou lunettes à cristaux liquides, etc.). À l'écran se sont ajoutés des systèmes s'adressant à des perceptions autres que visuelles. En sorte que le dialogue homme/machine s'est considérablement affiné et complexifié, il ne passe plus exclusivement par le langage — ni même par l'image — et il se fait de plus en plus rapidement. Le dialogue devient *multimodal.* La souris d'Apple est un exemple bien connu de ce type d'interactivité simple mais efficace entre l'œil et la main, d'un côté, l'ordinateur de l'autre. Toutes les palettes électroniques, les applications pour graphistes, maquettistes, photographes, fonctionnent selon ces principes. Il existe maintenant des palettes tridimensionnelles pour l'architecture avec lesquelles on modélise des bâtiments à l'aide d'un curseur que l'on déplace dans l'espace ou d'un gant de données. La NASA a mis au point un gant exosquelette permettant de commander un mécanisme robotique analogue ; assorti d'un casque de visualisation, il rend possible la manipulation des objets à distance. Les exemples sont maintenant innombrables.

Ces changements concernent également les modes d'interactivité *endogène,* c'est-à-dire l'interactivité *entre* les objets numériques qui sont à la source de l'image. Chaque objet réagit avec les autres objets, comme il réagit avec l'utilisateur. On crée ainsi des objets dotés d'une sorte de perception capable de les renseigner sur la position, la vitesse, la couleur, ou sur d'autres qualités, des objets qui évoluent dans leur voisinage. On leur attribue un « comportement » défini par des fonctions et des mémoires statiques. Ils deviennent des *acteurs.* Ces acteurs échangent des messages entre eux ainsi qu'avec l'utilisateur. Le Media Laboratory Computer Graphics & Animation Group a développé des modèles d'animation comportementale en temps réel simulant la marche (marche de l'homme ou marche de robots divers) dans des environnements changeants. Chaque acteur définit sa stratégie de marche en fonction de ces changements et s'adapte automatiquement, par exemple, à la surface du terrain dont l'inclinaison peut changer. Des chercheurs de l'Université de Caroline du Nord ont élaboré un système interactif qui permet de manipuler avec une commande mécanique des molécules chimiques et de les amarrer entre elles pour former de nouvelles combinaisons. Le chimiste contrôle sur un écran ces molécules et perçoit en retour, sur son poignet, les forces de résistance ou d'attraction émanant de celles-ci quand il les déplace. L'interaction (visuelle et mécanique) se fait entre les molécules et le manipulateur, mais aussi entre les molécules elles-mêmes qui s'attirent ou se repoussent. L'interactivité endogène n'est pas forcément immédiate. Dans ce cas, quand elle se combine à une interactivité exogène, elle doit être immédiate.

Le mode dialogique fait donc intervenir trois facteurs. Un facteur de *complexité* dans le traitement des informations échangées entre l'ordinateur et le manipulateur, ou entre les objets simulés dans l'ordinateur, un facteur de *diversité* dans la saisie et la traduction des informations par les interfaces (analogiques/numériques et numériques/analogiques) et un facteur de *rapidité* dans le traitement des informations. Quand la rapidité de la réponse est telle qu'elle semble immédiate pour l'utilisateur, le mode dialogique se fait alors en « temps réel ». L'utilisateur qui interagit avec une image en mouvement, à l'aide d'une interface commandée physiquement (comme un gant de données), a l'impression que son geste se répercute sur l'image sans qu'aucun délai, aucun relais n'interviennent, comme s'il était en prise directe sur celle-ci. En fait, en même temps qu'il affiche successivement les images, en général au rythme de vingt-cinq par seconde, l'ordinateur est extrêmement occupé : il reçoit les informations transmises par l'interface, les numérise, les traite et modifie les paramètres visuels de l'image suivante. Imperceptible, car tombant sous le seuil de la perception, le délai n'en existe pas moins et c'est grâce à lui que l'ordinateur traduit les actions du regardeur en données numériques et les introduit dans le programme. Là encore, dans le rapport que nous avons au temps, le numérique provoque une rupture radicale. Tandis qu'au cinéma, l'intervalle de temps séparant deux photogrammes n'est occupé que par la brève et imperceptible durée de l'obturation, le même intervalle de temps est comblé, dans le cas d'une image interactive en temps réel, par des millions, des milliards, voire davantage[1], d'opérations logiques qui résultent de l'intervention du regardeur et qui modifient la réalité simulée. Tout se passe comme si, pendant le temps très court où la machine cérébrale du regardeur traite l'image avec laquelle il dialogue — le bref instant où se régénère l'activité des récepteurs rétiniens —, s'engouffrait, comme en une brèche secrète

1. Certains calculateurs sont désormais capables d'exécuter un milliard de milliards d'opérations par seconde.

ouverte dans l'épaisseur de la perception et sous la forme de calculs, un *supplément* de temps, un temps virtuel au cours duquel d'autres éventualités se préparent. Comme si du temps s'ajoutait au temps.

Pas plus qu'elle n'est assignée à un topos qui lui serait propre, cette image n'est assignée à un *chronos* distinctif. Totalement synthétisée à partir des micropulsations qui scandent la marche des opérations de calcul, la temporalité associée à l'image virtuelle s'autonomise par rapport à toute temporalité convenue ou de fait. L'ordinateur peut éventuellement simuler l'heure qu'il est mais les événements qu'il régit sont indépendants de la course du soleil. À la synthèse de l'image correspond une synthèse du temps où le temps, désormais lui aussi simulé, ne renvoie plus à un temps universel entraînant les êtres et le monde dans son flot irréversible et les soumettant au même devenir, aux mêmes repères, à la même chronicité. Il n'a plus rien de commun avec le temps scandé par l'« horloge » de la caméra de cinéma ou par le balayage de la double trame de l'écran électronique. Le temps de synthèse est un temps ouvert, sans orientation particulière, sans fin ni début (comme le film photographique ou la modulation scandée de la vidéo), un temps qui s'auto-engendre, se réinitialise au gré du regardeur, selon les lois imaginées par l'auteur. C'est un temps *uchronique*. Alors que la photographie et le cinéma enregistrent le temps accompli de l'objet qui passe devant l'objectif, et que la télévision saisit le temps en train de s'accomplir de ce même objet, l'image numérique, elle, du fait qu'elle ne résulte d'aucun enregistrement — puisqu'aucun objet réel ne lui préexiste — ne donne ni à revivre un présent déjà vécu, ni à vivre un présent en train d'être vécu. Elle engendre un autre présent qui n'a jamais été et qui ne se répétera jamais systématiquement[1]. C'est en grande partie la raison pour laquelle l'image de synthèse ne relève plus de l'ordre de la représentation. Elle ne renvoie pas à un présent déjà vécu, que le regardeur revisite, mais à des multiplicités de présents originaires, plus ou moins probables, susceptibles *éventuellement* de s'actualiser sur l'écran.

Le temps uchronique ne relève ni d'un « ça-a-été » se référant au passé, ni d'un « c'est » renvoyant à un présent perpétuel, mais d'un « ça-peut-être », ouvert à d'innombrables éventualités. La modalité temporelle des mondes virtuels est *l'éventualité*. Elle résulte de l'in-

---

1. Ce qui ne veut pas dire que le cinéma ne cherche pas et ne réussisse pas — quand il devient un art — à créer à chaque représentation un temps qui se décale par rapport à celui de la prise de vue.

terfaçage qui s'établit entre le temps du regardeur, celui qu'il vit au moment où il voit l'image, et le temps de l'image au moment où elle est engendrée par le calcul. Les objets ou les êtres que l'on y voit et que l'on y rencontre sont pris dans un enchaînement temporel procédant, d'une part, du programme qui les anime et, d'autre part, de l'action du regardeur. Dans la situation dialogique le temps de l'image interfère avec le temps du regardeur, qui est aussi acteur ; le temps machinique du calcul s'hybride étroitement avec le temps existentiel, singulier et non réitérable de ce dernier (pour qui ce qui est passé est passé).

La traversée des interfaces.

Le mode dialogique qui gouverne les échanges avec l'ordinateur instaure une relation sans précédent entre l'homme et la machine. Il ne saurait être confondu avec les autres formes d'interactivité et s'en distingue par le fait qu'il met obligatoirement en jeu des processus computationnels qui s'interposent entre l'action de l'utilisateur et la réponse de l'ordinateur. Ainsi, je ne puis parler de mode dialogique entre un potier et son tour, entre le laboureur et sa charrue, le chasseur et son fusil, le peintre et ses pinceaux, le violoniste et son violon. L'interactivité numérique n'a lieu que lorsque le langage de la programmation s'interpose entre la machine et son utilisateur. Il faut aussi faire observer que, lorsque le regardeur interagit en temps réel avec une image de synthèse, tout le monde peut en voir le résultat ; ce qui n'est pas le cas quand l'interaction entre l'image et son interprétation par le cerveau — le regard modifie, en effet, l'image perçue — est simplement mentale ; l'image réelle, elle, ne subit alors aucune modification aux yeux des autres. Cette interposition du langage programmatique autorise un couplage homme/machine d'un autre genre. L'ordinateur ne traite que des informations exprimées dans ce langage. Il est incapable de comprendre le moindre geste. S'il interprète sans erreur la frappe des doigts sur le clavier, c'est parce qu'à chaque touche correspond une valeur numérique codée qu'il traduit automatiquement en une lettre ou en un chiffre, selon un code approprié transformant ces valeurs en pixels. Chaque mouvement de la souris, chaque clic, est également transformé en nombres. L'opération s'effectue à l'aide de convertisseurs analogiques-numériques.

En retour, l'utilisateur qui ne saurait comprendre le langage de l'ordinateur à l'état brut, a besoin que ces chiffres soient traduits sous des formes compréhensibles, en particulier des images, mais aussi des sons, ou des stimuli s'adressant à d'autres perceptions que l'ouïe ou la vue. Ce qui se fait grâce à des convertisseurs numériques-analogiques. Tous ces échanges ont lieu à travers des interfaces diverses d'entrée ou de sortie et le couplage prend la forme d'une boucle, sous contrôle computationnel. En sorte que, ce n'est pas l'être corporel de l'utilisateur qui interagit avec la machine, mais une sorte d'« émanation » numérique, par conséquent langagière, programmatique, de cet être. Il s'est lui-même dédoublé partiellement en un ensemble de données. Il est devenu une simulation. Ce n'est qu'à ce prix que peut s'établir un dialogue entre l'homme et la machine et s'engager une conversation entre deux sortes de langues étrangères qui ne sont « comprises » — entendons : qui n'ont d'effets — que parce qu'elles sont traduites par l'ordinateur en un langage commun.

On concevra qu'un système interactif est d'autant plus efficace que cette rétroaction s'effectue assez rapidement pour que l'utilisateur contrôle son action au fur et à mesure qu'il en saisit les effets sur l'écran. En général, le couplage associe un homme et une machine. Mais certains systèmes sont couplés soit avec d'autres ordinateurs (en réseau), soit avec des machines traditionnelles, soit avec l'environnement. Cette ouverture sur le monde extérieur, associée à des actions physiques en retour sur ce monde, modifie en profondeur la relation traditionnelle de ce couplage entre l'homme et la machine. Le philosophe Georges Simondon parle de « couplage interindividuel » entre l'homme et la machine, « lorsque les mêmes fonctions auto-régulatrices sont accomplies mieux et plus finement par le couple homme/machine que par l'homme seul ou la machine seule[1] ». L'association des deux aboutit à une fonction unique et complexe que ni la machine ni l'homme ne peuvent accomplir isolément. Cette conception de la technique, aussi peu angélique que diabolique, replace la machine à sa juste place. Ni esclave ni maître, prolongement même de notre humanité, la machine est notre égale. On s'y couple dans le but d'accomplir plus facilement certaines fonctions, ou encore pour en créer d'autres irréalisables différemment. Plus précisément, écrit Simondon : « Le couplage de l'homme à la machine commence à exister à partir du moment où un codage commun aux mémoires peut être découvert, afin que l'on puisse réaliser une convertibilité partielle de l'une dans l'autre pour qu'une synergie soit possible[2]. »

1. Georges Simondon, *Du mode d'existence des objets techniques,* Aubier, éd. Montaigne, 1969, p. 120 sq.
2. *Ibidem*, p. 124.

Cette définition s'applique intégralement à l'ordinateur. Celui-ci est même capable de coder non seulement la mémoire mais aussi l'action (faire un clic sur une souris), le mouvement (déplacer la souris), et en sens inverse, la perception (afficher sur l'écran une image, émettre un son, produire un effet tactile, etc.), et de traiter ces codes. Grâce aux interfaces, il convertit en un langage commun les interactions de l'homme et de la machine. Un tel couplage engendre une synergie intense et d'une nature nouvelle, inconcevable autrement. Au cours de ce couplage entre l'homme et l'ordinateur, deux mondes jusque-là étrangers l'un à l'autre, le monde limpide et froid de l'algorithme et le monde organique et psychique des sensations et des gestes, autrement dit le langage de la logique et le langage du corps, sont sommés de s'entrecroiser à travers la paroi poreuse des interfaces. Ce couplage a lieu également lorsqu'un ordinateur est ouvert sur le monde extérieur et il atteint sa pleine complexité quand des échanges interindividuels transitent par l'intermédiaire des réseaux de communication numériques. On est alors en face d'un couplage homme(s)/machine(s)/homme(s) dont les processus de régulation introduisent au sein des sociétés des hybridations entre le vivant et l'artificiel d'un type nouveau.

Le mode dialogique nous place dans une situation très différente par rapport à l'image ancienne. L'image interactive calculée en temps réel n'existe que dans la mesure où nous intervenons sur elle, ou plus précisément sur le monde dont elle nous propose une simulation. En retour, ce monde simulé nous transmet des informations de tous ordres, affectant notre perception sur divers modes, et nous donne l'impression — certains diront : l'illusion — d'être en contact réel avec lui. Ce contact est ressenti comme d'autant plus réaliste qu'il se fait à travers les sens du toucher ou de l'ouïe. Mais il faut bien comprendre que si un simple geste peut remonter jusqu'au cœur des processus computationnels et s'y coupler en une étrange hybridation, c'est parce que, au préalable, ce geste aura été transformé lui-même, en traversant l'interface, en une « réplique » numérique, une simulation. Il faut aussi comprendre que, dans l'autre sens, si la machine peut faire couple avec nous, atteindre nos yeux, nos oreilles, notre corps, c'est parce que les informations qui nous sont adressées ont été converties par les interfaces de sortie en une réalité perceptible. Si la simulation tend globalement à libérer du réel l'image et la pensée figurative dans son ensemble, elle recrée, grâce aux jeux des interfaces, des points de réadhérence au réel, des liens ténus mais qui l'empêchent de dériver sans contrôle.

B. Réel/virtuel

Une autre dimension du réel.

Tout se passe alors comme si la simulation numérique engendrait l'apparition d'une nouvelle dimension du réel, bien autre chose qu'une copie, qu'une représentation ou qu'une duplication : un *analogon* purifié et transmuté par le calcul. Analogon numérique du monde, des choses — des réalités naturelles ou artificielles (artefacts et machines) —, analogon numérique aussi de nous-mêmes en tant que sujets percevant, pensant et agissant, de notre corps, de nos gestes, de notre écriture (quand nous utilisons le clavier), de notre pensée. Ces analogons ont un mode d'existence paradoxal. Ils prennent une apparence perceptible ; ils ont une action directe sur la matière par le biais des interfaces. Ils font bien partie du réel. Mais ils sont aussi entièrement constitués de calculs et, tout en empruntant les supports matériels et énergétiques que sont les circuits de l'ordinateur et les micro-impulsions qui y circulent, ils se distinguent en cela du réel. Toute image numérique est donc bien réelle dans la mesure où elle se voit. Mais le monde qu'elle donne à voir, réaliste ou non (comme les molécules chimiques de l'Université de Caroline), souvent d'une telle authenticité qu'on a l'impression de se trouver en contact avec la réalité elle-même (sous son double aspect matériel et énergétique), n'appartient pas, lui, à cette réalité. C'est un monde qui n'a d'existence que computationnelle. Un monde *virtuel*. L'épithète « virtuelle » attribuée à l'image numérique interactive ne peut qualifier que l'ensemble des calculs qui lui donnent naissance.

On a commencé à accoler cette épithète au mot « réalité » à partir du moment où les visio-casques, les vêtements de données, et des interfaces sollicitant d'autres sens que la vision, ont permis de s'immerger assez profondément au cœur même de l'image et d'y agir[1]. Alors qu'on parlait plutôt auparavant, comme Myron Krueger, dès 1977, de « réa-

---

1. La paternité de l'expression « réalité virtuelle » reviendrait à l'informaticien Jaron Lanier. Voir sur le sujet l'ouvrage un peu touffu mais bien documenté et vivant de Howard Rheingold, *Virtual Reality,* New York, Summit Books/Simon & Schuster, 1991 ; traduction française, *La réalité virtuelle,* Dunod, 1993. Voir également l'ouvrage très complet et plus technique de Grigore Burdea et Philippe Coiffet, *La Réalité Virtuelle,* Hermès, 1993.

lités artificielles » ou d' « environnements réactifs » *(responsive environments)*, ou encore, comme Scott Fisher d'« exploration virtuelle ». Quelques manifestations internationales attirèrent ensuite l'attention d'un public plus large qui connaissait déjà les images de synthèse et même certaines formes d'interactivité en temps réel (traitement de texte, palettes graphiques, jeux électroniques, etc.), et l'expression paradoxale de « réalité virtuelle » se répandit rapidement, adoptée d'abord par les médias qui présentèrent comme une nouvelle révolution ce qui n'était qu'une évolution, importante mais dans la ligne directe des premiers projets cybernétiques. Les termes d'images de synthèse ou de réalité artificielle semblaient inadaptés pour désigner ces images qui simulaient le réel avec une telle vérité.

En fait, l'« immersion » dans l'image, autrement dit le fait d'être environné complètement par l'image, d'en modifier à sa guise le point de vue, d'y déplacer son corps de son propre chef, voire d'y manipuler des objets virtuels — ce que le spectateur de cinéma ne peut faire — n'est pas spécifique de l'image virtuelle. La virtualité caractérise d'abord la simulation. N'oublions pas que les ordinateurs ont été créés pour simuler des raisonnements logiques et mathématiques propres à l'esprit humain. Tant que les programmes se limitaient à imiter des opérations de la pensée, par essence abstraites, ces opérations n'étaient pas ressenties comme des réalités pleines et entières. La virtualité ne dépend pas de l'interactivité ni du temps réel. Mais au fur et à mesure que les ordinateurs ont donné à voir des images de plus en plus proches de la réalité, par leurs formes, leurs rendus, leurs mouvements, et capables en outre d'interagir instantanément avec celui qui les regardait, les utilisateurs ont eu de plus en plus l'impression de pénétrer à l'intérieur de véritables mondes, virtuels sans doute, mais autonomes, complexes et « résistants » comme tout objet réel. Ils ont découvert un nouvel espace, une autre dimension du réel. L'effet de réel provoqué, par exemple, par les jeux de simulation de conduite automobile est beaucoup plus fort, du moins perceptivement, que l'effet ressenti en jouant aux échecs avec un ordinateur. L'interactivité en temps réel ne fait que conforter la dimension virtuelle de l'image numérique, elle n'en est pas la condition.

Cet effet de réel est souvent si puissant — en tout cas il tend à l'être — qu'on est tenté de confondre simulation et simulacre. La réalité virtuelle serait ainsi un état paroxystique du simulacre. Si les deux termes ont la même racine (*simulare* : imiter, feindre), la simulation (numérique) ne cherche ni à imiter ni à feindre le réel, avec la volonté secrète de nous égarer. Elle cherche, en revanche, à lui substituer un modèle logico-mathématique qui est non pas une image trompeuse comme le simulacre mais une interprétation formalisée de la réalité dictée par les lois de la rationalité scientifique. Libre ensuite aux utilisateurs de ces modèles de les faire servir à des simulacres, à des illusions, ce qui peut dans certaines circonstances artistiques ou ludiques se révéler intéressant, comme l'est un trompe-l'œil ou un tableau hyperréaliste. Mais on ne saurait dire que la simulation vise à produire du faux. Elle ne produit pas davantage du vrai. La simulation est bien la fille de la pensée cybernétique. Elle ne propose aucune explication du monde ; elle montre, comme le disait Abraham Moles, qu'« il existe au moins une solution rationnelle à un phénomène ». C'est l'adéquation du modèle au réel qui prévaut. Ce qui n'élimine pas le rôle de la théorie en science, et en particulier de l'hypothèse, puisque toute construction de modèle exige une théorie et une hypothèse. Les technologies de la simulation opèrent sur la matière, l'énergie, le monde, nos gestes, notre voix, notre présence, des transformations computationnelles qui les changent totalement de nature et les fait basculer dans une autre dimension du réel. Elles filtrent le réel au tamis serré du calcul. Elles le purifient pour n'en retenir que l'intelligible. De ce fait, toute simulation numérique du réel ne saurait être évidemment qu'une réduction de la réalité, une condensation algorithmique de quelques fragments du monde réel, fût-ce la simulation de la naissance de l'univers. Ce qui nous délivre de la crainte de voir un monde « parfait » — qui serait celui de la simulation — se substituer au monde imparfait qui nous entoure.

On voit ainsi le Réel se reconstituer peu à peu en une sorte de pyramide dont la base serait ce qu'on pourrait appeler le réel brut, ou premier (le monde, l'univers, la matière et l'énergie naturelles), dont le milieu serait le *réel artificiel* (produits, artefacts, machines) et le sommet, le *réel virtuel* composé des modèles de simulation qui nourrissent toutes les technologies numériques. On parle aussi de « réel augmenté » pour éviter le paradoxe de l'expression « réalité virtuelle ». Il est évident que ces trois couches de réalités s'interpénètrent et réagissent les unes sur les autres. Si le virtuel tend à se substituer au réel brut et au réel artificiel, il ne saurait les remplacer, ni les éliminer ; il en déplace la hiérarchie et l'ordonnance, il recompose avec eux des hybridations complexes, il les augmente certes, mais en leur ajoutant des virtualités qui ne sont, elles, que des réductions formalisées du réel. Dans ces rapports entre les trois niveaux de réalités, le numérique joue un rôle déterminant. Entre la réalité brute, mais d'une richesse et d'une complexité telles que beaucoup pensent qu'elle restera à jamais inconnaissable, et la réalité artificielle d'une part, et la réalité virtuelle d'autre part, le propre du mode dialogique serait de rendre effectifs les passages d'un niveau à l'autre, de fonctionner comme un « transformateur de réalités », selon l'expression de Marie-Hélène Tramus[1].

Si la réalité naturelle et la réalité artificielle ont l'avantage d'être perceptibles, la réalité virtuelle, en tant que processus algorithmique et computationnel, ne l'est pas. On n'en saisit que les effets, les actualisations, les bourgeonnements dans le réel. Elle n'en existe pas moins et se développe très rapidement. Car depuis sa naissance, les techniques du traitement automatique de l'information se sont données pour objectif d'élargir sans cesse la sphère des modèles de simulation et d'améliorer l'interface homme/machine. En sorte que, au fur et à mesure qu'elle a progressé, la technoscience informatique a donné naissance à un immense univers virtuel qui ne cesse de s'expanser et de s'ajouter inextricablement et organiquement aux autres niveaux de réalités. Cet univers virtuel dont on assiste depuis quelques années au « Big Bang » originaire n'est plus exactement celui de la noosphère theillardienne, mais celui de la Simulation, autre chose que la conscience : une modélisation logico-mathématique du réel faisant office de réel. Chaque microprocesseur, chaque ordinateur, chaque dispositif interactif numérique, tout ce qu'on appelle le « cyberespace » et les nouveaux réseaux de communication multimédia (où les informations les plus diverses — images, textes, sons, etc. — sont produites, dupliquées, conservées, mises en circulation, explorées, retraitées) en font partie.

Les domaines d'application de la réalité virtuelle sont de plus en plus nombreux. Les plus répandus sont les simulateurs de conduite (de vol d'avion, de navire, de voiture, etc., dont la plupart sont utilisés par l'armée), les simulateurs de travail et d'apprentissage (comme le simulateur d'opération chirurgicale, ou encore les simulateurs qui permettent l'intervention à distance de deux personnes sur une même base de données dans des milieux dangereux ou inaccessibles). Beaucoup de professions utilisent des dispositifs qui, sans répondre complètement au critère d'immersion, relèvent de la simulation en temps réel : l'audiovisuel, la communication, la médecine, l'architecture, les loisirs, etc. Les dispositifs ludiques sont eux aussi en pleine expansion, que ce soit les jeux individuels sur micro-ordinateurs qui touchent un très

---

1. Marie-Hélène Tramus, *Dispositifs interactifs d'images de synthèse,* thèse de doctorat, Université Paris-VIII, 1990.

large public de jeunes, les dispositifs destinés aux visiteurs des parcs de loisirs ou des musées des sciences et des techniques qui donnent la possibilité à tout un chacun de piloter un simulateur de vol, ou d'assister à un spectacle dans un simulateur dynamique. Enfin, dans le domaine artistique, de plus en plus d'artistes qui recherchent l'intervention du spectateur proposent maintenant des dispositifs variés sollicitant son concours au moyen de la vue, du geste, du toucher, de la parole, du son, etc.

Mi-chair, mi-calcul.

Une critique très répandue mais mal informée reproche aux technologies numériques en général — et à la réalité virtuelle en particulier —, entre autres calamités, de provoquer un dédoublement du corps et de l'identité de l'homme qui irait jusqu'à entraîner sa disparition. Tandis que le privilège sensoriel du regard deviendrait total et s'aliénerait toutes les autres perceptions. De sorte que l'on assisterait à l'hégémonie absolue du visuel en même temps qu'à la dématérialisation du corps, réduit à la seule rétine. Il est incontestable que la simulation est une interprétation algorithmique et une mise à la raison du monde, un contrôle accru de l'intelligible sur le sensible. De même que, comme le remarque Derrick de Kerkhove, l'écriture alphabétique a déplacé « le centre de gravité du traitement de l'information humaine, de la parole à l'écrit », « désensorialisé l'organisation sémantique de la connaissance[1] » et détaché « complètement le langage humain du corps même de l'homme[2] », de même, l'écriture programmatique désensorialise et abstractise violemment la perception et la connaissance du monde. La simulation extrait l'homme de son propre corps, elle l'en éloigne et elle l'en affranchit. Mais le corps est têtu. On ne s'en débarrasse pas si facilement. On a d'ailleurs cherché très tôt à établir un contact sensible entre le corps et l'ordinateur. Les écrans ont permis d'abord de voir ce qui se passait à l'intérieur des machines, dans le déroulement des programmes. Tandis que des interfaces toujours plus nombreuses permettaient d'y introduire des informations autrement que par le clavier, et que, parallèlement, d'autres interfaces permettaient à l'utilisateur de recevoir en provenance de l'ordinateur des informations sensorielles autres que visuelles.

---

1. Derrick de Kerkhove, *La civilisation vidéo-chrétienne,* éd. Retz, 1990, p. 89.
2. *Ibidem*, p. 148.

En conséquence de quoi, s'il y a bien, d'une certaine manière, dématérialisation dans les rapports de l'homme à la machine et au réel, on voit naître aussi, à l'inverse, la possibilité d'introduire au sein des algorithmes, dans le cours même du calcul, des informations directement issues du monde extérieur et du corps en particulier. On voit apparaître parallèlement la possibilité pour la machine d'émettre en direction de l'homme des informations de toute sorte (auditives, haptiques, proprioceptives) sollicitant une large partie du sensorium. Loin de disparaître dans l'abstraction des symboles, le corps se voit augmenté de possibilités nouvelles d'actions sur la machine et de perceptions, nouvelles elles aussi, en retour. Rien, du moins dans l'appareillage technologique lui-même (il en va différemment dans sa socialisation), ne tend donc vers une aliénation systématique du corps. Il apparaît au contraire que la transmission et la réception des messages ou des expressions corporelles sont de plus en plus considérées comme devant participer largement à une communication qui se veut la plus complète ou la plus « réaliste » possible, et non plus soumise exclusivement au langage (écrit ou parlé) et à l'image bidimensionnelle. Certains dispositifs commencent à être capables de transmettre en retour différentes sensations tactilo-proprio-kinesthésiques — dont celles, très riches, qui nous permettent d'évaluer la qualité physique des surfaces (le rugueux, le lisse, le mou, le dur, le visqueux, le granuleux, etc.)[1]. Des équipes de recherche, comme ATR *(Advanced Telecommunications Research Institute International)* au Japon, travaillent actuellement sur des systèmes de communication susceptibles de simuler des sensations, afin de les partager entre les participants. Les postures gestuelles, les expressions du visage, la direction du regard, entre autres, seraient prises en considération au moyen de capteurs appropriés. L'image, quant à elle, tend à perdre sa bidimensionnalité au profit de la tridimensionnalité. Écrans et casques permettent de voir en trois dimensions des objets animés dans des environnements variés avec lesquels le regardeur peut interagir. La simulation des objets et des scènes complexes, en mouvement, est encore loin d'être parfaite mais cette évolution de la perception visuelle est déjà caractéristique d'un changement dans la hiérarchie traditionnelle du sensible.

Tout en refusant de conclure que le visuel est sur le point de disparaître de la communication (le sera-t-il jamais ?), on doit remar-

---

1. Ces dispositifs sont décrits p. 190.

quer cependant qu'il évolue et s'enrichit d'autres modalités sensorielles jusqu'à présent incompatibles avec l'image. Le visuel pourrait ne plus occuper ce pôle de référence privilégié qui tient le sens en capture permanente, comme par excellence dans la télévision. Mais, de même qu'il est toujours associé au langage parlé ou écrit (il n'y a pas d'image muette), le visuel s'associerait de plus en plus à des formes d'expression non linguistiques, comme le laisse présager le multimédia qui propose une hybridation entre le texte, l'image et le son, commandée par gestes, avec des possibilités combinatoires que n'offrent ni le cinéma ni la télévision et qui commencent à affaiblir le rôle hégémonique de l'image traditionnelle. Par ailleurs, les nouvelles conditions d'accès à l'information (à la fois au sens cybernétique et journalistique) offertes par l'interactivité numérique (immersion dans l'image, navigation, etc.) privilégient un visuel enrichi et comme « recorporalisé », fortement synesthésique, au détriment d'un visuel séquentiel, linéaire et essentiellement rétinien. Le sensorium, sollicité de plus en plus à travers les diverses modalités de la perception, tend à retrouver une certaine réunification. Une nouvelle *matrice perceptuelle* — au sens numérique et au sens physiologique — se dessine, associée à une nouvelle corporéité, mi-chair, mi-calcul.

Cette autre corporéité, déjà l'imagerie populaire, à travers le cinéma notamment, nous invite à la rêver. Si ce rêve prend des allures de cauchemar, comme dans le film *Terminator II,* où le corps de l'ennemi redouté est parfois la copie parfaite d'un autre corps, parfois un hybride de chair et de métal en fusion, toujours en état d'entre-deux et d'incertitude, il exprime bien, sur un ton fantastique et angoissé, ce devenir possible qui attend notre corps et mobilise notre attention fascinée. Le cyborg de *Terminator II* est un corps sans frontières fixes, osmotique et labile. Les effets spéciaux sont dans ce cas bien autre chose qu'une habile métamorphose ne faisant que prolonger la tradition illusionniste du cinéma. La vision du cyborg engendre une émotion intense et inhabituelle. Son corps n'appartient à aucune réalité préexistante que la caméra aurait saisie et déformée. Il surgit d'une pure virtualité computationnelle qui prend vie et chair. Ollivier Dyens écrit à ce propos : « Les nouvelles technologies numériques vont nous obliger à comprendre et à cohabiter aux côtés de dimensions sensibles différentes, là où les clés qui forment l'univers cinématographique (la lumière et l'ombre, le reflet, l'usure, la détérioration, la mort, etc.) sont autres », « le corps numérisé deviendrait une surface de contact et de rencontre dont nombre de référents n'ont plus relation au réel[1]. » Tout un imaginaire s'élabore actuellement autour de cette corporéité naissante.

Avec des intentions plus fonctionnelles, la médecine et la chirurgie participent à la construction et à l'exploration de cet autre corps. Les techniques de résonance magnétique associées au traitement automatique de l'information permettent de reconstituer, tranche par tranche, le relief de chaque organe et de visualiser en trois dimensions non seulement des parties du corps mais le corps entier, ce que ne savaient pas faire les rayons X. Il devient ainsi possible d'explorer le corps humain et de procéder à une sorte d'anatomie quasi vivante[2] (dissection virtuelle d'organes, obtention d'informations techniques concernant les organes, voire le malade, etc.), mais également de préparer des interventions chirurgicales. Les chirurgiens étudient également la possibilité d'implanter dans le corps même de l'homme des microcircuits pour suppléer à certaines déficiences nerveuses. On a réussi à faire croître des nerfs sur du silicium et on est sur le point d'établir des connexions entre le système nerveux et des artéfacts numériques permettant, par exemple, aux paraplégiques de se déplacer. On envisage de remplacer des rétines détériorées par des prothèses électroniques greffées sur le fond de l'œil et raccordées par induction à des caméras extraplates portées comme des lunettes.

Autre version plus humaine du cyborg, l'« homme bionique », véritable hybride de chair et de calcul, est né qui modifie encore une fois la relation homme/machine. C'est encore un aspect de cette mutation corporelle que nous expérimentons à travers les réseaux numériques interactifs qui n'en sont qu'à leur première phase de développement. Dans cette situation, la communication ne gagne pas encore en sensorialité. L'essentiel de l'information en circulation passe par le clavier, l'imprimante, ou l'image-son (dans certaines visio-conférences). Mais le sujet, en tant qu'il est couplé autrement à d'autres sujets, à travers les réseaux, en est profondément affecté. Les réseaux sont aussi des prothèses mais des prothèses qui ne se limitent pas à prolonger le corps ; elles le transforment dans ses comportements.

---

1. Ollivier Dyens, « La phénoménologie du cyborg : cinéma, cyberspace et entropie », actes du colloque *Le temps au cinéma,* Association québécoise des études cinématographiques (AQEC), 18, 19, 20 et 21 novembre 1993. Voir aussi du même auteur : « The emotion of Cyberspace : Art and Cyber-ecology », *Leonardo,* n° 4, 1994.
2. Comme avec, par exemple, le « Voxel-man » du professeur Karl Heinz Höhne de l'Université de Hambourg.

Mais le corps, c'est aussi le geste, l'expression, le comportement. La simulation des comportements gestuels humains constitue maintenant un domaine à part de la recherche scientifique et artistique. Après avoir simulé la marche, la course, le saut, et quelques autres mouvements du corps, on tente de simuler les mouvements des lèvres d'une bouche en train de parler, ou d'un visage qui cherche à s'exprimer. Depuis 1987, les travaux se multiplient dans cette voie. Keith Waters (1989) décrit les actions de trente-six muscles qui en se combinant donnent un très grand nombre d'expressions ; Nadine Magnenat-Thalmann et Daniel Thalmann conçoivent un système fondé sur le concept de procédure d'action contrôlée par des paramètres et correspondant approximativement à l'action de chaque muscle. Hervé Huitric et Monique Nahas (Université Paris 8) développent un modèle d'animation de visage utilisant un certain type de courbes mathématiques et s'inspirant des théories d'Ekman sur l'universalité des expressions (1988). Mais la difficulté à synthétiser une expression sans référence directe à un modèle vivant est telle que certains s'orientent désormais vers des solutions analogiques-numériques : numérisation tridimensionnelle de visages et de corps réels et saisie numérique des mouvements par capteurs[1].

Grâce à l'amélioration de la vitesse de calcul, un nouveau système d'acquisition numérique des expressions du visage (le VActor) donne la possibilité à un acteur d'animer en temps réel, avec son propre visage, un visage entièrement synthétisé à partir d'un modèle créé de toutes pièces ou éventuellement « emprunté » à une autre personne. D'autres recherches se tournent vers l'autonomie du comportement. Le Media-Lab du MIT a modélisé un acteur de synthèse grandeur nature auquel on peut serrer la main. L'acteur virtuel est doté de certains réflexes qui l'amènent à mettre sa main en contact avec celle de l'expérimentateur. Quand les mains se sont jointes, ce dernier peut déplacer le bras de l'acteur en tirant sur la main. On parle alors d'acteur « intelligent » et rien n'empêche d'imaginer des comportements gestuels de plus en plus complexes, autorégulés en fonction d'une finalité précise.

---

1. C'est l'orientation qu'ont prise actuellement H. Huitric et M. Nahas ; voir leur film *Animation de bases de données laser* (Prix de la Recherche, *Imagina 93).*

On serait alors tenté d'en déduire que la simulation s'est déjà engagée dans la voie d'une *synthèse de l'expression,* objectif d'une ambition extrême, sinon démesurée aux yeux de certains, par rapport à quoi la synthèse de l'intelligence — autrement dit l'intelligence artificielle — ne serait que babillage, les lois secrètes de l'affectivité étant infiniment plus complexes que les lois de la raison. Je me garderai d'aller jusque-là. De même que je me garderai de conclure que toute simulation du geste ne peut qu'être *a priori* vide de sens et que jamais on ne pourra créer, par exemple, un véritable acteur de synthèse. L'important ne me paraît pas résider dans la possibilité d'isoler le geste de l'instrument par lequel il se prolonge et s'artificialise, pour revendiquer une gestualité à l'état pur, un corps vierge finalement simulé par le calcul. L'important est, au contraire, dans la possibilité de créer une nouvelle (et provocante) hybridation, jusqu'alors impensable, entre, d'une part, le geste — et la couleur expressive dont il ne saurait jamais se départir — et, d'autre part, le calcul et ses formalisations abstraites.

Leroi-Gourhan, dans *Le geste et la parole,* a montré comment symboles et outils, loin de s'opposer, manifestaient au contraire « l'expression de la même propriété de l'homme ». Mais, ce qu'il appelait geste était avant tout celui de la main manipulatrice, le geste technique, opératoire ; non pas ce qu'est devenu maintenant le geste dans le dialogue homme/ordinateur. Nous nous trouvons aujourd'hui dans une situation inversée. Qui se limite, bien entendu, à la seule relation du langage à la technique, car je ne veux pas dire que le langage *en général* soit devenu outil ni qu'il ait perdu sa fonction symbolique et expressive. Mais c'est bien le langage de la programmation, l'écriture des algorithmes et la formalisation mathématique des modèles, qui permet à l'ordinateur d'accomplir sa tâche, tandis que le geste tend à devenir expression et manifestation symbolique plutôt qu'opération technique. Curieux basculement dû au fait que le langage, par le biais de l'ordinateur, s'insinue désormais au cœur de la technologie ; mais à y bien réfléchir, moins curieux qu'il n'y paraît, puisque technique et langage, outils et symboles, expriment la même propriété ambiguë.

La nouveauté et, dans une certaine mesure, la rupture dans la relation homme/machine, viennent de ce que ce couplage hybride maintenant le geste et le calcul. Deux univers sont mis en situation d'échange et de fécondation réciproque. D'un côté, celui du calcul et de la logique, de la formalisation mathématique indispensable à toutes les opérations d'écriture. Car l'ordinateur ne sait donner de forme sensible qu'à ce qui est déjà « informé ». Il ne sait donner à voir que ce qui est intelligible. D'un autre côté, l'univers du geste expressif, de l'émotion, de l'ambiguïté, de la singularité, de l'hésitation entre le signifier et le jouir propre à tout geste. Mais deux univers *également* humains dont aucun ne saurait prétendre détenir les caractères exclusifs de ce qui est humain. Ce n'est pas sans difficulté qu'on peut mettre en contact, en friction, en interface, de tels univers. Les uns redouteront que le langage ne devienne machine, que le geste ne perde définitivement sa puissance expressive. Les autres chercheront à tirer avantage d'une situation sans précédent ; ils changeront les règles d'usage imposées par la technoscience et leur substitueront celles de l'art. À ce nouvel état du savoir et de la technologie correspond un désir de corps renouvelé, fantasmé différemment : un autre corps naît de l'écume des nombres.

De la communication à la commutation.

Le mode dialogique rompt le fonctionnement de la communication tel que l'imposent les médias, et cela d'autant plus profondément qu'il tend vers une sensorialité multimodale. Dans la communication massmédiatique — régime sur lequel nous vivons encore majoritairement — la signification des messages préexiste à leur transmission (ou à leur médiatisation) ; une « bonne » communication est avant tout une opération pendant laquelle les messages transmis par l'émetteur au récepteur ne se dégradent ni physiquement, ni sémiotiquement. La communication renvoie, comme la représentation, à une réalité préexistante : réalité du message formulé par l'énonciateur, réalité de l'objet saisi par les dispositifs figuratifs optiques. Et s'il est vrai qu'un message est toujours interprété et qu'il existe inéluctablement un certain jeu dans son décodage, le sens se construit dans une culture de la communication mass-médiatique sur la réduction de toute ambiguïté, du moins sur la recherche de cette réduction. L'ambiguïté n'est cultivée pour elle-même qu'à l'intérieur de territoires réservés et identifiables : l'art, et tout particulièrement l'art moderne où la polysémie est de règle. Le code dicte les relations du signifiant et du signifié. Sa reconnaissance et son acceptation scellent le contrat social qui garantit la validité du sens. Les échanges symboliques, largement contrôlés par les médias, ne peuvent avoir lieu qu'à l'intérieur d'un espace clos et fortifié (c'est la signification du mot latin *communis* désignant ce qui est rassemblé à l'intérieur des *mœnia,* c'est-à-dire des remparts, de l'enceinte de la ville).

Le mode dialogique, en revanche, met en circulation des objets sémiotiques qu'on ne peut plus réduire au seul rapport signifiant/ signifié et dont la possession du code et l'intégrité du message assureraient la compréhension. Ces objets n'ont, en effet, de sens que dans la mesure où ils sont coengendrés par l'émetteur, par le récepteur et par le message lui-même. L'émetteur n'est plus seul à énoncer du sens, car il n'existe plus *une* source, *une* bouche, *une* parole ou *une* image, inscrite à l'origine, comme il n'existe plus une origine de l'énoncé repérable dans le temps et dans l'espace. Le terme de « message » (ce qui est transmis, de *mittere* : envoyer), n'est plus, par ailleurs, complètement approprié. Car le sens n'est plus projeté d'un point à un autre de l'espace communicationnel, il s'élabore au cours de l'échange à travers l'interface entre l'émetteur et le récepteur. Capable de se transformer, dans les limites toutefois imposées par le programme, le message — sous l'incitation du récepteur — devient à son tour auteur (c'est-à-dire, comme le rappelle l'étymologie : capable de *s'augmenter*). Le sens ne renvoie plus à un réservoir commun propre à la communication, il se construit, se précise, s'individualise, mais aussi se perd et se dissout au cours de l'échange.

Il n'y a donc plus communication, au sens strict, entre un énonciateur et son destinataire mais *commutation*, plus ou moins instantanée, entre un récepteur devenu émetteur, un émetteur devenu (éventuellement) récepteur et un « propos » flottant qui à son tour émet et reçoit, s'augmente ou se réduit. Le sens ne s'engendre plus par énonciation, transmission et réception, alternativement, mais par une hybridation entre l'auteur, le propos véhiculé par la machine (ou le réseau) et le destinataire. Ce mode de production du sens est, évidemment, d'autant plus caractéristique qu'il fait intervenir dans le dialogue homme/machine des processus interactifs et multimodaux complexes. On objectera que la communication linguistique « naturelle » fonctionne aussi de cette manière-là, puisque, au cours de tout dialogue suffisamment ouvert, l'interlocuteur participe aussi à l'élaboration du sens. Certes, mais la commutation introduit au cours de l'échange des opérations décisives, qui ne sont pas le fait de l'interlocuteur mais qu'il déclenche, et qui ont été conçues pour s'incorporer étroitement à la production du sens. Au régime de la communication qui régit les médias, succède alors le régime de la commutation, propre aux systèmes dialogiques. Il est vrai que cette succession ne fait que se mettre en place et tout porte à croire que nous fonctionnerons longtemps encore sur un régime hybride mêlant l'un et l'autre, chacun correspondant à une économie symbolique de l'image différente et complémentaire. Mais il est sûr que l'écran vidéo se voit dorénavant destiné à d'autres usages que la seule transmission d'images d'un point à un autre de l'espace. La crise actuelle de l'image exprime aussi — mais assez obscurément car peu nombreux sont ceux parmi les gens d'images à bien vouloir comprendre en quoi les « nouvelles images » sont vraiment nouvelles — notre désarroi face à l'apparition d'une image qui remet en cause les principes sur lesquels nous vivons depuis des siècles.

Il s'ensuit que, dès lors qu'ils sont réduits à des données numériques, le sujet, l'objet et l'image n'obéissent plus à l'ordre du réel mais à celui du virtuel imposé par le calcul. À chacun des trois acteurs de la représentation correspond dorénavant un analogon, composé de langage et d'opérations informatiques, qui les prolonge dans l'ordinateur sous une forme virtuelle. L'image ne s'interpose plus entre l'objet et le sujet, à l'intersection de leurs relations, les tenant à distance l'un de l'autre tout en les unissant (ce à quoi correspond sa fonction contradictoire d'écran et de fenêtre), elle devient le lieu, et définit l'instant, où ils se connectent, s'absorbent et s'hybrident l'un en l'autre — où ils commutent. Les frontières qui séparent et unissent dans l'univers réel l'objet, le sujet et l'image, se dissolvent dans le monde virtuel. L'image n'y existe que dans la mesure où du sujet entre en elle. Mais aussi de l'objet. Le sujet ne fait plus front à l'objet ni à l'image, il quitte sa position focale, surplombante, épistémique. L'objet n'est plus ce qui est placé devant le sujet, ce qui lui fait obstacle. De nouveaux acteurs, apparaissent : des entités hybrides, mi-image/mi-objet, mi-image/mi-sujet, mi-sujet/mi-objet, désalignés, déhiérarchisés, dérivant les uns par rapport aux autres, brouillant leur identité, s'interpénétrant, se contaminant mutuellement.

C. La technoscience et ses modèles

On comprend alors que le domaine de la réalité virtuelle ne saurait s'étendre sans que la connaissance du réel et son interprétation dans un langage assimilable par l'ordinateur s'étendent aussi. La capacité des images numériques à simuler le réel n'est pas seulement redevable à la puissance et la vitesse des calculateurs, elle doit aussi beaucoup à la progression de la programmation. Or, cette progression a été elle-même en grande partie liée à l'évolution des modèles de simulation employés en informatique. Au tout début, quand il ne s'agissait que de visualiser quelques figures simples en deux dimensions, puis en trois, on se contenta d'utiliser des modèles géométriques élémentaires (cubes, sphères, cylindres, polyèdres, volumes de révolution, etc.) — sortes de briques primitives avec lesquelles on construisait ces figures qui s'affichaient à l'écran sous l'aspect de structures en « fil de fer ».

Puis on éprouva le besoin d'opacifier la surface de ces figures squelettiques, d'en faire disparaître les parties cachées, d'adoucir les angles des facettes. Pour affiner formes et volumes, on fit le tour de l'immense arsenal des courbes mathématiques, on utilisa les fractals qui brisaient l'uniformité des surfaces représentant des objets naturels, on décomposa les volumes en de très nombreux petits éléments tridimensionnels contrôlables mathématiquement — les « systèmes de particules » — qui permettaient de visualiser des éléments liquides, du feu, des objets atmosphériques ou vaporeux. Pour ne plus se limiter aux seules apparences extérieures, on modélisa aussi l'intérieur des volumes. Les « hypertextures » permirent dans ce but de penser visuellement le plein en dotant la matière d'un coefficient de densité ou d'« existence ». Ce qui créa des objets étranges, totalement nouveaux, qui n'existent pas dans la réalité, naturelle ou artificielle.

On chercha encore à éclairer tous ces objets et à projeter leurs ombres, à leur donner des couleurs. Dès lors, la seule géométrie ne suffisant plus, il fallut faire appel à des modèles empruntés à l'optique. Des formules adéquates furent appliquées dans la simulation des trajectoires de la lumière réfléchies par les corps. Pour des raisons techniques, tenant principalement aux écrans couleur utilisés en télévision, et scientifiques (une connaissance déjà confirmée de la couleur et de sa perception physiologique), on s'est très logiquement inspiré des recherches faites en colorimétrie. L'ordinateur put alors affecter aux objets bi ou tridimensionnels représentés des teintes relativement comparables à celles d'objets réels. L'application des algorithmes de « lancer de rayon » apporta les transparences, certaines formes d'ombres et des reflets de toutes sortes. Avec la « radiosité », on obtint des effets de pénombre, de brume, de perspective aérienne, et même les flous de bougé ou de profondeur de champ. On s'attacha aussi à la qualité du rendu de la surface elle-même. On introduisit des modèles de « textures » : placage de surfaces prélevées sur des photos en couleurs numérisées, ou textures calculées à partir de modèles les plus divers. Le rendu des surfaces fut considérablement amélioré avec la saisie tridimensionnelle par laser d'objets réels et de leur texture naturelle (la surface de la peau, par exemple), associée aux couleurs obtenues par photographie. Mais les critères de cette amélioration restaient ceux de l'optique qui semble donner du monde une image objective. Les modèles ainsi utilisés ont privilégié une esthétique plus proche du photoréalisme que des arts plastiques.

On voulut également reproduire d'une manière réaliste le mouvement de ces objets. On eut d'abord recours aux techniques de l'animation traditionnelle : modifier les objets, dans leurs formes et leurs déplacements, image par image. Opération longue et fastidieuse qui ne profitait pas pleinement des possibilités du calcul. On utilisa alors des modèles empruntés à la physique. (On simule, par exemple, le mouvement d'une balle élastique qui rebondit sur le sol grâce des formules d'accélération et de décélération empruntées à la cinématique et à la loi de la chute des corps.) On trouva dans la mécanique des fluides des solutions pour modéliser des écoulements d'eau, de gaz, de particules. Certains mouvements, comme la croissance des végétaux furent réglés en adoptant des modèles issus des langages formels ou de la botanique. Le mouvement des tissus, important pour le rendu réaliste des acteurs de synthèse, fit aussi l'objet de modélisations diverses faisant intervenir des modèles mathématiques ou physiques. La biologie inspira la modélisation de l'évolution, dans le temps et dans l'espace, de certains objets virtuels. Les algorithmes génétiques, par exemple, appliquent certaines lois du vivant dans la transmission des informations affectant le génotype et le phénotype lorsque des descendances d'images sont soumises à des mécanismes de sélection aléatoire et d'adaptation à un milieu défini.

Le grand problème depuis quelques années est la simulation des acteurs. Cet objectif, qui s'inscrit dans le développement naturel de l'industrie cinématographique et dans la tradition la plus sacrée du Golem (créer un double de l'homme tendant à l'autonomie), mobilise des trésors d'ingéniosité. Car il s'agit d'abord de donner à l'acteur une apparence réaliste qui va du grain de la peau à la chevelure, puis de le mouvoir avec le plus grand naturel possible, d'animer non seulement son corps mais son visage, de le faire parler, exprimer des émotions. On s'intéressa aux différents modèles fournis par la physiologie du corps humain (modèles de marche, de saut, modèles d'articulations, d'actions musculaires), mais on emprunta également à certaines théories psychologiques susceptibles de modéliser les expressions du visage. Devant la complexité du problème, on eut aussi l'idée, plutôt que de créer complètement l'acteur à partir d'algorithmes de synthèse, d'utiliser des systèmes de saisie tridimensionnelle qui enregistrent automatiquement les coordonnées spatio-temporelles d'un acteur réel. Cette solution qui fait l'économie d'un très lourd calcul, ne libère pas toutefois complètement du travail de programmation ; il faut utiliser d'autres modèles, venant des mathématiques ou d'ailleurs, pour gérer les opérations de saisie et les banques de données recueillies extrêmement importantes.

L'acteur de synthèse nous entraîne irrésistiblement vers la synthèse du comportement lui-même. On rêve d'hybrider les acteurs entre eux, qu'ils soient réels ou imaginaires, de prêter au corps et au visage de celui-ci le jeu dramatique, la démarche, les expression de tel autre, et vice versa. On rêve aussi — et on a commencé à le faire — de diriger les acteurs de synthèse comme n'importe quels autres acteurs humains : de leur donner l'ordre de faire tel ou tel geste, de se déplacer d'ici à là, sans avoir à programmer ces actions pas à pas. Bref, on cherche à doter ces acteurs d'un comportement assez défini pour qu'il laisse à penser qu'il est réel. Certes, il s'agit pour le moment d'un aspect très sophistiqué de la recherche, mais il montre clairement que les champs ouverts par la quête de modèles nouveaux sont immenses.

Le mode dialogique ne se conçoit pas sans une possibilité d'interaction en temps réel entre les objets calculés par l'ordinateur et l'homme qui agit sur l'interface, et sans la possibilité d'interaction, en temps réel ou différé, entre les objets virtuels eux-mêmes. Le champ d'application de ce type d'algorithmes capables de créer des objets plus ou moins intelligents est très large. Grâce à eux on peut gérer de grands nombres d'objets virtuels sans avoir à décrire en détail ce que doit faire chaque objet (un vol d'oiseaux, de papillons, les déplacements d'un banc de poissons, des tourbillons de flocons de neige). On peut doter un objet d'une sorte de perception qui le renseigne sur son environnement et lui donne les moyens de s'y adapter. D'autres algorithmes facilitent et enrichissent l'interaction entre l'homme et l'ordinateur. Un ordinateur qui reconnaît votre propre voix et les mots qu'elle véhicule, ou votre propre écriture ne fonctionne plus exactement comme une machine, il se comporte avec une sorte d'intelligence qui le rend beaucoup plus souple et efficace, plus proche de vous-même. Il faut s'attendre ainsi que les interfaces deviennent de plus en plus intelligentes et rendent le dialogue avec les ordinateurs de plus en plus naturel, « réaliste » selon la terminologie employée.

La synthèse ou le traitement du son, la manipulation des textes, ne peut non plus se faire sans les modèles adéquats. C'est aussi toute l'immense sphère des réseaux numériques qui se nourrit de modèles. La transmission des données visuelles, sonores et textuelles, sont réglés par des modèles fournis principalement par la physique (en particulier la science du traitement du signal) et par les mathématiques (cryptage/décryptage)[1]. Mais au fur et à mesure que la navi-

---

1. Modèles utilisés dans les programmes de protection des informations sur les réseaux.

gation dans les réseaux, la quête d'informations de plus en nombreuses, les contacts entre correspondants, se complexifient et s'enrichissent, on utilise d'autres types de modèles. La programmation des hypertextes peut s'inspirer de modèles scientifiques qui n'ont plus de point commun avec la physique, comme la linguistique et la sémiologie. Les journaux en ligne commencent à reconnaître, par exemple, vos goûts et vos habitudes (par auto-apprentissage) et ne vous délivrent que des informations susceptibles de vous intéresser (ou presque !). Votre téléphone filtrera au son de sa voix la personne qui vous appelle et lui donnera éventuellement une réponse avec la votre.

Le numérique est donc un consommateur insatiable de modèles de simulation. Les mathématiques y jouent, certes, un rôle privilégié ; elles en fournissent une multitude. On a même cru pendant longtemps que la simulation de la pensée ne pouvait passer que par des modèles mathématiques. Or, on constate que certains modèles utilisés en intelligence artificielle (dans la simulation du raisonnement) s'orientent résolument vers les sciences humaines. Si les mathématiques sont nécessaires au développement du numérique, elles ne lui sont cependant pas suffisantes. Tous les domaines de la science et de la connaissance sont susceptibles de fournir, un jour ou l'autre, des modèles de simulation. L'informatique enfin, que l'on considère comme la science du traitement automatique de l'information, fournit à la simulation, outre les machines elles-mêmes, un lot important de modèles spécifiques[1]. Ce traitement s'effectue par des moyens physiques — les machines et leurs interfaces — et par des moyens langagiers — les programmes sans lesquels les machines sont inertes. Il faut, à ce propos, faire remarquer que les ordinateurs ne sont pas les machines infaillibles que l'on croit, ni mathématiquement, ni techniquement. Leurs circuits sont naturellement sujets à des erreurs fréquentes dues à l'électronique et les calculs nécessitent des contrôles permanents. Les ordinateurs consacrent une bonne partie de leur temps à se contrôler eux-mêmes. Ce sont aussi de piètres mathématiciens qui

1. Je laisserai de côté la question de savoir si les ordinateurs ont la faculté d'accéder au sens de cette information, de la comprendre dans toutes ses implications, ou si, au contraire, ils ne saisissent que des *formes*, ne manipulent que des supports, en l'occurence des micro-impulsions électroniques. Ceux qui s'intéressent au problème pourront lire l'ouvrage clair et passionnant de Jacques Arsac : *Les machines à penser,* éd. du Seuil, 1987.

ne peuvent concevoir ni l'infiniment grand ni l'infiniment petit, et dont les arrondis entraînent parfois de redoutables erreurs de calculs[1].

Il n'en reste pas moins vrai que, si les technologies numériques se nourrissent de plus en plus de ces produits hautement élaborés de la science que sont les modèles, elles deviennent, en revanche, de plus en plus nécessaires à la science. Il n'est pas, ou presque pas de science, qui n'utilise l'ordinateur ou ne soit appelée à le faire. Dans la recherche, l'expérimentation virtuelle, qui substitue une simulation numérique à l'objet réel et supprime — en partie — les expériences en laboratoire ou sur le terrain, se développe de plus en plus[2]. C'est encore plus vrai pour ce qui concerne la majorité des techniques qui sont, soit déjà informatisées, soit destinées à l'être un jour ou l'autre. En sorte que l'on assiste à une fusion de plus en plus cohérente de la science et de la technique ; elles ne se distinguent plus clairement l'une de l'autre. Science et technique s'interpénètrent en un ensemble compact : la technoscience. Au cœur de cet enchevêtrement, le numérique joue un rôle de catalyseur actif. Il modifie profondément les relations que nous entretenons techniquement avec le monde et avec nous-mêmes. Au fur et à mesure qu'elles se numérisent, les techniques interposent, en effet, entre l'outil et la matière brute quelque chose qui n'existe pas dans la relation traditionnelle : l'écran du langage. L'outil numérique est langagier et met en jeu, de ce fait, systématiquement dans sa programmation, des modèles issus de la science. Certes, toute technique est à la fois une façon d'agir sur le monde et une façon de l'interpréter. Cela ne change pas avec le numérique, mais l'interprétation du monde qui s'impose à travers son filtre, en tant que partie constitutive de la technoscience, est celle du calcul, de la formalisation logico-mathématique, soit d'une certaine rationalité scientifique. Si à la photographie était attachée une interprétation du réel (et des rapports qui s'ensuivent entre l'objet, le sujet et l'image) non dépourvue de rationalité, cette interprétation ne relevait pas de la pensée calculante, comme le fait l'image numérique. La photo ne donne à voir que des objets du monde réel réfléchissant de la lumière, *l'image de synthèse ne donne à voir que ce qui est modélisable*. Dans le premier cas, le réel préexiste à l'image, dans le second, c'est le langage formalisé des modèles qui lui préexiste.

---

1. Voir, sur la question, Jean-François Colonna, « Expériences virtuelles et virtualités expérimentales », *Vers une nouvelle pensée visuelle,* revue *Réseaux,* n° 61, CNETT, 1993.
2. *Ibidem*.

Chapitre 2

Des œuvres, des artistes

Les premières utilisations de l'ordinateur par des artistes pour créer des images remontent à la fin des années cinquante, mais ce n'est qu'après le milieu de la décade suivante qu'apparaît peu à peu un certain nombre d'expérimentations assez abouties pour être considérées comme des œuvres. Le milieu de l'art (sa critique, ses institutions et son marché) a d'ailleurs longtemps méconnu, comme il continue de méconnaître, cette forme d'art. Les raisons en sont nombreuses. Ces mêmes raisons rendent de surcroît difficile la compréhension de cet art, de ses relations avec l'ensemble du champ artistique et de la technologie. Il y a d'abord la question des supports. Cette image qui n'a pas d'original, ou dont l'original — la matrice mathématique qui l'engendre — ne relève pas du visuel, est obligée d'emprunter différents supports. Le premier de ces supports a été la page d'imprimante, à laquelle s'ajouta l'écran vidéo, en noir et blanc au début, qui avait sur celle-ci l'avantage de l'affichage immédiat. D'emblée, l'aspect de l'image informatique se confondait avec celui de l'image vidéo (texture mosaïcale régulière, forte brillance pour concurrencer la lumière du jour, petit format, etc.). Puis, à mesure que l'on s'intéressait au mouvement, on reporta l'image de l'écran sur du film. L'image finale devenait une image cinématographique. On la jugea avec les mêmes critères, les mêmes exigences de réalisme photographique, l'inscrivant de force dans une esthétique qui n'était pas la sienne, d'autant plus facilement que le cinéma a été pendant longtemps, du moins jusqu'à l'apparition du multimédia, le seul moyen de la diffuser. D'autant plus facilement encore que les créateurs d'images cherchaient à relever le défi du cinéma sur son propre terrain, ce qui n'eut pas que des effets réducteurs puisque ce défi joua et joue toujours un rôle dynamique dans l'évolution technologique de l'image numérique.

Il y a ensuite la question de l'outil informatique. Contrairement à la photographie, au cinéma et même à la vidéo-télévision, dont les techniques, sauf quand elles traversent le crible de la numérisation, jouissent d'une grande stabilité, le numérique en est encore à ses débuts. La machine à image, dont l'ambition est démesurée puisqu'il s'agit de simuler le monde, la totalité du monde, bien au-delà de ses apparences, est condamnée à progresser sans cesse en complexité et en rapidité, autant dans le domaine des capteurs et des circuits que dans celui de la modélisation, et par conséquent à ne pas connaître de stabilité, comparable du moins à celles des techniques traditionnelles. Elle ne sera jamais totalement achevée. Il y a enfin la question de la simulation. L'image numérique, qui a vocation à simuler, simule de mieux en mieux les techniques traditionnelles. On peut obtenir avec un ordinateur tous les effets, les trucages, les manipulations qui sont réalisables dans un laboratoire photographique et même davantage, on peut simuler en grande partie un studio de cinéma, ses décors, ses éclairages, ses caméras et ses déplacements de caméra, ses optiques, et déjà, partiellement, les acteurs eux-mêmes ; on peut simuler le montage d'un film sans à avoir jamais à couper ni coller le moindre bout de pellicule, on peut travailler le son sans aucun instrument réel, on peut faire toutes les manipulations imaginables sur un vidéogramme, on peut simuler la peinture et le dessin, la gravure, la sérigraphie assez bien et parfaitement l'imprimerie. Ce qui rend difficilement perceptible la rupture technologique et la nouveauté du numérique quand on s'arrête aux apparences.

Mais on constate que, dans son ensemble, l'art qui a mis en œuvre des techniques numériques a été traversé entre les années soixante et quatre-vingt par des préoccupations esthétiques partagées par le reste de l'art, bien qu'il ait été plus exposé, de par la technique, aux influences du modèle cybernétique. Les deux grandes tendances — celle qui insiste sur les processus de création et celle qui recherche la participation du spectateur — s'y retrouvent. Cependant, au fur et à mesure que les technologies numériques évoluent et se répandent, l'intérêt prioritaire accordé aux processus se déporte sur les capacités de simulation de l'ordinateur et sur son langage, tandis que la participation du spectateur se prolonge et se transforme en interactivité, plus proche du nouveau régime de la production et de la circulation de l'information qu'est la commutation.

A. Simuler le réel

Processus et algorithme.

Les premiers artistes travaillant à l'ordinateur s'intéressent comme beaucoup d'autres aux processus de la création et à la production des œuvres plutôt qu'au produit. Ils s'interrogent sur la façon dont ces processus adviennent et sur les règles ou les lois qui les déterminent, que ce soit le fait de l'homme ou de la machine. Ils cherchent à les décrire — autrement dit à les simuler — au moyen d'algorithmes exécutables par la machine. L'algorithme est, en effet, une technique particulièrement adaptée à l'ordinateur pour automatiser certaines procédures de raisonnement qui semblent être mises en jeu dans la création artistique. Il oblige l'artiste à concevoir l'ensemble des opérations aboutissant à la production d'une image — ou d'un son, voire d'un texte — en en définissant les règles d'une manière précise et rigoureuse, étape par étape. Dans ce but, le langage dans lequel est écrit l'algorithme doit être « formalisé », autrement dit, réduit à des structures formelles. Pour dessiner un cercle, par exemple, il faut écrire un programme graphique qui tienne compte d'une des formules géométriques décrivant le cercle. Or, les seuls processus de pensée, plus précisément de pensée figurative puisqu'il s'agit de produire des images, que l'on connaisse au départ sont d'ordre logique et mathématique. On puise donc largement dans le réservoir des modèles fournis par la logique dite formelle et différents concepts mathématiques. Et l'on profite de la puissance de l'ordinateur qui ne se lasse jamais de répéter indéfiniment les mêmes opérations. En outre, il devient possible de faire varier automatiquement les paramètres de ces algorithmes, grâce à des opérations déjà contenues dans les programmes. À partir d'un nombre très limité de propositions de base, l'ordinateur décline des suites quasi infinies de variations.

Le problème qui se pose alors, à partir du moment où l'on prétend simuler l'acte de création, est celui du déterminisme imposé par le développement des calculs. Si l'on souhaite profiter au maximum des avantages offerts par l'automatisation, on ne saurait accepter de s'y soumettre absolument. On a donc recours à d'autres procédés qui font intervenir le hasard. On introduit dans les variations paramétriques une certaine quantité de hasard dont les effets perturbent le déterminisme des algorithmes. La manipulation du hasard simule en quelque sorte cette part du créateur qui apparaît comme libre. En 1968, à Londres, une exposition regroupant des artistes travaillant avec l'ordinateur, *Cybernetic Serendipity*, exalte les processus de création fondés sur les découvertes fortuites et imprévues. Mais ce hasard est lui-même simulé au moyen de formules mathématiques diverses, et peut être dosé avec plus ou moins d'efficacité. D'où l'intérêt porté aux modèles statistiques, probabilistes ou stochastiques. Une esthétique nouvelle se dessine : l'esthétique permutationnelle ou combinatoire. Abraham Moles s'en fait l'un des défenseurs les plus convaincus. « La permutation, écrit-il, est une combinatoire d'éléments simples de variétés limitées ouvrant à la perception l'immensité d'un champ des possibles. La permutation est un instinct fondamental de la pensée rationnelle. Dès que la raison découpe le réel en catégorie, le démon du jeu souffle à l'homme la permutation. La permutation réalise cette *variété dans l'uniformité* qui est l'un des éléments fondamentaux de l'œuvre artistique[1]. » Avec l'ordinateur, l'esprit humain a trouvé le moyen de ne pas se noyer dans les mirages de la permutation dont la puissance de l'algorithme excède toujours les capacités du créateur. L'art permutationnel repose sur un principe simple : la création de *règles d'assemblage* qui s'exercent sur un nombre fini d'objets distincts (éléments visuels, sonores, textuels, catégories, idées, formes, etc.) constituant un répertoire et liés structurellement. Ces règles ne sont pas forcément déterminées, elles peuvent varier aléatoirement. La liberté du système réside alors dans « l'excès du nombre de paramètres (éléments) sur le nombre de relations (règles) qui servent à déterminer le système. L'art permutationnel réalise cette liberté[2]. »

Les premières œuvres effectuées « à l'ordinateur », selon l'expression de l'époque, obéissent toutes au principe permutationnel. Elles sont en majorité non figuratives. A. Michael Noll est l'un des premiers à utiliser un ordinateur et une table traçante en noir et blanc. *Gaussian quadratic* (1963) et *Vertical horizontal number three* (1964) exploitent les possibilités graphiques d'une ligne droite continue soumise à des variations paramétriques. Avec *Computer composition with lines* (1964), ce sont de courts segments de droites verticales et horizontales qui s'organisent sur la page selon des règles structurelles s'inspirant d'un tableau de Mondrian. On a présenté l'œuvre et sa copie à un certain nombre de personnes en leur demandant de désigner le tableau original. Curieusement, ce fut le tableau réalisé à l'ordinateur qui attira le plus grand nombre de réponses positives (55 % contre 45 %).

---

1. Abraham Moles, *Art et ordinateur,* Casterman, 1971. La citation est tirée du même ouvrage réédité par Blusson, en 1990, p. 119.
2. *Ibidem*, p. 121.

Georg Nees travaille sur des éléments discrets qui se distribuent en séries dans le cadre d'une matrice bidimensionnelle : chaque tableau est composé de ces éléments dont les transformations évoquent des rangées de signes graphiques, lettres ou mots d'un alphabet plastique infini. Cette allusion à un alphabet est explicite chez Manuel Barbadillo qui intitule une de ses œuvres *Parole de quatre modules,* association combinatoire, par groupe de quatre, de modules de base noirs et blancs. Jacques Palumbo cherche, comme le recommande Umberto Eco, à créer des formes autonomes s'ajoutant à celles qui existent et possédant leurs propres lois. Des segments de courtes droites parallèles dessinent en blanc sur fond noir, ou inversement, des grilles géométriques extrêmement complexes où l'œil se perd dans d'innombrables itinéraires. Ses graphismes évoquent certains motifs non figuratifs propres à l'arabesque, appuyés par une volonté minimaliste qui s'en tient à l'essentiel.

Véra Molnar fait du hasard le moteur principal de son esthétique. Mais l'intervention de ce hasard est rigoureusement contrôlé par l'ordinateur (1 % de désordre). Elle soumet un module théorique constitué par un réseau de carrés parfaitement emboîtés à une intervention aléatoire programmée qui va en croissant. Il s'ensuit des séries quasi infinies de propositions. Manfred Mohr pousse l'idée de série à son paroxysme. Mais quoiqu'il obtienne, les résultats sont d'une incontestable qualité plastique qui lui permet, parmi d'autres possibilités, de changer aisément d'échelle : certains de ses dessins sont de la grandeur d'une page de papier et se lisent comme des manuscrits, d'autres sont agrandis à des proportions monumentales sans perdre de leur puissance et servent à des décorations murales. Ses travaux les plus exemplaires, tant dans l'économie des moyens visuels que des algorithmes, sont peut-être ceux où il fait subir à un carré ou à un cube des transformations diverses. *Cubic Limit* (1973-1977) est une série de « dessins génératifs » obtenus par la projection d'un cube sur un plan. Les douze segments de droites égaux dont le cube est composé constituent le répertoire de base. À partir de ces éléments syntaxiques l'ordinateur projette des signes iconiques — ou « êtres graphiques » ne signifiant qu'eux-mêmes — comportant chacun de un à douze segments. Contrairement à ses expériences précédentes, le cube n'est plus considéré dans sa représentation stable ; il est soumis à une rotation qui augmente indéfiniment l'apparition de ces êtres graphiques et provoque parfois une forte ambiguïté visuelle en créant des situations inattendues : l'effondrement de l'illusion tridimensionnelle, par exemple. La rotation met en évidence le facteur temps dans le processus.

Manfred Mohr s'est aussi attaché à théoriser sa démarche et a été l'un des artistes qui a su le plus lucidement poser le problème de l'art à l'ordinateur. « L'ordinateur est pour lui, du point de vue de l'intellect, un amplificateur d'idées ; du point de vue mécanique, un dessinateur sans rival. L'apport de l'ordinateur à l'art est donc parfaitement clair. Il oblige l'artiste à la rigueur ; il élève la précision à la dignité artistique[1]. » Mais cette rigueur force l'artiste à « aller au-delà de l'intuition spontanée », à formuler dans un programme une idée originale dont ce programme contient toutes les possibilités ». La machine donne au créateur accès à une nouvelle pensée, la pensée statistique, et à une nouvelle esthétique qui ne portent plus prioritairement leur attention à la beauté des formes mais à leurs ordonnancement, à leur relations statistiques.

Hervé Huitric et Monique Nahas, du Groupe Expérimental de l'Université de Vincennes, s'intéressent, en peintres, aux lois perceptives de continuité en teinte et en luminance régissant la couleur. Le rôle de l'ordinateur est d'explorer le champ des possibles ouvert par le jeu qui s'établit entre une composition de base définie par des équations contrôlant la luminance et un traitement permutationnel des teintes affectées à la composition. L'algorithme de distribution des pourcentages de couleurs est calculé pour assurer une certaine périodicité qui donne à l'ensemble un aspect fortement texturé. Ne disposant pas encore d'écrans couleurs, les auteurs ont recours à la sérigraphie pour visualiser les résultats. Des trames de papier sur lesquels le traceur dessine des petits points rectangulaires servent directement de support pochoir pour la sérigraphie. Le produit final est obtenu par la superposition de quatre trames et se présente comme une sérigraphie où jouent toutes les nuances subtiles des mélanges soustractif et optique. Le procédé qui fait appel à l'hybridation d'une technique traditionnelle et de l'ordinateur est très original et peu d'artistes, il faut le regretter, s'en inspireront. La qualité des écrans couleur et leur réponse en temps réel déplaça les recherches sur la couleur vers d'autres préoccupations de plus en plus éloignées des sensations propres à la peinture. Cette expérience inaugurale, en revanche, donna à Hervé Huitric et Monique Nahas les moyens d'affiner par la suite leur esthétique et d'échapper aux contraintes trop souvent stériles du réalisme cinématographique.

---

1. Voir la revue *IBM-Informatique,* IBM-France, n° 13, 1975, p. 39. Ce numéro est consacré à un certain nombre d'artistes internationaux parmi les plus représentatifs de l'époque utilisant l'ordinateur.

On remarque que la grande majorité des œuvres réalisées avec l'ordinateur entre 1960 et 1980 est de facture géométrique. Cela s'explique par l'influence de l'art abstrait qui s'exerce encore mais surtout par la difficulté de produire des images réalistes, tant en ce qui concerne les algorithmes que les techniques de visualisation limitées des tables traçantes et des imprimantes alphanumériques. Aussi, ne faut-il pas s'étonner de voir cette esthétique se prolonger au-delà des années quatre-vingt avec des artistes qui utilisent de préférence les tables traçantes couleur ou certaines imprimantes à points. Tels Beck et Jung, qui explorent dans un esprit très minimaliste des variations colorées et géométriques de figures simples, donnant souvent l'illusion d'une troisième dimension, ou Dominic Boreham, peintre de formation, qui, à travers des éléments graphiques linéaires et répétitifs évoquant la gravure, cherche lui aussi à dépasser la simple intuition et à affiner sa méthode de création en comparant l'œuvre originale avec les produits de l'expérimentation, ou encore Gerald Hushlack qui travaille sur la série. Toutefois, certains artistes s'intéressent à la figuration. Charles Csuri, avec *Sine curve man* (1968), représentant le visage d'un homme dessiné au trait, explore les possibilités de traitement de l'image par multiplication, glissement et déformation des lignes donnant une impression de « bougé » discontinu. Leslie Mezei, avec *Variations* (1970), déforme un visage de femme, ou soumet un dessin à des étirements dans le sens de la verticalité et de l'horizontalité. Les interpolations entre objets font apparaître des images intermédiaires curieuses et introduisent une esthétique de l'entre-deux qui acquerra son plein sens avec l'animation. Mais le travail sur des images non abstraites est difficile ; il n'existe pas à l'époque de scanner et les techniques du traitement d'image sont à leur début.

Comme on va le voir, cette préoccupation pour mettre au jour les processus de création cessera en général d'intéresser les artistes. Quelques artistes continuent cependant à travailler dans cette perspective, comme Harold Cohen qui demande à l'ordinateur de dessiner « librement », au moyen de programmes qui se veulent totalement autonomes ; ou plus exactement, de se comporter avec une certaine intelligence en produisant des dessins qu'on pourrait attribuer à un homme. Le propos n'est pas de produire des œuvres plus ou moins artistiques, mais d'élaborer un modèle de comportement qui, sans être une illustration à la lettre du système cognitif, présente quelque analogie cependant avec le système humain[1]. Harold Cohen se maintient

---

1. « The programme is not a textbook illustration of the cognitive system,

toujours dans une esthétique du processus, mais d'un processus qui s'étend à un ensemble de fonctions intelligentes — projet cybernétique par excellence.

L'image animée.

Assez vite pourtant, les artistes vont avoir les moyens de réaliser des images plus complexes et plus riches. Les écrans couleur apparaissent : ils traduisent les calculs en images beaucoup plus rapidement que les tables traçantes et les imprimantes. L'affichage peut même se faire, dans certains cas, en temps réel. Ces écrans sont assez pauvres en couleurs et manquent de définition au début, mais ils se perfectionnent rapidement et les techniques de numérisation permettent peu à peu d'intégrer n'importe quel type d'image (dessin, peinture, image photographique, cinématographique ou vidéographique) et, à partir du moment où elle est numérisée, de lui faire subir les traitements souhaitables. Mais surtout, les images calculées vont s'animer. Ce déplacement d'intérêt pour l'animation va provoquer un rapprochement avec le dessin d'animation et le cinéma.

Herbert Franke est l'un des tous premiers à se saisir de ces techniques. Dès 1953, il s'intéresse à l'image électronique et utilise un oscillographe à rayons cathodiques qui lui permet de créer en 1956 ses *Oscillogrammes*. Quelques années après, il met des images en mémoire d'ordinateur et les soumet à des calculs. Les transformations sont automatisées et commandées en agissant sur des touches du clavier. L'effet est immédiat sur l'écran. Dans *Einstein électronique,* le visage du savant est soumis à ces transformations qui peuvent aller jusqu'à sa destruction. John Whitney, se passionne pour les rapports entre les arts visuels et la musique. Il invente un langage visuel animé — composé d'arabesques colorées — et régi par des règles inspirées de la musique. On lui devra plus tard les fortes images d'une séquence du film de Stanley Kubrick : *2001 : A Space Odyssey.* Contre la dé-définition de l'art constatée par Harold Rosenberg et contre Stravinsky, il affirme la validité des lois de l'harmonie qui remontent à Pythagore et ne sont toujours pas obsolètes[1]. Ces lois devraient assurer la fondation d'un nouvel art. Lillian F. Schwartz, plasticienne et artiste vidéo, réa-

---

however, it is a model : a system which functions like the humain system », interview publiée dans la revue *Imaginaire numérique,* n° 2, Hermès, 1987, p. 64.

1. Voir John Whitney, *Digital Harmony. On the Complementarity of Music and Visual Art*, copyright © 1980 by John H. Whitney, printed by Kingsport Press.

lise son premier film sur ordinateur en 1970 : *Pixillation*. Elle invente une technique d'édition qui lui permet de mélanger des images calculées par ordinateur et des images animées manuellement. En 1971, avec la collaboration de Kenneth C. Knowlton, elle réalise *Olympiad,* un film d'animation inspiré des études sur le mouvement de Muybridge, où l'on assiste à une poursuite d'athlètes stylisés courant dans toutes les directions ; le corps de ces athlètes est composé d'octogones emboîtés de différentes tailles, ce qui résout les problèmes d'articulations dans les images en en deux dimensions (2D)[1].

Woody Vasulka, cinéaste de formation, invente une technique mêlant vidéo et traitement numérique. *Hybrid Hand Studies* (1973) donne à voir l'image d'une main dont la forme est soumise à une série de transformations affectant sa surface comme sa structure. La technique, mixte, ou hybride comme l'indique le titre de l'œuvre, fait appel à un procédé numérique qui produit une base de données croisée avec un procédé analogique qui agit sur le balayage de l'image vidéo en introduisant diverse formes d'ondes sinusoïdales, carrées et triangulaires ainsi que des fonctions mathématiques booléennes. Le traitement affecte directement les lignes de la vidéo (et non les contours de l'image ; il ne fait pas appel au procédé d'interpolation), mais la numérisation permet d'obtenir des modulations continues très fines et parfaitement maîtrisées, quasi musicales. La vie intense de l'image jaillit paradoxalement de l'exhibition de sa structure visuelle linéaire et de sa décomposition permanente. La chair de l'image se loge dans l'entre-deux vide des lignes de balayage.

À partir du début des années quatre-vingt, la possibilité de modéliser en trois dimensions (3D) changea très sensiblement la conception de l'animation. La technologie permettait désormais de simuler la construction des objets numériques visualisés par l'image et leur mise en mouvement. Il ne s'agissait plus de dessiner des personnages mais d'en élaborer des maquettes tridimensionnelles et de les animer. Dès lors, deux voies de recherche se dessinèrent. L'une consista à fournir à l'ordinateur des informations décrivant exactement le mouvement des objets, au préalable, l'autre demanda à la machine de synthétiser ces informations à partir d'algorithmes. Si elles semblaient s'opposer dans leurs principes, ces deux conceptions fonctionnèrent souvent de manière complémentaire et se combinèrent avec efficacité.

---

1. Voir Lillian F. Schwartz with Laurens R. Schwartz, *The Computer Artist's Handbook*, copyright ©1992 by Computer Creations Corporation.

La première conception satisfaisait pleinement les animateurs traditionnels habitués à prévoir, image par image, les mouvements des objets. La différence apparaissait alors dans le fait que ces objets étaient tridimensionnels et que les trajectoires de déplacement devaient être décrites en trois dimensions. Or cette description, sitôt que les mouvements attendus devenaient complexes ou qu'ils cherchaient à se rapprocher des mouvements réels des choses ou des êtres vivants, demandait toujours beaucoup de temps pour être programmée. On a, par conséquent, cherché à automatiser la constitution des données caractérisant les mouvements en les saisissant directement sur des objets ou des être réels. Divers procédés permirent de capturer ces informations, de les numériser, et de les conserver. On capture, par exemple, les mouvements d'un acteur réel en train de danser et on transfère cette empreinte de mouvement sur le corps synthétisé de cet acteur (ou éventuellement d'un autre). Dans ce cas-là, c'est le personnage réel qui laisse son empreinte mobile dans la mémoire de l'ordinateur. L'une des premières applications de la capture de mouvements fut un robot féminin, *Sexy Robot,* réalisé pour un message publicitaire d'une vingtaine de secondes par Robert Abel en 1984. Dans un premier temps, on a fait jouer à une actrice le rôle du robot et on a enregistré, à l'aide de « marqueurs » électroniques, les coordonnées spatiales et temporelles correspondant à la position et à la vitesse de déplacement de certains points significatifs de ses membres et de son visage. Dans un second temps, ces données ont été transférées au corps du robot synthétisé. Cette technique permet d'obtenir des mouvements réalistes mais elle reste complexe et délicate, en particulier lorsqu'il s'agit d'animations fines comme celles d'un visage. Dans ce cas-là, le nombre de points saisis est le plus souvent insuffisant pour restituer de très près la réalité. Le réalisateur est obligé de suppléer, au moyen de techniques plus ou moins efficaces, à l'absence des informations qui n'ont pas pu être enregistrées. D'où ces effets indéfinissables visuellement mais qui font perdre de la crédibilité à l'animation et trahissent l'artifice.

La seconde conception de l'animation tentait, au contraire, de partir du calcul lui-même. Elle consistait, non plus à donner à l'ordinateur des informations relatives au mouvement des objets, mais à recréer complètement ces informations par synthèse. La description des trajectoires ne suffit pas à restituer un mouvement avec toutes ses caractéristiques. Un objet en déplacement, que ce soit une pomme qui tombe d'un arbre ou une main qui se lève, passe de l'immobilité à la mobilité non pas instantanément mais d'une manière graduée. Il serait dans ces cas-là regrettable de ne pas utiliser les capacités de l'ordinateur pour soulager le travail de l'animateur. On demande alors à la machine de prendre en charge le calcul de ces accélérations ou de ces décélérations afin de donner aux objets le réalisme souhaité. Tous les logiciels d'animation intègrent donc des procédés qui permettent d'alléger ainsi la programmation des mouvements (trajectoires et vitesse). Avec les procédés d'« animation dynamique », les accélérations et les décélérations des objets en déplacement sont régies par des formules empruntées à la physique : par exemple, des objets solides ou élastiques qui rebondissent sur le sol. La « cinématique inverse » permet de régler ces mouvements en définissant pour des ensembles d'objets hiérarchisés uniquement le but à atteindre. On fera se déplacer l'ensemble articulé d'une main, d'un avant-bras et d'un bras vers un but donné en indiquant à la main les coordonnées de ce but. Le travail de l'animateur en sera soulagé d'autant, mais il lui restera à décrire le déplacement du reste du corps.

Il est même possible de ne plus avoir recours à des trajectoires prédéterminées par l'animateur ou capturées sur l'objet réel. Pour faire courir un personnage, on ne décrira pas la position de ses membres inférieurs au cours d'un temps donné, mais on écrira un programme qui créera au fur et à mesure les positions que doivent prendre chacun des membres pendant la course et qui répétera le cycle indéfiniment. Ces programmes peuvent être considérablement enrichis et donner une autonomie de plus en plus grande aux objets en déplacement : on peut dire de ces objets qu'ils se meuvent tout seuls. Certaines techniques, comme on l'a déjà vu, permettent de doter les objets en mouvement d'une capacité à s'adapter à leur environnement ou de leur attribuer un comportement répondant à des règles collectives (suivre un leader, se regrouper tout en s'évitant, se disperser, etc.). Dans le film *Stanley and Stella in Breaking the Ice* (1987) animé par Philippe Bergeron, un groupe d'oiseaux et de poissons évoluent avec grâce et précision, l'un dans l'air, l'autre dans l'eau, en suivant chacun leur guide sans qu'à aucun moment un oiseau heurte un autre oiseau, ou un poisson un autre poisson.

L'animation de l'ensemble des éléments mobiles est si complexe qu'elle n'aurait jamais pu être obtenue avec des techniques traditionnelles où il aurait fallu prévoir très précisément chaque trajectoire. Les personnages centraux, qui échappent, eux, aux règles collectives, ont été traités d'une manière traditionnelle. Dans ce type d'animation, chaque acteur agit comme un être relativement autonome dont les conduites peuvent parfois étonner leur propre créateur[1]. La programmation résout aussi certains problèmes d'animation particulièrement ardus posés par les mouvements des vêtements sur le corps d'un acteur. Nadia et Daniel Thalmann y ont apporté des solutions intéressantes. Lorsque le personnage de synthèse — une réplique de Marilyn Monroe — se déplace, l'étoffe de sa robe se comporte comme le ferait l'étoffe réelle soumise à la pesanteur et au vent, sans traverser, bien entendu, la « chair » de l'actrice. D'autres procédés d'animation numérique n'affectent que la structure des objets. On utilise dans ce cas des algorithmes de croissance qui règlent l'évolution de leur développement. Ces objets peuvent obéir à des lois de croissance propres au monde réel, comme ces végétaux que l'on fait grandir, bourgeonner, fleurir, conformément à leurs modèles naturels. Ils peuvent être aussi purement imaginaires, et obéir à des lois imaginaires.

Ces deux conceptions de l'animation sont en réalité très complémentaires et très souvent, dès les premières animations en 2D, au début des années soixante-dix, les réalisateurs utilisent une combinaison des deux. Peter Foldes, par exemple, qui vient du dessin d'animation, fait la preuve que l'ordinateur est aussi capable de traiter des représentations figuratives au moyen d'algorithmes, tout en préservant les avantages de la main. L'animateur dessine, à l'aide d'un crayon électrique, directement sur l'écran les images clés du film. Mais le passage d'une image clé à une autre est réalisé automatiquement et non plus manuellement. L'ordinateur calcule les intervalles entre ces dessins, en appliquant des algorithmes d'interpolation. La machine automatise également d'autres processus comme le choix des couleurs, la vitesse de défilement des images, les superpositions de figures, et même le montage. La rapidité du calcul permet — autre avantage très apprécié par les animateurs — de visualiser les résultats des opérations en un temps beaucoup plus court que celui qu'autorisent les techniques traditionnelles d'animation au banc-titre. L'interpolation donne à l'animation un caractère très inhabituel. Les films (*Metadata, La Faim,* 1971-1972) ainsi réalisés, très remarqués dès leur apparition, montrent des personnages, des objets et des décors, dont les formes se

---

1. La technique consiste à doter chaque élément mobile d'un ensemble de caractéristiques paramétriques qui lui sont propres. Ces caractéristiques (perception de l'environnement, obligations et interdits divers, mémoire, etc.) constituent un champ de motivation qui guide l'objet — l'acteur — vers le but souhaité.

détruisent, s'interpénètrent et se transforment d'une manière continue. Un climat angoissant d'instabilité résulte du passage d'une forme à l'autre. L'animation par interpolation, procédé de technique numérique, devient un procédé esthétique totalement au service des thèmes développés par le cinéaste.

L'image animée et le réalisme.

Les techniques numériques d'animation ont trouvé un vaste champ d'utilisation dans le cinéma d'animation. Elles lui ont apporté des moyens nouveaux en même temps qu'elles s'inscrivaient dans des esthétiques et des savoir-faire traditionnels. Aussi, certains réalisateurs virent-ils en elles l'occasion de donner une nouvelle vigueur à ce genre cinématographique. On se souviendra du film de l'animateur Philippe Bergeron, *Tony de Peltrie* (1985), où un personnage de synthèse — un pianiste de jazz — aux traits fortement caricaturés, reproduit des expressions émouvantes prélevées sur un visage réel. Situation tout à fait nouvelle, hybride, où ce n'est plus la main du dessinateur qui donne vie au personnage mais le visage même d'un acteur humain. On doit à John Lasseter, lui aussi animateur de métier, plusieurs petits films habiles et drôles : *Luxo Junior* (1986), par exemple, qui met en scène deux lampes de bureau, une grande et une petite, dans lesquelles on reconnaît immédiatement un humain et son enfant, dont le comportement anthropomorphique est des plus convaincants, ou encore *Red Dream* (1987), dont le héros est un petit vélo de cirque mis au rencart. Par une nuit triste et pluvieuse dont l'ambiance est particulièrement soignée, le petit vélo se remémore ses années de jeunesse en les enjolivant. Le même animateur tentera, avec *Tin Toy* (1988), de donner vie à un bébé coléreux qui terrorise ses jouets. Si la modélisation du corps de l'enfant reste sommaire tant dans le rendu de la peau et des vêtements (la couche a l'air d'être en carton-pâte), ses mouvements, ses attitudes et ses expressions sont au contraire réussis et touchants, malgré la simplicité un peu niaise du scénario. Son dernier film, *Toy Story* (1996), est un long métrage d'animation, reprenant les mêmes méthodes sur une échelle plus vaste, le premier à être entièrement réalisé en trois dimensions. Il met en scène quelques humains qui ressemblent à des jouets et beaucoup de jouets qui tentent de ressembler à des humains. On baigne en pleine synthèse ; tous les grands techniciens de la synthèse concourent à la réalisation de ce film produit par Walt Disney Pictures et qui se veut historique, mais on est très loin de la poésie d'*Alice aux pays des merveilles* ou du délire des premiers Mickey.

Beaucoup de films ont cherché avec des moyens moins coûteux, parfois réduits à de simples éléments géométriques, comme la série des *Fables Géométriques* réalisée par la société Fantôme qui traite avec humour les fables de La Fontaine, à reprendre le flambeau de l'animation traditionnelle. Les résultats, artistiques et commerciaux, n'ont pas été toutefois, dans l'ensemble, à la hauteur des ambitions. Une des raisons est que le cinéma d'animation numérique, même lorsque les mouvements des personnages sont justes, perd les principales caractéristiques qui font le charme du dessin d'animation traditionnel : le contour appuyé et sa ligne fluide qui cerne les personnages et en offre une perception globale franche, la déformation des corps entiers au cours de l'animation et une très grande liberté par rapport à la perspective. L'animation d'objets tridimensionnels se rapproche du réalisme cinématographique, en ne pouvant que lui rester inférieur, ou de l'animation par modelage sans profiter de la qualité des surfaces modelées.

Toutes ces techniques numériques ne sont pas utilisées par le seul cinéma d'animation, le cinéma s'en est aussi emparé. Le film de Steven Spielberg, *Jurassic Park* (1993) — où des dinosaures entièrement réalisés en images de synthèse tridimensionnelles animées sont incrustés dans un film tourné avec de vrais acteurs et dans des décors naturels sans que l'on soupçonne leur origine artificielle —, marque une étape importante dans l'appropriation de ces techniques par le cinéma. Pour Spielberg, ces dinosaures ne sont pas de simples effets spéciaux, techniques utilisées depuis les débuts du cinéma et qui se sont considérablement perfectionnées avec le numérique, ce sont de véritables acteurs qui annoncent l'arrivée des acteurs humains de synthèse. De véritables acteurs, c'est-à-dire des êtres vivants dont le réalisme, la conformité au réel, est totale, même si ce réel n'appartient pas au présent et si la comparaison avec l'original ne peut être tenue. Un court métrage sur la réalisation technique du film condense les intentions de l'auteur[1]. Il s'agit pour lui de donner au public la sensation de « voir pour la première fois » un dinosaure, de le convaincre que « la réalité se déroule sous ses yeux ». Spielberg dit du tournage du film qu'il aurait pu « s'effectuer, il y a soixante-cinq millions d'années ». Le film plonge dans un passé immémorial pour en ramener des créatures, à la fois vraies et mythiques, « telles qu'elles étaient » et leur redonner la vie. Car pour Spielberg, le public veut du vrai, du réalisme. Aussi,

1. Voir la bande vidéo *Le « Making of » Jurassic Park* (1995).

soigne-t-il les moindres détails, dans la forme et le mouvement des dinosaures. Il fait appel à des animateurs traditionnels, à des maquettistes, à des comédiens, à des roboticiens et à des électroniciens, à des paléontologues, mais c'est l'ordinateur qui permet de croiser les techniques et d'arriver à la vraisemblance et au « naturel » recherchés. Les conclusions que le réalisateur tire de son expérience sont exaltantes : « Cette avancée technologique rend tout possible », « il n'y a plus de frein d'ordre matériel à l'imagination », « un immense potentiel est à la disposition des cinéastes ».

Assez banal du point de vue du scénario et de l'imaginaire comparé à *King Kong* qui impressionna tant l'auteur, le film n'en est pas moins remarquable. On peut le voir, au fond, comme une vaste réflexion sur la technique, sur son ambition émerveillée mais démiurgique de substituer la simulation au réel ; l'histoire de ces savants qui font revivre un monstre antédiluvien grâce au génie génétique est celle-là même de Spielberg qui recrée ces monstres à l'aide de l'ordinateur. *Jurassic Park* exprime exemplairement les tendances esthétiques qui orientent actuellement très fortement l'image de synthèse. Considérée à ses débuts par les artistes comme un moyen de simuler des processus de création, l'image de synthèse, en s'animant et en acquérant une troisième dimension, cherche à être de plus en plus réaliste. Elle vise à reproduire avec la plus fidèle exactitude et de la façon la plus automatique possible l'*apparence phénoménale du réel* (tant les formes, le rendu, l'éclairement des objets ou des êtres que leurs mouvements ou leurs expressions). Mais cette apparence obéit à un code rigoureux. Son réalisme est un réalisme cinématographique : les objets ou les êtres — que ce soient des dinosaures ou les personnages-jouets de *Toy Story* — doivent donner l'impression, mieux, imposer la certitude, d'avoir été filmés par une caméra, autrement dit vus par un témoin qui en atteste l'authenticité. Cet ultra-réalisme de l'apparence — mais d'une apparence propre au dispositif cinématographique et à sa pratique industrielle — fait peser sur l'image de synthèse des contraintes puissantes auxquelles il lui est difficile d'échapper[1].

La recherche de ce style s'explique assez clairement. Il tient d'abord au fait que le cinéma a été, du moins jusqu'à présent et dans l'audiovisuel, le principal débouché de l'image de synthèse. On assiste d'ailleurs, inversement, à une appropriation du cinéma par la synthèse. De plus

1. Rappelons que tous les logiciels d'animation en trois dimensions reproduisent dans le détail les moyens et l'organisation d'un studio de cinéma.

en plus de films sont conçus pour intégrer ce nouvel imaginaire caractéristique de la synthèse. Un genre cinématographique nouveau apparaît, le cinéma dynamique, avec ses salles équipées de fauteuils sur vérins et ses écrans géants. L'on y projette des *rides,* films très courts mais très réalistes dans leur rendu, où le spectateur est plongé violemment dans un décor de fiction qui ne cesse de s'ouvrir devant lui et de défiler à une allure vertigineuse. Le *travelling* avant de la caméra à laquelle s'associe complètement le spectateur tient lieu de scénario. Ce genre renoue avec le cinéma forain des origines et le cinérama. Mais le style ultra-réaliste tient surtout au fait que les technologies numériques visent essentiellement, à travers les modèles qu'elles empruntent à la technoscience, à simuler le réel, tant dans ses apparences que dans les lois qui le régissent.

Au-delà du réalisme.

Un certain nombre d'artistes, cependant, tout en utilisant ces techniques d'animation, prennent nettement leur distance par rapport à l'ultra-réalisme cinématographique. Ainsi, Hervé Huitric et Monique Nahas, dès qu'ils se sont intéressés à la modélisation du visage et du corps humain et à son animation, ont cherché à restituer avec le plus d'exactitude possible leur apparence visible en même temps que cette apparence devenait l'objet de traitements divers impossibles à obtenir avec les techniques optiques. Dans *9600 bauds* (1983), un visage en forme de masque, entièrement synthétisé à partir de courbes mathématiques, devient la proie d'une sorte de frénésie destructrice ; il se morcelle, se retourne, s'étire et se froisse comme une feuille de papier ou de caoutchouc. Plus tard, l'utilisation de techniques de capture de formes tridimensionnelles et de mouvements qui font gagner en réalisme, aussi bien dans la précision des formes, de la texture de la peau, des couleurs et de l'éclairement que dans les expressions, permet à ces chercheurs d'aller plus loin encore autant dans l'apparence que dans le fonctionnement. Mais ils ressentent toujours le désir de se tenir à distance d'un réalisme qui colle trop étroitement aux choses. Les visages sont encore plus « mal » traités, avec plus de désinvolture et de raffinement dans leur mise à plat, leur retournement, leur éclatement, comme le visage saisissant de *Masques et Bergamasques* (1990) dont l'envers et l'endroit se confondent et la substance se transmute de chair en métal.

Parmi les premiers à synthétiser un corps humain sans raccords visibles et disgracieux entre les membres et le tronc, dans un souci de réalisme, et à l'animer, ils font subir aux corps de synthèse qu'ils engendrent les mêmes transfigurations. Dans *Le Gros Bouillon* (1992), des dizaines de corps enchevêtrés inextricablement, mais tous singuliers dans leurs postures, composent une grappe humaine en forme d'édifice — à la manière des temples indous recouverts de milliers de corps entrelacés —, et sont entraînés dans une valse étourdissante, annonciatrice, comme le robot protéiforme de *Terminator II,* du devenir cybernétique de nos enveloppes corporelles, tant il est vrai que, scannées et numérisées pour le besoin de la médecine ou pour d'autres raisons, elles continueront à vivre de leur propre vie, beaucoup plus intensément que des photographies dans les mains de nos petits enfants. Tout en recherchant le réalisme maximal autorisé par les techniques les plus efficaces, l'irrespect foncier que manifestent Hervé Huitric et Monique Nahas envers une simulation du réel qui se prétendrait parfaite, ramène chaque visage et chaque corps, fussent-ils absolument conformes à leur modèles, à un véritable matériau plastique, une sorte de peau souple et vivante, vouée à toutes les mutations possibles, à mi-chemin entre l'objet et l'image, avec lequel ils prennent les plus grandes libertés. Aussi, leurs références ne sont-elles pas celles du cinéma ni de l'animation, mais celles de la peinture (Odilon Redon, Soutine, les impressionnistes, pour l'humour et la provocation, Clovis Trouille) et celles de la sculpture (de la statuaire grecque à Rodin, qui a donné son nom à leur logiciel).

Ainsi encore, avec cette même volonté de s'éloigner d'une réalité trop encombrante tout en s'inspirant de la richesse et de la complexité des lois qui la gouvernent, Michel Bret construit des univers fantasmatiques peuplés de créatures hybrides — mi-bêtes mi-objets — apparemment humaines parfois, mais au comportement déroutant, plongées dans des architectures insolites. Amateur averti du cinéma d'animation, mais aussi de peinture et de collages (qu'il a pratiqués), Bret en réalise une sorte de synthèse où les formes, leurs qualités plastiques, leurs mouvements et l'espace où elles évoluent sont en étroite relation. Alors que dans le cinéma d'animation l'avantage est donné aux personnages et non au décor (ceux-ci sont toujours posés sur celui-là, comme l'exige la technique du cello), l'espace est lui-même traité comme un organisme particulier qui reste en interaction constante avec les objets qui l'habitent. C'est là une des caractéristiques majeures des œuvres de Michel Bret, une interactivité interne (que j'avais définie comme endogène) lie les objets entre eux, les objets et leur environnement spatial. L'utilisation de modèles comportementaux évolués rend solidaires les uns des autres tous ces êtres. Cette sirène aux ailes arachnéennes a appris à monter toute seule les marches de cet escalier, comme elle a appris à voler, comme sa robe étincelante a appris à se mouvoir sur son corps. Michel Bret fait confiance aux processus, sans les exhiber ; mais ce sont eux, avec toute leur sophistication, qui donnent aux créatures et à leur environnement une autonomie surprenante.

Aussi ne faut-il pas chercher dans un film de Bret le soupçon d'un scénario, le fil d'une narration. Chaque film est un tout organisé dont la vie s'alimente entièrement sur un agencement de processus en action dont l'auteur devient le propre spectateur. Bret travaille très en amont, non qu'il veuille retrouver les secrets de la création. Il se contente — ce qui est une façon de parler, car c'est là un travail colossal — de créer des mécanismes et d'en remonter les ressorts. Les images qui en résultent tranchent fortement avec tout ce que l'on peut voir, en particulier dans le cinéma d'animation de synthèse. Les lois de l'optique y sont fortement mises à mal. Dans *Automappe* (1989), on rencontre un curieux objet dans lequel semble se refléter une créature évoquant un oiseau. En réalité, c'est l'objet qui « regarde » celui qui s'y mire car l'image que voit l'oiseau — et que le spectateur voit aussi — est celle que « perçoit » l'objet et qu'il projette sur sa surface. Peu de chose peut-être, comparé à certains effet spéciaux industriels plus spectaculaires, mais qui participe à fausser délicatement la réalité sans démonstration excessive. L'excès est ailleurs, dans le bouillonnement incessant des formes en évolution plutôt qu'en mouvement, qui s'enchaînent les unes aux autres dans une continuité vertigineuse. Point de concession à la perspective cinématographique dont les règles sont particulièrement maltraitées. Point de scénario ni de trame narrative auxquels se substitue le seul déroulement autonome et quasi musical des processus.

On retrouve chez Marc Caro le même désir d'échapper à l'ultra-réalisme. Son triptyque — *Maître-Cube, Le Topologue* et *Le Cirque-Conférence* (1985-1989) — nous donne à découvrir et à explorer les plis et les replis d'un espace fantastique où les dimensions spatiales se mélangent inextricablement. Dans les deux premiers films, traités sobrement en noir et blanc à un moment où l'image de synthèse affichait ses couleurs les plus flashantes, les références à l'art vidéo, et à Jean-Christophe Averty notamment, sont évidentes mais l'auteur se place aussi dans la lignée directe de Georges Méliès auquel *Le Topologue* emprunte le scénario de *L'homme aux cent trucs.* Cependant, Caro pose d'emblée et sans détour les problèmes propres à l'image de synthèse, ce nouveau piège à truquer la réalité. Dans des décors très construits, il insère des personnages réels, costumés, filmés en deux dimensions avec des procédés classiques dont il joue visuellement sur la nature bidimensionnelle. Ces personnages partent à la découverte d'un univers étrange et labyrinthique à la Escher, sans haut ni bas, sans épaisseur ni continuité, ni perspective, où les dimensions et les créatures (objets à la topologie inhabituelle) déconcertent fortement. Dans le troisième film, traité dans un camaïeu de bruns, les personnages retrouvent leurs trois dimensions, mais ils ne sont toujours pas réalisés en synthèse d'image. Le temps de l'exploration et de la découverte est terminé ; il faut cesser d'exhiber toutes ces créatures étranges maintenant parfaitement dressées et de jouir de leur exotisme. Le ton général du triptyque est insolite et insolent, comique, mécanique. On nage, sans haut ni bas, loin de tout repère stable, dans un univers absurde, capricieux et monstrueux, mais en haute poésie, loin de tout réalisme cinématographique. Avec *K.O. KID* (1992), Marc Caro a recours à la synthèse en trois dimensions. Il s'agit d'un combat de boxe où le corps des boxeurs subit les plus inhumains des traitements. Ces boxeurs ne sont pas traités pleinement en trois dimensions, ils ont une légère épaisseur sur laquelle est « mappée » l'image animée d'un personnage réel. On est donc en présence de créatures hybrides, entre image et objet, dont l'apparence emprunte au réalisme cinématographique et la consistance volumique à la synthèse 3D. Il s'ensuit des déformations plastiques d'une grande violence visuelle, traitées à un rythme hallucinant. Derrière cette caricature des combats de boxe chers au cinéma, on devine un autre combat : celui des corps devenus images, images virtuelles torturées par le calcul.

Une autre manière de résister au réalisme cinématographique est celle imaginée par Tamás Waliczky qui prend le parti de déconstruire les règles perspectivistes imposées par les logiciels infographiques et de faire disparaître la caméra virtuelle. Dans un court métrage de 1992, *The Garden,* cet auteur nous promène dans un jardin d'enfants, avec sa végétation et ses accessoires de jeu, non plus en adoptant le point de vue classique d'une camera en déplacement, mais celui d'un très jeune enfant qui découvre ce jardin beaucoup plus par le toucher et la distance qui sépare son corps des choses que par la vue. Le déplacement de l'enfant, dont l'image reste toujours au milieu de l'écran, entraîne la déformation de l'ensemble de l'espace et des objets qui peuplent cet espace. Techniquement, les images de l'enfant sont prises avec une caméra ordinaire et, après numérisation, incrustées minutieusement dans un décor traité en images de synthèse tridimensionnelles (le travail de repérage est particulièrement soigné) à l'aide de programmes spécifiques. Il s'ensuit une vision très subjective, déconcertante et poétique, où le spectateur retrouve les perceptions primitives de son enfance, vierges de toute contamination perspectiviste. Waliczky continuera à explorer cette voie avec d'autres films — *Der Wald* (1993) et *The Way* (1994) — en bouleversant chaque fois différemment les règles perspectivistes et la perception de l'espace et du mouvement. Loin d'être de simples exercices de style raffinés, les œuvres de Waliczky savent nous émouvoir en remontant à la source de nos sensations ; elles nous font redécouvrir des mondes hybrides, entre mythe et réalité.

Le dépassement du réalisme emprunte aussi d'autres voies, plus éloignées encore de la figuration. Les créatures qui peuplent les univers de Yoichiro Kawaguchi sont des hybrides totalement imaginaires, entre l'animal et le végétal. Dans ses nombreux films — *Growth : Mysterious Galaxy* (1983), *Growth II : Morphogenesis* (1984), *Growth III : Origin* (1985), *Ecology Ocean* (1986), *Eggy* (1990), pour ne citer que les premiers, Kawaguchi utilise un procédé d'animation particulier. Les mouvements vivants qui agitent, soulèvent, gonflent et boursouflent ces créatures organiques sont dus, pour l'essentiel, non pas à un déplacement de l'ensemble des parties qui les composent mais à la croissance de ces parties, à leur bourgeonnement et à leur multiplication. Leurs corps, aux formes lisses et courbes, se réduisent à une simple enveloppe lumineuse, une membrane sans plis, sans aspérités et sans épaisseur, tantôt opaque et chatoyante, tantôt translucide comme la chair des méduses, tantôt réfléchissante comme la surface glacée des miroirs. Objets animés et « paysages », figures et fonds sont emportés dans un flux irrésistible qui les fait se mêler indéfiniment au sein d'un univers en perpétuelle gestation.

Impossibles à réaliser autrement qu'à l'ordinateur et impensables autrement, les images de Kawaguchi traduisent l'essence même de la simulation : la puissance morphogénétique de l'image-matrice, grosse d'une infinité d'images mais à jamais imprésentables dans leur totalité. Sous la fascination des formes luxuriantes d'une vie totalement artificielle, pointe une interrogation inquiète sur les nouveaux et changeants rapports de l'objet et de son image. Les créatures organiques de la série des *Growth* ne doivent leur fragile consistance qu'à leur faculté de refléter sur leur surface de chrome élastique le monde où elles évoluent. Tandis que ce monde, de son côté, n'accède à l'existence et à la visibilité, toute transitoire, qu'à travers ce reflet. Ils se renvoient l'un à l'autre en un jeu de miroir inextricable. On craint à tout moment que la perte d'un seul pixel, le moindre coup d'épingle virtuel, ne suffise à faire éclater comme une bulle de savon irisée la fantastique architecture. Pourtant, si modernes qu'elles soient par la technique, les œuvres de Kawaguchi s'enracinent aussi profondément dans la tradition japonaise : précision du dessin, prédilection pour les courbes complexes et les textures calligraphiées en opposition avec de larges aplats monochromes, absence d'ombres portées, perspective sans point de vue central, et surtout un traitement de la lumière qui rappelle l'art subtile du laque, le jeu du mat et du brillant. On retrouve enfin l'origine de ce goût entêté pour les formes instables et organiques, en incessante évolution, dans l'antique notion de *mujo* qui traduisait l'instabilité des êtres dans un univers éphémère.

Dans un esprit assez voisin, William Latham, sculpteur d'origine, a créé des sculptures tridimensionnelles colorées à partir d'éléments géométriques simples mais susceptibles d'évoluer indéfiniment selon des croisements et des croissances spécifiques, et de se combiner en figures complexes *(The Conquest of Form, The Evolution Form,* 1988-1989). Mais Latham ne s'intéresse pas seulement à la surface des choses : quand il ouvre parfois en deux l'une de ses chimères, la coupe en révèle un intérieur finement structuré et plein. La simulation ne s'arrête pas, pour lui, à l'enveloppe visible des objets. Proche de Kawaguchi par certains aspects de sa recherche, il s'en éloigne aussi par d'autres : si ses images s'intéressent à l'évolution des formes et à une sorte de forme de la forme hyperbaroque où le temps de la croissance et de la mutation joue un rôle moteur, les figures que l'on y voit évoluent dans un non-espace — aucun fond n'est tendu derrière ces objets — et n'existent, pourrait-on dire, que telles qu'en elles-mêmes le déroulement des algorithmes les change. Il n'y a plus aucun jeu complice entre le monde et son image. Seule la forme persiste, épurée, dans toute sa densité, son intériorité, sa substance, nourrie d'elle-même, fermée à toute ouverture sur ce qui n'est point elle : proprement sculpturale.

On note encore des échappées intéressantes du côté du vidéo-clip, nouveau genre audiovisuel plus proche de la vidéo que du cinéma, qui a le grand mérite de s'adresser à un très large public. Dans un vidéo-clip, ce n'est pas la conformité à une réalité préétablie selon les règles de l'ultra-réalisme cinématographique qui guide l'image, mais la musique. Les bons clips sont ceux qui ne se contentent pas d'être de simples et redondantes illustrations de la musique, ne faisant qu'ajouter des images à des sons, mais ceux qui se laissent envahir de l'intérieur par elle. Dans un clip, l'œil écoute, l'oreille regarde. Brefs, ramassés, compacts, les clips sont plutôt des concentrés d'images et de sons, ils déroulent des avalanches d'événements sonores et visuels, souvent à la limite du subliminal (séquences très courtes, surimpressions, incrustations, entrechoquements, télescopages), ils accumulent des fragments de temps fortement comprimés qui s'expansent brutalement pendant quelques minutes, à la manière de ces fleurs de papier japonaises qui se défroissent et reprennent leur volume lorsqu'on les mouille. Cette brusque expansion provoque un état de jubilation sensorielle caractéristique. Les vidéo-clips ne cherchent pas à convaincre, à « être crédibles » (leitmotiv du cinéma de synthèse). Ils ne cherchent pas à communiquer ni à exprimer des idées ou des sentiments, bien que l'amour et la violence en constituent généralement le fond et le prétexte. Ils visent à vous jeter hors de vous-mêmes, à vous faire jouir de votre propre perception, de la confusion des espaces visuels et sonores, de leurs courts-circuits, à vous faire coller à l'image et à la musique, sans distance, sans point de vue, très loin de la crédibilité ultra-réaliste.

B. Interagir avec l'image

Des premiers développements aux « outils d'art ».

À mesure que se développe le numérique et que l'accès à l'ordinateur devient moins difficile, un certain nombre d'artistes se situant dans une ligne esthétique déjà fortement dessinée par les tenants de la participation, cherchent à développer davantage les mécanismes de rétroaction entre l'œuvre et le spectateur pour faire partager à ce dernier une responsabilité de plus en plus importante dans l'acte de création. Les possibilités techniques du mode dialogique se montrent particulièrement bien adaptées à leur projet. L'ordinateur, en effet, a plusieurs avantages décisifs sur les techniques interactives traditionnelles expérimentées par les artistes de la participation qui se sont intéressés aux processus de réception. Il permet de traiter avec beaucoup plus de finesse les informations échangées entre l'œuvre et le spectateur, d'élargir l'éventail des modalités perceptives (images, textes, sons, gestes, etc.) et d'obtenir des effets en temps réel. Cette préoccupation ne les fait pas pour autant se désintéresser de la qualité des images mais ces images, et donc les formes perçues, n'ont de sens que si elles servent le projet interactif. Le dialogue avec le spectateur est prioritaire. On note là un déplacement important des centres d'intérêt. Aussi, les œuvres interactives sont-elles d'une très grande diversité.

Comme les matériaux technologiques jouent un rôle décisif dans tout dispositif interactif, on tiendra compte pour analyser ces œuvres, en premier lieu, de la spécificité de l'interfaçage homme/machine qui conditionne la nature des informations échangées entre le spectateur et l'ordinateur. L'ordinateur a la capacité d'émettre sur des interfaces de sortie des informations visuelles, généralement sur écran, ou sonores, ou encore, mais plus rarement, des informations stimulant les perceptions tactilo-proprio-kinesthésiques comme le font certains gants de données ou systèmes à retour d'effort. Tandis que de son côté, le spectateur agit sur l'ordinateur à travers différentes interfaces d'entrée au moyen des doigts, de la main, des mouvements du corps, de commandes sonores ou plus rarement vocales, etc., qui ouvrent le système sur son environnement. La manipulation d'une interface d'entrée n'est pas seulement un moyen de communication entre le spectateur et l'ordinateur, elle produit également des effets sur l'appareil sensoriel du spectateur lui-même. Ces effets s'ajoutent à ceux des interfaces de sortie et il en résulte des couplages très complexes.

On tiendra compte aussi du caractère multimodal des dispositifs interactifs. Celui-ci dépend directement de la diversité des interfaces appelées à se combiner : le multimédia, par exemple, est une association plus ou moins complexe et plus ou moins interactive d'images (2D, 3D, fixes, mobiles), de textes et de sons, produits par la manipulation d'une interface d'entrée, en général du type clavier/souris. L'art interactif continue donc de porter la même attention soutenue que l'art participationniste à l'égard des mécanismes physiologiques de la perception du spectateur. Il accorde, lui aussi, une place particulière à la réception des informations. Avec cette différence que la situation se complexifie, car le spectateur a désormais la possibilité d'agir sur des dispositifs d'entrée multimodaux très élaborés qui le projettent en amont de l'œuvre, à son émission. Le mode dialogique court-circuite les moments de l'émission et de la réception, du faire et du voir. Le spectateur voit l'œuvre au moment où elle se fait, avec sa participation.

Une autre caractéristique des systèmes interactifs, mise en évidence par l'extension des réseaux numériques, est la manière dont s'établit la transmission des informations entre les circuits de calcul qui les traitent et le ou les utilisateur (s) de ces systèmes. On doit donc distinguer les dispositifs « en ligne » *(on line),* autrement dit interconnectés à des réseaux locaux ou internationaux, et les dispositifs « hors ligne » *(off line),* c'est-à-dire non connectés, autonomes. Tout ordinateur est lui-même un réseau réduit mais dès que l'on connecte en très grand nombre des ordinateurs, les possibilités d'interactivité se multiplient d'une manière considérable : un réseau d'ordinateur n'est pas seulement l'addition de plusieurs ordinateurs. Chaque utilisateur d'ordinateur peut désormais échanger des informations avec la totalité des utilisateurs. Un nouvel espace, une *terra incognita* virtuelle, s'ouvre à l'expérimentation.

Mais le caractère le plus important des œuvres interactives, en tant qu'elles produisent du sens et des effets esthétiques, tient dans la manière dont elles sont conçues initialement, c'est-à-dire dans leur programmation. La nature et la complexité des modèles de simulation utilisés pour traiter les informations échangées entre l'ordinateur et le spectateur constituent une part très importante de leur caractère esthétique, et contribuent notamment à définir leur genre et leur thématique. De cette programmation, liée à la rapidité des calculs, dépend aussi le rapport au temps très singulier de ces œuvres, d'un temps parfois légèrement différé au temps réel intégral qui donne l'impression d'une réponse immédiate ou d'une continuité perceptive (dans le mouvement de l'image, par exemple).

Je retiendrai, pour présenter l'évolution de l'art interactif et de ses œuvres, deux critères techniques primordiaux : celui des dispositifs hors ligne et des dispositifs en ligne. Le second critère sera celui de la spécificité de l'interfaçage et de ses modalités sensorielles, en raison de l'évolution caractéristique qu'il révèle. Le critère de la programmation, intimement lié aux intentions esthétiques des auteurs, servira à établir des distinctions entre les genres de dispositifs et leurs thématiques.

On peut dater l'origine de l'interactivité artistique à la fin des années soixante. Certains artistes savaient déjà se servir de montages électroniques et de micro-circuits autorisant un début de traitement logique des informations. Myron Krueger, dès 1969, utilisait dans son installation *Glowflow* du matériel électronique pour créer un environnement lumineux et sonore qui réagissait aux déplacements du public grâce à des capteurs disposés au sol ; cette recherche se rapprochait beaucoup des préoccupations du courant lumino-cinétique. Mais c'est surtout à partir du développement de la micro-informatique que les propositions se multiplièrent. Edward Zajec, un peu avant 1975, avait imaginé un programme graphique dynamique dont le spectateur pouvait lui-même modifier les paramètres ; l'interactivité n'était pas immédiate mais l'ordinateur tenait compte des choix du spectateur dans le calcul de l'image. Rappelons aussi le dispositif de Herbert

Franke qui avait fait réaliser par des spécialistes son propre écran couleur, à la même époque — *Einstein electronic* — dont on commandait les transformations en appuyant sur une touche du clavier.

On remarque ainsi que, très tôt, deux voies d'expérimentation se dessinent. L'une s'intéresse plutôt à la participation du corps et invente dans ce but de nouvelles interfaces, tandis que l'autre utilise les interfaces existantes, comme le clavier et la souris, pour se focaliser davantage sur les résultats affichés à l'écran. Krueger a travaillé plusieurs années à mettre au point un dispositif nouveau et à le développer — *Videoplace*. Dans ce dispositif, l'ordinateur analysait et reconnaissait en temps réel la silhouette du spectateur qui était filmé par une caméra vidéo. Le spectateur avait devant lui un écran sur lequel était projeté sa silhouette en même temps que des images produites par l'ordinateur. Il pouvait ainsi avec ses mains (en réalité par l'intermédiaire de l'image de ses mains), déplacer divers objets virtuels de forme simple, les emprisonner entre ses doigts, ou les laisser s'échapper si les doigts n'étaient pas complètement fermés, jouer avec un petit personnage sur une balançoire (le balancer, le faire sauter, le déséquilibrer), ou encore déplacer dans tous les sens une traînée de petites particules lumineuses animées d'un certain rythme, dessiner dans l'espace avec le bout des doigts, effacer l'écran d'un geste, etc. *Videoplace* n'est pas à proprement parler une œuvre d'art en soi mais plutôt un dispositif destiné, selon son créateur, à améliorer la communication à distance et à compléter, voire à remplacer, les techniques traditionnelles comme le téléphone et la télévision. Néanmoins, la recherche de Krueger s'apparente plus à celle d'un artiste soucieux de créer des situations nouvelles entre l'homme et la machine qu'à celle d'un ingénieur des télécommunications ; il prévoyait aussi des applications artistiques pour son dispositif. *Videoplace* témoigne d'une authentique ambition esthétique et doit être considéré, dans certaines conditions, comme relevant du domaine de l'art.

En 1982, Tom DeWitt met au point lui aussi un dispositif interactif, le *Pantomation system,* qui permet des relations interactives entre un mime et des objets virtuels. Les gestes du mime sont, dans ce cas également, analysés en temps réel par une caméra vidéo et un ordinateur, et mixés à des objets de synthèse très simples, de formes géométriques mais tridimensionnnelles, avec lesquels le danseur interagit librement. *Pantomation system* ne cherche pas à améliorer la communication à distance. Il se présente comme un dispositif artistique original capable d'organiser une rencontre insolite entre un mime, s'exprimant gestuellement, et un calculateur. Il en résulte de surprenants ballets aux frontières incertaines du réel et du virtuel dont la qualité artistique ne tient qu'à l'imagination de l'auteur qui a conçu les interfaces et les programmes d'interaction et au talent du mime qui risque l'aventure. Tom DeWitt a créé également des dispositifs plus simples où le spectateur interagit à distance avec une image en mouvement (en deux dimensions et d'une géométrie simple) affichée sur l'écran d'un micro-ordinateur, à l'aide d'une lampe électrique, pour obtenir différents effets cinétiques et chromatiques en temps réel.

Imaginé dès 1970, le dispositif interactif réalisé par Piotr Kowalski, *Time Machine,* donne lui aussi au spectateur l'occasion de jouer avec des images et des sons virtuels mêlés à des images et à des sons réels. La version 1 ne traitait que le son et fut installée à la galerie Feldman, à New York, en 1979. La version 2 traitait le son et l'image et fut présentée au Centre Georges Pompidou, à Paris, en 1980. Techniquement, il s'agit d'un dispositif complexe et des plus ingénieux. Le principe consiste à traiter numériquement le son et l'image enregistrés par une caméra vidéo et un microphone en les découpant en segments temporels, de durées variables. Le spectateur a la possibilité d'intervenir lui-même sur la durée de ces segments. Mais, au lieu de reproduire ces segments temporels dans le sens chronologique où ils ont été enregistrés, la machine le fait dans le sens inverse. En sorte que le spectateur se voit agir et éventuellement s'écoute *à l'envers,* par tranches temporelles discontinues et successives. La première séquence d'images-sons enregistrés au moment où il entre dans le champ de la caméra (séquence qui peut varier de quelques dixièmes de seconde à plusieurs secondes) est visionnée et écoutée à l'envers, au moment où est enregistrée la seconde séquence, et ainsi de suite. Pour rendre plus compréhensible cette situation troublante, le spectateur a le loisir de se reporter à un autre enregistrement, non modifié celui-là, de ses actions. En regardant les deux écrans juxtaposés, il se voit dans l'un évoluer dans le sens de l'écoulement ordinaire du temps (du passé vers le futur), et dans l'autre à l'envers (du futur, en réalité antérieur, au passé).

Il découle de cette plongée dans un double flux croisé de temps une expérience temporelle paradoxale et troublante. Pour Kowalski, les *Time Machines* sont des « outils d'art » qui traitent « le temps non comme une trace ou une mémoire, mais comme un mode directement accessible aux sens en temps réel ». Ponthus Hulten, écrit dans le catalogue de l'exposition : « La machine à remonter le temps de Piotr Kowalski est un nouvel instrument de connaissance fabuleux. » Elle « vous fera découvrir des éléments inconnus de vous, dans votre environnement immédiat, dans l'espace-temps quotidien, en vous-même ».

C'est « l'une des œuvres d'art conceptuel les plus étonnantes jamais conçues ». Kowalski reprendra ce projet autrement en 1990-1992, avec *La flèche du temps,* une installation vidéo-numérique sur 18 écrans.

Dans la tradition de l'outil d'art, *A Very Nervous System,* développé par David Rokeby, musicien de formation, entre 1986 et 1994, est un dispositif qui produit des sons très élaborés au moyen de gestes. Le musicien n'a aucun instrument réel à sa disposition. C'est avec son corps seul, par gestes et déplacements, qu'il produit des sons. Il se tient à l'intérieur d'un espace balisé par une caméra vidéo reliée à un ordinateur. Comme dans les autres dispositifs, l'image du corps est analysée et certaines figures formelles et temporelles significatives en sont extraites. Ces figures déclenchent en temps réel des effets sonores partiellement précalculés mais dont les combinaisons sont très riches. *A Very Nervous System* permet, à un niveau élevé de complexité, de produire des événements musicaux à partir d'une gesticulation précise du corps. Certes, tout musicien a besoin de son corps pour créer des sons (le chant est même l'exemple parfait où l'instrument se confond avec le corps), mais dans le dispositif de Rokeby, le corps est détaché de tout instrument matériel, c'est l'ordinateur qui interpose entre le corps et les sons qu'il provoque un instrument virtuel, déjà d'ailleurs amplement préprogammé, comme l'est n'importe quel instrument de musique. Avec *A Very Nervous System* on ne compose pas de la musique, on ne joue pas non plus d'un instrument au sens classique, on danse, on vit gestuellement la musique. On a l'impression inouïe — à la lettre — de plonger dans un espace où le corps et le son ne font qu'un sans qu'aucune relation instrumentale matérielle ne vienne ternir l'alliance du corps et du son. Certes, la programmation des effets sonores est conçue de manière que, quelles que soient les incitations gestuelles, les sons émis gardent une qualité musicale. Mais, comme c'est le cas avec tous les outils d'art, les résultats n'ont vraiment d'intérêt pour un éventuel auditeur que si l'expérimentateur est lui-même inventif et s'il consent à apprendre à jouer du dispositif comme d'un autre instrument. Cette réserve faite, la pratique de *A Very Nervous System* est très enrichissante et donne une autre perception de son propre corps et de ses déplacements dans l'espace. Comme la *Time Machine,* elle nous fait nous découvrir et nous redécouvrir nous-même en tant que double sujet, sujet-ON et sujet-Je.

The Mandala, réalisé par le groupe Vivid Effects (Vincent et McDougall) vers 1987, est un dispositif interactif multimodal qui permet à l'expérimentateur de déclencher des effets visuels et sonores à partir de commandes, elles aussi, gestuelles. Comme dans les autres dispositifs, le principe repose sur l'analyse numérique de l'image de l'utilisateur de laquelle l'ordinateur extrait des formes et des mouvements caractéristiques susceptibles de déclencher automatiquement en temps réel des effets visuels et sonores très variés. L'interfaçage se fait toutefois — et c'est là l'originalité du dispositif — par l'intermédiaire d'icônes affichées sur l'écran. On peut, par exemple, jouer de différents instruments de musique dont les icônes sont affichées sur l'écran en « touchant » ces icônes (percussions, tam-tams, harpe, clavier...) non pas réellement avec la main mais avec l'image numérisée de sa main intégrée à l'écran. L'interaction est là encore purement virtuelle. *The Mandala* propose aussi toutes sortes d'environnements interactifs où sons, images et gestes sont étroitement intégrés. Le dispositif permet aussi de créer ses propres situations interactives en dessinant les objets avec une palette prévue à cet effet ou en numérisant des images (photos, illustrations, etc.) et en les associant à des sons. *The Mandala* se situe à la triple frontière de l'outil d'art, de l'outil pédagogique et du jeu.

Tous ces dispositifs ne produisent que des effets visuels et sonores. Mais il en existe certains qui ajoutent à ces effets des effets sollicitant d'autres perceptions. Parmi les plus exemplaires, il faut citer les dispositifs créés à partir de 1978 par l'ACROE (Association pour la Création et la Recherche sur les Outils d'Expression) installée à Grenoble, qui simulent des situations expérimentales au cours desquelles l'expérimentateur reçoit de l'ordinateur, par l'intermédiaire d'interfaces électromécaniques à retour d'effort, des stimulations agissant sur le sens tactilo-proprio-kinesthésique. Le clavier rétroactif modulaire, par exemple, présenté au public en 1989, permet à la fois de transmettre à l'ordinateur les caractéristiques d'un geste appliqué à la manipulation d'un objet virtuel défini (sonore ou visuel) et de recevoir en retour les sensations tactilo-proprio-kinesthésiques déclenchées par le geste. L'expérimentateur entre ainsi en « relation instrumentale » avec de nombreux objets virtuels, les déplace, les soupèse ou entend le son qu'ils produisent si on les laisse tomber. Les logiciels développés par l'ACROE permettent de modéliser des objets physiques virtuels dotés de formes tridimensionnelles mais surtout de propriétés dynamiques, élastiques, vibratoires, visqueuses ou cassantes, mobiles, etc., ressenties par celui qui les manipule. En réhabilitant le « canal gestuel », ces recherches ouvrent une voie importante, négligée jusque-là, dans la relation homme/machine, tant dans le domaine des applications techniques, industrielles ou communicationnelles, que dans le domaine de l'art. Le geste moteur, dont l'ordinateur est désormais capable de construire une représentation algorithmique, redevient un moyen d'interaction extrêmement fin avec le monde virtuel, autrement dit le calcul. Si toutes ces expérimentations qui se placent à l'extrême pointe de la recherche semblent constituer un cas limite, volontairement plus préoccupées à analyser et à simuler les instruments qu'à produire des œuvres proprement dites, elles n'en constituent pas moins une étape cruciale dans l'appropriation des outils d'art et dans leur développement.

Les outils d'art ne sont pas de simples outils numériques, un peu plus techniques, un peu plus complexes ou coûteux. Les outils numériques (palettes graphiques, traitements d'images, logiciels de modélisation et d'animation, etc.) sont nombreux et variés. Ils sont utilisés par les graphistes, les peintres, les illustrateurs, les maquettistes, les cinéastes et les réalisateurs audiovisuels. (Il existe aussi l'équivalent dans le domaine de la musique.) Ces outils véhiculent tous, de par les choix technico-artistiques qui ont prévalu à leur conception, une esthétique qui transparaît plus ou moins dans les produits réalisés avec eux. Un spécialiste reconnaîtra assez facilement la marque, presque un style, de tel ou tel logiciel utilisé en synthèse d'image. Les outils d'art, en revanche, sans être forcément plus complexes — leur différence n'est pas là — portent beaucoup plus fortement l'empreinte de leurs auteurs, qui sont avant tout des artistes dont la personnalité, le projet esthétique, la logique interactive, et dans une certaine mesure la vision du monde restent très présents. Se voulant vides de tout contenu formel prédéterminé (sans l'être jamais totalement), ils laissent au spectateur une certaine liberté d'action, ou d'interprétation. Mais cette liberté est suffisamment surveillée pour que, quel que soit le manque d'imagination de ce dernier, les résultats de son interaction avec le dispositif soient porteurs de sens à ses propres yeux.

La plongée.

Les micro-ordinateurs dont le rôle a été pourtant capital dans l'évolution de l'interactivité numérique ne permettaient pas d'obtenir des images de haute définition, ni des réponses complexes en temps réel. Mais avec l'arrivée sur le marché d'ordinateurs plus évolués ou de stations graphiques puissantes dont certaines fonctions étaient câblées, les propositions devinrent de plus en plus variées, tant du point de vue de la qualité des images que de l'interactivité. L'on assista alors à la naissance et au développement de ce que l'on peut considérer comme un genre artistique aux multiples déclinaisons, la *plongée* dans l'image —

l'exploration de sa profondeur tridimensionnelle. En 1983, Nelson Max, présente à Paris, lors de l'exposition *Electra,* le premier paysage animé interactif, *Carla's Island*. La qualité de l'image, qui joue non sans humour sur le registre de la carte postale exotique, est remarquable pour l'époque et la modélisation de certains effets lumineux emprunte à la technique de programmation très avancée du lancer de rayon. On y voit une île aux formes douces, entourée complètement par la mer et occupant en partie l'horizon. Le paysage est coupé au premier plan, par des falaises le long desquelles coulent les ondulations de la mer. Au début de chaque cycle, le soleil se lève et à mesure qu'il monte lentement vers le zénith, éclaire de plus en plus fortement le paysage tandis que la lumière change d'orientation, la mer et les terres de couleurs. La journée s'écoule et le crépuscule arrive. Le soleil disparaît alors derrière l'horizon dans un éclatement de couleurs qui se reflètent en miroitant sur les vagues. Des nuages, dans le ciel qui s'assombrit, se parent des teintes rosées du crépuscule. La nuit tombe, tout s'obscurcit, mais peu à peu la lune apparaît et s'élève dans le ciel jusqu'à ce qu'elle disparaisse et que la nuit s'achève lentement.

Puis un second cycle recommence, identique au premier, si toutefois le spectateur fasciné par cette horloge astronomique parfaitement réglée, ne décide d'intervenir. Car, l'auteur lui en donne la possibilité. Il a le loisir, en effet, d'agir en temps réel, en pressant des touches du clavier de l'ordinateur, sur plusieurs éléments de l'image : la vitesse et la direction des vagues, la durée du cycle des heures qu'il accélère, inverse ou ralentit, les couleurs du paysage, ou encore les phases de la lune qui peut se montrer sous tous ses aspects, du premier croissant à la pleine lune. Le spectateur a aussi la possibilité d'arrêter le soleil et la lune dans leur course. Mais à chaque changement d'état des luminaires célestes, l'ensemble de la lumière et des jeux mobiles sur la surface de la mer s'altère. Dans *Carla's Island* le geste de commande du spectateur est limité à l'enfoncement de quelques touches mais, en revanche, les effets visuels, d'une grande qualité, résultent d'une transformation complexe et profonde des éléments composant le paysage et surtout de leur déroulement temporel.

L'effet de profondeur dans le dispositif de Nelson Max est obtenu essentiellement par le mouvement des vagues qui se dirigent vers l'observateur (ou s'en éloignent), son point de vue ne change pas. La caméra virtuelle reste fixe ; la plongée, optique. L'on chercha donc à rendre le point de vue mobile. Problème auquel s'attaqua avec succès Jeffrey Show à qui l'on doit, à ce jour, les installations les plus audacieuses dans ce genre. Avec *Point de vue* (1983), Show vous installe face à une projection sur écran représentant une scène de théâtre ronde sur laquelle sont disposés des hiéroglyphes associés à des notions comme la lumière, le temps, l'unité, l'équilibre, etc. Mais vous avez la liberté de déplacer votre point de vue, grâce à un manche à balai, dans toutes les directions de l'espace autour et au-dessus de la scène. En outre, l'occupation de certains points dans l'espace provoque l'émission sonore de courts commentaires indexés aux hiéroglyphes. Vous pouvez ainsi créer, à votre guise, votre propre représentation aussi longtemps que vous le souhaitez.

Après *Le Paysage narratif* (1985) où le spectateur est invité à plonger dans une superposition d'images (en deux dimensions) formant un empilement de couches jusqu'à ce que la dernière se résolve dans l'abstraction de ses composants ultimes, les pixels, Show expose, à Artec'89, à Nagoya (Japon), *La Cité lisible,* une installation particulièrement originale et convaincante, où le déplacement du point de vue est lié, cette fois, au mouvement du spectateur. Celui-ci intervient sur l'image au moyen d'une machine simple mais bien connue : une bicyclette fixée au sol sur laquelle il monte et pédale. Devant vous, sur un grand écran, se projette l'image schématisée d'une grande ville (Manhattan ou Amsterdam, plus tard Karlsruhe) dont les rues, conformes au plan, sont bordées d'immeubles composés de lettres tridimensionnelles géantes. Ces lettres forment à leur tour des phrases et ces phrases des récits d'origines diverses que vous déroulez et lisez en pédalant et en changeant de direction avec votre guidon. La bicyclette reste sur place, mais l'image se présente à vous comme si vous vous déplaciez réellement dans la ville. Au fur et à mesure du parcours, vous découvrez le texte en déambulant, nonchalamment ou sur un rythme sportif. La moindre inattention provoque d'étranges accidents : le lecteur-bicyclettiste risque de traverser les murs de la ville, de se perdre entre les lignes, etc. Toute une philosophie se glisse sous cette ironique machination. En vous invitant à visiter une ville en pédalant, Jeffrey Show vous fait voir avec vos pieds et vos jambes autant qu'avec vos yeux. Redécouverte capitale d'une évidence perceptive que des années de cinéma, de télévision, ou de pare-brise interposés, nous avaient fait oublier.

Le dispositif intitulé *Plasm : A Nano Sample,* de Myers, Broadwell et Manolis (1988), propose une autre manière de plonger dans les trois dimensions de l'espace virtuel. L'objectif est de faire découvrir par le spectateur une sculpture virtuelle située dans un espace virtuel inobservable naturellement. Le spectateur dispose pour cela d'un écran vidéo relié à un ordinateur par un câble et installé sur un pied mobile.

En déplaçant l'écran qui fonctionne comme une sorte de fenêtre ouverte sur l'espace virtuel, le spectateur explore cet espace dans tous les sens et finit par découvrir la statue dont il peut s'approcher, faire le tour, etc. L'intérêt de l'installation est de faire coïncider deux espaces, l'un réel où se déplace physiquement le spectateur quand il manipule le moniteur vidéo, et l'autre virtuel, où est « caché » l'objet à découvrir. L'impression de réalité ressentie quand apparaît soudain la sculpture virtuelle est ainsi d'autant plus forte. Alors que dans *La Cité lisible* l'image prolonge d'une manière parfaitement perspectiviste l'espace réel, dans *Plasm,* l'espace virtuel est donné à découvrir comme un espace supplémentaire, parallèle au premier, partageant la même temporalité : le présent de l'un coïncide exactement avec le présent de l'autre.

À partir du début des années quatre-vingt-dix de nombreuses installations jouant sur cet effet de plongée dans la troisième dimension virent le jour. Citons, parmi elles, *Virtuelle Welten,* de Peter Weibel (1992), qui donne la possibilité au spectateur, au moyen de capteurs placés au sol qu'il déclenche en se déplaçant devant un très large écran, de pénétrer à l'intérieur de trois types d'espaces virtuels peuplés d'objets en mouvement et d'agir sur eux : le monde des mots, le monde de l'espace et le monde des objets. Chaque monde, soigneusement élaboré, possède sa logique propre et les objets s'y comportent différemment. L'effet de plongée se double d'un effet de bifurcation. Le spectateur va d'un monde à l'autre et les compare, se dépayse.

Handsight, d'Agnes Hegedüs (1992), est une installation qui joue aussi sur la confrontation des espaces virtuel et réel. Devant un écran est disposée une sorte d'aquarium sphérique en verre, à l'intérieur duquel repose une petite boule — un capteur de position en liaison avec un ordinateur. Sitôt saisie et déplacée par le spectateur qui a plongé le bras dans l'aquarium, la boule fonctionne comme un œil. Un œil qui s'ouvre sur un monde virtuel habité d'objets religieux chers aux Hongrois, évoquant la crucifixion et disposés à l'intérieur d'une ampoule de verre. En sorte que, pour explorer l'univers virtuel de ce curieux bocal, vous n'avez qu'à déplacer la petite boule avec votre main, sans la sortir de l'aquarium. L'écran projette alors ce que vous pourriez apercevoir, dans l'espace virtuel, du point de vue où vous la placez. Les deux espaces, l'aquarium — l'espace réel — et l'ampoule — l'espace virtuel — entrent en communication et, du premier, vous plongez dans le second. Vous ressentez la curieuse sensation de voir avec la main et de découvrir, comme par effraction, un mystérieux et invisible univers. Ce dispositif n'est pas sans rappeler la fameuse « palluche » utilisée par Jean-Luc Godard, avec cette différence que cette dernière ne donnait à voir qu'une réalité déjà présente, derrière la caméra, et à laquelle l'œil avait aussi accès — toute la différence entre représentation et simulation.

L'installation *Dieu est-il plat ?*, de Maurice Benayoun (1994), projette impitoyablement le spectateur dans une sorte de cellule monacale sans fenêtres, aux parois de briques rouges. Ce dernier peut échapper à l'enfermement en agissant sur une souris et se déplacer à travers un labyrinthe de couloirs. Mais ces déplacements, dont il a la liberté de choisir la direction, ne le conduisent que dans de nouvelles galeries. Au cours de ces errances, des représentations diverses de Dieu, extraites de l'histoire de l'art — des images totalement planes — surgissent imprévisiblement des murs et viennent à sa rencontre. Au fur et à mesure qu'il avance vers les images (ou que celles-ci viennent vers lui), les images se dérobent en ne laissant percevoir que leur structure visuelle. Ce parcours initiatique inquiétant et désespéré rappelle un genre pictural en vogue au XVIIe siècle, très apprécié pour les réflexions morales qu'il inspirait : la « vanité ». Il existe aussi une autre thématique, inversée pourrait-on dire, de cette installation, *Le Diable est-il courbe ?* (1995), où le labyrinthe se déploie dans un ciel plat tandis que les images évoquant le Diable prennent des formes tridimensionnelles aux courbes sensuelles.

Toutes ces installations sont réalisées avec des ordinateurs qui visualisent en temps réel des images de synthèse en trois dimensions. Mais on obtient aussi des effets équivalents en utilisant un vidéodisque. Les images ne sont plus dans ce cas calculées en temps réel mais enregistrées, après avoir été prises avec une caméra. La programmation consiste alors à organiser l'accès du spectateur à ces images fixes ou animées. L'inertie du vidéodisque n'autorise pas une réponse en temps réel mais le léger décalage temporel entre l'action du spectateur et l'image ne fait pas disparaître la sensation d'interactivité. Jean-Louis Boissier a imaginé sur les bases de cette technique une installation intitulée *Le Bus* (1984) où le spectateur, installé à l'intérieur d'une partie authentique d'un autobus de la région parisienne, découvre à travers la fenêtre (remplacée par un écran vidéo) le territoire parcouru. Mais il a la possibilité de demander, quand il le souhaite, un arrêt sur image, en appuyant sur le bouton de la sonnerie d'arrêt et, à partir de cet instant, de s'enfoncer dans les rues, les jardins, l'intérieur des maisons et de découvrir leurs habitants, leur intimité, de feuilleter même leur album de famille. Après cette plongée transversale dans les réseaux multiples de l'espace, le spectateur reprend l'autobus et repart vers de nouvelles explorations. Si cette installation qui invite le regard à traverser les murs s'inscrit bien dans le genre de la plongée, elle ne succombe pas à son vertige. Elle excite plutôt son désir de voir, son goût pour l'observation, pour la collecte (ou la cueillette) d'images, à la limite mais toujours en deçà de l'indiscrétion et du voyeurisme, car le spectateur ne fait que revoir ce que déjà l'auteur a vu, filmé et photographié, avec l'accord complice des habitants. Mais c'est lui qui choisit ses bifurcations et l'enchaînement des trajectoires et qui recompose à son gré la collection.

La rencontre.

Un autre genre très répandu est celui de la rencontre. Il s'agit de mettre le spectateur en contact avec des objets ou des êtres virtuels qui réagissent au comportement de ce dernier. Pendant la préparation de l'exposition *Electra,* en 1983, où des œuvres interactives en temps réel devaient être présentées, nous avions fait le projet, Michel Bret, Marie-Hélène Tramus et moi-même, de réaliser un dispositif interactif où le spectateur soufflerait sur une image pour la faire changer de forme. Ce qui était une façon d'élargir l'éventail des modalités perceptives et de jouer sur un registre inhabituel de l'interactivité. L'image était celle d'un objet virtuel, en l'occurrence une petite plume d'oiseau modélisée en trois dimensions, qui se déplacerait au gré du souffle. Malheureusement à l'époque, il existait peu d'ordinateurs disponibles capables de traiter en temps réel la quantité d'informations requises. Aussi, après une première étude sur un simulateur de vol militaire (détournement d'usage intéressant !) qui se révéla trop coûteuse, nous dûmes attendre 1988 pour réaliser ce projet dans le cadre l'exposition *Pixim,* à Paris. Au bas de l'écran vidéo relié à un ordinateur, repose une petite plume d'oiseau, dessinée au trait blanc sur un fond noir d'après un modèle réel. Quand personne n'intervient, la plume est animée d'un frémissement presque imperceptible, comme sous l'effet d'un très faible courant d'air. Le jeu consiste pour le regardeur à souffler sur la plume — en réalité sur un capteur situé au bas de l'écran qui enregistre les fluctuations de la pression pour les transmettre à l'ordinateur. Dès que le souffle atteint la plume, celle-ci s'élève, plus ou moins rapidement, avec des mouvements variés dépendant de la force et de la durée du souffle mais également des paramètres affectés à l'objet virtuel (gravité, poids, résistance à l'air, etc.). Lorsque le souffle cesse, la plume retombe en suivant des trajectoires chaque fois différentes. Si le souffle est trop fort ou trop long, la plume sort complètement du champ de l'écran. Il faut alors attendre quelques secondes pour la voir réapparaître, tombant doucement du haut du cadre.

Une version de ce dispositif donne à voir une fleur de pissenlit, souvenir d'un slogan qui ravit mon enfance : « Je sème à tout vent ». Lorsque l'on souffle sur la fleur, une multitude d'akènes s'en détachent et s'envolent au hasard. Chacun effeuille la sphère étoilée à sa manière, rapidement ou lentement, cherchant le rêve ou l'efficacité. Certains, parfois, comme les oiseaux trompés par les raisins trop vrais de Zeuxis, ne comprennent pas tout de suite qu'il s'agit d'une simulation et pensent que les images sont déjà enregistrées. Elles ne sont que le résultat d'une rencontre entre un objet virtuel — pissenlit ou plume —, résidant dans l'ordinateur, et un élément étranger, extérieur, le souffle du regardeur. Pas de plume, pas de pissenlit, pas de mouvement dans l'espace virtuel, pas d'image finalement, sans ce souffle réel, incitateur.

L'installation de Christa Sommerer et Laurent Mignonneau, *Plantes en croissance interactive* (1993), nous met en contact avec d'autres êtres virtuels, des végétaux. Devant un écran de téléprojection sont déposés, sur des consoles en demi-cercle, plusieurs bacs contenant des plantes vivantes. Il suffit alors que le spectateur s'approche d'assez près des plantes, qu'il les caresse par exemple, pour que le double virtuel de chaque végétal se mette à croître sur l'écran, quasi instantanément, déployant ses feuilles et ses branches. Chaque plante réagit à la proximité du regardeur aussi longtemps qu'elle se maintient. On a l'impression de faire croître un jardin fantastique, comme sous l'effet d'une baguette magique, par sa seule présence. Mais parmi les plantes inoffensives se tient un cactus. Approchez-vous de lui et vous verrez l'ensemble du jardin virtuel disparaître peu à peu sous des taches d'ombre envahissantes, jusqu'à ce que la croissance recommence si vous vous éloignez du cactus pour vous rapprocher d'une autre plante.

L'Autre, de Catherine Ikam (1993), est une installation qui renoue avec les thèmes les plus anciens en les renouvelant habilement. Dans un espace obscur au fond duquel se dresse un écran, le spectateur est mis en présence d'une créature virtuelle tenant du Golem et de la Méduse, de l'ange et du démon. Un immense masque animé, bleu comme la nuit, aux yeux vides, surgit de l'ombre à son approche et vient vers lui. Le spectateur (ou l'initié, car cette confrontation apparaît comme une sorte de rituel initiatique) porte un capteur de position qui indique à chaque instant ses coordonnées spatiales à l'ordinateur et *l'Autre* réagit à ses déplacements en changeant d'expressions. Le visage se fait attentif et bienveillant, sourit, où se met en colère et s'altère jusqu'à la déformation. Cet Autre n'est-il, comme le redoutent certains, qu'une projection réduite et narcissique de soi-même, où une créature quasi vivante née de l'hybridation de la chair et du calcul ? Ce face à face animé entre le spectateur et l'image traduit en tout cas, très justement, celui du créateur confronté à une technique inquiétante qui prend ce masque pour se manifester.

Bill Spinhoven nous propose, avec *I/Eye* (1993), une autre sorte de rencontre, sous une apparence ironique et divertissante. L'installation est composée d'un simple écran vidéo surmonté d'une caméra et disposé sur un socle assez élevé, au milieu d'une pièce ou d'un couloir où l'on peut entrer et sortir en passant devant le dispositif. Sur l'écran, le spectateur aperçoit de loin, en gros plan, un œil à la paupière baissée qui semble endormi. Mais sitôt que celui-ci s'approche, l'œil s'éveille et suit le déplacement du spectateur avec une précision remarquable. Quelques battements de paupière, de temps à autre, le rendent encore plus expressif. Apparemment simple, cette installation qui utilise des pièces détachées de micro-ordinateurs peu coûteuses est pourtant très ingénieuse. La caméra enregistre les mouvements du spectateur, dont l'ordinateur reconnaît le sens du déplacement, déclenchant en conséquence les mouvements de l'œil. L'image de l'œil, des cils, des sourcils et de la paupière est une image vidéo numérisée, d'un réalisme « irréprochable » (on y aperçoit même les petites rides de la peau). En fait, ce n'est pas l'ensemble de l'œil qui suit le spectateur mais seulement l'iris dont l'image en mouvement est incrustée sur le fond blanc de l'œil. *I/Eye* est l'illustration parfaite de la remarque de Richard A. Bolt (chercheur au MIT) « ce sont maintenant les images qui nous regardent ».

Avec *Ménagerie,* réalisé en 1993 pour *La Revue virtuelle* du Centre Georges Pompidou par Michael Girard et Susan Amkraut à l'aide du dispositif de téléprésence boom de Scott Fisher (des jumelles stéréoscopiques montées sur un bras articulé), l'interactivité se décline sur les modes endogène et exogène. Sur le mode exogène, car le spectateur est introduit dans une sorte de monde-scène virtuel où évoluent des chiens, des oiseaux, des papillons et des autruches avec lesquels il interagit en orientant les jumelles dans la direction choisie. C'est la position de son œil, son parcours, qui provoque l'apparition des images (traitées sommairement en filaire mais en relief) et le cadre spatial perspectiviste dans lequel elles s'inscrivent. Tous ces animaux réagissent à votre présence, s'approchent de vous ou vous fuient — vous « regardent ». Mode endogène également, car chaque animal interagit avec les autres selon des lois algorithmiques comportementales (regroupement, évitement, détection de présence, mouvements divers auto-organisés, etc.) qui donnent l'impression forte d'une vie autonome et enrichissent amplement les rapports du spectateur et de l'image. Au point même que l'on se prend à penser que ce monde si bien réglé pourrait se passer complètement du spectateur ! Il n'en est rien, car la présence de celui-ci est absolument nécessaire à la vie de l'image. Rien ne se produit sans qu'il pénètre dans cette ménagerie dont il devient, de ce fait, le dompteur. Sa responsabilité reste évidemment limitée — et le dompteur dompté — puisque le comportement des animaux est conçu pour être altéré par le spectateur et pour en même temps lui résister.

The White Devil, de Paul Garrin (1992), est une installation interactive utilisant l'ordinateur et le vidéodisque, construite comme une scène de théâtre représentant la cour d'entrée d'une villa de luxe protégée par une imposante grille de fer forgé. Au fond, on aperçoit sur un grand écran l'image des habitations voisines en feu. Une incrustation animée de flammes sur l'image fixe de la maison donne l'impression d'une prise de vue continue en direct. Le public accède à la scène par un praticable qui entoure la cour sur laquelle il a une vue en surplomb. Cette cour est composée d'une douzaine de grands écrans vidéo qui forment un mur image horizontal. À l'intérieur veille un chien blanc féroce qui, sitôt que le spectateur s'approche, se jette vers lui en grognant et en aboyant furieusement. Le spectateur n'a d'autre issue que de poursuivre son chemin autour de la fosse et ne peut échapper à la hargne féroce du chien qui l'agresse dès qu'il bouge un peu. Hurlements menaçants, aboiements déchaînés, bruits de griffes raclant le sol, allées et venues rageuses du chien, ciel rougi par l'incendie, l'atmosphère apocalyptique traduit les peurs actuelles de l'Amérique, le renfermement sur eux-mêmes des plus nantis, l'autodéfense exacerbée, le déchirement social. Le spectateur en sort éprouvé.

Dans un esprit très différent, mais toujours dans le genre propre à la rencontre, Luc Courchesne nous invite, avec *Family Portait : Encounter with a Virtual Society* (1993), à dialoguer avec les membres d'une petite société virtuelle. Dans ce cas encore la technique est mixte : vidéodisque et micro-ordinateur. Les personnages n'apparaissent pas directement sur les écrans mais sur des vitres de verre disposées au-dessus et inclinées à 45°, ce qui produit un effet de présence très fort. Ce ne sont pas des images de synthèse mais des personnes réelles qui ont été filmées au préalable. Ces personnages posent au visiteur des questions orales qui s'inscrivent en même temps sur l'image. Celui-ci peut y répondre en choisissant ses réponses à l'aide d'un curseur. Il s'ensuit un dialogue extrêmement remarquable par sa richesse, bien que toutes les paroles prononcées soient déjà enregistrées. C'est la manière dont le public fait sa sélection qui détermine la combinatoire des réponses et leur enchaînement. Parfois, quand ils jugent vos questions trop superficielles, les personnages, des quatre coins de la pièce où ils se tiennent, se mettent à converser entre eux et vous abandonnent à vous-même. Méfions-nous, nous dit cette œuvre, nous ne serons pas éternellement maîtres de nos machines ; il faut les traiter humainement. Pour l'auteur, il s'agit toujours de photographie et de portrait — et c'est la raison pour laquelle il a rejeté l'image de synthèse (il est vrai aussi qu'aucune image de synthèse n'aurait atteint une telle profondeur de réalisme) — mais l'interactivité introduit un accès à l'image et au son très inhabituel, guidé par une esthétique très élaborée. L'originalité et la qualité de l'œuvre tiennent aussi en grande partie à la manière dont cette navigation dans les images est conçue et programmée.

On s'étonnera peut-être de voir classer dans ce même genre d'œuvres l'installation de Karl Sims intitulée *Genetic Images,* résultat de longues recherches qui remontent à la fin des années quatre-vingt. Avant de s'intéresser à la réalisation de dispositifs interactifs en temps réel, Karl Sims a travaillé à la programmation de machines parallèles, très puissantes et très rapides, permettant de modéliser certains processus dynamiques et évolutifs, tels que la Connection Machine. Il a aussi réalisé de nombreux films visualisant ces processus (parmi lesquels *Particles Dreams,* 1988, *Panspermia,* 1990, *Liquid Selves,* 1992). Mais s'il rejoint les préoccupations d'un Kawaguchi ou d'un Latham, il s'en distingue par ses objectifs. Son but est de simuler d'assez près l'évolution des êtres vivants selon les hypothèses de Darwin (variation continue et sélection). La programmation joue par conséquent un rôle primordial et l'interfaçage, dans *Genetic Images* est, d'un strict point de vue perceptif, assez simple — la complexité réside dans le calcul. Le spectateur est placé face à douze écrans vidéo en demi-cercle ; devant chaque écran est disposé sur le sol un capteur et l'ensemble est relié à l'ordinateur. La seule action du spectateur consiste à agir sur ce capteur qui n'enregistre qu'un bref signal, mais le spectateur manifeste ainsi son choix et sélectionne les images qu'il préfère. Il s'agit donc là d'un comportement très différent de l'observation ou de la contemplation d'une image ou d'une suite d'images traditionnelles ; il y a contact et véritablement rencontre entre le regardeur et des êtres-images dont il oriente le devenir.

Quant aux images éliminées, elles sont remplacées peu à peu par celles qui résultent des croisements. Certains effets de mutation au hasard interviennent aussi et multiplient les variations. Les écrans sont envahis progressivement par de nouvelles générations d'images dont les formes s'adaptent à l'environnement, c'est-à-dire au goût du ou des regardeurs car plusieurs personnes peuvent intervenir en même temps. Il est prévu en outre que le spectateur ait la liberté d'annuler le déroulement infini du processus et relance une nouvelle évolution à partir de quelques images à la géométrie peu complexe, sortes d'éléments primaires et ancestraux desquels naîtront de nouvelles générations. Certes, cette simulation est très éloignée du modèle darwinien, mais les objectifs de Sims ne sont pas de prouver la validité de ce modèle. Il met en place une analogie possible, parmi d'autres, entre le vivant et l'artificiel, entre la vie et l'art. Reste à savoir si l'art en général est le résultat d'une adaptation des œuvres au goût commun, la remise en cause de ce goût — ou sa négation (Duchamp) — ou quelque chose d'autre encore. *Genetic Images* ne résout pas la question mais la relance autrement.

Je donnerai un dernier exemple de rencontre : l'installation signée de Michael Tolson, *Las Meninas* (1995), une réflexion sur le regard et la représentation inspirée par le célèbre tableau de Vélasquez. Elle est composée de deux dispositifs proposant deux aspects du même espace virtuel. L'un évoque une sorte d'aquarium aux parois de verre dont le fond est un écran vidéo. Dans cet aquarium virtuel évolue un écosystème de petites créatures artificielles (des particules colorées) dont le comportement est régi par un programme combinant des modèles de réseaux neuronaux et des algorithmes génétiques. Leurs mouvements et leurs croissances dépendent de l'intervention du spectateur qui a le loisir de leur offrir de la nourriture en manipulant un capteur au-dessus de l'écran, tout en observant leur comportement à travers des lunettes à cristaux liquides restituant le relief. L'autre dispositif est constitué d'une paire de jumelles stéréoscopiques montées sur un tripode et pointées vers un second écran, dans le coin opposé de la pièce. Mais l'image, grâce à un jeu de miroir, est inversée par rapport à celle de l'aquarium et l'observateur a l'impression, non plus de regarder à l'intérieur d'un monde clos, mais de s'en évader comme s'il traversait une fenêtre.

Cette installation, elle aussi, vous invite à entrer en contact avec des êtres virtuels doués d'une certaine vie, artificielle mais déconcertante, dont l'existence dépend directement de vous. Cette rencontre insolite, bien qu'elle revête un certain caractère ludique, vous oblige à vous interroger sur votre propre situation d'acteur et d'observateur (de « voyeur » dit Tolson), situation à laquelle sont liés deux modes de perception et d'expérimentation d'un même espace, l'un où la distance qui vous sépare des choses est proprement haptique (définie par le jeu des particules attirées par la nourriture que leur donne votre main), l'autre où vous regardez les mêmes choses de loin, à travers une fenêtre, en les survolant. Mais quelles que soient les positions du regardeur, l'installation, qui le met dans une posture incommode (il se tient à genoux au-dessus de l'aquarium ou courbé sur les lunettes), ne se veut pas spectacle. Acteur ou voyeur, il paie le prix de cette expérience d'un inconfort corporel qui l'empêche de sombrer dans un ravissement optique trop facile.

Réseaux.

Tandis que tous ces artistes travaillent à la fois en amont — c'est-à-dire à la hauteur de l'émission : à la conception et à la programmation des dispositifs, pour reprendre le schéma proposé — et en aval — à la hauteur de la réception : de l'interfaçage et de la multimodalité perceptive —, d'autres, préoccupés eux aussi d'interactivité, vont insister surtout sur les processus de transmission et les nouveaux modes de liaison que proposent les réseaux numériques. Ils s'inscrivent donc en droite ligne dans le mouvement amorcé au cours des années soixante et soixante-dix, mais l'évolution actuelle des télécommunications modifie très sensiblement la situation. Les techniques de communication comme le téléphone, le fax et la télévision (notamment la technique du *slow scan*)[1] qui permettaient d'échanger rapidement des informations sonores, textuelles et visuelles (fixes ou mobiles) passent peu à peu de l'analogique au numérique et entrent sous la dépendance directe de l'ordinateur. Mais la transition se fait relativement lentement et l'on recense un nombre important d'œuvres et de projets très variés s'échelonnant du début des années quatre-vingt au milieu des années quatre-vingt-dix. Parmi les premiers artistes préoccupés par la transmission des images, il faut citer Kit Galloway et Sherrie Rabinowitz, qui, en 1977, organisent un ballet interactif, *Space Dance from Satellite Art Project,* entre des danseurs qui se tiennent dans des lieux très éloignés, le Maryland et la Californie. Les images de ces danseurs qui n'évoluent pas dans le même espace sont transmises par satellite en temps réel et mixées sur les mêmes écrans, des deux côtés

1. Le « balayage lent » permet, au prix d'une certaine perte dans la continuité du mouvement, d'utiliser pour la transmission de l'image des réseaux peu coûteux comme le téléphone.

des États-Unis, ce qui permet un contrôle interactif de la chorégraphie. L'espace où les danseurs se retrouvent n'existe pas physiquement, c'est seulement une image composite. Les mêmes auteurs, trois ans plus tard, installent des caméras, des micros et des écrans de télévision dans les vitrines de magasins situés à New York et à Los Angeles. La caméra et le micro disposés dans la vitrine du magasin de New York enregistrent l'image et le son des passants et les transmettent sur le récepteur de télévision du magasin de Los Angeles ; et vice versa. De sorte que chaque groupe de passants regarde et entend les passants qui se tiennent devant la vitrine du magasin de l'autre ville. Sans être avertis du subterfuge, les passants découvrent vite qu'ils sont en communication et échangent entre eux, à travers cette sorte de « trou dans le mur », ou de raccourci dans l'espace, des impressions et des propos. *Hole in Space* fut d'ailleurs le nom de cette installation.

En 1984, Fred Forest rend un hommage à Yves Klein en convertissant son fameux bleu monochrome en un bleu électronique télévisuel dispersé à travers un territoire circonscrit à la région de Benevento, en Italie. Tous les téléviseurs de la région peuvent capter ce bleu sur leur écran et composer ainsi une immense sculpture réticulaire dont chaque terminal ou point-relais est un point bleu. En 1991, Forest présente *La Bible électronique,* un environnement complexe réalisé avec une quinzaine de journaux lumineux à diodes luminescentes disposés sur un très large plateau de sable au fond d'une fosse. Sur ces journaux apparaissent des préceptes tirés de la Bible, au hasard, et mêlés à des communiqués sur la guerre du Golfe, tandis que sur un téléviseur défile une succession de *flashes* d'informations. Le court-circuit entre les préceptes bibliques et les discours politiques et militaires est des plus démonstratifs ; le sens, ou plutôt le non-sens, surgit implacablement de la connexion inattendue entre ces deux sources d'informations à travers l'histoire et la géographie. Dans un autre esprit, toujours critique mais moins dramatique, Forest installe en 1992, pour l'exposition *Machines à communiquer,* à la Cité des sciences et de l'industrie à Paris, un dispositif où le spectateur est invité à commander l'ouverture d'un robinet qui peut être déclenchée par une électro-vanne commutée au réseau téléphonique international. Pour commander la vanne, le spectateur compose un certain numéro de téléphone à New York où un déviateur retransmet l'appel vers Tokyo qui le renvoie à Paris, où il provoque finalement l'ouverture du robinet. Celui-ci se referme automatiquement quelques secondes après. Ce petit jeu pédagogique, où le flux communicationnel n'a d'autre effet que de parcourir le tour de la Terre par la voie des satellites géostationnaires et de faire couler un peu d'eau, visualise, avec un clin d'œil, le parcours de l'appel et rend plus sensible la rapidité de la réponse.

Toujours attentif à prolonger une démarche esthétique déjà affirmée en même temps qu'à la renouveler, Stephan Barron[1], rendant hommage lui aussi à Yves Klein, à sa manière, imagine de mettre en contact, au-delà de la distance, deux portions de l'atmosphère terrestre et de mélanger électroniquement le bleu de leur ciel. *Le Bleu du Ciel* (1992-1993) est un dispositif composé de deux ordinateurs situés l'un à Tourcoing et l'autre à Toulon (dans le projet initial) et reliés par téléphone. Ces ordinateurs calculent en temps réel la moyenne électronique de la couleur de ces deux portions de ciel et la visualise sur un écran. L'installation permet au spectateur, dans chaque site, de comparer la couleur du ciel du lieu où il se tient, à travers une petite fenêtre, et la couleur du ciel moyen, résultant de la fusion des deux ciels originaires, qui n'existe en fait nulle part. Dans l'esprit de l'auteur, cette installation devait contribuer à faire prendre conscience au spectateur de l'interaction du local et du planétaire et des responsabilités impliquées par le caractère ubiquitaire de la technologie.

Faire prendre conscience au spectateur des dimensions de l'espace et du temps caractéristiques des réseaux est l'objectif de nombreuses propositions. En 1986, David Rokeby installe deux exemplaires de *A Very Nervous System* de part et d'autre de l'Atlantique, l'un à Paris, l'autre à Toronto. Reliés par une ligne téléphonique, ils fonctionnent dans les deux sens, en émetteur et en récepteur. Chaque danseur ou intervenant a la possibilité de créer dans le champ perceptif de l'autre, à quelques milliers de kilomètres de là, sa propre émanation sonore et de réagir en même temps à celle que l'autre lui transmet. L'effet de téléprésence est plus intense que dans le cas d'une liaison exclusivement visuelle. Mais les transmissions de sensations proprioceptives demandent une technologie très sophistiquée et les essais, réussis techniquement et souvent « émouvants » (comme le dit Derricke de Kerkhove à propos du projet *Bras de fer transatlantique*)[2], ne sont pas

---

1. Stephan Barron a déjà réalisé de nombreux et originaux projets dans le domaine des communications, comme *La nuit de la télécopie* (1986), *Tahon / New York* (1987) ; il utilise indifféremment fax, Minitel, téléphone, radio, slow-scan, micro-ordinateurs.
2. Le projet, qui visait à établir une liaison physique entre Toronto et Paris, est signé principalement de Norman White, bien connu pour ses impertinents robots interactifs. Voir à ce propos *Les transinteractifs,* Actes du colloque du 4 et 5 nov. 1988 au Centre culturel canadien de Paris, Espace SNVB international.

encore totalement convaincants. Ils ont toutefois le mérite d'ouvrir un nouveau champ expérimental qui peut fort bien, dans un proche avenir, se vivre au quotidien. Toutes ces expériences traduisent aussi une forte préoccupation pour intégrer la présence physique du corps aux techniques de télécommunication et élargir l'éventail multimodal.

La variété et le nombre des projets utilisant des techniques de télécommunication, à partir du milieu des années quatre-vingt deviennent considérables[1]. On assiste à un surgissement effervescent d'idées et de théories, de propositions expérimentales et de croisements technologiques. Si certaines techniques comme le slow scan, les transmissions par satellites, ou les réseaux numériques à intégration de services restent encore assez coûteuses, l'apparition des modems, qui permettent à chaque possesseur de micro-ordinateur et d'une ligne téléphonique de transmettre textes, images et sons à peu de frais, contribue largement à démocratiser l'usage des télécommunications. Chaque ordinateur peut traiter facilement tous ces types d'informations mais surtout, grâce aux modems, entrer en communication avec d'innombrables autres ordinateurs. Ainsi, des millions d'utilisateurs de micro-ordinateurs ont-ils pu s'interconnecter pour un coût assez modique, et parmi eux de très nombreuses vocations artistiques se manifester. Les réseaux télématiques instaurent un autre espace perceptif, symbolique et culturel qui double et rend caduques, dans certains cas, les réseaux de diffusion de l'art, traditionnellement tout puissants, comme les musées, les galeries, les expositions. Les « ateliers », les « cafés électroniques », spontanément ou à l'occasion de grandes manifestations, se multiplient ; ils sont l'occasion de rencontres et d'échanges très intenses et très libres

1. Gilbertto Prado a commencé d'en établir un recensement critique et historique dans sa thèse : *Expériences artistiques d'échanges d'images dans les réseaux télématiques.* Thèse soutenue à l'Université Paris-I, sous la direction d'Anne-Marie Duguet, en 1994. Gilbertto Prado a aussi réalisé de nombreux projets télématiques comme *Réaction en chaîne,* qui regroupait des écoles d'art, des universités et des associations ou Traces entre Paris, Pittsburgh et São Paulo (1991-1992). Le propos central de ces projets était de lancer, à partir d'une image de départ, une action de transformation en chaîne dont le cheminement des contacts et les images étaient mémorisés dans une topographie. On pouvait donc retrouver toutes les étapes des transformations et des bifurcations, les auteurs et les lieux où ils se tenaient. L'image finale se présentait aussi comme une carte et un calendrier.

entre des collectivités d'artistes de tous pays et de toutes tendances. Parallèlement, le public, toujours invité à participer à ces expériences qui l'attirent fortement et dans lesquelles il entre de plein pied, sans y être culturellement introduit, ou initié, comme il l'est ailleurs, change et s'élargit.

Il s'ensuit une évolution notable de l'esthétique sous-tendant les arts de la communication. Il ne s'agit plus essentiellement de s'approprier le champ de l'information, d'en détourner le fonctionnement, de renverser le sens de la communication mass-médiatique par des actions critiques et ponctuelles, mais de se brancher, de s'immerger dans le réseau, d'y naviguer, d'en explorer l'espace et le temps, tout en participant à sa construction et en en tissant la toile. L'artiste, l'auteur, ne se donne plus pour tâche d'organiser des performances spectaculaires autour de sa personne pour prendre les médias à rebours et en démonter la puissance souveraine, il ne se comporte plus comme un opérateur social, un intermédiaire réinventant des médiations sauvages, mais se propose plutôt de jouer sur l'immédiateté et la réversibilité fluide des réseaux, de se disperser à travers eux pour participer à l'émergence d'une « conscience » réticulaire marquant une nouvelle forme de socialité. Telle est la philosophie de Roy Ascott qui a été l'un des tous premiers à expérimenter et à théoriser dans ce domaine.

Son premier projet télématique remonte à 1979 : une téléconférence interactive régie par le système numérique Notepad entre huit artistes résidant aux États-Unis et en Grande-Bretagne. En 1983, il réalise, pour l'exposition *Electra* au Musée d'Art Moderne de la Ville de Paris, un projet intitulé *La Plissure du texte : un conte de fée planétaire*, allusion à un texte célèbre de Roland Barthes sur le statut de l'auteur, qui réunit, par l'intermédiaire d'un réseau à temps partagé IP Sharp, une petite communauté d'auteurs dispersés dans le monde. Pendant trois semaines, jour et nuit, ces auteurs écrivent ensemble une sorte de conte fantastique, sous la houlette coordinatrice de Roy Ascott. Pour être collective l'écriture de ce conte n'en est pas moins organisée. Chaque auteur, qui constitue l'un des quatorze « nœuds » du réseau, est convenu de jouer un rôle particulier et d'intervenir en tant que tel dans les plis du texte : celui qui habite Honolulu est « Le Viel Homme Sage », l'autre qui parle de Pittbsburgh est « le Prince », le troisième qui se tient à Amsterdam est « le Vilain », etc. Ascott, à Paris, est « le Magicien ». Le récit produit, indéterminé et imprévisible, non linéaire, étonnant et délirant, n'est pas sans rappeler le jeu du cadavre exquis des surréalistes mais étendu à la dimension du monde. Il fait les délices du public qui peut en consulter la trace écrite et le voir s'afficher sur un grand écran au fur et à mesure qu'il se tisse[1].

Dans les années qui suivent, Roy Ascott multiplie et renouvelle ses expériences, au fur et à mesure que la technologie des communications se développe et se complexifie. En 1984, il présente lors de l'exposition *Les immatériaux,* au Centre Georges Pompidou à Paris, une pièce intitulée *Organe et fonction d'Alice au pays des merveilles* qui utilise le Minitel, un système français de vidéotexte d'accès public très populaire et peu coûteux. En 1986, il crée pour la Biennale de Venise dont il est commissaire international le Réseau planétaire qui étend virtuellement la Biennale à l'ensemble de la planète. Quelles que soient la complexité et la richesse du flux de données qui brasse des informations aussi bien poétiques, artistiques, culturelles, que politiques et sociales, celui-ci reste le même à n'importe quel autre point du réseau, tandis que toute information nouvelle introduite en l'un des points modifie l'ensemble du réseau. L'une des pièces les plus significatives de cette période est celle présentée au Festival *Ars Electronica,* à Linz, en Autriche, en 1989, *Gaia, sentiers numériques parcourant la terre entière*. Elle sollicite la participation d'une centaine d'artistes du monde entier qui échangent des textes, des images, des fichiers de musique par communication informatique et télécopie. L'interface se compose de deux niveaux. Le niveau supérieur présente des écrans interactifs où sont affichées les données, le niveau inférieur figure les entrailles de Gaia. Le spectateur, porté sur un chariot dirigé électroniquement y traverse un tunnel de données obscur le long duquel une série de panneaux à diodes luminescentes affichent des messages transmis par le réseau de toutes les parties du monde.

Ces expériences, même si elles ont recours parfois à des systèmes de communication différents, partagent une philosophie commune qui s'articule autour de deux notions clés : celle d' « auteur distribué », opposée à la conception classique d'auteur individué, et celle de « conscience planétaire » que Roy Ascott nomme encore *télénoïa*. Dans une culture télénoïaque qui rompt avec la culture paranoïaque centrée sur l'exacerbation du moi, l'artiste n'est plus une individualité séparée du reste du monde et préoccupée à affirmer sa seule présence, il

1. Voir Roy Ascott, « Télénoïa », *Esthétique des arts médiatiques*, t. II, ouvrage collectif sous la direction de Louise Poissant, Presses de l'Université du Québec, 1995. Le lecteur intéressé par le sujet trouvera dans cet ouvrage de référence une mine d'informations.

« devient un système complexe et largement distribué » dans lequel « la connaissance et la perception tant humaines qu'artificielles ont leur place » ; l'art, dans une telle culture, émerge de la multiplicité des interactions dans l'espace des données. « L'art ancien, dit Ascott, était fait pour être vu de l'extérieur. Le nouvel art est fait pour être construit de l'intérieur. Ou bien vous êtes à l'intérieur du réseau, ou bien vous n'êtes nulle part. Et si vous êtes à l'intérieur du réseau, vous êtes partout[1]. »

Interréseaux.

À partir du début des années quatre-vingt-dix, la fantastique explosion des réseaux interconnectés étendus et leur ouverture au grand public, c'est-à-dire à tout utilisateur d'un micro-ordinateur équipé d'un modem, changent encore le paysage technologique. L'un des plus importants de ces réseaux de réseaux, ou interréseaux, et surtout le plus ouvert, est l'Internet. Il est impossible de connaître sa taille exacte car il croît sans cesse (il a crû par exemple d'environ 10 % par mois en 1995) et il couvre l'ensemble de la planète. Son origine date de 1969 mais c'était à cette époque un réseau militaire, qui avait l'avantage, à cause de son absence de centre, d'être indestructible. Une partie du réseau fut ensuite réservée aux chercheurs universitaires et ne cessa de se développer. Sous le poids de ses innombrables utilisateurs et des masses de données en circulation, l'interréseau évolua encore et prit aux environs du début des années quatre-vingt-dix ses caractéristiques actuelles, toujours d'ailleurs en évolution ; on prévoit plus de 120 millions de machines interconnectées en l'an 2000. L'Internet offre à ses utilisateurs des services très variés : messagerie électronique, conversation interactive, recherche automatique de documents, jeux, potins, informations de toute sorte, annonces, forums, téléchargements de fichiers numériques, etc. Les données qui y circulent sont à l'heure actuelle essentiellement textuelles, visuelles (images fixes mais aussi mobiles) et sonores. L'un des services offerts par l'Internet est le World Wide Web (en abrégé Web) qui permet d'accéder très facilement et à un prix modeste à un réseau maillé de plusieurs centaines de centres serveurs regroupant des millions d'usagers. Il était dans l'ordre des choses que cet interréseau intéressât à son tour les artistes. De nouveau, on constate que se sont jetés dans ses mailles attirantes

1. *Ibidem.*

aussi bien de très jeunes créateurs que des artistes connus qui ont trouvé là l'occasion de prolonger ou de radicaliser leurs expériences.

D'où, une profusion sans précédent, voire un chaos de propositions tous azimuts et très inégales. La prise en considération, cependant, de certains de ces projets par le monde de l'art — non pas officiel mais reconnu, du moins d'un petit nombre d'amateurs et de spécialistes qui s'intéressent à ces questions —, a été la création de la catégorie World Wide Web à la manifestation *Ars Electronica,* à Linz, en 1995. Mais en même temps, cette reconnaissance a traduit un certain embarras du jury, car ce dernier a accordé le premier prix à un projet, *Idea Futures,* réalisé par un physicien de l'université de Chicago, Robin Hanson, dont le contenu artistique, de l'aveu même de ce jury, n'était pas à première vue évident. *Idea Futures* présentait néanmoins selon ce dernier tous les critères susceptibles de qualifier une œuvre « web » : « présence distribuée, construction et cohésion communautaire, puissance métaphorique, création d'entités virtuelles résistantes » et se présentait comme un « modèle d'auto-organisation, de pensée collective et de traitement d'information en temps réel[1] ». Le second prix était partagé par deux projets. L'un d'eux, *Ringo ++,* de Pattie Maes et Max Metral, avait pour but d'orienter « intelligemment » l'utilisateur vers des œuvres musicales correspondant à ses goûts, tout en rencontrant éventuellement d'autres utilisateurs préoccupés par des intérêts musicaux communs. L'autre, *t0 Public Netbase,* de Konrad Becker, était un système d'assistance pour la navigation et la recherche dans le champ des interactions entre culture et technologie, science et politique, art et société. L'on retrouvait parmi certains autres projets primés des contenus nettement plus artistiques, comme *Face to Face,* de Stephanie Cunningham, qui invite les visiteurs à explorer une sorte de galerie d'art où sont exposés des portraits qu'ils peuvent commenter. Chaque visiteur a le loisir de laisser par écrit sa propre impression et de découvrir celle des autres.

Dans l'ensemble, les choix de ce jury ont mis en évidence un glissement significatif des critères habituels au profit de critères nouveaux de ce qui voudrait être une esthétique des interréseaux. Une esthétique qui reste toujours captive du problème posé par celui de la contiguïté et de la différence entre l'art et la technoscience, l'intelligence performative et la sensibilité esthétique. On retrouve encore dans les projets sur interréseaux des effets de plongée et de rencontre

1. Voir le catalogue des prix *Ars Electronica 1995.*

propres aux dispositifs interactifs non connectés. Mais la plongée ne s'y fait plus dans un espace tridimensionnel peuplé de formes pleines. La forme perd ses qualités de *gestalt*. Elle ne se construit plus en se distinguant du fond sur lequel elle s'inscrit, elle naît de la structure arborescente et des *hyperliens* qui se tissent et se développent entre les données. Quant à l'effet de rencontre, il s'étend à l'ensemble du réseau et chaque lien, en conduisant à d'autres liens, le réactive indéfiniment. Interagir avec l'image revient alors à interagir avec le réseau, avec toute l'image potentielle du réseau ; se disperser dans ses illimitées et fluctuantes ramifications.

Il ne fait pas de doute que les réseaux, et l'Internet en particulier, susciteront leur propre esthétique. Les recherches et les expériences n'en sont qu'à leurs débuts. Mais déjà des formes nouvelles d'expressions apparaissent, inattendues. L'art du *demomaking,* par exemple, qui veut jouer au maximum sur les capacités propres à l'ordinateur, au réseau, et au temps réel. Le *demomaker* ne cherche pas à faire réaliste, ni à simuler le réel. Plastiquement, il élimine les scènes 3D trop coûteuses en calcul et cherche avant tout à revaloriser le pixel, les formes, les couleurs, la mobilité. Il entend utiliser directement l'écran et le son de l'ordinateur, même si celui-ci reste modeste (c'est en général un PC qu'il programme lui-même), et supprimer ainsi tout intermédiaire analogique (vidéo, film, papier, etc.). Les images et les sons des *demomakers* ressemblent à des sortes d'explosions de formes très animées, très rapides et particulièrement hybrides, et ne s'adressent qu'à d'autres *demomakers* — tout spectateur est forcément un auteur. Le *demomaking* ne concerne, à l'heure actuelle, qu'un petit nombre de personnes (à peine 1500 sur toute la planète).

C. Continuité/rupture

Les œuvres qui viennent d'être présentées sont caractérisées par le recours à une technologie numérique *forte* — celle de la synthèse d'images animées bi ou tridimensionnelles et de l'interactivité en temps réel, en ligne ou hors ligne. Parmi elles, seules les œuvres interactives en temps réel font appel à l'ensemble des caractères qui définissent la spécificité technique du numérique (le traitement par calcul automatique des données et le mode dialogique intervenant dans la relation homme/machine). Les autres, qui privilégient la synthèse d'image, qu'elles se réfèrent au réalisme cinématographique ou qu'elles tentent de lui échapper, sont obligées d'emprunter des médias non numériques, comme le film et la vidéo, pour exister hors de l'écran, matériellement et socialement. Mais le numérique a la particularité de diffuser à travers les médias, diffusion qui se renforce par l'effet de simulation qui tend à rendre un média numérisé indistinguable à première vue du même média analogique. Il existe parallèlement une technologie numérique qu'on pourrait qualifier de diffuse qui va des logiciels graphiques aux divers dispositifs intégrant des techniques de numérisation (scanners, capteurs, etc.) ou des microprocesseurs, et qui est utilisée par un nombre d'artistes de plus en plus grand. Ces derniers, au lieu d'insister sur la rupture, mettent au contraire l'accent sur la continuité et recherchent une hybridation avec les techniques de figuration ou les médias traditionnels. Les ramifications du numérique dans le domaine artistique sont par conséquent beaucoup plus grandes qu'il n'y paraît et le numérique diffus participe lui aussi à redéfinir ce domaine en même temps qu'à le rattacher à une certaine tradition. On retrouve, mais plus rarement, les mêmes préoccupations chez des artistes qui utilisent une technique numérique forte, comme celles des mondes virtuels ou des interréseaux.

Qu'elles empruntent à une technologie forte ou diffuse, les pratiques artistiques qui se sont développées depuis quelques années se sont intégrées facilement à beaucoup de pratiques préexistantes dotées déjà de leur propre histoire. Mais, reposant sur un système de figuration et sur une économie symbolique différents, le numérique change en profondeur les pratiques artistiques déjà instituées et en crée de nouvelles. Il change les matériaux et les processus de figuration. Il change la relation du spectateur avec les œuvres et leur mode de diffusion, de mémorisation, de duplication, voire de disparition. Il change par conséquent les autres médias sitôt que ces derniers sont tant soit peu numérisés. Si bien qu'on ne peut affirmer que le numérique n'a d'autre issue que de se disperser dans les autres médias, même si certains médias, comme le cinéma, tiennent encore captive l'image de synthèse. Ni que le numérique soit destiné à servir les autres arts et à rester dans leur orbite. C'est bien là la particularité de l'hybridation qui force les médias, mais aussi les arts, à interagir mutuellement ; si le numérique sert les autres arts, il les déplace et les renouvelle en retour. Les changements les plus importants apportés par le numérique sont ceux qui affectent le sujet. L'automatisme numérique redessine une nouvelle figure du sujet dans son rapport au réel et à l'imaginaire, dans les relations entre l'individuel et le collectif, l'artiste et la société. Il en découle alors, du fait que ce changement dépasse amplement le plan technique, que c'est l'art lui-même qui se trouve affecté. Un art dont les relations avec la science et la technique, et la société, se recomposent.

Les références aux arts de l'image (peinture, photographie, vidéo).

La référence à la peinture et aux arts graphiques a été l'une des plus fortes préoccupations manifestées par les artistes qui ont utilisé les techniques numériques dès leur apparition. Très limitée au début par les possibilités graphiques des ordinateurs, la réalisation d'images fixes à la main sur micro-ordinateurs est devenue de plus en plus commode et il est courant actuellement que des artistes soient personnellement équipés avec un matériel de bon niveau permettant d'obtenir des images sur écran ou sur papier. L'action de la main réintroduit dans les œuvres une richesse gestuelle et une complexité dans les formes visuelles très particulières. On retrouve dans les œuvres de ces artistes le caractère essentiel de la peinture : laisser une trace pigmentaire sur un support plan. Le problème principal est que l'image obtenue, qui est bien bidimensionnelle, perd la quasi totalité de sa matérialité, de sa texture, même si elle est imprimée. Aussi, se rapproche-t-elle plus souvent de l'illustration, de la photographie ou de l'image vidéo fixe que de la peinture. On retrouve dans les œuvres ainsi produites toutes les tendances qui ont marqué la peinture au cours de la seconde moitié du siècle. De la peinture géométrique abstraite à la peinture figurative, avec l'infinité des nuances et des styles qui se manifestent dans le domaine pictural. On note cependant que, tandis que certains s'efforcent à simuler au plus près les qualités physiques de la peinture, les autres, plus rares, mettent en évidence la présence du pixel.

Parmi les premiers, David Em, qui a laissé derrière lui une œuvre importante par son invention plastique et la variété de ses thèmes, explore aussi bien les possibilités géométriques et répétitives de l'ordinateur que sa capacité à produire des effets visuels irréalisables en peinture. Ses premières œuvres sont d'inspiration géométrique et figurent des mondes fantastiques donnant l'illusion, avec des procédés bidimensionnels, de la profondeur tridimensionnelle. *Transjovian pipeline* (1979) est composé en deux plans : un premier plan occupant les trois-quarts inférieurs à droite du tableau et évoquant un espace architectural, un second plan dans la partie gauche et supérieure s'ouvrant sur une nuit constellée d'étoiles polychromes. Une sorte de pipeline construit en perspective traverse l'ensemble diagonalement et se perd dans la profondeur de l'espace. Les dominantes sont le vert et le rouge et les surfaces sont richement texturées par des motifs géométriques récurrents. *Twist 1* (1980) et *Ellen* (1986) sont des compositions géométriques abstraites déclinant des formes volumiques courbes ou droites dans toutes les demi-teintes entre le noir et le blanc. Quelques années après, la géométrie se fait lyrique. *Turner et Sunrise* (1985), ou *Painting* (1986), sont violemment polychromes ; la matière évoque le pinceau, l'aquarelle, le glacis ; les « touches » sont fluides, nuageuses, les coloris contrastés et somptueux, ou tout aussi bien réduits à des gammes monochromatiques. Dans *Spark* (1986), David Em introduit des effets de brillance ponctuelle se détachant sur des fonds onctueux qui rappellent certaines toiles pailletées de Malaval. Entre ses œuvres numériques, il reprend ses pinceaux et peint à l'huile sur toile ou à l'acrylique sur papier. Toujours contradictoire, oscillant entre la géométrie et la figuration, tour à tour lyrique ou glacé, excessif ou minimaliste, possédant une grande connaissance de la peinture ancienne et moderne, Em est le prototype de l'artiste hybride, déployant toujours davantage les deux extrémités de sa palette pour explorer toutes les nuances de l'intervalle.

Thomas Porett, qui commence lui aussi à travailler très tôt sur ordinateur, mais qui utilise des micro-ordinateurs peu puissants, tire de la basse résolution de l'image et de sa structure grossièrement pixellisée où la trame de l'écran saute aux yeux, des effets de textures optiques qui évoquent les recherches post-impressionnistes. Porett part d'images, des portraits le plus souvent, qui sont ensuite numérisées et traitées (par recadrage, agrandissement, collage, superposition, etc.). Les images, sur lesquelles on peut exercer d'ailleurs une certaine interactivité indirecte, sont fixées sur copies imprimées ou diapositives. On retrouve encore chez Margot Lovejoy ce souci de corriger le manque de matérialité de l'image informatique, tout en exploitant ses nouvelles possibilités. Dans *Flux II* (1982) elle mixte divers médias et importe sur le même support des motifs calculés par ordinateur et imprimés sur papier. Elle réalise par ailleurs beaucoup d'installations mêlant différents types d'images dans l'espace. L'emploi de l'ordinateur est chez elle périphérique mais exemplaire d'une certaine forme d'hybridation propre à ce qu'on appelait alors les *mixed media*. Certains artistes, toujours en référence à l'acte pictural, se réservent d'apporter aux dessins en noir et blanc qui sortent des imprimantes des touches de couleurs déposées à la main. C'est le cas d'Harold Cohen qui colorie à l'aquarelle des dessins obtenus avec ses programmes (1985).

Jeremy Gardiner a une démarche particulièrement originale. Il calcule dans un premier temps ses tableaux avec un ordinateur et intègre ensuite les images obtenues en deux et trois dimensions sur des toiles qu'il peint à l'acrylique. On retrouve ainsi dans les œuvres achevées, comme *The Coast of Africa* (1982), composition d'aplats abstraits rouge et ocre sur lesquels s'enchevêtrent un réseau de lignes géométriques, la matière picturale et la trace de la main hybridées à des structures abstraites qui sont le fruit du calcul. Pour ce peintre, les limites de l'ordinateur tiennent dans le fait qu'il ne possède ni imagination, ni intuition, ni émotion, mais la machine peut redonner à la peinture un nouvel élan. Au fur et à mesure que les techniques de visualisation se perfectionnent et permettent d'animer l'image, la référence à la peinture se fait autrement et passe parfois par les dispositifs de réalité virtuelle.

Sophie Lavaud, qui a commencé par des installations composées de plaques de rhodoïd sur lesquelles elle peint des formes nuageuses disposées dans l'espace et à travers lesquelles le spectateur se promène, a transposé ses installations dans l'espace virtuel. Dans *Centre-Lumière-Bleu* (1995), les images, qui proviennent de la décomposition chromatique d'une peinture acrylique sur toile évoquant les profondeurs marines, sont calculées en temps réel par ordinateur et projetées sur un grand écran. Le spectateur, équipé d'un capteur de position, en se déplaçant dans l'espace réel se déplace en même temps dans l'espace virtuel où sont mémorisés les plans visuels. Il plonge au cœur de l'espace pictural et traverse ses couches pigmentaires ; une dimension supplémentaire s'ajoute à la peinture. La coïncidence des deux espaces, réel et virtuel, leur hybridation intime, donne à l'acte de voir une vigueur inhabituelle en forçant le spectateur à l'associer plus explicitement au déplacement de son corps. Celui-ci devient désormais la cause directe de l'apparition de l'image, de ses transformations perspectivistes, de ses superpositions.

L'utilisation des techniques lourdes de réalité virtuelle ne sont pas nécessaires pour produire des œuvres intéressantes. *La dérive des continents,* pour ne citer qu'une illustration de cette économie de moyens, a été créée par Claude Faure avec des ressources informatiques assez limitées mais dont le résultat n'est que plus captivant. Le spectateur choisit sur l'écran d'un Macintosh un mot ou une expression brève, parmi une liste alphabétique, sur lequel il clique à l'aide d'une souris. Sitôt fait, le mot, ou l'expression, se met à « dériver ». Le mot « navette », par exemple, se déplace rapidement de gauche à droite, descend d'une ligne et continue sa course de droite à gauche, jusqu'au bas de l'écran. Le mot « charrue » se déplace plus lentement, et arrivé au bout de chaque ligne, se retourne, en s'écrivant à l'envers, pour continuer son chemin. Le mot « âme » perd son accent circonflexe qui s'envole et sort de l'écran. L'expression « loin des yeux, loin du cœur » se divise en fragments et éclate aux quatre coins de l'écran. Etc. Le dispositif s'enrichit sans cesse et se pratique même en plusieurs langues. Pour Claude Faure, « le principe de "la dérive" est assez clair. Elle appartient [...] à la famille de la poésie visuelle et voisine aussi avec le film d'animation[1] ». La plongée des mots dans un espace de transformation et d'animation leur ajoute une dimension sensible, presque tactile, un sens supplémentaire qui s'ajoute au sens premier et qui fait se demander à l'auteur s'il n'existe pas, quand les mots deviennent « choses », choses non seulement visibles mais manipulables, un « sens du sens ».

La référence à l'art photographique ne s'est manifestée que depuis ces toutes dernières années. Ce décalage s'explique assez clairement par le fait que les photographes, très pris par leur propre technique dont on a vu à quel point elle était en rupture avec le numérique, ne se sont intéressés à cette technologie que depuis peu. Il faut ajouter aussi que les techniques informatiques permettant le traitement de l'image photographique ont été pendant longtemps assez peu satisfaisantes et très coûteuses. Quelques-uns se sont sentis, toutefois, concernés par le numérique beaucoup plus tôt que les autres. Paul Thorel, dès le début des années quatre-vingt, a introduit dans sa démarche de photographe d'abord l'utilisation de l'écran électronique, puis de l'outil informatique. Prenant à rebours l'acte photographique traditionnel qui tente de faire œuvre en partant de la saisie optique du réel, Thorel travaille sur des photographies déjà existantes et des plus banales, en noir et blanc, en les remodelant complètement à la palette graphique, parfois pixel par pixel, pour aboutir à des images ambiguës qui font semblant d'être de réelles photos. Son portrait de Marlène, par exemple, n'est pas une photographie de l'actrice mais la transformation d'un cliché représentant une autre personne.

En revanche, l'inscription du numérique dans l'art vidéo s'est faite très tôt. Ce que l'on comprend aisément puisque l'image vidéo présente déjà des caractère proches de l'hybridation. Rappelons que Woody

---

1. Claude Faure, « Existe-t-il un sens du sens ? », *Les cinq sens de la création. Art, technologie, sensorialité,* sous la direction de Mario Borillo et Anne Sauvageot, Champ Vallon, 1996, p. 174-176.

Vasulka commence à mêler vidéo et traitement numérique de l'image dès 1974. *Art of Memory* (1987, repris sur trois canaux en 1989) est exemplaire de l'utilisation parfaitement maîtrisée du numérique. L'œuvre est une sorte de fresque épique dédiée à la mémoire du monde dans laquelle l'auteur essaye de déconstruire le théâtre cinématographique où elle se donne traditionnellement à voir. Il mélange des images extraites de films d'actualités retraçant les grands événements dramatiques du siècle et les incruste dans un paysage qui n'a rien de commun avec ces événements. L'assistance du numérique permet à Vasulka d'aller au bout de son projet esthétique : une transformation continue, sans transitions brutales, sans coupures, du temps et de l'espace. *Art of Memory* est à la fois une référence au cinéma, à l'art vidéo, et un prolongement de cet art enrichi par le numérique. En 1992, Vasulka réalise une installation multimédia interactive, *The Theater of Hybrid Automata,* qui comprend un ensemble d'outils électroniques et numériques faisant appel à des programmes d'intelligence artificielle. Il en présente une version nouvelle à *Artifices 2*, la même année, où l'interactivité n'est pas dépendante du spectateur mais du système lui-même qui s'observe de l'extérieur. Il s'agit pour l'auteur, encore une fois, d'explorer l'espace et le temps en leur intime articulation ; il utilise dans cette intention un dispositif complexe qui amalgame les médias traditionnels et le numérique. Dans ce dispositif, chaque élément technique (caméra vidéo, enregistrement d'images numérisées, synthétiseur de sons, projecteurs, écrans) interagit dramatiquement sur les autres selon une syntaxe propre. Vasulka « prend également en compte, comme il le dit lui-même, les genres narratifs du photogramme, comme le film ou la vidéo où le récit est mené à travers une image confinée dans un cadre. Le théâtre, les médias et le film ont développé une syntaxe dramatique de l'espace, un système narratif fondé sur l'articulation d'un plan à un autre[1] ». « J'essaie de comprendre, précise-t-il, comment ces règles dramatiques pourraient être développées et quelles règles pourraient découler d'un espace fondé sur le numérique. »

Avec *Gesänge des Pluriversums* (1986-88), Peter Weibel trouve dans les technologies numériques des ressources nouvelles d'hybridations synesthésiques entre le son et l'image. Il arrive à restituer une forte impression de continuité et de fluidité entre micro et macro-espaces

1. Voir le catalogue de l'exposition *Artifices 2,* Édition Direction des affaires culturelles de la Ville de Saint-Denis.

visuels (grâce à des changements d'échelle, en particulier, des objets), entre micro et macro-temps sonores, et à substituer au point de vue central imposé par l'œil de la caméra un regard éclaté, flottant sur le monde. Weibel poursuivra ses recherches sur la fusion des arts avec des installations interactives en temps réel impliquant le déplacement du corps dans l'espace. Kjell Bjørgeengen intègre, lui aussi, à son expérience de vidéaste et de photographe, et avec économie, les possibilités offertes par le numérique. *Memory traking* (1987) nous fait dériver dans une grande ville — New York — dont les bâtiments projettent une ombre noire et irréelle sur un fond qui n'est pas le ciel de notre planète, mais peut-être celui d'une mémoire incertaine qui court après un souvenir, dans un mouvement lancinant et obsédant, s'exerçant toujours dans le même sens sur l'écran, rompu seulement par des arrêts où l'image se décompose brutalement en ses constituants linéaires.

Les œuvres réalisées par Zbigniew Rybczinski, dit Zbig, avec l'assistance de l'ordinateur sont à compter parmi les plus fortes et les plus originales. Ses films sont non seulement irréalisables, mais aussi inconcevables, sans les ressources du numérique qui rompt les frontières entre les médias. Dans *Steps* (1986), on voit un groupe de personnes filmées en vidéo « visiter » en quelque sorte, guidées par le réalisateur lui-même, comme des touristes incultes, la fameuse scène de la fusillade d'Odessa du *Cuirassé Potemkine,* à laquelle ils se mêlent. *Steps* peut être interprété comme l'histoire d'un viol, celui du photogramme cinématographique par la ligne vidéo avec la complicité du pixel. Le terme d'hybridation prend ici son plein sens. Le traitement numérique du film a permis notamment un découpage très précis des personnages et des objets du film d'Eisenstein et un repérage parfaitement contrôlé de leurs mouvements. Le résultat final est bien plus qu'un habile collage ou une incrustation d'images hétérogènes, c'est une nouvelle esthétique visuelle. Dans cette métaphore puissante, l'auteur attire notre attention sur les dangers du numérique capable de décomposer, de réduire en miettes ou de recomposer toutes les images qui existent et, en même temps, sur ses fascinantes promesses. Zbig signera quelques films expérimentaux, rares mais remarquables.

L'Orchestre (1988-1989) est un long métrage regroupant six compositions visuelles où l'auteur réussit à incruster avec une précision parfaite des danseurs filmés en studio, aux États-Unis, dans des décors réels empruntés au musée du Louvre, à l'Opéra de Paris ou à la cathédrale de Chartres. La coïncidence spatiale et la synchronisation temporelle des corps en mouvement, des décors, des déplacements de la caméra et de la musique, obtenues grâce à un travail d'une extrême rigueur que seul l'ordinateur autorise, recréent une « nouvelle réalité[1] » qu'aucune caméra n'a jamais enregistrée, qu'aucun œil n'a jamais vue. Pour Zbig, le numérique permet paradoxalement une très grande liberté d'improvisation. Zbig signera aussi quelques vidéo-clips avec Mike Jagger et John Lennon (1987) et des publicités pour la télévision d'une invention et d'une qualité remarquables.

Dans tous les travaux qui viennent d'être cités, on aura remarqué que les vidéastes manipulent des images bidimensionnelles, ou des sons, mais non des objets virtuels. Ils tiennent encore à l'écart l'image de synthèse dont la tridimensionnalité appartient pour eux à une autre espèce visuelle et ne se laisse pas mixer facilement à l'image vidéo. Quelques artistes pourtant ont tenté avec succès cette intégration. Tamás Waliczky, dont le travail a déjà été présenté, hybride dans *The Garden* les images d'un enfant filmé en vidéo avec un environnement virtuel tridimensionnel représentant un jardin entièrement calculé par ordinateur. Dans *Métaphore échouée* (1990), Marlène Puccini fait alterner des séquences d'images vidéo et d'images de synthèse. Les premières nous présentent des visages hiératiques et quasi immobiles de femmes, les secondes nous montrent des feuilles de papier froissées, sur lesquelles on reconnaît des lettres et des mots évocateurs — dont certains sont extraits de *La disparition* de Pérec (« l'œil faut, malédiction... ») —, parfois des bribes de phrases. Les feuilles de papier se plient et se déplient lentement avec une pulsation imperceptible. Elles sont réalisées en synthèse tridimensionnelle. Marlène Puccini les a construites dans un espace virtuel à trois dimensions, point à point, avant de les chiffonner, comme elle l'aurait fait avec de vraies feuilles. D'autres mots sont composés de lettres en trois dimensions — « che vuoi » — et se comportent comme des objets mobiles. Mais l'existence de ces mots est virtuellement projetée hors du temps puisqu'ils ne sont que la traduction de fichiers informatiques conservés dans la mémoire de l'ordinateur. Désormais indestructible, l'écriture synthétisée rend encore plus décalé, plus fragile et poignant, le regard de ces témoins intermittents dont l'image enregistrée est la preuve qu'ils appartiennent à un autre temps qui a cessé d'être. Les écrits restent, d'autant plus inaltérables qu'ils sont virtuels.

La différence entre les deux espèces d'images que sont l'image vidéo et l'image de synthèse tridimensionnelle rend difficile leur intégration

1. Voir la bande vidéo de Zbig, *Chef d'orchestre* (1990).

complète. Travailler à cette intégration exige de se tenir au point de rupture le plus fort entre les deux modes de figuration et d'inventer de nouveaux croisements. Une des solutions techniques (le mapping) consiste à utiliser l'image vidéo comme texture animée en plaquant cette image, après sa numérisation, sur des volumes tridimensionnels. Mais dès lors que la vidéo devient numérique elle perd une large part de sa spécificité. La ligne continue du balayage électronique devient la ligne discontinue et pixellisée de la matrice numérique, l'image n'est plus le résultat d'un enregistrement mais d'un calcul. Insensiblement, l'image vidéo dérive vers le numérique.

Les références aux arts de l'espace et aux arts multimédia.

Le numérique diffus atteint, à des degrés divers, tous les autres arts. Dès les balbutiements des ordinateurs, les sculpteurs ont été tentés par les possibilités du calcul automatique. La simulation de formes volumiques dans l'espace tridimensionnel ne pouvait pas les laisser indifférents, bien qu'elle ne puisse recréer la matérialité de ces formes. L'ordinateur a été surtout pour les sculpteurs un moyen leur permettant avant tout de concevoir leurs projets et de les visualiser avant la réalisation. Rob Fisher a été l'un des premiers à concevoir des environnements virtuels complexes et de grande envergure sur ordinateur. Jose Luis Alexanco étudie à l'écran ou sur traceur des petites figurines au profil fluide et voluptueux qu'il réalise en superposant des éléments découpés dans des matériaux rigides. Les sculpteurs se sont aussi intéressés à des interfaçages non visuels ; l'ordinateur, au lieu de produire des images sur un écran, agit directement sur un mécanisme capable de modifier un matériau solide (fraiseuse, scie mécanique, machines-outils, etc.). Yves Kodratoff sculpte ainsi des blocs de béton ou des plaques de polystyrène en déclinant des combinaisons de formes géométriques simples (cylindres en creux, plans rectangulaires).

Masaki Fujihata, auteur de nombreux films expérimentaux d'images de synthèse et de dispositifs interactifs, est aussi sculpteur. Les objets qu'il réalise sont exécutés avec une machine-outil numérique qui fraise, sous le contrôle d'un ordinateur, divers matériaux comme la brique ou le plastique ; il utilise aussi une technique qui permet de cristalliser une résine chimique par balayage laser. L'originalité de son travail tient à ce qu'il se sert du même programme de modélisation de formes pour créer des objets réels et des images en trois dimensions. Les formes de ces sculptures sont obtenues par le développement d'un arbre de variation sur un volume de base et réalisent une synthèse entre la géométrie et la biologie. Transparentes ou opalescentes, lisses ou légèrement striées, selon les matériaux empruntés, elles évoquent d'indéfinissables créatures dont les lignes et les volumes, d'une pureté provocante malgré leur complexité parfois extravagante, semblent parfaitement adaptées à une fonction secrète qui nous échappe.

On doit aussi à l'utilisation de circuits numériques (micro-processeurs, capteurs analogiques-numériques, transducteurs numériques-analogiques, scanner, etc.) un renouvellement d'un genre artistique mal connu, celui des robots, sortes de sculptures au comportement simulant l'autonomie du vivant. Une importante exposition, *The Robots,* à Nagoya, en 1992, a été consacrée à ce thème. On y découvrait entre autres un curieux cube de près de deux mètres de côté, *The Cubivore,* signé de John Barron et Alain Dun, dont l'aspect pelucheux appelait la caresse. Mais ce robot avait des sensibilités particulières : si vous caressiez certaines zones de sa fourrure il tentait de vous suivre en se frottant contre vous, comme un animal apprivoisé, en revanche, si vous passiez la main sur d'autres parties de son pelage, il vous fuyait en glissant sur le sol. Divers sons émis par le robot accompagnaient ces déplacements. Rick Sayre et Chico MacMurtrie présentaient un spectacle musical joué par d'énormes et puissantes créatures métalliques, intitulé *A Participatory Percussive Robotic Experience Leading to the Birth of the Tripple Dripping Fetus.* Ces robots étaient animés par des pompes à air comprimé contrôlées par des micro-ordinateurs. Ces mêmes auteurs présentent à l'exposition *Arte e Tecnologia,* à Saõ Paulo, en octobre 1997, un robot escaladeur qui grimpe après une corde pendant le long de la façade de l'Instituto Cultural Itaú. Christian Laroche réalise en 1994 une composition sculpturale de trois robots faits de tubes métalliques, de Plexiglas et de circuits électroniques, *Le Mime.* L'un évoque une sorte de bouche ouverte, l'autre une paire d'yeux humains, le dernier un mécanisme indéterminé ressemblant à un petit animal. Les robots réagissent à la présence du spectateur par des mouvements mécaniques, des jeux de lumières et de sons (un rire bruyant émis par la bouche) invitant celui-ci à retrouver des traces de sa propre image dans sa caricature robotique ou à la fuir.

Beaucoup d'installations, interactives ou non, n'auraient pu être réalisées, et dans une grande mesure imaginées, sans l'aide de ces circuits numériques qui permettent de mixer encore plus intimement images, sons, textes et actions mécaniques variées. Cette hybridation donne un nouvel élan aux œuvres multimédias tout en les maintenant dans une ligne de recherche bien établie qui s'origine dans les *mixed media*. Diana Domingues qui a beaucoup travaillé dans ce domaine a présenté en 1997, à *Arte e Tecnologia,* l'installation *Trans-E. Enigmas da pedra,* vaste dispositif où les mouvements des spectateurs à l'intérieur d'un espace quadrillé de capteurs déclenchent en temps réel des projections d'images vidéo et numériques pré-enregistrées sur un grand écran et des sons musicaux très rythmés. À mesure qu'ils se déplacent et selon le sens de ces déplacements, les mouvements des spectateurs sont analysés par un programme utilisant des modèles de réseaux neuronaux. Dans cette installation, Diana Domingues cherche, par le jeu des images dont la thématique s'inspire de symboles rupestres propres à la culture chaman, à plonger les spectateurs dans une sorte de transe visuelle et sonore où ils retrouveraient cet état extatique propre aux rites initiatiques. Loin de rompre avec les culture traditionnelles du Brésil, les nouvelles technologies pourraient, pour l'auteur, renouer au contraire avec elles des liens secrets, mais sur un mode esthétique et non plus religieux.

On retrouve l'utilisation de ces techniques dans certaines expérimentations chorégraphiques. Le couple de danseurs, N + N Corsino, a créé une chorégraphie enregistrée sur bande vidéo, *Totempol* (1994), où des danseurs réels se mêlent à des danseurs virtuels. Les danseurs virtuels sont calculés par un logiciel mis au point pour Merce Cunningham qui permet d'animer des danseurs virtuels évoluant dans un espace tridimensionnel comme une scène de théâtre, en fournissant à l'ordinateur, par écrit, les données définissant les mouvements. Les danseurs de synthèse ne sont pas traités d'une manière réaliste mais composés d'anneaux superposés, en noir et blanc. Le réalisme est tout entier reporté, en revanche, dans les mouvements des corps. Investir de nouveaux espaces et solliciter de fortes sensations synesthésiques est une préoccupation qui s'affirme de plus en plus chez beaucoup d'artistes.

Une des expériences les plus significatives dans ce domaine est la réalisation d'un multimédia subaquatique dédié aux cinq sens, *In Corpus* (1994), par Michel Redolfi et son équipe. Le spectacle a lieu dans une piscine où les spectateurs sont invités à plonger munis de lunettes et de tubas. Dans l'espace aquatique évoluent des danseurs en interaction avec des sons musicaux diffusés sous l'eau, des sources de lumières, des sculptures immergées, et même des odeurs, chaque média étant traité par un spécialiste. Il est évident que sans un appareillage technique complexe, notamment numérique, un tel spectacle ne saurait avoir lieu. Mais là encore la technique est diffuse, on pourrait dire à juste titre « noyée » dans un espace multisensoriel où elle veut se faire oublier au profit d'une vaste gamme de sensations synesthésiques résonnant au centre du corps — *in corpus* — que l'on ne peut éprouver qu'artificiellement.

Hybridation généralisée.

Il pourrait donc sembler à première vue que les arts numériques soient condamnés à une sorte de dispersion dans les autres arts et restent de ce fait captifs de leur influence. Ils n'auraient d'autre issue que de renvoyer inéluctablement à des arts de référence et de se soumettre à leurs critères. Ce serait oublier que l'art du XXe siècle s'est attaché systématiquement à rompre avec tous les savoir-faire traditionnels et les critères qui leur étaient attachés : l'ensemble des Beaux-Arts d'abord, mais aussi les arts plus récents, comme la photographie, le cinéma et la vidéo. Et même si l'on note certains retours à la tradition picturale et au métier, dans le domaine de la peinture ou de la sculpture, l'art actuel continue de s'insurger contre toute forme de spécificité exclusive et de s'ouvrir à toutes les techniques, à tous les croisements possibles entre ces techniques, à toutes les expériences esthétiques auxquelles elles invitent. Cette dé-spécification des pratiques artistiques s'inscrit pleinement dans une continuité historique déjà longue. Elle sous-tend une part prépondérante de l'esthétique propre à la seconde moitié du XXe siècle et trouve dans le numérique les moyens idéaux pour s'accomplir pleinement. Ce qui n'est pas étonnant, puisque la logique propre à la dé-spécification, déjà très présente dans l'art dès le début du siècle, s'est singulièrement renforcée et précisée sous l'effet, après les années soixante, de l'évolution technologique et du déplacement des centres d'intérêt qu'elle a provoqué chez les artistes. Il en résulte que si les pratiques artistiques numériques sont actuellement les plus aptes à s'hybrider aux pratiques artistiques préexistantes, elles sont aussi les plus aptes à renforcer cette tendance à la dé-spécification qui fait éclater les critères classiques de l'art. La volonté de faire de l'art avec « n'importe quoi », n'importe quel matériau et n'importe quelle technique, trouve un prolongement continu et un nouvel essor dans la simulation, puisque le réservoir des matériaux et des techniques, le « magasin d'images et de signes » évoqué par Baudelaire, s'étend maintenant à tout l'univers des modèles fournis par la technoscience. Loin d'introduire une rupture déchirante dans la continuité, au demeurant assez fragile, de l'art, le numérique ne fait que lui apporter en fin de compte les moyens technologiques qui lui conviennent. Bien utilisé, soumis à un projet esthétique cohérent, tout modèle logico-mathématique peut être détourné de ses fonctions originelles scientifiques (rendre le réel intelligible). Les pratiques artistiques numériques ne se dispersent pas, par conséquent, dans les pratiques préexistantes, elles s'y hybrident tout en renforçant leur éclatement et leur renouvellement, non sans entraîner certains effets pervers.

Est-ce à dire que ces pratiques, dont la spécificité technique est clairement définissable, ne pourraient que se laisser piéger par cette propension irrépressible à la dé-spécification et seraient incapables d'impulser un art original ? N'y aurait-il pas, sous la continuité de la surface, rupture radicale du fond ? Autrement dit, est-ce que cette disposition à l'hybridation peut engendrer une cohérence, une unité propre, et paradoxalement une forme de spécificité caractéristique d'un art nouveau ? Il semble, en effet, qu'à partir du moment où l'artiste opère non plus sur des matériaux bruts, de nature physique ou même énergétique comme les matériaux électroniques de la vidéo, mais sur des matériaux symboliques — le langage de la programmation informatique —, tout le rapport de l'art au réel se trouve singulièrement bouleversé. Les *conditions* de la création ne sont plus induites essentiellement par la relation de l'artiste, et de son imaginaire, au réel mais par sa relation à la simulation numérique du réel, c'est-à-dire au virtuel dont les processus computationnels s'interposent invisiblement, s'interfacent, entre l'artiste et le réel. Le contact entre le réel et le sujet (le sujet créateur mais aussi le sujet spectateur) n'a plus lieu qu'à travers des interprétations formalisées de la réalité — des modèles logico-mathématiques.

Le passage des techniques analogiques, telles que la photo, le cinéma et la vidéo-télévision, aux techniques numériques s'accompagne d'une succession de ruptures radicales affectant directement la perception de l'espace et du temps. En ce qui concerne l'espace, je rappellerai le caractère utopique de l'image numérique (visuelle, textuelle, sonore, ou tactilo-proprio-kinesthésique dans certains cas). En perpétuelle transformation, diamorphose (passage d'une forme à l'autre), interaction, enregistrement/lecture, translocalisation, réduite à des flux de micro-impulsions électroniques et projetée hors de tout lieu propre et fixe, elle fait corps avec les circuits de l'ordinateur et ses prolongements réticulaires. Image-matrice, quand on la définit dans sa morphogenèse, image-réseau, quand on la définit dans son mode de distribution, elle contient une infinité potentielle d'autres images. C'est une image à la puissance image. Le regardeur ne se contente plus de la percevoir à distance, il interagit avec elle, il la commande du geste, du regard ou de la voix ; il ne s'arrête plus à sa surface, il s'y plonge totalement. Telle Alice après la traversée du miroir, il y rencontre des « êtres » virtuels d'origine réelle ou imaginaires, qu'il peut voir, entendre, toucher. L'espace virtuel qui s'ouvre à lui est sans commune mesure avec l'espace de représentation traditionnel.

Alors que les médias photographique, cinématographique, et vidéo-télévisuel représentent ou présentent le réel tel qu'il s'inscrit dans les mémoires optiques, chimiques ou électroniques des caméras, l'image numérique ne résulte d'aucun enregistrement. N'ayant pas pour fonction de représenter, ni de présenter, mais de simuler, elle est une anti-trace, une anti-mémoire, en même temps que, paradoxalement, elle acquiert une totale indégradabilité, en principe du moins. Elle ne renvoie plus à des événements mais à des éventualités, perpétuellement redéfinissables et réitérables, dépendant du devenir même de l'image, des programmes qui l'engendrent et des interaction du regardeur. L'image numérique est uchronique ; elle franchit le mur du temps et nous projette dans un hors-temps, comme dit Prigogine, « suspendu entre le Temps et l'Éternité », ou encore, comme auraient dit les Grecs, entre *chronos* et *aiôn*.

Dès lors, les esthétiques traditionnelles — et, ne l'oublions pas, relativement récentes — d'appropriation, de détournement, de déconstruction, d'exhibition des processus, de la négation de l'objet au profit du projet, du produit au profit de la production, ou de transfiguration du réel, propres à la représentation et à la présentation, perdent leur raison d'être. Peut-on, en effet, encore parler d'appropriation à propos des objets numériques qui sont par définition diamorphiques (entre deux formes), utopiques (sans lieu propre), uchroniques (sans temps propre, et donc imprésentables), sans identité fixe ni permanente, sans auteur unique ni définitif ? Peut-on parler d'un quelconque détournement de l'ordinateur, alors que celui-ci n'a de finalité que celle que son programme lui donne ? Peut-on parler de transfiguration, alors que le virtuel est déjà une transfiguration (ou une défiguration peut-être pour certains) technologique du réel ? Quel intérêt l'art numérique aurait-il enfin à exhiber ses processus ? Alors que l'art processuel s'attachait, non sans pertinence, à analyser, à déconstruire et à exhiber les opérations cachées présidant à la création ou à la socialisation de l'art, l'art numérique ne gagnerait rien à exhiber des processus qui ne sont plus que programmatiques, résidus recyclés de la technoscience. Il n'y a plus rien à voir dans un programme informatique ; seuls, ses résultats comptent.

L'effet de dispersion du numérique n'est qu'apparent. Loin de se disperser dans les autres arts ou dans les autres médias, le numérique les contamine, insidieusement mais irréversiblement. Sa force de contamination tient à la simulation et à son pouvoir d'hybridation. Car en décomposant l'image, le texte et le son, ou le geste, en ses ultimes éléments et en les réduisant à de purs symboles que seul un langage approprié peu « comprendre » et ordonner, le numérique devient un très puissant moyen d'hybridation. Certes, le pixel, ou plus généralement le bit, sorte d'unité génétique donnant accès au sens, n'est pas constitué comme un gène. Le terme reste métaphorique, mais il désigne un niveau d'opération sur les données quasi génétique ; ce sont plutôt les programmes qui se rapprocheraient des gènes. Certains programmes se sont même délibérément inspirés de modèles génétiques. Mais cette hybridation, si elle est bien le fruit du *soft,* c'est-à-dire de la programmation, a conservé tous les caractères que le terme emprunte à sa racine grecque *(ubris)* qui désigne l'excès, tout ce qui dépasse la mesure, la violence et le viol. L'hybridation est aussi agression, dénaturation.

Chapitre 3

Une nouvelle figure de la subjectivité

Le sujet interfacé.

De toutes les hybridations vers lesquelles le numérique incline, c'est l'hybridation du sujet et de la machine, à travers les interfaces, qui est la plus violente et la plus décisive. Violente, parce qu'elle projette le sujet — aussi bien l'auteur de l'œuvre que le spectateur, l'artiste que l'amateur d'art —, dans une situation nouvelle où il est mis instamment en demeure de se redéfinir ; décisive, parce que l'émergence de ce que l'on pourra appeler un art de l'hybridation dépend d'elle. L'appareillage numérique du sujet bouleverse, en effet, à nouveau les rapports du JE et du ON, mais d'une manière qui s'avère sans commune mesure avec ce que l'on a déjà connu. Ce ne sont plus seulement les techniques de figuration qui sont touchées peu à peu par le numérique mais la plupart des activités humaines ; nul n'y échappe. Nul n'échappe non plus à l'altération radicale qu'il subit, autant en lui-même que dans ses relations intersubjectives, en s'interfaçant avec des processus computationnels. Cette métamorphose a été soulignée par beaucoup d'observateurs. Les uns ont remarqué d'abord les possibilités de duplication du sujet que permet la simulation. Le *clone* en a été la figure principale, comble du simulacre, avec son cortège de frayeurs sacrées, sa désincarnation, son immatérialité diabolique, clone numérique redoublé par le clone biologique, manifestant les mêmes symptômes : dissolution de toute individualité, de toute différence, de toute altérité, bref de toute humanité, dans une mécanisation impitoyable, objet de toutes les manipulations, mutations, dénaturations possibles. Tandis que d'autres, poussés par un optimisme naïf, voyaient dans la même figure le Nouvel Homme — Cyber affublé de tous les suffixes imaginables — et l'espoir pour une société en crise de changer de peau.

Parmi les artistes, Roy Ascott a compris très tôt que les technologies des télécommunications, en nous imposant des rapports interactifs multiples et non plus duels à travers les réseaux, affectaient sérieusement nos relations intersubjectives et la nature même de notre présence à l'autre. Aussi introduisit-il l'idée d'une « présence virtualisée », d'un « moi individuel distribué » à travers le maillage des réseaux et de ses nœuds et non plus localisé ponctuellement, comme l'avait été l'œil dans le système de figuration fondé sur la représentation optique. À ce moi distribué, intégré au corps des interfaces, correspondraient des formes de significations « impliquées » ou multiples. Nature et technologie, intimement mêlées, donneraient ainsi naissance à une nouvelle nature et à une nouvelle conscience étendue aux dimensions de la planète. Si l'on retrouve chez Ascott les utopies généreuses des premiers cybernéticiens ou même d'un Theillard de Chardin, il faut reconnaître que sa conception d' « auteur distribué » définit bien l'un des caractères principaux du sujet interfacé.

Siegfried Zielinski, théoricien des médias, qui s'appuie sur les travaux du groupe Knowbotic Research, se méfie des illusions d'ordre global et universel qu'accréditeraient les réseaux numériques ; il ne cherche pas l'universel dans le vaste monde réticulaire mais le particulier, l'hétérogène dans toute sa complexité. Cette complexité serait facilitée par la création d'événements artistiques locaux et autonomes dans le réseau. Pour lui, la subjectivité, telle qu'elle apparaît, tiendrait dans cette possibilité d' « action à la frontière » que permet le réseau où l'on peut de l'intérieur imaginer ce qu'est l'extérieur et de l'extérieur penser l'intérieur. La subjectivité se déplacerait ainsi à la frontière des interfaces. Pierre Lévy qui définit la nouvelle subjectivité comme « fractale » fait remarquer que les techniques qu'il appelle les « techniques de l'intelligence » reposent hors des sujets (cognitifs) mais aussi entre les sujets et dans les sujets eux-mêmes. Objets (de connaissance) et sujets (cognitifs) s'emboîtent réciproquement dans un rapport fractal[1]. La subjectivité serait pour lui plurielle, il y aurait plusieurs (catégories de) sujets. Derrick de Kerckhove oppose au point de vue traditionnel hérité de la Renaissance un autre point de référence, d'« autoperception », qui serait le « point d'être ». Le point d'être permettrait de développer une sensibilité particulière propre au réseau fonctionnant sur le mode tactile. Il évoque aussi, à la suite de David Rokeby à qui l'on doit le concept de « subjectivité représentée », l'idée d'« aliénarisation », c'est-à-dire d'une subjectivité « empruntée » qui permettrait au sujet de revêtir d'autres identités, de s'hybrider à d'autres sujets[2].

1. Pierre Levy, *Les techniques de l'intelligence*, éd. La Découverte, 1990, p. 196-198.

2. Derrick de Kerckhove, « Esthétique et épistémologie dans l'art des nouvelles technologies », *Esthétique des arts médiatiques, op. cit.*, p. 19-30.

Mario Costa développe, autour d'une esthétique du sublime technologique, l'idée d'un sujet « faible » ou relativement « dissocié » : l'« hyper-sujet planétaire ». Cet hyper-sujet reste toujours un sujet. Il ne s'agit pas pour le théoricien de l'esthétique de la télécommunication de substituer à un sujet métaphysique une absence de sujet tout autant métaphysique, mais de « comprendre comment un dispositif donne forme au sujet qui se produit en lui et le fait fonctionner ». Il s'agit de comprendre aussi « comment dans les arts technologiques le sujet est présent dans le travail qu'il a réalisé, c'est-à-dire ce qui apparaît de lui et reste dans sa production, ou mieux, si le dispositif qu'il a mis en œuvre lui permet de manifester sa *présence,* et comment[1] ». Le nouveau rôle dévolu à l'artiste consisterait alors non pas à s'exprimer, à exposer des sentiments ou à étaler son moi, mais à symboliser de façon impersonnelle l'idée de la puissance humaine telle qu'elle se manifeste à travers les technologies. L' « auteur sublime » serait celui qui accepterait de s'éclipser derrière son œuvre : un « sous-auteur ». Le produit d'un tel sujet serait à la fois paradoxalement « impersonnel et ultra-subjectif ».

Il faut observer que la grande majorité de ces réflexions sur les rapports du sujet et de la technologie ont été suscitées par les télécommunications et le fonctionnement des réseaux qui modifient plus explicitement la position du sujet en le plaçant dans une situation de connexion où les effets de distribution sont très accentués. Mais l'altération du sujet ne se limite pas au domaine des télécommunications, elle se produit dans tous les cas où le sujet se retrouve dans une situation duelle avec la machine numérique, en face à face. Pour saisir et identifier complètement ces changements, il faut reconsidérer d'abord la nature de l'appareillage et réinsérer le sujet dans ses relations avec l'image et l'objet. Sitôt qu'il est appareillé à un dispositif numérique le sujet voit ses possibilités d'action se démultiplier sous l'effet des automatismes. Le champ du ON s'agrandit encore indéfiniment, vertigineusement puisqu'il s'étend jusqu'à certains processus de pensée, avec l'intelligence artificielle, qui ont semblé très longtemps être le propre de la subjectivité.

Le choix, par exemple, d'un hyperlien parmi une multitude d'autres dans une navigation sur le Web, les décisions successives que chacun prend quand il est confronté avec un dispositif interactif en temps réel. Un simple dessin avec une souris ; même si ce dessin peut être copié,

---

1. Mario Costa, *Le sublime technologique,* Lausanne, IDERIVE, 1994.

déplacé, agrandi, imprimé, transmis, automatiquement, il garde la trace de la main de celui qui l'a imaginé, une certaine subjectivité. Mais cette trace de la main, issue d'un comportement singulier, ce choix, cette réaction ne sont intelligibles par l'ordinateur que parce qu'ils sont numérisés, basculés dans le virtuel. La simulation réduit implacablement le sujet, dans ses automatismes et dans sa subjectivité, dès qu'il franchit une interface, à cet analogon virtuel composé de pures données symboliques. À un sujet-ON donc qui ne cesse de voir ses automatismes croître, s'articule un sujet-Je qui ne cesse, lui aussi, parallèlement de se virtualiser, c'est-à-dire de s'automatiser. Si cette automatisation ne semble que prolonger, en toute continuité, un phénomène irréversible imposé par le développement technologique, la nature de l'automatisation change, elle, du tout au tout. L'automatisation fait intervenir désormais des processus symboliques et produit des doubles virtuels.

La simulation numérique n'affecte pas seulement le sujet, elle affecte aussi l'image et l'objet. Dans le monde virtuel, le sujet partage avec l'objet et l'image des propriétés identiques propres à la simulation. Objet, sujet et image se désalignent, se déhiérarchisent. Entre chacun d'eux, se sont glissés le langage de la programmation et les interfaces qui relient le monde réel et le monde virtuel, effaçant toutes frontières, forçant les deux mondes à commuter. Objet, sujet et image dérivent alors les uns par rapport aux autres, s'interpénètrent, s'hybrident. Le sujet, aussi bien le sujet-On que le sujet-JE, cesse alors d'occuper cette position surplombante, épistémique, qu'il occupe traditionnellement. Le sujet lui-même hésite entre l'état d'objet et d'image (l'ordinateur nous « perçoit » comme une image), de même que l'image hésite entre l'état d'image et d'objet. Le sujet ne se tient plus à distance de l'image, dans le face à face dramatique de la représentation, il y plonge ; il se défocalise, se translocalise, s'expanse ou se condense, se projette d'orbites en orbites, navigue dans un labyrinthe de bifurcations, de croisements, de contacts, à travers la paroi osmotique des interfaces et les mailles sans frontières des interréseaux. Le sujet interfacé est désormais plus *trajet* que sujet.

Au cours de ces trajets et dérives dans l'espace virtuel, le sujet entre en contact avec d'autres sujets virtuels — ses homologues. Mais les conditions des échanges intersubjectifs ne sont plus celles qui régissent la représentation. Dans la représentation optique, le centre de projection est occupé tour à tour par le peintre, ou l'auteur de l'image, et le regardeur. En partageant ce même point de l'espace, l'un et l'autre partagent aussi, mais par image interposée, la même temporalité : le regardeur retrouve le temps du peintre, sa trace, son geste. C'est ainsi qu'une certaine subjectivité propre au peintre, ou à l'imageur, diffuse vers le regardeur, et met l'un et l'autre en résonance. Le cinéma procède de la même façon, techniquement, ajoutant à la représentation optique l'illusion du mouvement ; d'où l'importance des mécanismes, suscités ou combattus, de l'identification qui se déporte plus sur les personnages des films et les acteurs qui les incarnent que sur l'auteur (le point de vue de la caméra). Mais avec la télévision, l'image est perçue au moment même où elle est saisie et transmise. Le spectateur entre en résonance instantanée, à distance, avec l'imageur, ce que ni la photo ni le cinéma ne peuvent faire.

Tout change encore une fois avec les technologies numériques. Dans un dispositif interactif en temps réel, la résonance entre deux sujets interfacés, l'auteur et le spectateur, ou entre plusieurs sujets, comme dans le cas des réseaux (ou de la communication dite « réaliste », par exemple), qui semble totale et authentique, est une simulation de résonance. Car, si les sujets interagissent l'un sur l'autre avec le sentiment d'un présent partagé en temps réel, en réalité l'infime et imperceptible fraction de temps qui s'intercale entre les séquences d'informations que les sujets perçoivent comme continues, d'importants processus computationnels ont lieu. En outre, s'il y a bien toujours intersubjectivité, cette intersubjectivité s'établit par l'intermédiaire de doubles virtuels. En sorte que, bien que le mode dialogique se rapproche de la communication linguistique par son immédiateté et sa référence à un présent partagé par les deux sujets, il s'en éloigne aussi puisque ce présent n'est pas le propre des sujets qui interagissent. Comblé de calculs, celui-ci glisse hors du temps de la communication. La sensation de présence, de présent partagé, très forte au demeurant et impressionnante, entre ma main qui, par l'intermédiaire d'un gant de données, saisit la main d'un interlocuteur situé aux antipodes, ou dans la pièce voisine, et en ressent la pression, est le produit de calculs.

Dès lors qu'il s'appareille à un réseau numérique le sujet acquiert enfin une sorte d'*ubiquité dialogique* qui n'a plus rien de commun avec l'impression d'ubiquité que donnent les moyens de transmission non numériques de l'image et du son, comme la télévision. On pourrait même y voir une nouvelle perception « synaptique » ou « rhizomatique », née du couplage homme/ordinateur/homme, qui nous ouvrirait un espace virtuel réticulaire et connectif, doté de caractéristiques topologiques spécifiques et constituant un milieu situé à mi-chemin entre l'individuel et le collectif, le sujet et la société. Cette transformation du sujet ne me paraît pas toutefois confirmer l'hypothèse de l'émergence d'une conscience planétaire évoquée par Roy Ascott et d'autres, du moins au sens psychique. L'échange de fragments d'informations, voire de perceptions, même s'il favorise une ouverture et une mobilité des sujets interconnectés, ne crée pas *ipso facto* une conscience dont le propre, d'un point de vue psychique, est d'unifier fortement, en un centre individualisé et capable de se ressaisir lui-même, les éléments épars qui constituent en chaque être connaissances, sensations, mémoire, affectivité, intentionnalité, imaginaire.

*Le sujet interfacé et l'*historia.

Il est intéressant de suivre maintenant les évolutions d'une notion évoquée tout au long de ce livre : l'*historia*. Cette *historia* où s'affirme et s'élabore la singularité irréductible d'un sujet, ce qu'il possède en lui de propre et qui échappe à l'automatisation. Or, rappelons-le brièvement, au fur et à mesure que les automatismes techniques se sont développés, ils ont non seulement dépossédé sans cesse le sujet de ses capacités à figurer le monde, mais ils l'ont aussi privé de son privilège principal : concevoir l'*historia*. Il ne lui restait plus qu'à compenser cette dépossession par un déplacement de sa subjectivité et de sa façon d'imaginer cette *histoire*. Depuis la photographie, les générations d'artistes qui se sont affronté à cette automatisation croissante des techniques figuratives n'ont cessé de réinventer l'*historia*, redéfinissant à chaque tentative la double figure d'un sujet oscillant entre le JE et le On.

Le nouveau destin de l'*historia* tracé par les technologies numériques, est fort déconcertant. Si le numérique ne vise plus essentiellement à automatiser des processus de figuration du monde mais à y substituer des processus tendant à recréer virtuellement ce monde par simulation, y compris le sujet lui-même, il n'évince pas de ce monde le sujet ; il en déplace la position. Il existe encore un sujet-Je, tout en amont des opérations, qui en conçoit le projet, qui en reste l'auteur originaire, quelle que soit sa responsabilité technique — qu'il écrive les programmes de sa main ou qu'il se contente d'utiliser des programmes déjà existants —, puisant dans sa mémoire, dans son histoire ou sa mythologie personnelle, dans son imagination et sa sensibilité. Cet auteur a toute liberté pour choisir et combiner ses modèles, concevoir les interfaces qui relieront l'ordinateur au monde réel et au spectateur. Mais la machine libère aussi l'auteur de nombreuses tâches, d'opérations toujours plus complexes, en les automatisant. Elle fait même beaucoup plus : elle le libère d'une large part de sa propre responsabilité d'auteur. L'auteur est appelé à *déléguer* de fait à la machine une part importante de cette responsabilité. Cette délégation de responsabilité s'étend à l'œuvre elle-même — mi-œuvre, mi-machine —, devenue à son tour « responsable », ainsi qu'au spectateur qui se voit attribuer la possibilité d'agir sur l'œuvre et de la modifier, de la faire croître, d'en devenir donc le *coauteur,* dans les limites imposées par le programme. Sans la présence active de cet autre auteur, sans son regard, sans son action, l'œuvre et son *historia* ne sauraient s'accomplir.

On fera remarquer que cette responsabilité est réduite à bien peu de chose et que le, ou les destinataires, ne font que ce qu'ils sont autorisés à faire. L'objection avait déjà été avancée à propos des œuvres impliquant la participation du spectateur. On a cru y répondre en faisant valoir que cette responsabilité dépendait des possibilités effectives de l'interactivité et que, plus celles-ci étaient complexes, plus la participation était grande. En réalité, la responsabilité ne se mesure pas en terme de complexité mais en terme d'implication individuelle. Un simple choix binaire peut être beaucoup plus engageant qu'un éventail d'interventions sophistiquées qui ne s'adressent, comme dans certains jeux électroniques, qu'à ce que le sujet a déjà en soi de plus automatisé et de plus anonyme. Tout dépend finalement du projet global et de sa capacité à provoquer cet engagement. C'est peu de choses de pédaler sur le vélo de Jeffrey Show, mais quand chaque tour de roue nous fait avancer dans une ville aux murs faits de mots et de phrases, dont le déroulement dépend de notre propre volonté, notre engagement de coauteur est incontestable. C'est peu de choses de cliquer sur une icône ou sur un lien, mais quand le programme est bien conçu, les résultats peuvent être très riches en même temps que très personnels. On objectera aussi que la liberté du coauteur est toujours très limitée et qu'il ne peut pas, par exemple, sortir de la ville ou du programme. Reprocherait-on à l'interprète d'une sonate de Mozart de ne pas pouvoir en tirer une symphonie ? C'est le jeu de ces contraintes décidées en amont qui autorise, non pas le chaos, non pas le bruit, mais une participation imaginative à l'*historia*, devenue collective, de la part du spectateur. L'*historia* se compose à deux : elle est, partiellement mais effectivement, l'œuvre du regardeur, la projection de ses réactions, de ses pensées, de sa subjectivité ; elle est le produit de deux sujets qui hybrident leur singularité respective à travers une interface. Et lorsque cette œuvre met en relation, via un réseau numérique, une multitude d'autres acteurs naviguant dans le même espace dialogique, cette responsabilité se partage, se fractalise, en milliers de coauteurs. L'*historia* se compose alors à plusieurs. L'image (le texte, le son...) devient le produit d'un immense rassemblement d'auteurs interfacés, à travers l'espace. C'est au cours de la genèse de cette *historia,* jamais écrite d'avance mais toujours éventuelle, que s'organisent les échanges intersubjectifs. On ne saurait donc parler, si l'élaboration collective de cette *historia* s'inscrit dans un projet esthétique, d'une disparition de la personne et de la signature. Plus que tout autre moyen de communication, les réseaux exigent une signature. Nul n'entre dans un réseau sans une identité dûment déclarée, même si cette identité d'emprunt dissimule son identité véritable (certains aiment à jouer à cache-cache). Seulement, la notion de signature s'est, elle aussi, déplacée. Elle ne renvoie plus à la personne unique d'un auteur qui n'existe que par son seul nom, mais à un coauteur qui participe au projet avec sa propre *historia*.

On assiste dès lors, avec la simulation numérique, non seulement à un ultime déplacement de la responsabilité de l'auteur mais encore à une *automatisation de cette responsabilité*. Une responsabilité qui ne passe plus prioritairement par quelque éblouissement de la conscience, par quelque mystérieuse inspiration, par la révélation métaphysique d'un libre-arbitre, par la volonté ou le désir, par une affirmation ou une expression exacerbée du moi, mais par la manipulation de savoir-faire technoscientifiques hypersophistiqués, par une relation de l'homme à la machine entièrement renouvelée. Il s'agit là d'un nouveau régime de la responsabilité, d'une responsabilité *assistée* par ordinateur. Ce qui pour certains ne manquera pas d'être scandaleux, comme paraît scandaleuse, pour les mêmes, une quelconque intelligence artificielle. Il s'agit, pour conclure, d'une nouvelle figure de la subjectivité.

Chapitre 4

Art, technoscience et société à l'ère numérique

Les raisons de la machine.

Cette spécificité qui caractérise l'hybridation entre les arts, s'étend aussi aux rapports que l'art entretient avec la science et la technique, et plus précisément avec ce nouveau complexe de savoirs et de savoir-faire qu'est la technoscience. Depuis la Renaissance, l'art a le regard tourné vers la science : mathématiques au sens large, avec la géométrie et les nombres, anatomie, dissection, optique, théories de la couleur, théories de la perception, évolutionnisme, darwinisme, théorie de la relativité et de la quatrième dimension, géométries non-euclidiennes, psychanalyse, linguistique structurale, cybernétique, théorie de l'information, théorie des jeux, et depuis quelques années, mathématiques du chaos, des objets fractals, sciences cognitives et sciences du vivant. Mais l'influence de la science est indirecte et métaphorique. Sauf en ce qui concerne l'optique et la géométrie, ou l'anatomie (qui est expérimentale), elle donne plutôt des idées, elle inspire, elle confirme ou elle sert d'alibi. Les matériaux, l'expérience sensible, sont, eux, fournis par les techniques. Avec le numérique, qui est à la fois science et technique, cette influence cesse d'agir par métaphores et images. En lui procurant ses nouveaux moyens de figuration, le numérique s'infiltre au cœur le plus intime de l'art. Il lui offre, il lui impose ses matériaux et ses processus. La technoscience prend ainsi une importance de plus en plus décisive dans la destinée de l'art : elle en constitue le soubassement fatal, elle en oriente irrésistiblement les tendances esthétiques. Toute œuvre se construit avec les résidus de la science.

À l'âge classique, Nicolas Poussin exigeait de la matière employée par le peintre qu'elle fût noble et ne reçût « aucune qualité de l'ouvrier », autrement dit qu'elle ne fût pas déjà travaillée, préformée. Au fur et à mesure que l'art s'est engagé dans une logique de dé-spécification, il a recherché des matériaux de plus en plus travaillés, portant la marque de l'ouvrier, ou plus justement de l'industrie, voire encore, comme l'a fait l'Arte povera, de la nature elle-même, invoquée alors comme une sorte d'ouvrier suprême. Mais les matériaux fournis par le numérique sont d'une extrême complexité. Leur usage, qui est loin d'être toujours conscient chez les artistes, bouleverse le rapport de l'art au réel et à la connaissance. Les matériaux de l'art classique, comme les matériaux de l'art moderne, sont des matériaux visibles, pesants, résistants, sensibles, même la vidéo qu'on a dit déjà immatérielle. C'est en les informant, que l'artiste les rend saisissables par les sens et par l'intelligence et qu'il les fait entrer dans la sphère du symbolique. Il en est tout autrement avec le numérique. Les matériaux sont déjà des interprétations raffinées du monde. Le numérique ne peut mettre en forme que ce qui a déjà été mis à la raison. Car c'est bien le langage de la raison, ou du moins d'une certaine rationalité, celle de la science et de ses paradigmes, que parle la programmation. Celui de l'opérationalité technoscientifique. Image, objet et sujet virtuels sont des réductions formalisées du réel — et c'est à ce prix qu'ils acquièrent leur extraordinaire et inquiétante efficacité —, d'un réel dont ils perdent l'opacité et l'infinie richesse. Le symbolique auquel donne accès, *techniquement,* le numérique est un symbolique qui renvoie à un univers totalement intelligible, purifié au feu du calcul.

D'où, chez les uns, une conception de l'œuvre virtuelle ramenée à une pure idée dans laquelle résiderait à la fois l'origine et la vérité de l'œuvre[1]. L'idée fondamentale — le paradigme — contiendrait en puissance tous les modèles possibles de l'œuvre, lesquels se donneraient à voir, eux, au moyen des images. L'artiste aurait pour rôle d'amener le spectateur, après qu'il a perçu, par les sens, les images engendrées par les modèles, à saisir, par l'intelligence, l'idée de l'œuvre pour en contempler la vérité. On pourrait inscrire cette esthétique dans la tradition platonicienne, si elle ne considérait l'idée comme un mélange d'intelligibilité et d'émotion, comme un « moment de vie créatrice ». Avec cet appel à l'émotion et à la vie, l'idée reprend de la chair et l'œuvre virtuelle cherche à ne pas se réduire à une abstraction logicomathématique. Mais le rôle de l'art, dans cette perspective, reste fondamentalement anagogique. Il s'agit d'élever le spectateur, en jouant sur les « intermédiaires » (les modèles), jusqu'à l'essence même de l'œuvre, à son origine et à sa vérité. La forme n'est qu'un moyen d'accéder au sens.

---

1. Voir à ce propos : Philippe Quéau, *Le Virtuel. Vertus et vertiges,* Champ Vallon-INA, 1993.

D'où également, les critiques adressées par d'autres, à ces œuvres et en général à toutes les images produites par le numérique. L'apparition des images de synthèse dans le grand public a, en effet, suscité une violente critique. Il est vrai que les discours naïfs et l'absence de qualité artistique de beaucoup de ces images qui n'étaient admirées que pour leur réalisme cinématographique ou leur haute technicité n'ont pas favorisé leur compréhension. Par ailleurs, la critique a amalgamé les images produites par l'industrie et les images créées par les artistes, rejouant un ton plus haut, mais avec les mêmes arguments, ce que l'on avait entendu déjà plus d'un siècle auparavant à propos de la photographie. On leur reprochait leur perfection froide, leur virtuosité glacée, leur odeur de mathématique, leur effet magique et hallucinatoire, leur hyperréalisme. Tout en surface, ces images, qui tantôt ne sont que des images, tantôt ne sont même pas des images, n'auraient pas d'intérieur, pas d'âme, pas d'origine, pas de retentissement symbolique, pas de mystère, pas d'ombre, pas de corps, pas de présence : elles ne seraient que simulacres. Marc Le Bot a soutenu radicalement qu'aucune création n'était possible *a priori* avec l'ordinateur pour la seule raison que tout vécu corporel y était éliminé[1]. Il reproche, par exemple, à Manfred Mohr de croire que le travail de création correspond à un algorithme, une combinatoire. La technologie dans les arts visuels mettrait le corps aux aguets, ou le fascinerait, mais serait incapable de produire du sens. Celui-ci ne saurait naître que du corps, « inépuisablement énigmatique », et de sa « sensualité multiple ». L'interactivité ne changerait rien puisqu'elle reste programmée ; « la machine impose toujours ses raisons ».

La position de Stelarc est diamétralement opposée à celle de Le Bot. Pour cet artiste, les technologies rendent le corps obsolète. Le corps n'est plus qu'un objet à modeler, à reconcevoir en termes modulaires. La pression planétaire la plus significative n'est plus l'attraction gravitationnelle mais la poussée de l'information qui propulse le corps hors de lui-même et de sa biosphère. Dans certaines de ses dernières performances, Stelarc exhibe un corps traversé d'endoscopes et de capteurs divers (électro-encéphalogramme, électromyogramme, plethysmogramme, Doppler, capteurs des mouvements des membres). À ce corps amplifié est greffée une troisième main robotique dont les mouvements sont déclenchés par les signaux provenant des muscles de son abdomen et de

1. Marc Le Bot, « Fonction et hasard », *Traverses* n° 26, oct. 1982 et « Les machins », *Traverses* n° 44-45, sept. 1988.

ses jambes. Un ordinateur coordonne l'ensemble des données émises par le corps et en projette sur des écrans les images internes, les courbes et les graphiques, et à travers des haut-parleurs les chuintements et les gargouillements, dans un concert assourdissant et surprenant, difficilement supportable. Une version de cette performance portée sur le Web invite les cybernautes à se greffer à leur tour, via le réseau, sur son corps et à participer ainsi à son éclatement. Fin du corps, donc, du moins dans son intégrité biologique, qui n'est plus le siège prioritaire de la pensée, du social ou du désir. Ce qui fait sens désormais, pour Stelarc, n'est plus le rapport homme/femme mais l'interface homme/machine. La mort elle-même cesse d'authentifier notre existence ; elle constitue une stratégie d'évolution dépassée. « Après avoir été un conteneur du corps, [la technologie] en devient un composant. En tant qu'instrument, la technologie a fragmenté et dépersonnalisé l'expérience ; en tant que composant, elle donne le pouvoir de s'écarter de l'espèce. Il n'y a plus désormais aucun avantage à rester "humain" ou à se référer à l'espèce, l'évolution s'arrête dès lors que la technologie envahit le corps. » « Le corps doit éclater hors de ses contenants biologique, culturel et planétaire[1]. » Même si la vision de Stelarc reste captive d'un certain expressionnisme et d'une dramaturgie qui se tient loin de la réalité *soft* et insinuante du numérique (toutes ces techniques sont évidemment numériques), elle montre avec violence que le corps n'est plus cet invariant de l'affectivité et du vécu, qu'il est appelé à changer peu à peu de nature et qu'il entraîne dans cette mutation le sujet lui-même.

Ce n'est pas tant, par conséquent, l'absence du corps et de son vécu qui fait question, que la possibilité pour un sujet de composer librement avec la technologie. Or, ce qui risque d'asservir le sujet à cette technologie et de lui interdire d'imaginer sa propre *historia,* ce n'est pas la nouveauté ni l'efficacité « surnaturelle » des automatismes numériques, c'est leur sujétion à la technoscience, c'est le renversement de la situation de création que connaît l'artiste lorsqu'il travaille sur des matériaux qui sont déjà des interprétations formalisées du réel. Il y a dans la critique de Marc Le Bot, certes, une prise de position pour un certain art, une déclaration de valeurs, bien que, paradoxalement, l'art n'ait pour celui-ci ni sens ni valeur (son sens est de briser le cours du sens), mais son propos traduit une inquiétude fondée. Si la machine et ses automatismes imposent toujours leurs rai-

---

1. Stelarc, « Prothèses, robotique, existence à distance : stratégies post-évolutionnistes », catalogue de l'exposition Art/Cognition. *Pratiques artistiques et sciences cognitives,* Cyprès/École d'Art d'Aix-en-Povence, 1994.

sons, alors le numérique n'est pas un outil pour les artistes. Mais si l'automatisme est dérivé de ses « raisons » par l'auteur et son œuvre, éventuellement associés au spectateur, on ne saurait comprendre pourquoi cette technologie resterait impuissante à produire des « effets d'art », comme dit Le Bot. La question cruciale qui se pose pour échapper à la pesanteur de la technoscience et à sa logique, est de savoir comment penser, comment œuvrer *avec* une machine.

Né de la volonté de simuler les fonctions de l'intelligence, l'ordinateur a longtemps donné l'illusion, ou l'espoir, qu'il pouvait la remplacer. C'était enfermer l'intelligence dans les quelques centaines de centimètres cubes du cerveau. C'était ne pas voir que l'ordinateur, du simple fait qu'il s'ajoute artificiellement à l'intelligence, la transforme en profondeur et l'arrache à sa prétendue naturalité. Un très vif débat continue d'opposer les tenants d'une intelligence artificielle capable d'accéder au *sens* des énoncés et ceux qui prétendent que l'ordinateur ne traite que des impulsions électroniques. Jacques Arsac, un des fondateurs de l'informatique, qui rend très clairement compte de ce débat, déclare : « Si une intelligence artificielle existe, je suis une machine, l'esprit n'existe pas[1] ». Mais ce débat, métaphysique dans la mesure où ni les uns ni les autres ne peuvent apporter la preuve de ce qu'ils avancent, est largement dépassé par l'inscription même de l'ordinateur dans la pensée collective, le savoir, la circulation des connaissances, la culture. Bien qu'il soit difficile de ne pas poser la question d'une intelligence artificielle, tant cette question nous révèle à nous-mêmes, l'important n'est pas de savoir si l'ordinateur peut simuler l'intelligence mais comment il la change. La même question se pose à propos de l'art. Il ne s'agit pas de savoir si un art technologique est possible mais comment la technologie change l'art.

Parmi les changements caractéristiques du numérique qui ont été relevés, les plus importants concernent l'évolution des modèles scientifiques. Après les modèles empruntés aux sciences de la matière (dont on est encore loin d'avoir fait le tour), on voit se développer de plus en plus des modèles empruntés aux sciences de la vie. Le mode dialogique pousse irréversiblement à utiliser ces modèles qui simulent, non plus des objets et des apparences, mais des comportements, des réactions, des conduites « intelligentes », la recherche et l'exploitation de connaissances. Les mondes virtuels font de plus en plus appel à des entités complexes dotées de comportements autonomes avec lesquelles nous

1. Jacques Arsac, *Les machines à penser, op. cit.*, p. 217.

interagissons et qui interagissent éventuellement entre elles. Or, comme le remarque l'anthropologue Dominique Lestel, les « créatures » qui peuplent ces mondes doivent être dotées d'un minimum de capacités cognitives pour y survivre. Ce qui cause à l'artiste des difficultés nouvelles. « [Celui-ci] est amené à se poser des questions sur le mouvement de ces créatures non humaines comme objet en tant que tel d'une réflexion et d'une pratique artistique[1]. » Si le terme de « créature » évoque trop l'image d'une copie imparfaite de quelque forme de vie naturelle, il faut rappeler que tout programme réalisant une opération qui s'apparente à un processus cognitif requiert les mêmes aptitudes que ces créatures. Mondes virtuels, dispositifs interactifs de toute sorte, réseaux et interréseaux, sont peuplés de ces êtres qui simulent la vie et l'intelligence. On voit donc se développer entre une grande partie, au demeurant décisive, des activités artistiques impliquées dans le numérique et les sciences de la vie et de la cognition un large champ d'opération commun.

À l'intérieur de ce champ, les activités artistiques retrouvent, en regard de la science et de la technique, une autonomie nouvelle dans la mesure où la présence des modèles n'est plus imposée ou ignorée mais contrôlée, inscrite dès l'origine dans le projet artistique. Pour quelques-uns, l'articulation entre la science et l'art se trouve là. Ainsi, Louis Bec[2] voit dans la participation des activités artistiques à l'entreprise cognitive, mais aussi dans le regard que les sciences cognitives porteraient en retour à la création artistique, un terme au vieux et désuet divorce qui sépare les pratiques artistiques des sciences et des technologies. Pour celui-ci, la dualité entre imagination et raison, pensée symbolique et pensée logique, cesse dès que les activités de connaissance et d'expression s'inscrivent, en amont, au cœur du dispositif cognitif, et en aval, dans les procédures technologiques, au sein du champ social. Le numérique est particulièrement bien placé, au

1. Dominique Lestel, « Éthologie artistique et illusions cognitives », catalogue de l'exposition *Art / Cognition, op. cit.*
2. L'un des organisateurs de l'exposition et du colloque *Art / Cognition* cité plus haut. Louis Bec est aussi, comme il se définit lui-même, le premier et le seul « zoosystémicien » de la planète ; il s'intéresse, à ce titre, aux multiples rapports du vivant et de l'artificiel. Cette activité s'est concrétisée par la conception de créatures artificielles aux allures de mollusques et céphalopodes divers, constituant une sorte de bestiaire imaginaire et évolutif, naviguant entre l'art et la biologie. Voir, dans le catalogue de l'exposition *Art / Cognition, op. cit.*, le texte d'introduction de Louis Bec.

croisement des technologies, pour favoriser la modélisation d'univers fictionnels, l'apparition d'imaginaires multiformes et multimodaux associant images, sons, langages et gestes. Cette vision de l'évolution de l'art déborde largement les relations de l'art de la science et c'est à la redéfinition même de l'intelligence et du vivant que Louis Bec convie l'art. Il ne semble plus possible pour un créateur de se tenir à distance d'une réflexion qui exclurait cet aspect du savoir. Ce qui n'implique pas forcément que chaque artiste se travestisse en ingénieur ou en chercheur. Il s'agit davantage d'une prise de position esthétique, voire éthique, d'une ouverture sur un univers connexe à découvrir et à transformer, que d'une hyperspécialisation technoscientifique.

La question du style.

On pourrait alors déduire que, dans la nécessité de demander à la science (science cognitive ou autre science) ses propres moyens de libération, l'art ne saurait se détacher de celle-ci, ni l'hybridation déboucher sur un ensemble de caractères esthétiques assez affirmés et identifiables pour pouvoir, au-delà d'une spécificité technique forte, constituer un *style*. Paradoxalement, encore une fois, c'est l'inverse qui semble se produire. Remarquons d'abord que la notion de style est tombée en désuétude depuis de nombreuses années, tant dans le discours de l'histoire de l'art que dans celui de la critique d'art. Jugée par beaucoup imprécise et ambiguë, elle désigne aussi bien certains caractères généraux, communs à un ensemble d'œuvres artistiques produites par différents créateurs, que les caractères singuliers et originaux qui marquent fortement une œuvre et la distinguent des autres. Henri Focillon a fort bien exprimé cette ambiguïté par la formule : « Le style est un absolu. Un style est une variable[1]. » Autrement dit, le style est autant ce qui rassemble que ce qui distingue. Dans le domaine de l'histoire, l'inadéquation du concept a été dénoncée, notamment par George Kubler[2] qui lui substitue celui de « séquence formelle » plus apte à rendre compte de l'insertion des œuvres d'art dans le temps. Le discours sur l'art moderne, quant à lui, ne cherche

---

1. Henri Focillon, *Vie des formes,* Presses universitaires de France, 1970, p. 11 ; la première édition est de 1943, chez le même éditeur.
2. George Kubler, The Shape of Time, *Remarks on the history of things,* New Haven, Yale University Press, 1962 ; traduction française : *Formes du temps. Remarques sur l'histoire des choses,* éd. Champ Libre, 1973.

plus à identifier et à classer les grands courants artistiques du siècle en tant que styles mais en tant que « mouvements », mettant ainsi l'accent sur le changement ou la différence par rapport à un système de référence, en fonction du temps. On parle aussi, trop souvent, de « révolutions », quand on veut insister sur la rupture et l'innovation introduite par ces mouvements, ou, plus rarement, d'« écoles », quand on s'intéresse plutôt aux peintres et à leurs doctrines qu'à leur peinture. En ce qui concerne les œuvres, la notion de style n'est plus invoquée pour définir la singularité qui caractérise le métier ou le vocabulaire formel de leurs auteurs.

L'abandon de ce terme n'est pas gratuit ; il correspond à l'état de l'art lui-même, tel qu'il a évolué depuis la fin du siècle dernier. En se libérant de toute référence figurative pour ne plus renvoyer qu'à sa propre réalité, en assimilant aussi toutes les techniques et tous les matériaux possibles sans aucune interdiction de principe, en refusant enfin de s'enfermer dans une quelconque spécificité, l'art moderne a manifesté, en effet, une volonté permanente de rupture avec la tradition, ses codes plastiques et ses techniques, et tout ce qui potentiellement risquait de s'instituer comme tradition ou, si l'on préfère, comme une forme d'« absolu », de modèle commun dans lequel seraient intégrées les « variables » individuelles. On comprend alors pourquoi la notion de style, dans sa double signification et à cause de sa double signification — unification et différenciation — est devenue étrangère à l'art. Elle constitue un système où les deux significations s'opposent et se définissent tout en s'articulant l'une à l'autre. Il n'y a du variable que dans la mesure où il y a de l'absolu, et de l'absolu que dans la mesure où il y a du variable. En privilégiant le variable sur l'absolu, c'est-à-dire le possible, la polysémie, la différence et la singularité, soit tout ce qui constitue la « tradition du nouveau », sur la fixité, la permanence dans le temps et la valeur, ou encore, ce qui revient au même, en faisant du variable un absolu, de l'artiste, sujet hyperindividué et hyperdifférencié par excellence, l'incarnation même de l'art, l'art moderne rend forcément caduque la notion de style, tant dans son rôle de classification et de prescription que dans son rôle d'individuation[1].

Le problème qui se pose alors est de savoir si cette notion reste toujours inadéquate pour saisir et analyser l'état de l'art actuel, voire s'y réintroduire. Si l'on pense, comme Focillon, que la technique, c'est-à-

---

1. Je généralise évidemment ; il faudrait dire : l'art moderne tend à privilégier le variable, car un certain nombre d'artistes échappent à ce mouvement.

dire maintenant la technoscience, joue dans les processus de création un rôle crucial, quasi biologique, tant dans la maîtrise des moyens d'expression que dans la façon dont elle fait « vivre les formes dans la matière[1] », et qu'elle prend par conséquent une part décisive dans l'élaboration du style, il faut s'attendre à ce que le numérique, qui réintroduit dans les pratiques artistiques une très haute technicité, ait sur l'art des conséquences à la mesure de sa radicale nouveauté. Il semblerait alors qu'une telle technicité réunirait, en effet, les conditions pour devenir, comme le dit Focillon, « poésie d'action » ou « moyen des métamorphoses », autrement dit, pour jouer un rôle moteur dans l'élaboration d'un style qui serait le propre de l'hybridation numérique.

Oui et non. Tout dépend de la manière dont les artistes mettent en œuvre cette poésie d'action. Car, l'on entrevoit déjà deux tendances plus ou moins affirmées mais qui s'orientent vers des conceptions opposées des rapports de l'art et de la technoscience. La première chercherait dans une référence — qui se veut objective — à la science et à la technique, et dans leur chevauchement, une sorte d'absolu fédérateur d'une puissance sans précédent, l'une de ces « valeurs éternelles », ou ce par quoi encore « l'homme exprime son besoin de se reconnaître dans sa plus large intelligibilité, dans ce qu'il a de stable et d'universel[2] ». La science, la technique et l'art se partageraient en commun l'univers des modèles, « seule réalité » finalement, dit explicitement Claude Levy-Strauss[3]. Grâce à la formalisation logico-mathématique on pourrait enfin « transcrire dans le même langage les phénomènes du style dans la nature et la culture[4] ». On serait donc rendu à cet instant inespéré où art, science et technique, mais aussi nature et culture, se rejoindraient, réunifiés en un style commun, puissant et fédérateur.

S'il en était ainsi, l'on aurait choisi une expression de l'absolu qui non seulement serait incapable de s'articuler au variable et d'intégrer les différences et les singularités, mais encore les interdirait. Car il n'y a pas de science du particulier. L'art viserait avant tout à substituer l'intelligible au sensible, ou à les hiérarchiser, le sensible conduisant,

1. Henri Focillon, *La vie des formes, op. cit.*, p. 59.
2. *Ibidem*, p. 11. Notons que cette large intelligibilité dont parle Focillon n'est pas l'intelligibilité réductrice et formalisatrice de la science.
3. Sol Tax, *An appraisal of Anthropology today,* Chicago University Press, 1953, p. 115.
4. *Ibidem*, p. 61.

à travers la forme, à l'intelligible. Retour en force à une conception de l'art qui, séparant forme et sens, nie toute pensée figurative autonome ou l'assujettit à la seule et dominante pensée rationnelle ou cognitive. Même si les outils, les matériaux, voire les processus, qui participent à la création artistique sont constitués par des modèles issus en droite ligne de la science, on ne saurait dire que le rôle de l'artiste, sa « poésie d'action », se limite désormais à des manipulations d'équations et de propositions logico-mathématiques, des paradigmes.

La seconde tendance chercherait plutôt à exploiter la variabilité du numérique qui ne compose pas un système si parfaitement clos qu'il le paraît. Ses propriétés dialogiques l'ouvrent au monde extérieur qui, par la voie des interfaces s'insinue au cœur et au cours des calculs. Nous avons vu qu'une interactivité très riche peut s'établir déjà avec le clavier ou une simple souris, quand le programme est bien conçu. Mais à travers les très nombreux dispositifs, qui s'affinent et se diversifient de plus en plus, ce ne sont plus seulement des instructions formulées dans un langage rationalisé ou rigoureusement codé, qui sont introduites dans l'ordinateur mais des informations d'une autre nature : une émanation immédiate du réel, des choses et des êtres. Les modèles se laissent alors pénétrer et modifier par leur utilisateur ; ils acquièrent une certaine plasticité. Celui-ci peut agir de l'extérieur sur le déroulement du programme et en changer certaines données et, par conséquent, les résultats. Les gestes et les mouvements du corps, ses expressions, ses émotions, participent à l'élaboration de l'image, en altèrent la limpidité synthétique et l'arrachent à la stricte nécessité cybernétique. Il n'est point d'ailleurs indispensable d'utiliser des dispositifs très sophistiqués pour avoir le loisir d'interagir corporellement avec l'image. Les ordinateurs graphiques ont été pensés et réalisés à l'origine pour permettre une telle interactivité entre l'utilisateur et l'image. Cette interactivité existe toujours au moment de la morphogénèse des images, même quand celles-ci sont destinées à des supports non interactifs comme le cinéma. Le temps réel n'intervient que sur la rapidité de la réaction, quelquefois il est vrai, déterminante, comme dans les dispositifs de réalité virtuelle.

Le pouvoir est dès lors donné aux artistes pour faire entrer dans leurs pratiques ce que les algorithmes ne peuvent leur offrir : la complexité brute du réel — tout ce qui est singulier et échappe à la réduction modélisatrice, le variable. Le mode dialogique autorise, en principe, ce va-et-vient entre l'œuvre et l'auteur ; il réintroduit de l'émotion, de l'ambiguïté, de l'impureté, une certaine subjectivité, dans l'ordre froid du calcul. Il permet aussi le va-et-vient entre l'œuvre et ses coauteurs, indéfiniment multipliés par les interfaces des réseaux, ce qui augmente encore les possibilités d'individuation de l'art. L'œuvre d'art n'est plus singulière seulement en tant que produit ; elle l'est aussi en tant que perçu, dans son devenir incessant sous le regard de l'autre. Il appartient à l'artiste de faire de ce pouvoir inscrit dans la technique, une *liberté*.

Rituel et technologie : présence du sacré.

Mais cette liberté ne s'instaure pas dans le seul rapport duel, fût-il d'hybridation, de l'artiste à la machine. Si la machine a la capacité d'assister l'artiste dans l'élargissement de sa perception, dans l'invention de son propre imaginaire et dans ses décisions, elle est aussi un produit et une partie constituante d'une société avec laquelle elle fait corps et qu'elle innerve. Elle provoque une série d'effets aux pouvoirs très divers qui se répercutent aussi bien sur chaque individu que sur l'ensemble de la société. Elle ne détient pas un unique pouvoir qui serait l'expression cachée de la simulation et de son ordre techno-scientifique. Les pouvoirs qu'elle exerce, et qui surgissent des utilisations que la société en fait, sont en réalité innombrables. Cette situation se complique du fait que le numérique est une technologie de simulation susceptible de reproduire certains des effets propres aux autres techniques, partiellement et temporairement, mais d'une manière suffisamment affirmée pour égarer les observateurs et les utilisateurs. Ce qui explique pourquoi les opinions sont si différentes et si contradictoires, sur la technologie numérique en général et sur les arts numériques en particulier.

Pour les uns, l'ordinateur est omnipotent. Il possède tous les pouvoirs imaginables, il peut, ou pourra, tout faire, aucun problème à terme ne saurait lui résister : simuler l'intelligence, gérer les sociétés, élever le niveau d'éducation, distraire, réinventer l'art. S'il n'est pas encore parfait, il suffit d'attendre que les mémoires s'accroissent, que le temps de calcul diminue, que les programmes s'affinent. Toutes les solutions aux problèmes contemporains, culturels ou politiques sont contenues en puissance dans le numérique. Une nouvelle culture jaillit spontanément des prises de connexion sur l'Internet, une nouvelle démocratie planétaire qui fait fi des frontières et des états naît entre les mailles des réseaux numériques, des « communautés » virtuelles naissent et se multiplient, fondées sur la seule liberté de la communication, le Sud se libère du Nord, les minorités échappent au pouvoir des majorités, la libre expression à la censure, chacun accède à tout le savoir du monde, change d'identité à loisir, de sexe, jouit d'une liberté totale. Les problèmes soulevés par la technologie se résolvent d'eux-mêmes par plus de technologie. Positions optimistes mais caricaturales qui ne font qu'exacerber des opinions opposées souvent tout aussi caricaturales.

Les autres voient dans ces mêmes techniques une immense boite de Pandore dont l'explosion imminente libérerait les maux les plus graves et les plus imprévus ; ils prédisent l'abolition de toutes les conventions et contraintes sociales, le règne irrépressible des marchés financiers et du capital, l'asservissement définitif du Sud par le Nord, la porte ouverte à toutes les mafias, aux pirates et aux pervers du virus, la désagrégation de la personne, la dissolution du sujet dans l'image, la confusion entre la société réelle et la société virtuelle, en somme l'anarchie aux dimensions de la planète. La technologie est pour eux, par essence, maléfique, non maîtrisable. Utopistes ou catastrophistes, ces visions du monde font le plus souvent l'erreur de raisonner soit sur des extrapolations linéaires des technologies mass-médiatiques, soit sur des ruptures absolues.

Certaines critiques sont plus nuancées et nous mettent en garde, sinon contre des dangers vraisemblables, du moins contre certains effets du numérique lourds de conséquences : il est vrai, par exemple, que l'usage des réseaux tend à court-circuiter les processus de représentation et de médiation lentement élaborés par les démocraties au cours de leur histoire, que les communautés virtuelles réunissent des individus isolés qui ne s'intéressent qu'à des problèmes très particuliers et n'échangent que des informations spécifiques et fragmentaires, que la multiplication des bornes interactives n'améliorera pas forcément la participation des citoyens à la gestion du monde, que nous connaîtrons mieux le « cybernaute » des antipodes que notre voisin (ce qui était déjà vrai avec le téléphone et la télévision), que l'interactivité exalte le réflexe plutôt que la réflexion. Mais est-il inévitable que le numérique ne favorise qu'un individualisme narcissique, ne préserve que le soi au détriment du nous ? Qu'est-ce qui nous assure, d'ailleurs, que le nous, le collectif, la neutralisation de l'individualité, ou une démocratie qui se perd dans les méandres d'intermédiaires innombrables, ne débouchent pas non plus sur d'autres chaos ? Bref, il est bien difficile de savoir quel avenir — paradisiaque ou infernal — nous prépare le numérique. S'ils peuvent être identifiés dans l'immédiat en termes de tendance — et non de déterminisme —, les effets des technologies, lorsqu'elles s'implantent au cœur des sociétés et interagissent avec leurs économies symboliques, restent totalement imprévisibles à long terme. Cette imprévisibilité est encore plus grande dans le domaine de l'art. Ce qui rend la tâche des artistes plus délicate que jamais, mais aussi plus responsable.

Pour quelques-uns enfin, plus rares, l'histoire revivrait toujours le même scénario. Les peintures rupestres du Paléolithique supérieur seraient les premières images virtuelles de l'histoire, la grotte de Lascaux, l'un des premiers « cyberespaces » souterrains qu'ait connus l'humanité. Telle est l'opinion du paléontologue John Pfeiffer[1] qui voit dans l'art pariétal paléolithique un moyen d'éducation et de transmission de connaissances intéressant la chasse et le gibier. La plongée dans un espace peint sur ses trois dimensions, associée à divers rites d'initiation, aurait rendu plus efficace et plus rapide l'assimilation de ces connaissances dont le corpus en pleine expansion aurait exigé des méthodes de conservation et de transmission puissantes. Les dispositifs de réalité virtuelle s'inscriraient dans cette continuité culturelle ; ils constitueraient les nouveaux outils, et les mieux adaptés, pour assimiler les énormes sommes de connaissances auxquelles l'homme moderne doit accéder pour survivre. Ce rapprochement forcé entre des phénomènes culturels séparés par plus de 30 000 ans met en évidence le souci de rechercher toujours une antériorité à tout événement nouveau pour l'intégrer plus aisément dans ce qui serait une continuité historique propre à l'évolution humaine. Puisque tout ce qui nous semble nouveau et qui nous heurte n'est que le prolongement, sous une forme inhabituelle, d'une fonction qui, elle, ne change pas depuis nos origines, nous ne pouvons que continuer de l'accepter comme une constante de la condition humaine.

Mais en se tenant, à un niveau de raisonnement aussi général et banal (l'homme a besoin d'outils et d'espaces spécifiques pour transmettre des informations), la théorie de Pfeiffer a l'inconvénient de masquer ce qui fait l'essentiel des changements dans la transmission d'informations par des dispositifs numériques interactifs : la substitution du régime de la simulation à celui de la représentation et la part prise par la technique dans l'élaboration des mythes. Bien que cette hypothèse sur l'interprétation de l'art paléolithique, souvent défendue par d'autres paléontologues, soit très plausible — et que nul ne conteste l'aspect pédagogique de certains dispositifs interactifs —, elle laisse cependant de côté tout un aspect symbolique, à mi-chemin entre le

---

1. Opinion rapportée et défendue par Howard Rheingold dans *La réalité virtuelle, op. cit.*, p. 380 sq.

religieux et l'esthétique, que Leroi-Gourhan a, depuis longtemps, fort bien décrit et dont la fonction était au moins aussi importante. Ne nous disant rien de cette fonction mythographique liée au sacré, Pfeiffer ne nous rien non plus de ce qui pourrait s'y substituer dans la pratique de la réalité virtuelle et des réseaux, rien des nouveaux mythes auxquels cette pratique peut donner naissance.

Pourtant, il semble que le numérique soit effectivement à la source d'un nouveau mythe. Derrière toute image, manuelle, optique, électronique ou calculée, est à l'œuvre une vision symbolique et mythique du monde qui, sans avoir la cohérence de la religion, de la science ou de l'art, n'en est pas moins organisée. Vision qui se présente, tôt ou tard, à mesure qu'elle se consolide, comme une référence forte : une forme de vérité. Fragmentaires et déliées avec les techniques figuratives traditionnelles, impuissantes à constituer un véritable système symbolique, ces interprétations du monde acquièrent avec le numérique une cohérence considérable. Car, la simulation ne cherche pas seulement à donner une image plus ou moins conforme du monde tel qu'il est, elle cherche surtout à le repenser à la source, avec tous les moyens conceptuels de la science, et à le recréer intégralement dans l'espace surveillé du virtuel, conformément à un système figuratif radicalement différent. Le monde, c'est-à-dire l'univers physique et celui de la vie, l'espace et le temps, l'homme et sa pensée, la société, les relations entre individus. En cela, elle ne rompt pas avec la tradition, mais sa « vérité » n'est plus celle des codes perspectifs, photographiques, cinématographiques ni télévisuels (pour ne pas parler ici des codes artistiques), c'est la vérité des modèles, émanation suprême de la technoscience, qui représentent l'essence de notre savoir et de notre maîtrise du monde. Le mythe caché sous la surface des interfaces est celui de la purification du réel par la formalisation logico-mathématique.

Inséparable des procédures qui l'engendrent, comme toute image, l'image numérique est aussi inséparable des procédures qui la socialisent. Jean-Pierre Vernant a bien montré, à propos de la naissance de la représentation figurée en Grèce ancienne[1], comment le fait de voir l'idole (de la présenter publiquement aux regards) était inséparable des rituels qui autorisaient et codifiaient l'exposition du signe plastique ; comment cette présentation publique, hors des murs du temple, avait largement contribué à la naissance de l'art grec. Les

---

1. Jean-Pierre Vernant, « De la présentification de l'invisible à l'imitation de l'apparence », *Revue d'esthétique* n° 7, 1984.

modes de socialisation de l'image numérique, c'est-à-dire la manière dont elle est distribuée, reproduite, conservée, effacée, introduisent des bouleversements considérables dans l'économie symbolique de l'image. On peut observer déjà dans les « autoroutes de l'information », dans la télévision interactive et le multimédia, dans les dispositifs de réalité virtuelle, dans les jeux électroniques et dans toute la panoplie scintillante de l'imagerie numérique, l'instauration de nouveaux rituels. Ils sont animés par la croyance, c'est-à-dire par l'acceptation, rarement avouée, travaillant toujours dans l'insu et le non-dit, de cet autre *au-delà* du monde, purifié par la rationalité technoscientifique. Les discours sur la réalité virtuelle et l'interactivité abondent d'arguments quasi religieux, gourous et grands prêtres sont légion dans les réseaux où toute connexion est souvent assimilée à une initiation.

On a vu, par exemple, aux États-Unis, un condamné à mort faire don de son corps à la science. Ce corps a été congelé et saucissonné en fines tranches par une authentique équipe de scientifiques, et les tranches ont été scannées et mémorisées dans un centre serveur. Chacun peut y avoir accès via l'Internet et naviguer à travers les images de ce corps sacrifié à la science et du même coup racheté de ses fautes. À cet Adam des interréseaux, doit se joindre une nouvelle Ève, une prisonnière elle aussi condamnée à mort, qui verra son corps transfiguré, purifié par le numérique, pour célébrer la science. Dans cette opération sacrificielle s'instaure un nouveau culte dédié à la simulation numérique, mais un culte masqué qui ne s'assume pas en tant que tel. La technologie ne fait pas disparaître le sacré, elle le déplace, elle le vide partiellement de son contenu religieux ou divin, elle le banalise et le dissimule sous le vernis de la raison, mais elle en reprend la fonction immémoriale : fonder le principe d'une transcendance en quoi le sens s'origine. L'*axis mundi* qui séparait le profane du sacré passe désormais par l'interface.

Dès lors, se pose la question du lien que l'œuvre d'art numérique entretient avec ce dernier avatar du sacré enfanté par la technologie. À première vue et dans le prolongement de la pensée de Benjamin, on serait tenté de voir, dans l'automatisation extrême de la production et de la diffusion de l'information imposée par le numérique, la disparition totale et définitive de tout ce qui rend l'œuvre authentique et unique. Le numérique ne pourrait, par principe, donner existence, dans cette logique, à aucune œuvre d'art, non pas parce qu'il évacue le corps et son énigmatique sensibilité, mais parce qu'il prive l'œuvre de cette aura sacrée dont la mécanisation des techniques de reproduction l'aurait déjà dépouillée. En fait, le numérique, tout en réintroduisant une certaine sensorialité dans les processus figuratifs puisqu'on peut agir sur la machine au moyen du corps ou en recevoir des stimulations multimodales, produit, en situation dialogique, autant d'originaux que le regardeur le désire. L'art numérique rend obsolète la notion d'original, comme celle de copie, et comme celle d'aura, puisque l'œuvre ne saurait rester identique à elle-même et demander à la tradition, à travers les rituels, d'assumer la conservation de cette identité. Chaque œuvre est, d'une certaine façon, unique sans être originale, car chaque confrontation avec l'œuvre, chaque lecture-vision dialogique, est singulière et réitérable, son lieu utopique, son temps uchronique. Que l'œuvre d'art numérique soit, comme les œuvres mécanisées, émancipée de son existence parasitaire dans le rituel, c'est incontestable, mais son inscription dans une nouvelle relation d'intersubjectivité la réinsérerait, en principe, dans une pratique d'échange social et symbolique, entre l'individuel et le collectif, assez ouverte pour se substituer aux pratiques réglées par d'autres codes que ceux de l'art moderne.

Conclusion

Entre réel et virtuel

La perspective à projection centrale avait limité l'automatisation des processus figuratifs à la circonscription et à une partie de la composition, le ON se soumettant de bonne grâce au JE qui gardait la maîtrise souveraine des opérations. La situation, harmonieuse dans sa hiérarchie, dura le temps que l'on sait, avec quelques variations, mais sans que l'équilibre se rompît. Cette situation fut fortement remise en cause par la photographie qui, en automatisant quasi complètement les processus de figuration, dépossédа le peintre d'une très grande part de ses privilèges. Elle porta un coup fatal au sujet-Je qui se trouva réduit presque totalement à des automatismes optiques et chimiques et contraint de se redéfinir. L'automatisation des techniques de figuration ne cessa par la suite de croître, entraînant de la part des artistes des réactions et des résistances multiples à l'automatisation de l'image fixe par la photographie, de l'image animée par le cinéma et de la transmission instantanée de l'image animée par la télévision. Ainsi la subjectivité se déplaça-t-elle, dans une quête incessante de ce qui lui était propre, dessinant, à chaque déplacement, de nouvelles figures du JE et du ON en rapport avec une automatisation machinique généralisée qui finit par déborder le cadre de l'image et de la représentation.

Avec le numérique, l'auteur et son destinataire — appelé à devenir de plus en plus systématiquement le coauteur de l'œuvre —, nécessairement appareillés aux mêmes automatismes, se retrouvent intimement associés au même projet. Ils partagent le même espace sensible — celui des interfaces et des réseaux — et la même temporalité — celle du temps réel. L'*historia,* la tâche la plus importante de l'artiste pour Alberti, ce par quoi l'œuvre advient, retient et émeut le spectateur, se fait à deux ou à plusieurs, à travers les interfaces et les réseaux. Et c'est ici, au cœur du temps, plus encore que de l'espace, que les effets de la simulation numérique sont les plus violents et les plus insolites. Car le mode dialogique sur lequel s'établissent les relations entre les artistes, les œuvres et les spectateurs exige une immédiateté quasi absolue. *L'interactivité n'attend pas.* Le mode dialogique exclut toute attente, toute temporisation. Le moindre délai met en défaut la commutation et devient insupportable. En outre, vivre en temps réel n'est plus seulement la préoccupation de certains artistes, c'est la tendance de plus en plus forte d'une société entière. Le mode dialogique s'introduit à tous les niveaux de la socialisation des signes. L'ensemble du système de production, de diffusion, de mémorisation des informations de toute espèce composant le substrat aussi bien présent que passé (avec la numérisation des archives visuelles, textuelles et sonores) de notre culture, bascule dans cette logique commutationnelle, à mesure que se développe irrépressiblement le numérique.

Lorsque l'on suit les mêmes procédures d'accès aux Manuscrits de la Mer Morte, aux enluminures de la Bibliothèque Nationale, au catalogue de la Redoute, aux cours de la Bourse ou aux forums sur la religion, la sexualité ou la faim dans le monde, lorsque l'on plonge instantanément à l'intérieur du corps virtuel en trois dimensions d'un condamné à mort qui a légué sa dépouille à la science, comme l'on plonge en temps réel dans l'atmosphère terrestre à partir d'un satellite d'observation orbitant à quelques milliers de kilomètres autour de la planète ou dans l'appartement d'un exhibitionniste qui s'offre à la vue du monde entier dans ses activités quotidiennes, lorsqu'aux habituelles dimensions du temps — passé, présent, futur, bien ordonnés — s'ajoute celle du temps réel et de ses éventualités, les conditions sont rassemblées pour que les fondements d'un autre habitus et d'une autre culture se constituent. Les œuvres interactives que j'ai citées mettent en évidence, en jouant sur des aspects esthétiques, des caractéristiques propres au numérique dans son ensemble. Car c'est toute l'économie symbolique qui tend à fonctionner sur le mode dialogique, dans une *impatience* permanente qui ne tolère plus aucune médiation, aucun délai — hors le temps, non perceptible, du calcul —, entre le moment où s'élaborent les données multimodales et le moment où elles sont perçues. Il est alors impossible de vivre encore, comme si aucun bouleversement ne s'était produit, sur cette conception obsolète qui veut que l'art indique une heure en avance sur l'heure commune. L'artiste et le public sont dorénavant sommés de lire l'heure à la même horloge, celle du temps réel imposé par le mode dialogique. La nouvelle économie symbolique de l'image réduit inexorablement l'écart qui les séparait l'un de l'autre et qui conférait au créateur ce rôle anticipateur particulier, entre démiurge et prophète, qui a fait la règle de l'avant-garde et qui lui colle encore à la peau. Ce qui induit un certain nombre de conséquences.

Il serait d'abord illusoire de déduire que l'art numérique est à son tour en avance sur l'art traditionnel. S'il y a effectivement progression, et non progrès, dans le développement technologique, cette progression ne saurait se répercuter automatiquement dans le domaine de l'art. Une œuvre plus sophistiquée technologiquement n'est pas une œuvre plus artistique. L'interactivité numérique n'engendre pas forcément de l'art, pas plus que l'extension de l'Internet n'engendre automatiquement de la démocratie : on le sait. Les technologies changent seulement les données de la création artistique, du travail de l'« imagination créatrice », pour reprendre l'expression de Baudelaire. Elles les changent cependant très profondément en même temps qu'elles changent les modalités de la production et de la circulation du sens. Il ne faut donc pas s'étonner, ni déplorer, que certains essaient de les apprivoiser pour les intégrer à leur vision du monde et à leur imaginaire, prolongeant ainsi une tendance qui a déjà fortement marqué l'art sous ses formes les plus diverses et qui se trouve en forte adéquation avec le mode dialogique.

Il n'en reste pas moins que des questions inéluctables se posent aujourd'hui à nous. Dans une économie symbolique dialogique, le statut de l'œuvre, de l'auteur et du spectateur subit de fortes altérations. Le triangle, délimité traditionnellement par l'œuvre, l'auteur et le spectateur, voit sa géométrie déformée. Pour conserver la métaphore, je dirai que ce triangle tend à devenir un cercle. Cercle qui pour quelques-uns ne serait qu'un zéro : l'ordinateur étant incapable de produire des effets artistiques à cause de la réduction mathématique qu'il imposerait à toute gestualité expressive du corps. Ce qui est faux, au moins en principe, car, comme on l'a vu, le mode dialogique introduit au centre des processus computationnels des informations directement issues du monde réel, et du corps en particulier, il régénère la combinatoire ; il permet d'hybrider l'univers du calcul et celui du geste expressif, de l'émotion, de l'ambiguïté, de l'hésitation entre le signifier et le jouir propre à tout geste. Hybridation qui ne manque pas d'ébranler, tant au niveau du percevoir que du faire, l'acte artistique dans ses fondements mêmes. Sur ce cercle mobile, l'œuvre, l'auteur et le spectateur n'occupent plus des positions strictement définies et des identités étanches, mais en changent constamment, se croisent, se confondent ou s'opposent, s'hybrident. De là désormais, un flottement dans les termes. L'œuvre, oscillant incessamment entre virtuel et réel, est en perpétuel état d'incertitude et de régénération. Chaque « lecture » en fait une éventualité singulière et unique. Constamment réitérée, elle n'est ni achevée, ni inachevée, états incompatibles avec le temps uchronique. Si l'on ne voit jamais deux fois le même tableau, avec l'image interactive, c'est le tableau lui-même qui change, à la fois dans son apparence sensible — aux yeux de tous et non pas seulement dans l'interprétation du regardeur — et dans son devenir. Le terme de lecture, par ailleurs, devient lui aussi inadapté, car cette lecture provoque un effet réel sur l'image. Et c'est aussi l'image — comble de l'incongruité — qui, dans la mesure où elle est indissociable des processus computationnels, regarde le regardeur, interprète sa lecture. Quant au terme de regardeur, ou de spectateur, il est encore plus inadapté. La participation du spectateur transforme celui-ci en auteur dont les capacités imaginatives et créatives peuvent se révéler d'une complexité et d'une richesse remarquables, sans lui interdire la contemplation ni la méditation.

L'auteur enfin reste-t-il un auteur à partir du moment où il délègue une part plus ou moins grande de sa responsabilité ? Si l'on admet qu'une certaine émanation de la subjectivité du regardeur se projette dans le système par le biais des interfaces et s'hybride à celle de l'auteur, l'on doit s'interroger sur ce qu'il reste de propre et d'inaltérable à l'auteur originaire. Se demander à quel prix cette subjectivité conservera sa singularité, ce qui garantira la cohérence de l'œuvre, la gardera de la perte de sens ou de son éparpillement dans les mailles infinies des réseaux quand des milliers de coauteurs sont invités à s'associer. Entre la subjectivité exacerbée d'un auteur omnipotent et ce qui risque de n'être que le bruit blanc d'une ruche habitée par des insectes sociaux, une nouvelle figure du ON et du JE est à trouver. Devant ces questions, il n'est guère que deux attitudes : soit considérer l'œuvre, l'auteur et le spectateur comme à jamais inaltérables, soit repenser ces termes et leurs relations contiguës et oscillantes.

Le problème qui se pose alors — question politique par excellence — est celui d'une société partagée entre la nécessité de maîtriser ses vieux mécanismes de régulation, de médiation et de temporisation, et la nécessité imposée par une révolution technologique irréversible de réorganiser ses moyens de communication, son accès au savoir et à l'information, et son appropriation — bref, sa logistique symbolique —, d'impliquer chacun de plus en plus individuellement et directement à tous les niveaux de décisions. C'est le problème d'une société déchirée entre le temps de l'histoire, un temps qui prend son temps, et le temps réel, impatient et fiévreux, des échanges dialogiques qui rend toute attente intolérable ; d'une société déchirée entre la réflexion et le réflexe. Déchirure qui affecte encore plus douloureusement le champ de l'art. D'un côté, faire disparaître tout relais entre l'art et le public, court-circuiter les institutions et le marché avec leur pouvoir souvent excessif, faire taire les commentaires trop bavards pour laisser parler l'œuvre, comblerait, certes, les vœux participationnistes. D'un autre côté, supprimer toute médiation, tout intermédiaire, vivre dans la surexcitation de l'instantanéité, ferait à coup sûr perdre à notre société la continuité et la permanence de sa culture (en même temps qu'à la démocratie ses élus et ses représentants). Toute pensée prenant l'art comme objet, toute critique de l'art, au sens large, est aussi interrogée par cette contradiction. D'un côté, renoncer à l'attente, à l'hésitation, à la question, au doute, au suspens, à la réserve, nous priverait vite de nos facultés de jugement et d'appréciation. D'un autre côté, dans une culture où tout devient obsolète avant même d'être nouveau, la pensée de l'art ne saurait entretenir, comme elle l'a fait jusqu'à présent, cette logique insensée de l'innovation permanente. Pas plus qu'elle ne saurait se donner encore pour fonction de distinguer des autres l'œuvre anticipatrice, prétendument en avance sur l'horloge de la communauté, pour en révéler l'existence et le sens, quand celle-ci tend à n'exister et à ne signifier que dans la mesure où elle naît et devient au cours des échanges. Il lui reste à trouver, si elle veut survivre, le moyen de composer à son tour avec la nécessité — et le hasard — du temps réel.

Cette synchronisation obligée entre le temps du faire et le temps du voir artistique rend caduque toute prescription esthétique se posant comme une nouvelle référence. L'heure des manifestes, propres aux avant-gardes, est révolue définitivement. D'où la difficulté pour évoquer avec précision l'évolution, à moyen ou à long terme, d'un art numérique. Toute anticipation prescriptive ne peut être que prophétie douteuse. Affirmer que l'art majeur de demain sera celui de la cybernavigation, ou des hypermédias, ou des installations interactives de réalité virtuelle, ou encore l'art des algorithmes ou des paradigmes, de la fusion avec la science, n'est qu'une nouvelle forme de manifeste qui plaide pour une certaine conception de cet art mais dont on n'est pas sûr qu'elle soit confirmée. De même, tout retour mélancolique à la tradition est interdit, la dernière tradition étant celle du nouveau, de l'innovation permanente. La tradition est héritage, transmission ; elle fait appel à des ensembles de valeurs cohérentes et stables formant système, à une concentration de l'autorité. Ce qui n'est pas dans la logique du numérique. Mais cette logique n'exclut pas, au contraire, la reprise et le prolongement d'investigations esthétiques déjà existantes, un intérêt pour les choses du passé très différent de celui manifesté par tout un courant « postmoderne » qui considère ces choses comme un réservoir d'emprunts indifférenciés, sortes de *ready-mades* historiques prêts à servir. Si le mode dialogique est bien l'une des caractéristiques fondamentales et irrévocables qui sous-tend notre culture, l'art numérique ne saurait se définir qu'en *advenant,* dans l'utopie et l'uchronie des échanges et des croisements entre ses différents acteurs. Cet art, qui ne peut échapper totalement à ses origines technoscientifiques, réactualiserait la notion de style en tant que manifestation d'un certain « absolu », ou d'une « poésie d'action », mais rien n'empêche ce style de balancer — on le voit déjà —, entre l'expression d'un absolu strictement scientifique ou technoscientifique, dont l'aspect le plus caricatural est celui de la fusion-confusion de l'art et de la science annoncée par Marvin Minski, et l'expression d'une variabilité maîtrisée ou le jeu des échanges intersubjectifs se déploierait librement.

Mais quelles que soient les formes contradictoires que prenne ce style propre à l'art numérique, elles restent inévitablement dépendantes des automatismes imposés par les techniques d'hybridation. On ne peut utiliser le numérique sans quelque part, à quelque moment, à quelque niveau, hybrider : hybrider entre les formes et entre les espèces (d'images, de sons, de textes, de gestes, de comportements), hybrider entre l'image, l'objet et le sujet, hybrider entre les sujets, hybrider au sein du sujet lui-même entre le JE et le ON, hybrider entre l'auteur et le destinataire, entre le soi et l'autre, hybrider entre le réel et le virtuel. Hybrider, autrement dit travailler à la hauteur du plus petit élément d'information à l'aide de modèles importés de la science et important avec eux les raisons de la science. Si, déjà pour Cézanne qui cherche la structure cachée des choses visibles, tout se modèle — ou mieux « se module » —, en simulation numérique tout se modélise. Or, la logique de l'hybridation, dans sa volonté de variation extrême, incline très fortement à combiner, tester, essayer, expérimenter. D'une certaine manière, l'hybridation fait partie de la logique de la vie qui multiplie les mutations pour mieux s'adapter, préférant sacrifier le nombre pour protéger l'espèce. Mais est-ce aussi la logique de l'art ? Quand faut-il cesser d'expérimenter pour faire œuvre ? Quand faut-il cesser de tester de nouveaux automatismes, de nouveaux modèles. Quand faut-il cesser d'être ON pour redevenir JE ? Aucune théorie, aucun manifeste ne nous l'apprendra.

Je crois avoir montré, tout au long de ce livre, l'influence que la technologie avait eu sur l'art depuis le milieu du XIXe siècle et que peu de tendances artistiques peuvent prétendre avoir échappé à ses effets, même très indirects. Mais avec le numérique, la contamination technologique devient telle qu'il est impossible, pour ceux qui croient échapper à son emprise parce qu'ils n'en sont pas utilisateurs, de se tenir à l'extérieur de sa sphère d'influence. Le numérique tend vers une hégémonie totale des modes de figuration, de communication ou de commutation. Le numérique n'a pas de dehors. Plus que jamais l'art doit compter avec la technique, qu'il en exploite les possibilités ou qu'il les refuse. Toute réaction fait système avec ce contre quoi elle s'exerce, toute résistance rend solidaire de l'objet auquel on résiste. Aussi, l'on pourra toujours prétendre que rien, aucune technique, eût-elle la puissance du numérique, n'empêchera un artiste d'œuvrer en toute indépendance, avec ses propres matériaux — des pinceaux, du marbre ou du bois, de la pellicule, une caméra vidéo, des détritus ou des concepts. Quoi qu'il fasse, s'il souhaite s'adresser à ses contemporains, il devra répondre aux questions inévitables posées par l'apparition de ce nouveau système de figuration, de perception et de conception du monde, qu'est la simulation numérique.

Doit-on alors conclure que l'art numérique, avec sa puissance d'hybridation et ses innombrables variations, se justifierait pleinement pour la bonne raison que, en adéquation profonde avec la technologie et la science de notre siècle, il serait justement placé pour nous préparer aux bouleversements que celles-ci provoquent. Beaucoup, comme McLuhan, considèrent que les artistes, en avance sur leur époque grâce à leur sensibilité particulière, ont un rôle de plus en plus important à jouer dans l'adaptation de la société au choc des changements technologiques. « L'artiste, écrit-il, capte le message du défi culturel et technologique plusieurs décennies avant que son choc transformateur ne se fasse sentir. Il construit alors des maquettes ou des sortes d'arches de Noé pour affronter le changement qui s'annonce[1]. » Le spectateur aurait ainsi l'occasion d'expérimenter, sur un mode esthétique, en toute impunité au regard du réel et de ses sanctions, sur une « maquette » (numérique dorénavant) les différentes situations dans lesquelles il ne manquera pas de se trouver. Cette fonction pédagogique nous permettrait aussi, pour d'autres, d'apprivoiser la science et la technique et de les réintégrer au projet de l'art. L'art serait à sa manière un outil de connaissance puissant, capable de décrire le monde sous un aspect qui lui est propre et d'exercer une emprise symbolique sur ce monde. Et il est incontestablement, aussi loin que l'on

1. Marshall McLuhan, *Pour comprendre les média, op. cit.*, p. 85. Vision de l'art adoptée, selon lui, par Flaubert, quand il déclare que la guerre de 1870 n'aurait pas eu lieu si les gens avaient lu son *Éducation sentimentale*.

regarde, que l'art a toujours eu une fonction pédagogique ou cognitive. L'art moderne le plus abstrait, le plus soucieux de se détacher de tout sens, de toute rationalité, de toute volonté de dire ou d'exprimer, n'a pu y échapper totalement.

Mais cette fonction cognitive, si elle entretient avec la science des rapports enrichissants et susceptibles de renouveler l'imaginaire, perdrait tout son intérêt esthétique à se confondre avec la science. Le rêve d'une fusion entre l'art et la science est un cauchemar. L'art n'est pas une science ébauchée dont la destinée serait appelée à se confondre — un jour, ou l'autre — avec celle de la science. Cette fusion, où certains voient la réponse à un art qui n'affirme que la seule présence de ses créateurs, ne pourrait que s'abîmer dans la pure rationalité scientifique et l'univers des automatismes technoscientifiques. Il paraît nécessaire, au contraire, au moment où l'art est à ce point dépendant de la science et de la technologie, d'entretenir leur différence : de substituer aux certitudes (mêmes probabilistes) de la science les incertitudes de la sensibilité.

L'art numérique verrait aussi sa fonction critique — critique esthétique, politique et sociale — et plus généralement sa fonction éthique, se renforcer. Cette fonction critique-éthique qui est propre à bien des tendances de l'art, classique ou moderne, et dont on sait combien elle demeure trop souvent captive du système qu'elle se propose de détruire, serait particulièrement favorisée par la démocratisation des réseaux de communication. Ce qui est souhaitable mais incertain. Si les circonstances actuelles semblent placer les expérimentations qui s'y tentent en dehors du système artistique de référence économiquement et idéologiquement dominant, rien n'assure que l'accès aux réseaux restera toujours aussi facile. Cette facilité n'est d'ailleurs présentement que relative. Tout, au contraire, porte à croire que la navigation sera de plus en plus réglementée et les projets coûteux. Ces réserves, cependant ne cherchent pas à décourager la visée critique-éthique de l'art mais plutôt à prendre conscience de ses limites.

Je verrais, en revanche, la situation changer, avec le numérique, du côté des relations que l'art entretient avec le sacré : plus précisément, dans l'affaiblissement de ces relations. Né d'une annexion de la pensée figurative par le sacré, l'art — ou ce qui lui ressemblait — a voulu, dès cette naissance, se libérer de cette dépendance, tout en en jouant. Dans toutes les cultures et à toutes les époques, il a existé deux formes d'art, l'une sacrée, l'autre profane, mais la forme sacrée a toujours dominé la profane. Donner une visibilité aux dieux ou à Dieu était la fonction principale de l'art, parfois la seule qui se justifiât. Or, au fur et à mesure que le champ du sacré s'est rétréci, les religions s'affaiblissant, l'art, en Occident du moins, s'est de plus en plus éloigné des rituels. Jusqu'à ce que la modernité, en manque de transcendance, substituât au sacré la personne même de l'artiste, close sur elle-même en même temps qu'infiniment enflée dans son immensurabilité, échouant ainsi dans son désir d'émancipation. Cette confusion de l'art et du sacré est peut-être pire que celle de l'art et de la science, elle aboutit à anéantir l'art au profit d'un sacré sans transcendance, incapable de jouer ce qui a été son rôle originaire : être ce sur quoi se fonde, dans la violence, le sens. L'art numérique, en démettant l'artiste de sa fonction démiurgique et en s'arrachant à la logique de l'innovation permanente, rendrait alors possible la poursuite de ce lent et long processus de désacralisation et de déritualisation que la modernité n'a pas su accélérer. Mais la nostalgie du sacré reste toute puissante. Chaque jour révèle de nouveaux rituels, de nouveaux avatars du sacré. Les réseaux numériques, les non-lieux de la réalité virtuelle, n'en sont pas dépourvus.

Enfin, si l'art numérique n'avait pour effet que de renouveler encore une fois les figures de la subjectivité ou de déplacer les relations de l'auteur, de l'œuvre et du spectateur, il ne ferait que participer, à sa manière, au vaste système de régulation symbolique qui assure à la société le maintien et l'extension de sa culture. Émancipé ou non du sacré, il demeurerait prisonnier du sens, quels que soient ce sens, ses valeurs. Or, l'art ne se réduit pas à produire du sens. Pas plus que du non-sens : toute négation, toute inversion du sens, s'inscrit fatalement dans le sens. L'art produit, sans quoi il n'est pas art, un effet singulier de jubilation sensorielle, de transe perceptive, propre aux formes sensibles qu'il met en œuvre — qu'elles soient réalistes, abstraites, géométriques ou conceptuelles, car cette transe peut naître aussi bien d'une forme matérielle que d'une forme immatérielle — et sans laquelle celles-ci ne sauraient ni capter, ni retenir le regard, l'écoute, l'attention. Tous les arts jouent subtilement avec la transe, l'exaltent ou la tempèrent ; elle est intense dans la musique et la danse, plus légère dans les arts visuels. Toute œuvre cherche à provoquer la perception, à la faire chanter, pour la plonger dans cet état de jouissance où elle s'abîme dans sa propre contemplation, se suspend dans cette sorte de « petite mort » violente et délectable. C'est alors que l'art cesse de signifier, cesse de réguler, échappe à toute injonction du sacré. Mais la transe est transitoire. Instable, elle ne peut perdurer. Sans cesse, le sens resurgit : l'art reprend ses multiples fonctions symboliques. Les œuvres les plus fortes sont celles qui savent entretenir la transe sans renoncer au sens et porter l'un et l'autre à leur plus haut point de tension.

Avec le numérique, la présence masquée, au cœur des outils, de la science et de sa rationalité pèse très lourdement sur l'acte artistique mais en revanche, la multimodalité des interfaces, l'accentuation des effets synesthésiques et de l'hybridation des formes qu'elle provoque, l'ouverture sur un espace et un temps différents, prometteurs de découvertes, l'implication du corps et de son expressivité gestuelle dans le dialogue homme-machine, redonnent à la transe des occasions de se manifester que l'art contemporain lui offre rarement. Certes, l'on peut craindre que cette situation ne pousse à rechercher la transe pour elle-même, détachée de tout projet esthétique et réduite à un état de surexcitation permanente, comme on le voit déjà parfois. Le numérique en soi-même, en tant que technique, ne donne aucune assurance d'un renouveau de l'art et de la culture ; il ne conduit pas forcément non plus à quelque catastrophe généralisée du sens. Mais on ne peut douter que rien ne se joue, à l'avenir, hors de son univers technologique, hors des interfaces de plus en plus complexes et nombreuses à travers lesquelles l'homme et la machine sont obligés de dialoguer. Produire, coproduire, échanger, partager des images, des sons, des mots, des gestes, des sensations, des idées, n'est réalisable que si l'on se tient au croisement du réel et du virtuel. Chiasme totalement utopique et uchronique où s'hybrident intimement le sujet, l'objet et l'image, l'auteur, le spectateur et l'œuvre, le calcul et le corps, l'algorithme et l'émotion.

À cette occasion encore, l'on pourra redouter que l'ambiguïté entre le monde désormais simulé et son image ne nous égare. Vieille crainte inspirée elle aussi par les simulacres et les reflets, déjà exprimée par Platon — au moment où l'image en Grèce ancienne s'épanouissait librement — qui voulait chasser de la République idéale poètes et peintres, « non pas seulement, nous dit François Dagognet, parce qu'ils "imitent" mais parce que, à cause de leurs talents mimétiques, on ne saurait plus bien où se situe le réel[1] ». Mais il faudra se souvenir que l'art pendant des siècles s'est nourri de cette terrible et fascinante ambiguïté — soit qu'il nous fasse jouir de prendre l'image pour le réel, soit qu'il nous trompe délicieusement en donnant à ses œuvres les plus abstraites la puissance du réel. Ce désir d'ambiguïté resurgit, amplifié, avec les jeux du réel et du virtuel. Il entretient la transe, il met le sens en suspens. Le refouler serait aussi nous égarer.

---

1. François Dagognet, *Philosophie de l'image,* Librairie philosophique J. Vrin, 1984, p. 25.

INDEX

D

E

F

G

H

I

J

K

L

M

N

O

P

Q

R

S

T

V

W

X

Z

SOMMAIRE

Achevé d'imprimer
sur les presses de
HORIZON
GROUPE
Parc d'activités de la plaine de Jouques
200, avenue de Coulin
13420 Gémenos